变乱之年
的
暴力、阴谋
与
爱情

Atmosphere in the Early Days of
the Republic of China

十年之功，
在公共遗忘处
书写一个国家的记忆

中国往事

赵柏田 作品

长江出版传媒 | 长江文艺出版社

图书在版编目（CIP）数据

民初气象 : 变乱之年的暴力、阴谋与爱情 / 赵柏田著. -- 武汉 : 长江文艺出版社, 2019.1(2024.8 重印)
（中国往事 : 1905-1949）
ISBN 978-7-5702-0536-3
Ⅰ. ①民… Ⅱ. ①赵… Ⅲ. ①散文集－中国－当代
Ⅳ. ①I267

中国版本图书馆 CIP 数据核字(2018)第 167299 号

责任编辑：杜东辉　　责任校对：毛季慧
封面设计：消食片儿　　责任印制：邱　莉　王光兴

---

出版：长江出版传媒　长江文艺出版社
地址：武汉市雄楚大街 268 号　　邮编：430070
发行：长江文艺出版社
电话：027—87679360
http://www.cjlap.com
印刷：三河市百盛印装有限公司

---

开本：700 毫米×1000 毫米　1/16　印张：23.25
版次：2019 年 1 月第 1 版　　2024 年 8 月第 2 次印刷
字数：310 千字

---

定价：79.80 元

---

# 目录

# 卷一

## 午桥之死

一个群体中的个人，不过是众多沙粒中的一颗，可以被风吹到任何地方……他不再是他自己，他变成了一个不再受自己意志支配的玩偶。

——【法】古斯塔夫·勒庞《乌合之众》

# 上篇
# 午桥出山

## 第一章　坐“西伯利亚”号远行

### 1

临死前一刻，端午桥看见了一艘船，从天边外向他驶来。

这是一艘 1905 年冬天由上海始发，经由横滨驶往旧金山的邮船“西伯利亚”号。此刻——1911 年 11 月 27 日清晨——它壮观的四层船身，透过中国内陆省份四川省中部资州城灰蒙蒙的天空，突然毫无征兆地出现在端午桥垂死的眼中。海天相接，四际无岸，间有海鸥数点，与船尾锅炉房喷出的黑烟相逐。突然大雨倾盆，白浪如山，高及船面，船身簸动，好像即刻就要在恶浪中倾翻。雨点化作白亮的刀刃，带着一股逼人的寒气欺上前来，端午桥下意识地闭起了眼睛。

在死神最后带走他之前，他想起了在船上度过的两个元旦。“西伯利亚”号以日行三百七十里的速度驶出了笼罩着一大片雨云的海域，是日，是西历 1906 年的元旦，风日晴好，船上一大早就洋溢着一片喜气，各国男女相见贺喜。他也派随员持了名刺，按西式礼节去给船长贺年。到了晚上，一船人聚在餐厅吃新年大饼，那是一种菩提果馅的麦饼，外面裹着亮晶晶的白糖粒，上面还插着一面面美国小国旗。船上没备烟火，餐毕，一群人就跑到甲板上放纸炮，钦差、戈什、差官、翻译和留学生们全都没有了森严的等级，一片欢声喧闹中，他们掣动手中折叠的纸炮，发出噼噼啪啪的击空声，还有人把大幅的彩纸折叠成形状夸张的帽子戴在头上博人一乐。每个人脸上的笑容都儿童般纯真。第二日，还是元旦，继续上演着前一日的狂欢。因船向东环地一周，日子就平白地多出一天来，这让首次作环球旅行的考察团成员们深感世界之奇妙。

此刻，在身着土黄色制服荷枪实弹的士兵们的环伺中，他多么希望，这艘船载着他一直向东走，不要停下来。一直向东，日子就会往回走，带他回到从前。

他回头看了一眼六弟端锦。这个正三品衔的前铁路学校高才生，因双手被革命士兵们反剪着，脸憋得青紫。六弟大声詈骂着，想冲过来拿自己的身子护着他。他突然生出了深深的懊悔，不该带这个弟弟一同入川。

这一条天路，什么时候竟成了他们兄弟俩的末路呢？

## 2

新政的口号，朝野上下已经嚷嚷多年，坊间谈论宪法之治，约束皇权，也不再是什么了不得的政治禁区，但朝廷嘴上说要变法，就是迟迟不见行动。眼见得革命党人到处拉大旗，作演说，办报刊，搞武装暴动，人心都生了变，勋戚大臣们都坐不住了。

一场发生在中国东北的日俄之战，一向嚣张的俄国佬在日本这个东方小国面前节节败退，辽阳、沙河、奉天几次战役打下来，陆战败局已定，对马海峡一战，装备精良的太平洋第二舰队也被日本人给灭了。北极熊和东洋鬣狗在中国地界上开打，主人帮哪个都不行，只得可笑地宣布局外中立，但这场战争也让聪明的改良派嗅出了别样的气息：是俄国人的军队不如日本强大，还是他们的武器不够先进？都不是！俄国之败，败在制度，小日本对大俄国的完胜，乃是君主立宪对君主专制的胜利。

革命还是立宪？革命是要人头落地的，而通过温和的改良，过渡到君主立宪，实行责任内阁，实行民权，限制君权，则明治维新后日本的崛起就是最好榜样。一时间，在立宪与革命的赛跑中，立宪派把革命派甩过了好几条街。在知识界和稍明世事的开明官僚看来，立宪已成未来中国政治之大趋势，但前提是，最高当局要心甘情愿地让渡出君主专制下的极大一部分权力。

战争还在进行中，一些有识之士已在担心，日本人赶走俄国佬之后很可能赖在东三省不走，天上不可能掉下馅饼来，即使战后日本人迫于列强不得不交还，这场交易里中国也将付出极大代价。一些幕僚阶级向他们的雇主建议迅速上奏朝廷，随着战事的推进，应及时废止局外中立的不得已外交政策，趁着美国政府宣布保全中国领土完整的难得机会，以考察新政为名，派遣亲贵大臣，游历欧美诸国，联络感情，宣示在东三省问题上的立场，以方便在战后的议和中获得列强支持。

驻法公使孙宝琦上书政务使，请求朝廷尽早变法，以救危局，“仿英、德、日本之制，定为立宪政体之国，先行宣布中外，于以固结民心，保存邦本”，若不如此，“外侮日逼，民心惊惧相顾，自铤而走险，危机一发，恐非宗社之福”。他认为中国自庚子以来，维新改革的政策三令五申，却收效甚微，百官惰政玩世依然，天下精神萎靡不振，要之在于没有找到好药方，中国问题的关键，就是要与世界同步，将君主专制尽快转变为各国通行的君主立宪政体，明定宪法，改革体制，参照各国成例，变政务处为议院上院，都察院为议院下院，各省府县设公议堂，从上到下完成立宪政体的制度建构。孙宝琦的上书没有被政务处转奏上去，却发表在了当时有着巨大影响力的《东方杂志》，一时朝野震动，各省督抚如云贵总督丁振铎、两广总督岑春煊、两江总督周馥、湖广总督张之洞等相继以立宪入奏，大意谓，日俄战争后，中国必有极大危险，欲加预防，只有实行立宪。直隶总督袁世凯见机得更早，不声不响派出了一个考察团，前往日本进行了三个月的宪政考察。

时任湖北巡抚的端方也在这些上书的督抚名单中，他是旗人，有专折奏事之权，密折中说得明白：“今日欲杜绝乱源，唯有解散乱党，欲解散乱党，则唯有以政治上导以新希望。”

中枢也传出了好消息，军机大臣兼外务部尚书瞿鸿禨利用自己的近臣身份，向慈禧秘密建言，奏派大员出洋考察宪政，他甚至还表示愿意亲率前往。据说太后读了瞿尚书送的《日本宪法义解》后口吐金言，日本有宪法，于国家甚好云云。中国的政治变革，似乎在高层开启了一丝曙光。

光绪三十一年(1905)六月十四日，清廷简派五大臣出洋的上谕，就是在这样的背景下发出的：

> 方今时局艰难，百端待理。朝廷屡下明诏，力图变法，锐意振兴。数年以来，规模虽具而实效未彰，总由承办人员向无讲求，未能洞达原委。似此因循敷衍，何由起衰弱而救颠危？兹特简载泽、戴鸿慈、徐世昌、端方等，随带人员，分赴东西洋各国考求一切政治，以期择善而从。嗣后再行选派，分班前往。其各随事诹询，悉心体察，用备甄采，毋负委任。所有各员经费如何拨给，著外务部、户部议奏。钦此。

已调任湖南巡抚的端方位列这份出洋五大臣名单。他是满洲正白旗人，午桥是他的字，喜好金石收藏的他还有一个广为人知的号叫陶斋。作为满洲贵族中一个新近崛起的政坛新星，这几年他奋发有为，内政外交都办得有模有样，此次简派出洋，自是高层垂青。端方进入官场颇晚，三八岁才以道员身份主持农工商局，稍知他履历的人都知道，他能够在大清官场一路亨通，皆可归结到庚子年太后西狩时接驾有功，那时他任陕西布政使，对一路狼狈西来的太后和皇帝照应有加，太后还京的第二年，他就升任湖北巡抚。

外派出洋的五大臣中，镇国公载泽，近支王公，留心时事，素称开通；徐世昌点过翰林，参与办过新建陆军，更重要的是曾在庚子年陪驾西狩，一路劬劳。来自广东南海的戴鸿慈虽是汉籍侍郎，但也在中央部院任职已久，颇讲新政。他们都不是激进躁切之士，也不是顽固颟顸的人，虽与朝廷亲疏有别，但都可谓忠诚不贰。两宫——太后和皇帝——派出这样一个份量颇重的考察班子，可见于立宪政治，一开始也没掺杂个人情感好恶，只希他们于西土取得真经来，以使大清国运永酢。

按原计划，载泽、戴鸿慈和绍英率一路，考察俄、美、意等国，端方、徐世昌另率一路,考察英、法、德、比等国。七八月间,两个庞大的考察团很快筹建了起来,路费也在南北洋大臣和各省督抚赞襄下得到了解决,就连遥远的新疆,也为此次宪政考察筹集了一万两库银。两宫"择善而从"的旨意一下,一时引得国人政治热情空前,可见立宪确系民意所向,《时报》有文章喜气洋洋地说:"人人意中皆若有大希望之在前,以为年月之间,必将有大改革以随其后,人心思奋,则气象一新。"

革命党人在正阳门火车站发动的一起自杀性攻击事件,使正在兴冲冲筹备中的出洋考察迟滞了两个多月。9月24日上午约11时整,当五大臣率领大批随员登上专列,与各界依依作别之时,一声巨大的爆炸声穿透拉响的汽笛和喧天的锣鼓声,来为这次出访送行。袭击的发动者吴樾,安徽桐城人,系保定高等学堂的一个在籍学生,在这场袭击事件中当场肚腹炸裂而死。

五大臣之一的戴鸿慈,在当日的日记中记下了这惊魂一刻:

> 辰初拜祖,亲友踵宅送行甚众。十时,肩舆至正阳门车站,冠盖纷纭,设席少叙。十一时,相约登车。泽公先行,余踵至。两花车相连。泽、徐、绍三大臣在前车,余与午桥中丞在后车。午帅稍后来,坐未定,方与送行者作别,忽闻轰炸之声发于前车,人声喧扰,不知所为。仆人仓皇请余等下车,始知有人发炸弹于泽公车上。旋面泽公,眉际破损,馀有小伤。绍大臣受伤五处,较重,幸非要害。徐大臣亦略受火灼,均幸安全。①

戴鸿慈说,站台上,送行的官员和各国公使乱作一团。爆炸激起的声浪,把到场送行的伍廷芳的耳朵都给震聋了。考察团随员、郎中萨荫图的子女、内弟、从弟、家丁、车夫共七人给炸成了重伤。午桥中丞这日到得晚,他和戴都不在爆炸那节车厢,虽没受伤,却也吓得惊魂未定。次日,两宫召见端、徐、戴三位大臣,垂问当日情形,慈禧当场落了泪,慨叹中国的

---

① 戴鸿慈《出使九国日记》,湖南人民出版社1982年版。

事情实在是难办得紧。

吴樾系革命党组织“北方暗杀团”首要成员的身份，经京师侦探多日侦查后方调查清楚。此一组织信奉无政府主义，旨在推翻满洲人的统治，专事暗杀满族亲贵和当朝高官，慈禧、铁良、袁世凯、张之洞都在他们的暗杀名单上。革命党人选择这一时机动手，究其原因，乃在于这一年来，立宪的声浪一浪高过一浪，立宪与革命的二重唱中，立宪的声部已大大压过革命，处于低潮的革命党人如欲重振，重新回到国人政治生活的中心，唯有搞一票大的来震慑人心。

炮弹一响，却未收到革命党人预期的成效，中外舆论几乎都一边倒地谴责这一暴力恐怖事件。在世人看来，五大臣出洋考察乃是为立宪政治作准备，此事关系中国往何处去，但凡稍有爱国心的人都应该玉成其事，哪有以此恐怖手段阻止民主政治的道理？与革命党人所期望的相反，这颗炸弹没有吓止清廷的立宪脚步，反而是让他们明白过来，既然敌人那么执意要反对，立宪或许真的是一件于大清国、于皇室大大有利的事，须尽快去推进实现。

## 3

一个月后，谕旨再下，出洋考察事继续进行。因徐世昌出任巡警部首任尚书，部务繁忙，绍英伤重还须时日将养，不宜远涉重洋，改派山东布政使尚其亨和顺天府丞李盛铎顶了两人的缺。著即派政务处王大臣设立考察政治馆，延揽通才，悉心研究各国政体。

出发前，慈禧太后特意召见端方，并赏赐了一些宫廷御用点心以示慈恩。太后问端方：“新政已经实行了几年，你看还有什么该办但还没有办的？”端方回奏：“尚未立宪。”慈禧太后问：“立宪有什么好处？”端方说：“立宪后，皇位可以世袭罔替。”太后听后，若有所思。

12 月 7 日，端方、戴鸿慈率领的一组先行出发。生怕革命党人再来捣蛋，这次出京没鸣礼炮，也没搞欢送仪式，车站警卫森严，闲人一律不得阑入。四天后，载泽率领的另一组也悄然离开北京。

行前，端方有一份致上海报界的电报，称：两个多月前的炸弹事件，表明确实有人反对宪政，但反过来也证明，从速实行宪政，构建现代政治文明，已经到了刻不容缓的地步。

端方、戴鸿慈所率一路，坐火车到天津，参观户部造币厂，会见各国公使，一应事俱毕，在秦皇岛坐“海圻”号兵轮前往上海，换乘美国太平洋邮船公司的“西伯利亚”(S. S. Siberia)号邮船，向着日本驶去。在上海期间，不惟提督黄金龙、萨镇冰等来会见，江浙立宪派的主要成员张謇、赵凤昌等也都来迎谒，与两位钦使晤谈竟夜。

“西伯利亚”号是 1902 年下水的新船，专跑旧金山、横滨、上海、香港航线，满载可达一万一千二百八十四吨，马力一万八千匹，航速十八节，堪称那个时代的海上巨无霸。船共四层，端方和戴鸿慈两个钦差住第二层，这是邮轮的特别上等舱，共有五间，寝室，会客室，更衣室之外，还有摆放着一台风琴的乐室，架上陈列报章小说和其他书籍，瘾君子们聚谈则有吸烟室。

此行计有随员三十三人，差官二名，戈什四名，此外还有留学生十一名，各省派往随同考察者四名。随员中不乏日后的政坛明星，民初的内阁总理熊希龄，驻外公使施肇基、巴黎和会中国代表团秘书长岳昭燏等。十一名留学生中，还有康有为的得意门生陈焕章。

“东起扶桑，西穷罗马”的这半年政治考察，戴鸿慈有《出使九国日记》专记其事。这本日记在他们考察归来不久由农工商部工艺部印刷科印出，“第一书局”发行。择其要者，结合当时的西文报刊报道，可知端方此行大致行程如下：

“西伯利亚”号离开上海后，在日本作过短暂停留。1905 年 12 月 21 日，雨中抵长崎，逗留一日，与领事馆官员在船上相见，随后，午桥与戴鸿慈坐小火轮上岸至茂木酒店小酌。虽近隆冬，此地山色森然苍秀，仿佛还在春夏间，长崎的华商听说考察团来此，都悬挂起了国旗。次日傍晚，他们就登舟前往神户。神户华商有数千，较著名者吴锦堂、麦少彭等，咸来考察团下榻的中华会馆相见。漏夜下舟，再至横滨，驻日公使杨枢来船相见，陪同他们考察正金银行横滨本部，参观了防卫森严的银行金库。让两位钦使大人印象深刻的，是雨中视察大同学校，看望在此学习的中国学生。幼稚园诸生手执小龙旗，一个个都可爱极了，一见他们就三呼万岁。她们一支接一支地唱歌，还淋着雨为考察团表演了体操。少女们蓓蕾般的身体淋了雨，让他们看了都心疼不已。表演毕，午桥和戴鸿慈都上台作了演说，勉励女生们学成归国，说皇太后拟在京师兴办女堂，归国必沐特殊之宠待云云。

从横滨到旧金山，共计行程四千五百二十五海里，中间访问了火奴鲁鲁，共费时二十一天，比以往横渡太平洋的记录要短得多。离开横滨的头三天，遇到狂风，风雨交作，有飞鱼出水蹦上甲板，细视之，此鱼脊上有两翼，有水手捉来送入伙房煮食之，一个个都说肉极鲜美。余下的航程一路风平浪静，每日晚餐后，船上舞厅的留声机放起了音乐，大厅里衣香鬓香，西人西妇以跳舞为乐，两位钦使去坐过几回，都托故回舱不去了，考察团里的几个留学生早就跃跃欲试。

1906 年 1 月 5 日，船到火奴鲁鲁。此是北太平洋群岛的总名，华人都叫檀香山，是太平洋航线的枢纽，群岛上有华人后裔一万八千余人。清廷在此设有领事馆。考察团坐着领事馆派来的双轮马车驶入市区时，市政厅派出的乐队奏响了军乐。华裔学生们齐呼“皇上万岁”“宪法万岁”，如是者三。戴钦使对午帅说，学生们希望立宪之热诚，溢于言色，亦足见海外人心矣。

两位钦使大人拜访了檀岛总督，获赠了本岛法律、统计相关图书，随后赶往会馆演说。一路但见街道整洁，林木茂密，治安情况好得出奇。是夜，领事馆张灯结彩，设宴款待考察团一行，一个叫伍光建的参赞席间慷慨陈词，论外交之道关键不在商战或兵战，而在于笔战，让外人知晓中国内情，给两位钦使留下了深刻印象。餐毕，一众人来到庭院看烟火。漆黑的夜空中，烟火发着尖利的啸声腾空而起，时而绽为花束，时而绽为枝叶纷披的椰树，五色陆离，光华夺目。制作这些巧夺天工的烟火的，是一个叫李尧的华商。是夜，端方兴致极高，看毕烟火又与当地华人父老执手快谈。他这么高兴，是因为晚餐时刚刚接到北京来电，他已经补授闽浙总督。

次日上午启轮，风日晴好。领事、商董带着一大群人前往码头送行。人群中还有素衣如雪的豆蔻女子，戴着红花扎成的项圈，向他们挥手作别。几个肤色黝黑的男孩在船周围泅水，船上有人把碎银子抛入水中，他们一个猛子扎下去，然后举着银子露出白亮的牙齿向着船上人笑。

一周后，1 月 12 日当地时间早晨九点，“西伯利亚”号抵达旧金山港口。强劲的南风掀起滔天巨浪，再加大雾，能见度颇低，船长亚瑟·奥尼尔几次靠岸都没有成功，直到中午，船才进港，停靠在太平洋邮政码头。大雨中，海军少将卡斯帕·F. 古德里奇的旗舰鸣枪九声致敬。罗斯福总统的私人代表、康奈尔大学教授精琦（T. U. Tenks）登船迎接，在甲板上致欢迎词。通过一名翻译，端方对美方的欢迎表示了感谢，并声明这是一次纯政治性的访问，有关中美间的劳工问题将由适合的部门处理。次日，端方和精琦的合影刊登在了《旧金山监察报》的头版位置。

当天，前往码头迎接的还有驻旧金山领事、翻译，商团、学生代表及一群美国军人，他们在雨中列队，雇来的两支乐队奏响了欢迎曲。随后，四十四辆出租车忙碌着把考察团送往当地最豪华的圣弗兰西斯科旅馆。途中，代表团庞大的行李惹得路人议论纷纷，一说有二百多件，也有人说有七百五十件，那些神秘的行李箱上都印有中英文两种文字的标签，“中国皇帝陛下特别代表团”。他们猜测里面装的是珍贵的礼物和异国食品，准备赠送给各国政要的。因为传说中，这个东方帝国办什么事都要以礼物铺路的。

他们在旧金山参观了商场、车船公司，又前往旧金山湾区南部的帕拉阿图（Palo Alto）游览了斯坦福大学。旧金山华人虽多，但大多身处底层社会，拉帮结派，不相上下，往往睚眦相杀，成为当地治安一大隐患，华人区被当地人讥作藏污纳垢之地，让考察团颇觉颜面无光。1 月 15 日，考察团坐火车至伯克利，访问加利福尼亚大学。曾受雇江南制造局多年的英国人傅兰雅，在加大任东方语言文学教授，临时拉来做了考察团的翻译，他陪同两位钦使参观了该校的机器室、化学所和剧场，恰逢学校议事大厅落成，端方和戴鸿慈还受邀参加落成典礼并作了演讲。

革命党人刘禺生当时正在旧金山，他受孙文指派，在这里办一份中文报纸《大同日报》,与康梁的保皇党人在海外争夺华人的支持。因他时在加州大学学习,故端方莅美情形,得亲见之。《世载堂杂忆》记载了端方、戴鸿慈同台演讲的情形:

> 予时肄业该校,大学校长肃两人上演说台,端、戴竟同时并立于演席中。端谓戴曰:“请老前辈发言。”戴曰:“兄常与西人往来,识规矩,请发言。”戴左立,端右立,端发一言,翻译辞毕,端向戴曰:“老前辈对不对?”戴曰:“对对。”端又发一言,又向戴曰:“对不对?”戴曰:“对对。”一篇演说约数百言,端问戴数百次,戴亦答数百次。

西人同学问刘禺生:“我欧美演说,皆一人发言,汝中国演说,系两人同时发言,见所未见,请问其故。”刘急中生智,随口编了一个理由:“此中国古代最恭敬之大典也。平常演说,一人可随意发表意见,剪裁不当,无大妨碍;遇大典礼,则少者演说,长者监视,必演典重安详之言。两特使对大学全体恭请,严戒疏忽,故行中国最古礼,重贵国师生招延之诚也,此礼中国久不行矣。”

刘禺生在《杂忆》里还说,端方还让旧金山总领事钟文澜传话,去圣弗兰西斯科旅馆见面谈过一次。

钟文澜是广东梅县人,长得很胖,某日,钟胖子浑身大汗淋漓着,直登四楼报馆,喘息未定来找刘禺生,说:“端大人叫我寻你,务必与我同去见他。”刘说:“端方是钦差,我是主笔,两不相关,何故见他?”钟领事说:“端大人说你是他的学生,凡是他的湖北学生,都来见过,就是你一个人未去,派我来,务必挟你同去。”刘还是不愿意去见官老爷们,推托报馆事忙,容改天再去。领事说:“有汽车在门,你不去,我不能回去交差。”刘说,出报稿尚须整理二小时。这个领事竟然就在报馆里坐等了两小时。

到了旅馆,两位钦使大人都在。端方先把刘介绍给戴鸿慈:“此是我学生。”又指着戴说:“此是戴少怀尚书。”问了刘禺生近况后,他说:“你是我的学生,何以不来见我?”

刘禺生记录下的这番对话大可玩味:

刘:“予在报馆,卖文为学费,白日读书,晚上作文。”

端方:“我未来金山,即读汝在《大同日报》所作之文。我语汝,从今以后,那些话都不要讲了。”

刘:“我不知指所讲何话?”

端方:“就是你讲的那些话。”

刘:“没有讲甚么。”

端方:“就是你天天讲的那些话。”

刘:“我天天并未讲甚么话。”

端方:“你自己还不明白,就是你讲出口的那些话,你也明白,我也明白,从今以后,都不要讲了。同是中国人,一致对外,此次考察回国,必有大办法,老弟,再不要讲了。”

谁也不点穿“那些话”到底是什么,钦差和主笔,说话就如同打哑谜一般。想来排满革命的话,任何时候说出口都是犯大忌的。临行,端方又说:“我忝居老师,你屈居门人,你给我面子,那些话此后都不要讲了。”

刘禺生说,此事过后不久,旧金山发生大地震,他收到了从欧洲寄来的五百两银子。钱是端方汇给他的,函附湖北回电原纸,由监督周自齐手交。其回电为梁鼎芬复电,电文云:“请刘生湖北官费,此乱党也,已禀南皮(指时任湖广总督张之洞)作罢。”

坐火车前往芝加哥途中,考察团在内布拉斯加州作了短暂停留,参加了农场、当地大学和联邦监狱。当地华商得悉考察团来美,都赶来车侧,以一见钦使大人为荣。有人献上了一盆花生,祝皇上圣躬安好,端方深为感动,好言抚慰,在发给朝廷的奏折中,他提到了当地华侨对清政府的忠诚与热爱。

1 月 19 日,考察团抵达芝加哥。端方和他的同僚们冒着雨雪参观了公共福利院、精神病院和一些工厂。在当天的欢迎宴会前,端方在美留学的长子继先也赶到了。继先并非他的嫡生儿子,而是五弟端绪的儿子过继的(据说他的另一个儿子陶磐是六弟端锦过继给他的),端方在国内时听闻听此子挥霍无度，学业毫无长进，某次还狮子大开口向他要五万两银子，不给就以剪辫威胁，剪辫是乱党才做得出来的呀，可见此人心术已坏，但毕竟万里之外，父子相见，主宾都致以祝贺了，他也不好训斥儿子。宴会后，兴致颇高的端方打开他神秘的行李箱中的一件，赠送给当地一家博物馆一件他收藏的唐朝道教碑刻。此碑高 18 英寸，正中是一尊道家天尊塑像，碑的阳面和阴面都有端方的亲笔题跋。这件贵重的礼物把主人给震惊了，他们回赠给大清国钦使大人一个古代北美洲罐子和一个阿拉斯加印第安土著制作的篮子。

1 月 23 日上午九时，考察团抵达华盛顿特区。驻美公使梁诚率参赞周自齐等前来迎接，在众人惊愕的目光下，大臣们举行了一套恭祝圣安的繁琐礼节，随后驱车前往下榻的阿灵顿旅馆。考察团每到一地，下榻的都是当地最贵的旅馆，有报道说端方大人带着一张十万美元的银票，以供他们这次奢靡的旅行。次日，是中国传统的除夕，下午两点，在梁诚的陪同下，端方、戴鸿慈率十名参随，坐马车前往白宫，在蓝色大厅向罗斯福总统呈递了国书。端方、戴鸿慈两位钦使捧着用黄色丝绸镶边的国书，其中一人高声赞云：今奉大清国大皇帝之命，赍呈国书，觐见大美国大伯理玺天德（即大总统），本大臣伏见大伯理玺天德与我大清国皇帝，重友国之邦交，复能持太平之全局，至为荣幸，谨颂大伯理玺天德福寿康强，并大美国人民太平幸福。

参赞施肇基译毕这番话，罗斯福总统致答词：最近几年我已找到许多良机表达本国对东方帝国的善意同情，我相信在新世纪将会更大实现我们对中国的和平与繁荣以及进步的共同希望。四十分钟的酬答礼后，一众人进入国宴大厅，享用茶点和午餐。分别时，他们赠送给罗斯幅总统一幅《北洋秋操图》，赠给总统夫人白玉杯壶和平果青瓶各一。这两件精美的东方瓷器把总统夫人乐得不行。罗斯福总统回赠了一本精装版的他自己的著作，并亲笔签上了名字。

次日是中国传统的农历正月初一，考察团一行在国防部官员陪同下，驱车前往马利兰州舰艇学院，参观了机器房、电学室、练船厂，并在该学院用餐。看到美国海军经费历年递增，五年新建军舰六十余艘，戴鸿慈对端方说:甲午战败后我国一直想恢复海军,我们能有美国人这样的投入和速度吗? 端方答:这不是一朝一夕可以办成的。

停留华盛顿特区期间,考察团还参观了国家百货公司、珍宝馆、柯克兰美术馆、士兵之家、印刷局、国会图书馆和蒙华兰的一处农庄,重点考察了议会大厦和联邦法院。在维尔农山拜谒华盛顿墓和故居时,看到其简陋一如平民,他们都对一代伟人身为公仆、不以天下奉一人的品行敬仰不止。还去拜会了德国、奥地利和匈牙利大使,接下来的旅程他们还将对这些国家进行宪政考察。

2 月 1 日,他们驱车前往纽约。当火车到达泽西城准备换乘渡轮时,为了搬运庞大的行李,不得不耽搁了好长时间。次日早晨,当清国考察团在鼓乐声中步出车站时,《纽约时报》记者观察到,前往迎接的学生和华商把马路都挤得水泄不通。考察团下榻在最繁华的第五大道,在旅馆的阳台上,白底青龙的清朝国旗迎风飘拂着,在一楼接待处,考察团的中国人面对众多记者和摄影机都是一副随随便便的模样,这给当地人留下了非常深刻的印象。

纽约人口稠密,其繁华自非他处可比。随处矗立的高楼,凌空交错的铁桥,天桥,地下通道,红绿灯闪烁的街头,让这些初到西方世界的中国人头晕目眩,一个个几乎喝醉了酒一般。旅馆不远处,是一幢二十层的纯钢构高楼,号称世界第一,当地华人都叫熨斗楼,让他们惊叹不已。当地烟草公司经理邀请考察团在纽约大剧院观看了一场演出,剧院包厢用两国国旗装点,观众异常热情,但见舞台上电光闪烁,羽衣翩跹,姑娘们笑颜如花,让人几疑梦中仙境,演出最后,舞蹈演员们把成串的黄玫瑰向着包厢席抛送,激起场中阵阵欢呼。翻译说这是美国国花,但考察团的好多成员都说这种花中国才有。

2 月 6 日,星期四,在梁诚爵士的陪同下,访问西点军校的大臣们度过了他们旅程中最快乐的一段时光。尽管气温低至摄氏零下四度,军校全体教职员工和骑兵支队还是一个个在寒风中站得笔直,欢迎来自东方的朋友们。军校总管艾伯特·利·米尔斯告诉两位钦使,有两位来自广州的小伙子在军校学习。在接下来的列队操练中,这两位小伙子,Thing

Chia Chen 和 Wing Hsing Wen 身着帅气的军装，全套动作都完成得非常漂亮，一得着稍息的口令，这两个年轻人马上就转向考察团向两位朝廷钦使一鞠到地。端方伸出他出了名的大手，握着这两位年轻学员的手，勉励他们好好学习报效国家。

端方对军校的所有细节都表现出了极大兴趣。校方为两位钦使准备了全套的检阅服装，端方穿着这套军服拍下了许多照片。他还问了许多问题，对滑膛枪和弹药筒尤其兴致盎然。对工兵们携带的短铲他也发表了评论。到军校食堂就餐时，端方的注意力又被自动门吸引住了。他一遍遍地从自动门中间穿过，研究控制这些门的机械设置。在厨房里，他又兴致勃勃地观看了土豆脱皮机和自动烘制面包、肉片的烤炉。在整个参观期间，无论是学校、商场、军营，还是屠宰场、监狱、炼油厂，端方总是表现得兴趣十足，相形之下，另一位钦使大人戴鸿慈则要矜持得多，他好像对臭气特别敏感，不管走到哪儿，都像一个女人一样用手帕紧紧捂着鼻子。

在参观市立艺术博物馆时，面对着琳琅满目的藏品，端方的脚步几乎再也挪不开了。他欣喜的目光抚过陈列着的瓷器、铜器、油画、塑像、甲胄兵器，几乎每一件藏品都要摩挲再三，才依依不舍地放下。他的艺术鉴赏品位让陪同参观的克拉克爵士大为吃惊。从翻译口中得知钦使大人是帝国首屈一指的收藏家，主人的解说更起劲了。让端方略显尴尬的是，有些珍玉古玩是中国的，其来路显然不正。但这种不快很快就烟消云散了，馆中大量的南北美印地安人早期文明的古物把他的兴趣成功地转移了。

欲行宪政制度，提高国民素质是基础，考察西方教育制度自是此行重点。停留纽约期间，考察团在第五大道的旅馆举行了一次宴会，四十一位在哥伦比亚大学的中国留学生受到了邀请，应邀而来的留学生们全都身着西服，还有些穿着晚礼服。他们和长袍、马褂、红顶子的中国官员们坐在一起，其情景煞是有趣。戴钦使在演说中勉励留学生们学习要有一丝不苟之精神，因为中国需要他们的服务，“我相信，现在我正面对一些亚洲未来帝国的建设者。”午帅告诫这些年轻人，要通过优雅高贵的举止和诚实的品质，向美国人展示中国绅士的风貌，“你们能够做更多的事，促进你们的祖国与这个伟大国家之间更加亲密的联系与沟通。”一个叫王麟阁的留学生代表最后作了答谢词。

康奈尔大学的精琦教授自始至终安排、陪同考察团在全美的旅行，自然，考察这所大学也在考察行程安排之中。植物园、化学室、解剖室，路易十六、拿破仑一世和华盛顿等名人的手迹，向考察团呈现了这所名校风采。在波士顿，他们还参观了哈佛大学。一直到离开美国前，端方还在对考察团成员念叨教育开启民智的重要性，在接受《纽约时报》记者采访时，他说：“贵国给我们印象至深的是非凡的教育体系，其组织、程度和成效，几乎每一位美国人似乎都受到了良好的教育，当然，这一定是伟大的教育体系才会带来这么好的状况。”

## 4

2 月 16 日，周游美国结束，留下陈焕章等几名学生在美留学，端方和戴鸿慈率领庞大的考察团前往欧洲，在伦敦和巴黎稍作停留，抵达柏林。初到西方时的不适、惊愕已经过去，他们甚至已经发自内心地爱上了面包、黄油和烤肉，余下来的旅程愈发的轻松自如。柏林适逢寒潮，一场大雪使这城市变得素朴凝重，此间值得一提的是，在驻德公使荫昌陪同下，两位钦使受到了德皇威廉二世和皇后的接见。德皇身着白军服，佩剑，长靴，皇后身着曳地白色长裙，以上国之礼会见他们。得悉考察团的使命后，德皇告知他们，“从前本国喜谈哲学，近数十年始考究路矿、格致、制造各项实业专门，是以年来进步较大”，中国欲行新政，当以练兵强国为要，至于政治制度，宜自审国势，各当事机，贵有独创之精神，不要只是学些新式花样。德皇这番话给他们留下了深刻印象，临走时留下的礼物清单，计有：《北洋秋操图》一册，康熙青花瓷瓶一件，仿古景泰蓝瓶一件，康熙太白尊一件，乾隆雕漆盒一对，杭缎、湖绉若干。按外交礼仪，德皇颁给公使和两位钦使宝星各一枚。

接下来，端方一行又考察了奥地利、俄国、意大利，游历了丹麦、瑞典、挪威、荷兰及瑞士等国，及至光绪三十二年（1906）六月初一日，即西历 7

月21日，他们结束大半年的考察，回到了上海。在意大利出发前，他们让熊希龄先搭船东归，去日本找梁启超，要请动他的如椽巨笔来写这篇考察报告。他们到上海时，刚从日本回来的熊希龄告诉他们，此事已办妥，卓如先生非常乐意为两位公使大人捉刀，只要能推动中国实现立宪政治，他没有什么是不可以做的。

上船迎接钦使一行的是上海道瑞澂。他是满洲正黄旗人，前朝大学士琦善之孙，名门之后，刚从九江道调任上海，专司与各国交涉，是帝国官场上刚崭露头角的一颗新星。瑞澂告诉两位钦使，此前十天，镇国公载泽率领的另一个宪政考察团，也已如期回国。①

打开这大半年堆积如山的邸报，国内就没太平过：湖南学界之嚣，江南征兵之闹，扬州抢米，瑞安教案，水旱之灾，南北迭告。这时候回首这大半年的海外考察，端方觉得，那种出世般的平静怕是再也不会有了。在上海等待上京复命的时日里，每日拜客、会客，应不完的官场琐事，大清国的车轮子，硬是要比人家慢上好几拍。倒是张謇、汤寿潜、赵凤昌等几个立宪派的头面人物，来找过他们好几回，要他们速速上奏朝廷尽快立宪，每次都是谈至夜深才告辞。这大半年政治考察，端方等已切身探知宪政乃是世界大潮，两位钦使一合计，便在上海致电各省督抚，征求他们对立宪期限的意见，以为本次考察团的最后一项工作。

8月6日，端方一行抵达天津，有八万多学子集体上书午帅和戴钦使，要求朝廷颁布宪法，厘定官制，实行立宪。两位钦使在天津居留三日，与直隶总督领北洋大臣袁世凯就预备立宪及官制改革诸问题作了深入交流，随后，回京复命。

先行抵京的载泽考察团，在日本时曾受到高规格礼遇，觐见天皇，并有原外相伊藤博文等政治老人为之详解日本宪法。载泽在归国后的一份奏折中指出，中国多年新政未见成效，要之在于政治体制上没有能够进行适当改革，说到如何改革，他倾向于向日本学习，因为日本式的立宪不仅

① 端方、戴鸿慈宪政考察团在美国及欧洲的行迹，可参见戴鸿慈《出使九国日记》，湖南人民出版社1982年版。

于君权无损，更能巩固君权。端方、戴鸿慈在稍后的召对中详陈出访见闻，以为中国积贫积弱，根本原因即在专制，建立立宪政体利国利民，可造国祚之灵长，无损君上之权柄。惟中国现行体制与立宪政体要求相差太远，他们也提到可参照日本经验，预定立宪之年，逐年推进应做之事，以厘定官制入手，经较长时间过渡，必可成为真正意义上之立宪国家。

光绪三十二年七月初八日（1906 年 8 月 27 日），端方、戴鸿慈上《请定国是以安大计折》称："此次先赴美洲，继由欧洲回国，所经日本、美国南洋各埠，凡有华民聚集之地，莫不倾市欢迎，讴歌圣德，以冀祖国兴起，庇此海外黎民"，"所至各国，与其国君、官吏相接，莫不谓中国自此以后当可实行改革，日进文明"，故"特举闻见所悉列邦所以强盛之源，中国所以阽危之故，与夫内政改革之要领"，撮其大要作一陈奏：

中国数十年洋务运动，之所以收效不著，关键在于"能效其末，而不能效其本"。这个"本"，即国家政体，"盖世界政体厥有二端，一曰专制，一曰立宪。专制之国，任人而不任法，故其国易危；立宪之国，任法而不任人，故其国易安"，地跨欧亚的俄国败于日本就是教训。欧美诸邦及日本改为立宪政体，"而富强之基亦以立矣"。立宪与专制的区别，乃在于有无宪法，"所谓宪法者，即一国中根本法律之法律。取夫组织国家之重要事件，一一具载于宪法之中，不可摇动，不易更改，其余一切法律、命令皆不能出范围之中。自国主以至人民皆当遵由此宪法，而不可违反"，故必须设立责任内阁以司其事，建立议院以倾听民意，有此二者，"则政府之行动，人民可以知之；人民之意志，政府亦可以知之。上下之情相通，合谋以求一国之利益"。与责任内阁、议会同等重要的，则为法律，法律之目的，乃在裁判刑事、民事之诉讼，"以此保护人民之生命、财产"，而其所最重要者，则"司法权独立于行政之外，不受行政官吏之干涉"。再有地方自治，"亦以国事之一部分委之人民之自理，以补官吏之不及"。

"贫弱之国立于今世，即欲不与人争，而但求自守，亦不可得。不能自存，即将就亡；不能夺人，即将为人所夺。断无苟且偷安而可图生存者。中国今日正处于世界各国竞争之中心点，土地之大，人民之众，天然财产之富，尤各国之所垂涎，视之为商战、兵战之场。苟内政不修，专制政体不改，立宪政体不成，则富强之效将永无所望。”

在这样的世界大势下，为中国前途计，两大臣认为，采用立宪政体、实行宪法，是一大趋势。但各国之历史、情事不同，中国数千年来，一切制度、文物有其固有基础，且地方辽阔，交通不便，文化普及非可骤几，国民尚不知宪法为何物，举国上下无奉行此宪法之能力，故建议参考日本的成功经验，先下定国是之诏，预定立宪之年，而使官吏、人民先作预备，“从容变专制为立宪”。故提出六事，呈请明降谕旨，宣示天下：一曰：“举国臣民立于同等法制之下，以破除一切畛域”；二曰：“国事采决于公论”；三曰：“集中外之所长，以谋国家与人民之安全发达”；四曰：“明宫府之体制”；五曰：“定中央与地方之权限”；六曰：“公布国用及诸政务”。

端方、戴鸿慈两大臣说——也可能是立宪派精神领袖梁启超趁捉刀考察报告的机会借题发挥——国是未定、宪法未布以前，举国上下茫茫，如在大海之中，不知东西之所向，此六事，可作正式立宪前的预备宪法。立宪预备阶段，其事万端，如改官制、定法律、设独立裁判所，与地方自治、调查户口、整理财政、改革币制、分划选举区域及征兵区域等等，必须按年逐步推进，经十五年至二十年的“预备时代”，最后颁布宪法，召议员，开国会，实行一切立宪制度，使中国真正成为一个立宪国家。故接下来的一二十年中，乃“最忙迫之时代”，而非“宽暇之时代”，须上下一心，勇猛精进，乃能有济。

外派五大臣考察西洋政治，本为解决东三省未雨绸缪，没想到出访归来的五大臣，意见出奇的一致，全都“不避斧诛，合词吁恳”。到了这一步，也使两宫大体明白，这世界没有一成不变之制度，由君主专制向君主立宪转变，或许真是不可抵挡之世界潮流。再加上两个考察团对立宪与君权的分析，也化解了两宫内心深处对大权旁落的忧虑。内廷传出声音，“只要办妥，深宫初无成见”。于是在袁世凯等封疆大吏奏请下，两宫决意顺应潮流，宣布立宪。1906 年 9 月 1 日，清廷颁下谕旨，宣布我大清自开国以来，列圣相承，谟烈昭垂，无不因时损益，著为宪典，现国势不振，主要是由于上下睽隔，而各国所以富强，主要在于实行宪政，取决公论。“时处今日，唯有及时详析甄核，仿行宪政，大权统于朝廷，庶政公诸舆论，以立国家万年有道之基。但目前规制未备，民智未开，若操切从事，徒饰空文，何以对国民而昭大信?”所以经过慎重考虑，朝廷在宣布预备立宪的同时，强调要廓清积弊，明定责成，从官制改革入手，次第更张，并将更项法律详慎厘定，同时广兴教育，清理财政，整顿武备，普设巡警，使全国绅民明悉国政，以为预备立宪基础。“俟数年后，规模初具，查看情形，参用各国成法，妥议立宪实行期限，再行宣布天下。”

谕旨一下，北京各界自是张灯结彩，各省不论通都大邑或是僻壤遐陬，也都集会庆祝，山呼万岁。千年专制，有望终结，君民一体，立宪在即，普天下之庶民，莫不奔走相告。近几十年来，一元史论掌控下之学界，但论清廷之预备立宪，讥之一混一拖，缺乏诚意，但以光绪三十二年七月后的各项措施观之，则大有只许前进不容后退之势，改革已然蹚入深水区，无须摸着石头，大道人人在望。

凡此种种，是中国欲行新政的先声。此后几年，中央和地方权力系统都在稳健重建中，虽然民众的参政热情有望提高，但预备的步伐也算有条不紊：1907 年，颁布外官制并试行；1908 年，颁布宪法大纲，诏定九年后召开国会，立宪派人一片喝彩；1909 年，各省咨议局开幕，立宪派人成了有合法地位的地方议会代表；1910 年，中央议会性质的资政院开院……一个新的时代正要兴兴头头地开张，怎么突然就戛然而止了呢?

以上这些，是端方在 1911 年深秋川中资州的那个早晨想破脑袋也想不明白的事。而那时，离他被乱刀分尸的结局已经不远了。当他带着庞大的宪政考察团在欧洲旅行时，各国待若上宾，到处风光无限，怎么会想到五年后的辛亥年，会丧命乱军阵中，成为一个覆灭的帝国的殉葬，而一颗大好头颅，也要成为士兵们向革命缴纳的投名状。

他忽然想起 1906 年那个溽热的夏天，他带领考察团返回中国途中，他们在南洋带回了一头大象，作为礼物进献给太后。这只大象关在皇宫的禁苑里，陪伴两位大象的饲养员经常抗议喂养方法不当。他们的抗议无人理会，后来这头大象死掉了。他想中国的立宪政治，就像他旅行后带回来的那头大象，这里的水土，根本养不活它。

# 第二章　两声部

## 1

辛亥年的到来与往年并无多大不同。1911 年元月 1 日，亦即宣统二年的十二月初一日，上海有着广泛影响的《申报》，发表了一个叫董之威的“上监国摄政王请愿书”，请求即开国会。在数千公里外的南洋，革命党党魁黄兴在同盟会新加坡芙蓉分会筹款会议上发表即席演说，听者如云。即此两端，可知立宪与革命，仍是这一年此起彼伏交替出现的两个声部，只是在接下来的时日里，后者的声音要渐渐压过前者。

建立一个与现代世界接轨的宪政国家，朝廷三年前就已经排定政改路程图，以《钦定宪法大纲》为总纲，九年为期，颁行宪法，排定逐年推行筹备事宜清单，先成立咨议局及资政院，以使人民行使民权，作为议会预备的基础。宣统元年(1909)九月，各省咨议局开张，立宪派就多次赴京，发起国会请愿运动。首次请愿行动去今正好一年，33 人代表 16 省咨议局，以“咨议局请愿联合会的名义”向都察院呈递请愿书。短短一年，请愿已达三次，虽不至立竿见影，但政府同意了缩短预备立宪的时限，改九为五，并允诺先成立内阁，说来也是立宪派人士精诚所感，本应是额手相庆的盛事，奈何各省并不买账。董之威者，自称代表东三省人民，上书当朝摄政，用心自然是极好的，但民主政治的建立，大都有章可循，岂是一朝一夕可以急出来的？或许在摄政王载沣这样的大僚看来，类似董生的，又是上书又是上街散传单，高喊速开国会，也太过躁切了点。董既自称代表东北人民，那么眼下东北有一件顶顶要紧的事，他是否注意到了呢？

自宣统二年九月起，黑龙江西北满洲里地方就发现了鼠疫。疫情汹汹，沿着铁路线很快波及哈尔滨、长春、奉天，且有向其他各府厅州县蔓延之势。吉林双城的鼠疫大流行，据说就是有商人官老祉在哈尔滨感染后归家所致。此商户到家当晚死亡，不到三天全家四口皆染病死去。由此蔓延四乡，双城遂成重疫区。至第二年元月，东三省上报官府的染疫死亡人数已达一万九千口之多，如果加上关内直隶、山东两省死亡人数，估计会突破两万。吉林、奉天，都成立了隶属于行省公署的防疫局，专事隔离、消毒、捕鼠、埋葬、医疗等事务，朝廷虽度支吃紧，也准拨银十五万两于东三省添设医院和检疫所。隆裕皇太后还拨发内帑十万两以济要用。为防止鼠疫扩散，日本控制的南满铁路已经停驶，奉天至山海关段，也只开头等客车，其余均暂停开行，并分段查验。东三省总督锡良上奏军机处，要求"于火车经过大站添设医院、检疫处，凡乘火车由哈赴长由长赴奉之商民，节节截留，一体送所查验，过七日后方准放行，染疫者即送病院医治"。为预防疫情殃及京畿重地，朝廷再三谕示外务部、民政部、邮传部，切实稽查鼠疫情形，天津一带如有传染，即命京津铁路停驶，免至祸及。

至四月下旬，东三省疫情基本肃清，此疫不只夺去数万生灵性命，也使东三省的经济雪上加霜。仅京奉铁路为防疫中断交通造成的亏耗，就达五百至六百万量之巨。让走出这场鼠疫的人们感到后怕的，是那几个月人间地狱般的惨象。据哈尔滨一个医官报告，每天都有成百的人死去，来不及入土，都抛弃在野，城郊荒野抛弃的棺材达两千具之多，棺材木料又薄，时日一久，空气中都是尸体腐烂的恶臭。官府派人挖坑掩埋，地都冻得铁疙瘩一样，动用了机器、炸药，作业十余天，才挖成四处坟场……

须知比之鼠疫，暴力更是一种恶疾，是一场更大的瘟疫。而革命的火种正愈燃愈旺，孙文在美国，黄克强在英属各埠，到处讲演、筹款，他们筹款箱里增加的每一枚小钱，都有可能是压垮大清这匹瘦骆驼的最后一根稻草。孙文还准备成立一家"革命公司"，以高昂的利息（以万股计，每股售二百美元）吸引华侨们投资革命。

国内《民立报》上发表了孙文在温哥华的演说，说"今满洲政府之参于施行宪政，开设国会，无一毫之诚意"，是"愚蒙人民为政治之秘诀"，也不见谁来反驳几句。成立不久的资政院,集中的是一批立宪政治的推动者,他们最担心的是革命党人与流浪海外的戊戌案"国事犯"们搞在一起,屡次奏请赦免康有为、梁启超,但被一帮颟顸的大臣给顶住了。说实在的,想我泱泱中华,地广人稠,这儿哪儿有点事儿太正常不过了,苏州、汉口的人力车夫罢工、抗捐算得了什么?俄国人想在东北占便宜算得了什么?英国人派兵来占西南边陲的片马又算得了什么?阴谋颠覆大清政权的革命党人,才是附骨之疽哩。1 月 30 日,适逢农历大年初一日,武汉突然冒出无数陌生面孔,同盟会员蒋翊武正借新年团拜之名,在此地的风度楼发起成立湖北文学社。说是"联合同志研究文学"的风雅之事,与会者实是信奉以暴力革命推翻清廷的是鄂、湘两地豪杰。文学社分设多处机关,尤其注重在新军中发展,八个月后武昌枪响,他们与孙武领导的共进会将一同成为起义的主体,日后有好事者编纂《辛亥武昌首义人物传》,文学社成员列名 69 人。

如果把历史看作一个神奇的作坊,这个作坊里散落着无数平淡无奇的小部件,然而这些小部件环环相扣,至紧要处,必然有巅峰时刻如大波涌起。这年 4 月底广州起义的暴发,可称辛亥年接二连三的巅峰时刻中的第一波。

革命党人年初就欲在广州起事,只因清廷两广总督张鸣岐钳制太紧,武器运入不易,组织工作也难开展,是以迟迟未能发动。最近的一次在香港召开的会议上,黄兴、赵声、陈炯明等最后敲定了夺取广州的计划,要之在于以小股部队——多则百余人,少则五十人——同时策动,分攻总督署、水师行台、督练公所及各城门,以威赫之势先声夺人。但几天后,一个叫温生才的同盟会员突然热血上头,孤身行动,炸死了前往城东燕塘勘察旗地的广州将军孚琦,这一冒失之举使得清军满城戒严,箭在弦上的起义不得不紧急叫停。

城内缉拿党人甚急,起事的武器又未足数运到,有人提议稍缓起事,但黄兴铁了心要发动了。他调整了原定的十路进攻计划,把八百人调整为四路,自己还是攻总督署,另部署陈炯明攻巡警教练所,姚雨平攻小北门,胡毅生守南大门。4 月 27 日上午,起义发动前一小时许,革命党人谭人凤从香港来到广州，想要阻止这场毫无悬念要以失败终局的起事，为革命保存一点种子。他找到陈炯明，陈一脸焦躁，一见他就说：不得了！我手上只有七八十人，毅生、雨生也没做好准备，克强带了不足一百人就要出发，怎么办？

谭人凤说，你为何不谏阻？陈说，我已经竭力阻止了，他不听我有什么办法？谭人凤一看这情形紧急，赶紧让人把他送去黄兴那儿。黄兴装束齐备，正在给部下分发枪弹呐，一见谭先生过来，就说，没见我正忙着吗，老先生快回吧！谭把从各处听到的消息给黄兴复述了一遍，黄兴顿足厉声叫道：老先生别在这儿扰乱军心了！都到了这份上了，我不发动攻击，难道等着别人来攻我不成？谭人凤还是不放心，他问林时爽，各方面准备都无着，香港的同志和武器也还没就位，克强难道还有什么厉害杀招吗？林说，先生知一未知二，有两营巡防军，已答应反正，起事的胜算应该是有的。谭问，巡防军靠得住？林说，已经接洽过两次，应该不会有问题。

黄兴带着百把名兄弟攻入总督署，一阵噼噼啪啪的交火后，卫队溃退，他们攻入内院。但他们并没有找到总督张鸣岐。第一阵枪声响起时，时刻提防着革命党的总督大人早已逾墙而出了。更要命的是，另外几路说好策应的人马迟迟未见发动。黄兴急率众退出总督署，但已经晚了，提督李准带着卫队已从西辕门杀入。一阵排子枪响，革命党人倒下一批，余下的冲出门口，与追兵巷战。黄兴腿已负伤，两根指头也应弹而落，他率众且战且退，又遭遇了一队巡防军。这是先前做过策动工作的一营巡防军，猝然遭遇，这边又慌乱中先开了枪，于是混乱中又有党人中枪。剧情如此突兀，可见党人们做事粗疏，也是一贯风格。最后，黄兴在一个同情革命党的小店主帮助下，趁着夜色掩护仓皇逃出城。

日后被孙文形容为“碧血横飞，浩气四塞”的广州起义，其实不过是革命党人仓猝发动、孤军犯险的一场混战。据黄兴的儿子黄一欧事后回忆，他的父亲带着一帮死士冲进制台衙门去的时候，陈炯明和另外几个起义首领已经逃出了广州城。是役后，张鸣岐下令关闭城门三日，搜查革命党，一旦发现剪了辫的、穿黄军衣的或来路不明白的，一律拉到总督署前处决。凡坐实了党人身份的，其处死之法则要酷烈得多，以七寸长钉对准刑犯头脑，一钉致命，随即蒲包一裹，弃尸大海。总共死于枪战和事后处决者，不下二三百人，其中有姓名可考者，有方声洞、林时爽、林觉民、喻培伦等七十二人。事后有革命党人潘达微，收集烈士遗骸葬于城东红花岗（后改名黄花岗），“黄花岗七十二烈士”之说，即由此来。

黄兴由亲信护送逃至香港，在雅理氏医院由西人操刀，断指疗伤，痛定思痛，他左手拈笔，一抒胸中愤懑，“良友尽死，弟独归来，何面目见公等!”检讨起事失败的原因，他认为是另几个首领尤其是胡毅生和姚雨平不听号令、作壁上观所致。他还检举，胡毅生推荐的一个叫陈镜波的货运商，实际是上官府的密探。此人借故扣压弹药，致使起义人员有枪无弹，不能按时出动。陈炯明避居香港九龙城南，建立了一个暗杀团，准备以手枪加炸弹除掉张鸣岐和李准。远在湖北，共进会和文学社的党人们从广州起事失败看到，未来“中国革命之主要中心”，将在两湖地区，加紧了起事筹划。到 1911 年 5 月，尽管暗潮犹自汹涌，但革命确实又落入了周期性的低潮，而清廷的立宪，此时又迈一步。至于这一步迈得是好是坏，则又另当别论。

这迈出的是哪一步呢？此一步，即预备立宪中关键性的一步：推出新内阁。5 月 8 日，清廷谕示裁撤军机处等机构，公布了新的内阁官制，摄政王载沣任命庆亲王奕劻为总理大臣，筹组新内阁。

自光绪三十二年(1906)下仿行宪政诏以来，各项推进尚可称规范有序，光绪三十四年(1908)颁布宪法大纲时，诏定九年之后召开国会，惟因民心思进，请愿不断，去年(1910)又匆忙下诏缩短预备立宪年限，改于宣统五年召开议会，此前两年，责任内阁将先行建立。以此推算，辛亥年成立新内阁，本是政府履行承诺、取信于民之举，又怎会反而开罪立宪派人，甚至把他们送入革命党人怀抱呢？要知道，对政府来说这是只亏不赚的买卖呀。

所谓立宪派者，乃是以实现立宪政治为目标的士绅阶级和知识界的一个集合体，他们大多在旧科举制度下取得过功名，有过任职政府的经历，又不乏具有新思想甚至留学日本者，以今日眼光视之，他们是有恒产者、社会中坚，是执政者的天然盟友和执政基础。立宪派的政治诉求，乃在以鞭策与监督的态度，帮助政府以温和的方式达成变革与转型。这也是革命党人耻于为伍之所在。戊戌前后，这个群体是被打入另册的，宣统元年后各省咨议局的开张，才给了他们合法地位。他们也自居民意代表，欲借其合法身份，监督政府早日实现宪政。晚清政治，风雨中飘摆于温和保守与激进暴烈之两端，以立宪消弭革命，立宪派人自忖责无旁贷。

因是之故，20 世纪初叶的中国，没有比这群人更操心中国往何处去的了。外有列强欲图瓜分，内有革命党徒屡屡起事，中国情势之危急，他们夙夜忧之。列强发动，中国则亡，革命爆发，亦必混乱，给外人可乘之机，速开国会实行立宪，正是他们开出的外避瓜分、内消革命的一剂良药，宣统元年至二年间的三次请愿行动，正由此而来。

问题在于，帝国这个巨人此时是否愿意服下这剂良药。政改方向虽已明确，但随着预备立宪时日的迫近，害怕失去部分权力的恐惧使清廷在即将面临改革的深水区时迁延止步，并不是十分情愿遵此医嘱。第一次请愿发动于 1910 年 1 月，三十三位请愿代表公推直隶咨议局议员孙洪伊领衔，风尘仆仆由上海赶至北京。请愿书洋洋万言，由素以文思敏捷的林长民执笔，素负声望的江苏咨议局议长张謇修改，遍谒京中王公大臣。但朝廷以国民知识储备不足、遽开国会反生事端为由，予以拒绝。二次请愿，发动于这年 6 月，规模较之前次更大，并发动各民间团体同上请愿书，得到的是朝廷“勿好骛虚名而隳实效”的冰冷回绝。立宪派人并不气馁，他们致电各省，说前两次请愿徒劳无功，决定作第三次陈请，“三续、四续，以至十续”，温和派牛劲发作，也大有不撞南墙不回头的执拗劲。

沉静如一潭止水的北京城，因为这些上书请愿者匆忙奔走的身影，搅起了阵阵波澜。首次请愿征集到签名二十万人，第二次签名三十万人，立宪派人计划在第三次发动时征集各界签名二千五百万人。① 请愿者都是四十左右的青壮年和热血学生，割臂断指写血书者有之，欲以身殉宪政者有之。首次请愿，有浙江籍学生郭毅者，割指写血书云，“以血购国会，国

① 这一数字由台湾“中研院”近代史家张朋园先生统计得出，他依据《清史纪事本末》和当时《国风报》的报道得出这一数字。见《立宪派与辛亥革命》。

会乎！血乎！”嗣后，又有奉天籍学生赵振清、牛广生者，演说毕欲拔刀自刎于现场，经他人救下，两人还各割臂腿肉一脔，以示心迹。在京的西方观察家惊呼，这样一个多事之秋，咨议局这个“多头怪物”来到京城，将会给政府的今后方向带来许多新的变数。

因《日俄密约》威胁到东三省的安全，又听闻资政院将在10月首次开院，第三波请愿由原定的明年初提前了。8月，各省代表在京再次召开咨议局联合代表大会，湖北、四川两省咨议局议长汤化龙、蒲殿俊分任正副主席，孙洪伊为干事长负责与各方联络。此次请愿，规模更壮，资政院由民选议员提议一致奏请呼应，各省督抚应张謇的吁请，也有不少上奏支持请愿。迫于各方压力，朝廷发出了缩短预备年限、提前于宣统五年召开国会的谕示，同时勒令解散请愿团，各省代表不得再滞留京城活动。

这不是一个令各方人士满意的结果，于清廷而言，情非所愿，被动应允，总是有失颜面，于立宪派人而言，千气万力，只换得缩短三年期限，除了浙江、江苏、贵州三省勉强接受，其他各省咨议局仍是不甘罢休。以“富于机谋之策士”著称的孙洪伊在朝旨下后就明确表示：“我等受父老重托，为天下所仰望，苟不成到开国会之目的，我孙某抵死不出京师一步也。”请愿代表团在作鸟兽散前，曾广发“告各省同志书”，称“匍匐都门，请求国会，积诚罄哀，一年于今……心长力短，言之痛心”，似有无限苦楚于胸中。更有代表于勒令出京前，于报馆秘密集会，声称，若政府再不允所请，他们就要倡言革命，“鼓吹政潮，推翻清主”，①这些愤懑之语，显示立宪派人并不是一群驯服的羔羊，流露出的危险倾向已足令当政者警醒。而一向视革命党人为“盗贼”之流的立宪派，此时的态度也在暗暗转变中。在思想多变如梁启超看来，革命已然成为疗治中国社会“雕瘵”的一剂良药。

一向与乃师康有为倡言君主立宪的梁启超自戊戌列名通缉流亡海外，他发此激愤之言，或许是失望于资政院开院时对他的一项赦免提请未获通过，以致对清廷大肆诋毁，但一个铁杆的保皇党人至此遽然转向，难道不值得引起当朝的警觉吗？须知，失意驱人走向极端，一群人往往因失

---

① “徐佛苏记梁任公先生逸事”，丁文江编《梁启超年谱长编》。

意不期而结合，正是动乱的根源。

在这样的敏感时期，亿兆生民千呼万唤的新内阁终于出台了。且看这份新内阁的名单：

内阁总理大臣庆亲王奕劻以下，协理大臣那桐、徐世昌，外务大臣梁敦彦，民政大臣善耆，度支大臣载泽，学务大臣唐景崇，陆军大臣荫昌，海军大臣载洵，司法大臣绍昌，农工商大臣溥伦，邮传大臣盛宣怀，理藩大臣寿耆。十三名国务大臣中，汉四满八，一名蒙古族旗人（荫昌），且八名满族大臣中，皇族又占五名，一时群议汹汹，这个暗箱操作出来的内阁一亮相就被世人讥为“皇族内阁”。立宪派人感觉被耍了，他们以咨议局联合会的名义吁请罢斥，坚持亲贵不宜充任内阁总理，遭当局拒绝。

检视五大臣出访以来的五年新政，颇有一番新兴气象，然不旋踵到了1911年5月，行驶途中忽挂倒挡，预备立宪推进至此，似乎再也进不得一步。一个政权要作死，真是一点办法也没有，先是人为地把社会中坚阶层制造成敌人，继而愚弄民意引发民众普遍的信任危机，至此，外围的革命大势已成，且已迫在眉睫。

## 2

这十三名国务大臣，皆是从政经验丰富的政客，只要勤勤恳恳，勉力施为，纵使革命党人从海外募得再多的钱来，今天这里一个炸弹，明天那里一场暗杀，在边境搞些暴动，亦断断不至于使局势如此失控。然而恰恰是这些老政客们上台后推出的一项政策，终致棋盘侧倾，所有的功劳苦绩，全成泡影。

新班子刚刚亮相的第二天，即5月9日，内阁副署了一项将全国铁路干线收归国有的诏令。这项政策的出台，缘起于一个叫石长信的监察官员（给事中）上奏。石长信奏称，中国幅员广袤，边疆辽远，必须握有路权方能够坐定中枢，但这几年来的铁路建设，可说是错乱纷歧，原因就在于各地不量民力、财力，一哄而上搞商办，以致亏损连年，而铁路建设并无多大推进。他批评商办铁路已经成为扰民的秕政，提出“干路均归国有，支路任民自为”,建议把宣统三年(1911)以前各省分设公司集股商办之干路,全都收归国有。

石长信只是一个普通的监察官员,对铁路的事不可能知晓得如此详尽,事后知道,他的上奏正是出于邮传部大臣盛宣怀的授意。近代中国的铁路建设,起于甲午战败后,外国资本的涌入,使得短短几年就构建起了中国铁路的基本网络。铁路播下了现代文明的种子,其间巨大的利益空间,也促使更多的外国资本抢滩中国,穷国无力偿还债务,只能以铁路沿线的采矿权作抵押。然而当南北交通的大动脉粤汉铁路的修筑到了1903年时,勃兴的民族主义情绪刮起了一场收回路权的运动,粤汉铁路所经两湖及广东三省绅商强烈要求政府废止与外方的合同,向民间资本开放,由三省筹措资金自办。朝廷允准民意,以高价向美国公司赎回了粤汉铁路修筑权,全国有十五个省相继成立铁路公司,一时间,中国的民间资本纷纷涌向自营铁路建设。

然而铁路商办后的情形又如何呢?穷人家办大事,倾其所有,也常捉襟见肘。川省约五千万人,除极贫不愿附股之千余万人,及边区山城视铁路无足轻重之二千万人外,约二千万人均每日捐钱一文作铁路之款,如此每日可得钱二万吊,约合洋七百万元一年。用《民立报》上的说法,这笔款项是“川人一点一滴之膏血,类由倾家荡产、敲肌吸髓而来”,但这些钱,也就够开办宜昌至夔州的铁路。①

时任内阁侍读大学士甘大璋算过一笔账:国家的重点工程川汉铁路,预算总造价9000万两,如果依靠股租,则凑够此数当用百年,现已开工的100公里计划9年完成,则全路贯通至少需90年,“后路未修,前路已坏,永无成期;前款不敷逐年路工之用,后款不敷股东付息之用,款尽路绝,民穷财困”。这是一条永远都修不完的路。当时《东方杂志》就有舆论称:“如放任民有,就以其筹款的艰窘而论,铁路不知何年何月才能修筑完毕,而政府是断断等不起的。”

再是贪腐丛生,路基下全是一只只养肥了的硕鼠。自1908年各省咨

① 见“英国政府刊布中国革命蓝皮书”,《辛亥革命(八)》。

议局成立后，铁路公司董事大多由咨议局议员担任，这些地方上的头面人物把持着路政财权，官方监管不到位，小股东的权益全无保障，铁路局几成董事们的敛财盆。石长信的奏折中剖析得明白，以两湖和广东、四川各省而言：广东收一半以上的股份，却没修多少铁路；四川募集的铁路股份也大多挪作他用，倒账甚巨，甚至好多烂账无从追索；至于湖南、湖北两省，铁路局成立多年，也只是徒坐空耗，大量资金不明不白流失。石长信警告说，此弊若不纠正，旷日弥久，民累愈深，上下交受其害，恐至不可收拾。前引甘大璋的账自然算得没错，但他却没有看清，那些铁路局的董事们，那些士绅、商人、袍哥首领、会党头目，那些寄生在升斗小民之上的既得利益群体，他们要的就是这个"永无成期"，这样他们就可以守着股租一直寄生下去。

明眼人不是没有，譬如自铁路草创以来就恭身其中的新任国务大臣、执掌邮传部的盛宣怀。早在民粹主义思潮席卷整个铁路建设时，他就放言，任由民间筹款来办铁路，是与实事毫无补救的"徒托空言"，铁路要发展，必须国有，而且要适度引进外资。另一个窥见此中利害关节的，是本朝年轻的摄政王载沣。看到石长信"干路国有，支路商办"的建言，这个大清国的最高实际领导人觉得，对已身染重疴的铁路而言，这不失为一味好药方，即把这一建议谕交部议，匆忙讨论后即于5月9日诏定铁路国有。

这份上谕首先宣示了铁路于大清政权的重要性，"宪政之咨谋，军务之征调，土产之运输"，都有赖于铁路建设的推动，"国家必待有纵横四境诸大干路，方足以资行政而握中央之枢纽"，而后痛批了一番近年商办铁路的种种弊端，最后晓谕昭示："干路均归国有，定为政策。所有宣统三年以前各省分设公司集股商办之干路，延误已久，应即由国家收回，赶紧兴筑，除支路仍准商民量力酌行外，其从前批准干路各案，一律取消。"上谕还以严厉的语气说，"如有不顾大局，故意扰乱路政，煽惑抵抗，即照违制论"。①

平心而论，石长信开出的这一味铁路国有的药方可称良善。外媒《泰

---

① 见《清史稿·宣统皇帝本纪》《清史稿·盛宣怀传》。

晤士报》记者莫里循信心满满地称,清廷此时宣布干路国有,是在民众对贪腐深感绝望之际,可谓适时,前景看好。但接下来引发多米诺骨牌式的反应,直至局势完全失控,短短半年中帝国冰消雪澌,恰恰证明这个自诩的中国通并不真的懂中国。对的药方也须对的时机服下,否则便是砭骨之毒。而倾覆之罪,也不是石长信小小一个给事中能够承担得了的。

上谕所用"照违制论"等火药味十足的用词,十分刺人眼球,这般近乎恫吓的用语也为前次所无。这或许宣示了盛宣怀雷厉风行的风格和在铁路一事上的急于求成,但事实上对各省绅民的感情却大有伤害。盛"精细为百僚之冠",文案大多由自己起草,这次起草谕令,他也没有求助军机处章京们,而是与好友郑孝胥一道为之。郑孝胥笔锋犀利为时人所无,又喜采用锐利的驳论语辞,这份语气生硬的上谕激起绅民强烈反弹,也是意料中事了。

铁路国有化政策一经宣布,两湖率先提出反对。湖南长沙各团体召开万人大会。随后,湖北各界联名致电中央以示抗议,经求收回成命。湘人血性,鄂人多智,在这两场声势浩大的集会中,都有人自残。湖北方面公开叫板朝廷,如若不把本省境内铁路发还办理,那么中央政府自今往后就休想从湖北地界收走一分税金。当盛宣怀代表清廷与四国银行团签下借款协议的消息传开,鄂省在京官员又前往都察院,要求惩处盛宣怀欺君、卖国之罪。地方以如此强硬姿态对抗中央,本朝开国以来从未有之。

当鄂省留日学生江元吉在万人会场自断手指,以血书写"流血争路,路亡流血,路有国存,存路救国"这十六字时,其胸中涌动的爱国主义情绪自是出于赤诚。然而,声震屋瓦的哭声中,间杂着的却是铁路局董事们哧哧的笑声。以爱国之名,成功地煽动起民众的对抗情绪和对外国的仇恨,这是他们争来的与政府的最好谈判密码。而一直在窥伺机会的革命党人也从中嗅到了起事的机会,以"文学社"之名暗中行动的党人,已经在武昌小朝街 85 号总部进行了数次起事前的密谋。更有人以"奇谈"笔名在创办不久的《大江报》撰文,称这个大乱的年头来得好,"中国情势,事事皆现死机,处处皆成死境,膏肓之疾,已不可为,然犹上下醉梦,不知死期之将至,长日如年,昏沉虚度,软痈一朵,人人病夫",这个时候最需要来一场极大的震动来唤醒国人沉梦,“故大乱者,实今日中国之妙药也”。

事后查明,此报系革命党人詹大悲、何海鸣创办,署名“奇谈”者,乃是以专治经学名世的学者黄季刚,报馆被湖广总督瑞澂查封,詹、何各判刑一年半,但此报对大乱之世的呼唤,实已深入武汉三镇,并在不到半年之内奏其全功。

深恐过快推进国有化催生出种种乱象,乃有鄂、湘、川、粤四省督抚联名电奏中央:干路国有,民心愤激,势颇剧烈,恳即颁示办法,迟恐生变。但清廷似乎对这份来自一线官员的奏报没有予以特别重视,只是责成盛宣怀妥订善后办法。

盛宣怀的脚步却迈得飞快,上谕发布本月,盛宣怀就在北京与英、法、德、美四国银行团(汇丰、东方汇理、德华、花旗)签订了1000万英镑(先付600万英镑)的借款合同。粤汉铁路公司总理兼总工程师詹天佑——去广州前他曾经担任过川汉铁路总工程师兼会办——听到这个消息,在当天的日记中这样写道:“邮传部正在收回所有铁路(干线),是善是恶,终将有报。我强忍着不做任何评论,而每一个人都和我一样,洞悉此事。”①

中央与各省,致力推进国有化的大僚与商办公司的董事们以及以千万计的股民们,谁善?谁恶?谁将得报?詹天佑身在局中,语焉不详,而当时人也并非如他所言,能够穿透利益之争洞明此事。上至国务大臣,下至操纵铁路公司的各省咨议局议员,如果真的明白了前方有一个极大的厄运等待着他们,还会横生出那么多争执吗?倾巢之下,岂有完卵?他们没有那么蠢啊。

在种种的议论和争执声中,有人注意到,在帝国政坛消失了两年之久的前直隶总督端方悄然出山了。这一回,他是作为盛宣怀推动铁路国有化的搭档出现在公众眼里的。5月18日,清廷起端方以侍郎候补,充督办粤汉、川汉铁路钦差大臣。这是一个非常设性的机构,是专为推进铁路国有化而设的,有好事者揣测,端方是通过当年一起宪政考察的载泽的关系,在摄政王那里疏通了关系,甚至说动了隆裕皇太后,才捞到这份差使

---

① 詹同济编译:《詹天佑日记书信文章选》。

的。要知道，载泽的能量大得很，他是皇太后的姻亲，坊间传闻的京师亲贵“七党”，度支大臣载泽掌握财政大权，稳稳占了其中一把交椅。

由来皆知蜀道难，元戎复出竟奈何！自从两年前，在直隶总督领北洋大臣的任上因一件莫名其妙的小事得罪当朝皇太后遭革职处分，他在笼子里已憋了太久了。他还不老，刚过五十，权力对他还充满着魅惑。他希望把督办铁路的事办得漂漂亮亮的，既算是为国分忧，也能早日进入权力的中枢。但如果他预先知道，这是一条死路，他要去的，是他的终焉之地，他还会欣然前任吗？但即便他洞悉先机不去赴任，当一个王朝如大厦倾覆，他又何逃于天地间？

一个人的命运，因其处于时代剧烈变动的拐点上，处于各方利益集团的集结处，其实早已经提前写好，封入匣中。只是他不可能乘坐时间机器蓦然前往，揭开那个最后的谜，是以，所有人都在一场迷雾中前行，个人也罢，国家也罢，都还懵然不知接下来会发生什么。

# 第三章　青铜时代

## 1

一个人是他经历的所有不幸的总和。临死之际，端午桥的眼前如电光般闪过五十一年的生命，他会觉得，自己的一生实在是太不幸了。

尽管跪在资州天后宫硌得膝盖发痛的卵石路面上时，端午桥口口声声称自己并非纯血统的满人，并以自己的号“陶斋”作证，说祖上姓陶，明末时被乱军裹挟到了满洲里，不得已编入正白旗，改姓托忒克，但所有人都认为他在撒谎，他就是一个如假包换的满人，他死到临头自称陶姓汉人，只是为了讨好哗变的士兵，保住自己的一条小命。

他是口衔金匙来到这个世界的。出身于满族亲贵之家的他，曾祖是铁帽子王郑亲王九门提督的乌尔棍布，祖父文雅是嘉庆二十四年(1819)的进士，他自小过继过了伯父桂清。桂清曾任内阁学士、工部侍郎和内务府大臣，1879 年去世后，端方以候补资格保捐，分派工部，于满洲候补员外上学习行走。1882 年获得举人身份后，他在工部“入赀为员外郎”。因对文艺的热衷，尤其是对青铜、字画着了迷般的嗜好，这个旗籍青年才俊成了当时京城最为时髦风雅的人物之一。大荣、小那、端老四，是当时京城坊间哄传的“旗下三才子”。“大荣”是他姻表兄弟荣庆，“小那”是那桐，“端老四”就是在家排行第四的端方。那是 19 世纪 80 年代，这三个年轻的满族亲贵刚刚踏上仕途生涯，使用不尽的家产可以让他们置未来的世界于不顾，尽情挥霍享乐。“三才子”之名，既是世人对他们才华的褒扬，也隐含着对年轻人放荡奢侈生活的批评。但青年端方身上的才具却不是他那些玩伴们能比的，曾出任同、光两代帝师的翁同龢在日记中对这个年轻人多次称道表示好感：“其人读书多，与名流交往甚稔”，“看《礼器碑》《醴泉铭》，皆端午樵(桥)处借来”。①

入仕十余年，端方的职务获得了快速提升。1889 年因筹办光绪帝婚事时办事干练，他被赏加四品衔，几年后，因协助直隶总督李鸿章办理土药税厘有功，获得上司保奏，奉旨交军机处存记。戊戌新政时，还只是直隶霸昌道的端方被皇帝赏加三品卿衔，与曾赴欧考察军工的江南制造总局督办徐建寅一起主持新创办的农工商局局务。开局十余天他连上十个言事奏折，最多的一天，他曾创下连上三道奏折的纪录，其热情之高涨可以想见。但在一味激进的康有为看来，这个满族新贵却是个“但为骨董之学”的纨绔，当然他也看不得康的浮夸，认为他所拟的政令大多纸上谈兵。②

在戊戌年的政局动荡中，他开始受到了冲击，后来奇迹般地脱身而

---

① 翁同龢著、陈义杰校，《翁同龢日记》，中华书局 1992 年版。

② 有关端方的早年生活记述，参见张海林著《端方与清末新政》，南京大学出版社 2007 年版。

出。尔后，外放陕西，开始为按察使后晋升为布政使，并代理巡抚职务。光绪二十六年(1900)，山东、直隶闹义和团，他治理下的陕西境内，却民教相安，堪称太平。八国联军占领北京后，两宫西狩，出直隶、山西一路奔逃到西安，自是慈禧和光绪帝对这个自家人的信任。城下之盟既订，两宫回銮，端方以功调任河南布政使，光绪二十七年(1901)，升任湖北巡抚。日后有一个叫胡延的四川人到西安做官，忆起午帅的发迹史还是歆慕不已，“退朝高敞蓬莱馆，旌节花开一品红”，说的就是端方接驾有功位列封疆的往事。

他与湖广总督张之洞的相处并不愉快。在晚清政坛，张之洞以稳健的改革派著称，端方政声方隆，其思想的开明和改革力度都远在张之洞之上，他甚至顶着张的压力资助留日学生办报。督抚同处一城，难免生出罅隙，任职张之洞幕府二十多年的辜鸿铭，就非常看不惯端方，他曾经说，如果说荣禄、铁良以其忠勇和责任感代表了满族贵族中最好的典型，那么品行卑劣的端方就是最坏的代表，“端方是我认识的一不仅品质败坏而且行为恶劣到了令人震惊的中国八旗子弟”，此人是“中国的洛兹伯里爵士”，身上集中了一个浪荡子的所有毛病：浮华滥情，挥金如土，好高谈阔论，无耻而精明。比之端方的豪奢做派，张香帅的简朴几乎称得上一个圣人了，有一次，香帅和梁敦彦一起接待盛宣怀，客厅里没有像样一点的沙发，他们只好把一条红毡子罩在土坑上来冒充沙发。

辜鸿铭最看不得端方与外国人打交道，说他对外国人迷爱多情，频送秋波，既是装饰门面，也是看中了其中巨大的商业利益，他爆料说，这个二十年前京城时髦圈子里的混混，为了支付他昂贵的生活费用，中日战争前后就已经破产了，为了填补庞大的亏空，他就把自己的贵族身份做招牌，参与到外国人在京城和直隶的一些商贸活动，以此套取真金白银。甚至端方在戊戌新政时主持农工商部，在辜鸿铭看来也是一桩肮脏的政治投机。对故主的忠诚使辜鸿铭十分看不起这个新贵，他说，“端方，这个破了产的满族亲贵，还有从朝鲜回国的刚刚破产的暴发户袁世凯，一道与激进分子和极端分子携起手去赞助康有为的激进革新，在光绪帝变法维新诏令之下，端方因投机而得利，就任内务府三品衔大臣和农商部总监，但是后来康有为垮台了，他的党人也多死，端方却没有一点尴尬的样子，他要尽诡计，来了个一百八十度的大转弯，找到了约翰逊博士所谓的一个无赖最后的庇护所——爱国主义。”①

辜鸿铭说，端方能够在那场政变中脱身，一是他的亲贵身份在关键时候起了作用，一是他给皇太后写了一首肉麻吹捧的颂圣诗，这首叫《劝业歌》的马屁诗竟有如此功效，以致坊间讥之为“升官保命歌”。

辜鸿铭还说，他周围的同僚，包括座主张之洞本人对端方也十分憎恶，有一次在北京，一个幕僚对张之洞说，假如政府准备举行选拔，悬赏征召官员中的厚颜无耻之徒，所有大僚中端方总督肯定会得头奖。老张之洞当时着实地苦笑了一下，然后狂笑点头称是。端方调任江苏巡抚、摄两江总督后，有一次在武昌，张之洞模仿着端方一瘸一拐的蹒跚步态，咬牙切齿地说：此人现在竟成为一省之总督！语意间大是不屑。

在辜鸿铭看来，端方就是个戴着红顶子的脑满肠肥的白痴，丝毫不懂得与外国人的谈判。1905 年端方作为五个政府要员之一出国考察欧美宪政，在辜鸿铭看来也只是为了攫取更大的私利，他的目的就是两江总督这个肥缺。他的确如愿了。在两江总督任上，端方花费巨资建起了一所特殊学校，专用于教育出生于爪哇或其他荷兰殖民地的中国男孩子，同时，规划设计了一座豪华公园，里面只有两只幼狮，而花费竟高达一百万银两。当数以百万计的国民苦苦挣扎于饥馑线下之际，搞这样的面子工程，诚可谓丧尽天良。辜鸿铭还说，这个国家的蛀虫，不仅自己破了产，还把他当过官的那些省份都带入了濒临破产的边缘，以致坊间给午帅取了个“债帅”的外号。他的品行如此卑劣，就像一阵黑旋风，不仅吞噬着他周围的物质，也败坏着道德，以致当他离开两江任所前往北京时，有人写了一首促狭的诗发表在上海的报纸上来欢送他离境，中有“狐鼠都来穴建康”一句，意思是说，午帅在南京当总督时，所有肮脏的动物包括老鼠、狐狸，全都来南京安窝打洞啦。俗话说得好嘛，物以群分，人以类聚。

---

① 辜鸿铭：《中国牛津运动之内情》(The Story of a Chinese Oxford Movement)，中文简体版《清流传》，语桥译，江苏文艺出版社 2008 年版。

辜鸿铭神经质的恶毒咒骂，把真实的端方给妖魔化、漫画化了。事实上端方在朝野的口碑都还不错。在武汉和南京，他办起了几十所新式学堂并派出大批的留学生（他把长子也送去了美国留学），“设学堂，办警察，造兵舰，练陆军，定长江巡缉章程，声闻益著”。据说他初任苏抚时，属下按例孝敬，他把这些孝敬都捐出来给了两位留学生作路费。时人赞他，“苏鄂两省于现今留学界之能首屈一指者，皆出自我大人热心教育、极意培养之力”。曾受端方之邀整顿复旦公学的严复也说他“尤有政治才，在满人中亦不多见”，是当下督抚一级大员中的佼佼者。因其蔼然好客，雅好艺文，他的朋友很多，缪荃荪、罗振玉、况周颐等，皆是一时才俊，甚至一些早年的排满革命之士如刘师培等，也都与他有着不错的私交，刘师培失意于革命后，干脆从日本回国投进了他的幕下。

在大多数接触过他的西方人眼里，这也是一位善解人意、富有同情心的东方政治家。美国探险家威廉·埃德加·盖洛（William Edgar Geil）在中国南方旅行时，曾在汉口拜访时任署理湖广总督的端方，康奈尔大学高才生、日后的外交家施肇基担任了他们那次会面的翻译。

在这位探险家的眼里，这位巡抚大人一眼望去就不是凡夫俗子。眼前的端方有些显老，四十挂零的年纪看上去快六十了，中等身材，结实健壮，戴着一副外国产的金丝边眼镜。午帅以“真正的东方礼节”迎接了客人，让客人走在前面，这一谦逊的态度让盖洛顿生好感。长方形的会客厅，外观是纯中国式的，但室内的布置显出主人是一个新派人士。四盏盒状大灯笼悬挂在天花板上，中间是一盏英国产最新款式的罗彻斯特灯。一张西式长桌已摆放就绪，上面铺着雪白的桌布，上面安放着刀叉和盘子，配的椅子也是西式的靠椅。午帅坐在桌子一端，示意客人坐在他左首，这在中国是贵宾席。宾主坐定后，仆人端上四式茶点，水果、雪茄烟和香槟酒。照例，餐前要开香槟，客人表示滴酒不沾，于是午帅也把端起的酒杯放下了。当盖尔表示想与巡抚大人私人交谈的愿望时，端方就让所有人退下，只留下操持一口流利英语的施肇基陪同。

刚刚过去不久的义和团狂潮中，各地竞相以烧教堂、杀洋人为乐，山西巡抚毓贤甚至亲自在大堂上动刀。端方在陕西却顶着上面的压力，接纳那些渡过黄河前来求助的教士们，为他们提供食物和庇护所，派卫队把他们送到汉口上船回国。让人啼笑皆非的是，端方在内陆腹地做着这一切的时候，在京城，他的祖居竟被八国联军洗劫一空，连祖宗的神位牌都给偷走了。

据盖洛的访问记录，他和总督大人在会面中谈到了传教士的素质。端方认为，传教士在是中国内地绝大部分工作是令人称道的，尤其是那些同时有着医生身份的，救治了许多穷困无告的中国病人，但也有一些传教士触犯了大清律例，那就要把他们调任别处，确实有罪的还要遣返回国。盖洛注意到，总督大人说话的时候时常会扶一下眼镜，他前倾的身子表明了他的诚恳。

总督大人向客人透露，有一些传教士在向中国老百姓放贷，且收取的利息很高，问客人这事教廷是不是知道。看到客人张口结舌的样子，他笑了起来，说，《圣经》上说，凡欠人的都该偿还，救世主也曾纳过税哩，只要他们遵守大清的法律就行，美国传教士中还是有很多好人的，应该多派些受过好的教育、有好的人品的过来。

盖洛不无吹嘘地说："我们的会面持续一个多小时，他赠我一些价值不菲的礼物，还许诺向宜昌发电报，沿途给予我一切礼遇和所需的保护。分别时，他送我到露天的庭院，祝我一路顺风。此时，卫兵向天鸣枪数响以示敬意。我火速赶往码头，准备坐汽轮逆流而上，见识这伟大的扬子江。汽轮快要开动时，总督阁下派来的一个信使匆匆赶来，掏出一张总督的名帖给我，并送上最后的祝福。"①

## 2

工部是个闲曹，尽可以优游度岁，难怪旗下少年趋之若鹜。二十二岁纳赀为工部员外郎的端午桥，案头事儿一放下，得空就出去收罗青铜瓷器，研习鼎彝、碑碣上的铭文拓本，从前人墨迹中揣摩其笔意、心意，三年

---

① [美]威廉·埃德加·盖洛《扬子江上的美国人》，山东画报出版社 2008 年版。

下来，午桥在京师士大夫中已博得精于金石鉴赏的盛名。前述翁同龢向他借观碑帖，即是一例。

他成为晚清中国最为杰出的鉴赏家，一个有史可稽的原因是他曾经受到过行家们的奚落。某日，盛昱、王懿荣几个大家在鉴赏一件碑刻时，旁观的午桥插话向他们提了一个问题。或许是出于对只知捧戏子吃花酒的旗下少年的成见，几位大佬没有理他，且神情鄙夷。午桥离开时说，三年后他再来会一会他们。自此以后，他成了琉璃街的常客。午桥在工部任职时的同僚何刚德说，那时候的午桥性情颇为不羁，“自为满人，偏诋满人为不肖，鉴赏金石，颇负时名”。①

三年后，他真的让这些金石学界的大佬们刮目相看了。及至就任督抚级的大员，任官各地，收藏古物的热情更涨，“生平宦囊皆耗于此”。日后编纂《陶斋吉金录》，他在序言中自述对收藏的入迷劲：

> 余早岁官京朝，簿领之暇辄事搜讨，稍稍有得。继之官秦中，古帝王之都多重宝奇器，往往朝出墟垄，夕登几席。西北土躁，故字迹花纹完整者多，摩挲屡眷，心赏珠惬。洎移节鄂湘，东下三吴，或新发于土，或得之旧家，物聚所好，时复增益。②

辜鸿铭说他玩物丧志，搞得几乎破产，从他追索古物一掷千金的豪情来看，倒也不算太冤枉他。

1901 年秋天，午桥在武昌官邸与一帮好友赏玩、品评秦代铜制诏版的照片，显示了他对金石的酷嗜。在这帧名为《陶斋评权图》的照片中，时任湖北巡抚的午桥身着长袍马褂，头戴瓜皮帽，蓄两撇短髭，戴着一副当时尚属罕见的眼镜，一副从容儒雅的学者风度，端坐在一张造型考究的太师椅上。陪他一起品评的四个朋友，或立或倚于一张瘿木桌旁，几上摆满了

---

① 何刚德《春明梦录》，《民国笔记小说大观》第三辑，山西古籍出版社 1997 年版。

② 《陶斋吉金录》“卷首自序”，1908 年辑于金陵。

端方收集秘藏大小各异的“权”——即秦铜妆诏版和秦权量器。

据端方在照片上的题记，他们这次评品的古物，有秦大权两件，皆重五十三斤，十余斤至数斤权五方，量器二，铜诏版一，大小轻重凡十器。同赏的四友，一为圈内人称文石的鉴赏名家李葆恂，居于照片最右，左手执团鹿，右手抚权器，一副神定气闲的模样。另三人，身世经历不详，想来也是和端方一样的金石古董爱好者，端方记下了他们的名字，自左至右依次是：锡眷臣太守，黄左臣别驾和程伯臧太守。此五人，聚于一室，“摩抚残诏，追经故里椟臧都归灰烬，未尝不叹子遗之可贵，而又私喜赏音之不孤也”，想来端方在武昌任上时，公务之暇时常有这样的雅集。

这张承载着一段美好记忆的老照片，日后落到了收藏家费念慈的手里。那是午桥死后许久的事了。照片下方有费念兹的四句题诗：“话旧论文泪满衣，前尘如梦事全非，重编汉上题襟集，送我秋江放棹归。”末尾附记：“辛丑十月方陶斋仁兄于武昌，乐数晨夕，净归题此。”故物尚存，人已死于非命，世事真是说来堪惊！

还有一帧照片，午桥身着细丝袍子，站在镇江焦山江心岛著名的瘗鹤铭摩崖石刻前。那是大概 1905 年夏天，他还在湖南巡抚任上，出国宪政考察前不久，他刚刚主持了这件称为碑中之王的法书杰作的打捞工作。这件被万历年间名士王世贞赞为“古拙奇峭，雄伟飞逸，固书家之雄”的石刻，有一段故事，说的是南北朝时一个名士因家养的一只鹤死去，写下铭文并刻于断崖，日后因遭雷击，这块石刻崩落江中，只在秋冬枯水期才有部分重现天日，有些字也被水冲得漶漫不清了，康熙年间，有个退休官员雇人从江中捞出数块残石，计得九十三字，午桥考证出《瘗鹤铭》全文共一百六十余字，于是募集水性好的人打捞，许诺给以每字五十金的酬劳。这则故事的前后因缘曾被清末报人汪康年写入他的笔记中，以表彰午桥彰显文化之功。①

午桥痴迷于收藏，或许与一个时代的学风有关。同光年间，士大夫笃好经世、金石之学蔚成风气，以翁同龢、潘祖荫等当朝显贵为首，京师上自

① 汪康年《汪穰卿笔记》，中华书局 2007 年版。

尚、侍，下至编、检以及部曹，无不靡然相从。昔年张之洞在翰林院任职时，与王懿荣、吴大澂等收藏名家订交，就写有不少品论金石的文字。据刘成禺《世载堂杂忆》披露，午桥与张之洞同处武昌时，两人经常闹些不愉快，张之洞对午桥的学识颇不以为然，说他不过搜罗些假碑版、假字画、假铜器，谬庸风雅。还有人说，午桥投到收藏里的钱，都是贪污公款所得。更有人言之凿凿，许多归到午桥名下的藏品，有的是久借不还，有的是他利用手中权力巧取豪夺得来的。比如，以研究甲骨文著称的“铁云先生”刘鹗，藏有一块宋代端砚，午桥为了搞到它，给刘罗织了一项“私售仓粟”的罪名把他发配新疆。① 检举者们还说，甚至他还把手伸向了曾经有恩于他的翁同龢，翁开缺回籍后，午桥以借为名向翁的家人索去了孤本《娄寿碑》，作为他替翁奏请开复的条件，开复的事没有下文，事后翁家愿以五千金赎回此碑帖，但遭到拒绝。

尽管经受着种种责难，午桥海内收藏名家的声名还是不胫而走。从他四十岁那年起，他建立起了一个由青铜器、古玉、石刻、瓦当、古印、字画组成的庞大的古物王国。这个世界有何等规模？朋友郑孝胥说的“收藏甲天下”还只是泛泛之语，监察官员、藏书家胡思敬说他移任时，数十年间收藏的玩好、书画、碑帖装满数十车，“运之不尽”，当无夸大。② 直到1916年，那时距端方死于乱军阵中已有五年，藏品也散佚不少，北洋政府收藏午桥旧藏，开列清单上的吉金乐石、名画宝书超过一千三百种，其中仅是古石，就有一千余方。③

《清史稿》说：“端方性通脱，不拘小节，笃嗜金石书画，尤好客，建节江、鄂，燕集无虚日，一时文采几上毕、阮云。”把他比作前朝毕沅、阮元一流的人物。同时代官场中一些有同好的官员不无歆羡地说，不管政务如何繁忙，午桥总会抽出时间来和一帮朋友饮酒读画、摩挲金石，一派名士气度。曾入午桥幕府的况周颐、邓邦述等人曾说，座主吸引他们的，不是

---

① 此说来自郑逸梅，见《珍闻与雅玩》，北京出版社1998年版。

② 胡思敬《国乘备闻》，重庆出版社2007年版。

③ 林宇梅编，《北洋政府收购端方所藏文物有关文件》，中国第二历史档案馆，《民国档案》1995年第2期。

处理政务时的谋虑周全和那股子狠劲，而是他对已经逝去的那个世界的无比虔敬之心。无疑，那是一个辉煌的年代，而午帅，“以考订金石为大宗”，以一颗粹然古心，坐拥那个世界，让每一件古器物都带上自己的体温，他简直是安心生活在那个古意盎然的世界。

在所有这些收藏品中，午桥最看重的是青铜器，且年代愈久远愈好。国家自商周以来，祭器和礼器率由青铜铸造，摩挲这些层层绿锈包围的国之重器，研究上面精美的图饰和铭文，午桥看到的是一个个落叶般的世代，他或许还看到了时间的秘密，时间是螺旋形前进的，如同戏台上方制造出回声的藻井。

在他收藏的四百余件青铜礼器、兵器和衡器中，有一百多件来自商周时代，他最引以为豪的是1901年出土于陕西凤翔的一件商代酒器，由于长年埋藏于干燥的黄土中，这件酒器上的绿锈是浅褐色略带一点橄榄绿。他告诉过幕僚，他甚至能闻到隔着数千载的丝丝缕缕陈年的酒香。另外一件他喜欢的，是差不多同时期出土于陕西宝鸡的一件商代礼器。当他于1908年为这些青铜器编制一份目录时，他把这两件酒器放在了《陶斋吉金录》开篇的首要位置上。在这本金石目录中，令人印象深刻的还有北魏的一尊金铜弥勒佛像，火焰式的光环和人物衣饰褶皱的雅致线条，在每一个观者那里都会唤起美学和宗教的双重回应。据说这尊佛像曾是湖南一座破败的寺院的镇寺之宝，午桥出了一大笔钱重修庙宇，当家和尚才同意把这尊鎏金佛像作为回报送给他。

午桥对青铜器近乎狂热的嗜爱，甚至影响了他的朋友，来自美国的艺术品收藏家约翰·福开森(John Calvin Ferguson)。1887年，这位出生于加拿大安大略省的基督教殉道宗传教士坐慢船来到中国，在镇江这座小城学习中文，当他的中文熟练到能够与乡人交谈无碍时，他来到南京，出任了日后的私立金陵大学的前身——汇文书院的校长。90年代初，与版本目录学家、南京钟山书院院长缪荃荪的一次偶然结识，使他初窥青铜器铭文的堂奥。随后，缪把他引荐给了好友端午桥。福开森先生说，正是午桥的丰富藏品，为他敞开了一扇进入青铜器世界的大门。他回忆说：“许多个夜晚，在南京副王府衙，我与他共享摆放在大诸葛亮鼓上的晚宴，而我们自己则以小鼓为座。”

福开森所说的“诸葛亮鼓”，据《陶斋吉金录》里的图录，可知是出自中国南方边陲和安南的一种鼓，高的齐膝，矮的如马扎，鼓身有许多装饰性的纹饰，既用作征战和庆典，也是祈雨仪式中的一种礼器。午桥收藏了许多这种南方的鼓，因此拿来作了晚宴的餐桌和餐椅。

福开森继续描绘他与端方在南京的那次别致的晚餐：

> 这种场合因展示一些新近获得的青铜器珍宝，显得更加与众不同。他在《陶斋吉金录》中留下了伟大藏品的完整记录。在浏览这部著作时，我总是想起这位伟大的鉴赏家触摸他美妙的青铜器时，那炯炯有神的双眼和紧张不安的动作。

午桥给他讲鉴赏圈的那些佚事，盛昱、刘铁云、吴大澂、刘心源，一个个全是令他血脉偾张的杰出学者的名字。午桥还传授他古铜器的鉴别之法。商周的铜器，叩击时会发出清越的声响，而宋元以后的，叩击时声音模糊不清。另一个方法是鼻子去闻，当用掌心轻快地摩擦时，上古时期的铜器不会散发出腐臭味，而唐以后的器物就没有异味。

一个二十八九岁的年轻人，在南京森严的府衙里与一位著名的学者和鉴赏家探讨中国古典文化，这在他肯定是一种珍奇而兴奋的经历。多年后，福开森写作《简明中国艺术史》时，他还会想起南京的那个晚上午桥对他说的那番话。他把艺术品分为金石（金属、石器和瓷器）和书画两大类，并说金石学与考古学天然有着不可分割的联系，就是来自午桥的启悟。

福开森自某次在江孚轮中偶遇前往武汉视事的盛宣怀，得到了一个前往上海南洋公学出任监院的机会，自那以后，他出任张之洞、刘坤一幕僚，就任邮传部顾问，与午桥几乎再无直接见面。午桥横死后，他出手买下了陶斋的许多旧藏品，以作对故友的思念。现藏英国弗利尔美术馆的东晋画家顾恺之手卷《洛神赋图》，据说就是端方的儿子继先出售给福开森的，1914 年福开森在写给画商弗利尔的信中说：

> 前任总督(即端方)之子来见我,请我与他一起去见他母亲。他们非常着急搞一次出售,因为他们在中秋节之前有几笔债务需要偿还。你知道在中国有三大节日必须支付债务。而这个不幸的家庭自从他们的父亲死去后,除了家藏的一些艺术品外已别无长物了……自革命以来,这些画就藏于天津。

那一次,弗利尔从福开森手中得到的陶斋旧物,还有一幅北宋名家李公麟的山水长卷的残页,因为这件画作的真伪存有诸多疑点,弗利尔只同意支付三百余美元。

## 3

1906 年夏天,前工部官员何刚德在庆亲王奕劻的王府里见到刚刚结束宪政考察回来的端午桥时,午桥第一眼并没有认出他。何刚德长午桥六岁,初登官阶时是进士身份,而午桥不过是一个举人,二十多年前他们同在工部任芝麻小官时,他的官阶要高于午桥。但此时见面,午桥已历任多个省份的督抚,又是回京述职的钦差大臣,已使旧日同僚相形见绌。

何刚德以下属之礼参见午桥,因为两年前午桥短暂署理两江总督时,何是苏州知府。午桥执意不让,两人推让一会,谈了一阵年轻时在工部工作的趣事,交换了一些昔日同僚的信息,话题就转入了时局。给何刚德的感觉,刚刚镀金回来的午桥气概之盛,真有不可一世之感。他变得很爱说话,滔滔不绝地谈时政,谈立宪,让何刚德几乎找不到插话的机会。其实午桥根本不需要他人插话,他的每一场交谈,都像是一场小型的演说会。"欧美立宪真是君民一体,毫无隔阂,我大清真该早日仿行之"。他还盛赞欧美的新闻制度,"无论君主、大总统,报馆访事,皆可随时照相,真法制精神也,中国宜师其意"。言语中对中央政府在宪政一事上的迟滞态度颇有微词,对执掌中枢的中央衮衮诸公,提起来更是不屑。

不久后,何林刚从邸报上读到了端方向朝廷汇报考察结果的《请定国是以安大计折》，感慨自己与老同事思想之日新月异相比，真不可以道里计。这份奏折之要旨，在于呼吁中央，以日本明治维新为蓝本，尽速制定宪法、推进政改。端方大胆宣称，立宪与专制，向有优劣之分，而君主与共和，则只有形式之分，如果宪法受到尊重，君主和臣民，大家都是在同一规则下行事，可望和衷共济，如果没有宪法制约君权，则人人都可能成为潜在的破坏者，"设立政府所以谋公共利益，保全国民之治安兴盛利乐，非为一人一家或一种人之幸福尊荣私利也"。看在早年同僚的分上，午桥还送了他一册自己所编的《欧美政治要义》，告诉他，中国的立宪运动必须先研习各国成功经验，方能少走弯路。

午桥回国后在两江总督的任上又干了三年，其间还经历了高层政坛的诡谲一幕，光绪皇帝与慈禧太后在紧挨的两日里相继去世。或许是期望半个世纪前同治中兴的余光能够返照，太后在弥留之际最后一刻的清醒中下达了一道懿旨，宣布由光绪的亲弟弟、年轻的醇亲王载沣出任摄政王，遇有大事则向大行皇帝的皇后、隆裕皇太后面请施行。一个后威权时代降临了，几乎和半个世纪前咸丰帝去世后如出一辙的权力架构——年轻能干的小叔子和深宫里拥有最后决策大权的嫂子。但帝国最好的时光毕竟已经逝去，这样一个曾经成功的搭配，已无法给大清带来新的辉煌。

摄政王载沣刚一上台执政，就对他治下的高级官员来了个大动作。先是以照顾"足疾"为名，把慈禧太后生前引为肱股的重臣袁世凯开缺回籍。年轻的摄政王（这一年他只有 26 岁）之所以这么做，政治经验不足是其一，更重要的是，他对这个当代曹阿瞒的一份忌恨之心，因为传说中是袁的倒戈给了他的哥哥致命一击。后来的历史走向证明，摄政王出的是一记昏招，不仅给早已炽烈燃烧的民族主义情绪火上浇油，还放虎归山，亲手制造了自己最大的敌人。袁世凯出京是 1909 年 1 月。这年 6 月，原直隶总督兼北洋大臣杨士骧突然暴病，载沣又把端方从两江急调补任。直督为疆臣领袖，世人一向瞩目，午桥到任不久，朝野就有传言他将进入军机处获得大用。外媒报道称，从端方的这一新任命看到帝国"伟大的商贸开放"，此举将极大推动大清国的改革走向纵深。一任一免，却是儿女亲家（端方的一个女儿嫁给了袁世凯的儿子），个中滋味，实非外人能够体会。

几乎所有人都认为，这个思想开明的满洲亲贵前途将无可限量，极有可能成为满洲新一代的政治领袖。但接下来发生的事却让人大跌眼镜，这个行情看涨的新总督只干了不到半年，就遭革职处分，政局的变幻着实令人吃惊。

此事太过突然，坊间自是议论纷纭。而究其起因，却与一桩葬礼有关。

这年11月15日，内务府决定把慈禧太后梓宫安葬遵化州菩陀屿的东陵，端方以地方疆臣大员，例应供差。热热闹闹的奉安大典办毕，本该歇口气了，随扈的农工商部左丞、散秩大臣世袭一等肃毅侯李国杰突然发难，弹劾端方在太后的安葬仪式上“大不敬”。疏状称：

> 不知陵寝何地，端方何人，当梓宫奉安之时，为臣子者，抢天呼地，攀号莫及，而乃沿途拍照，毫无忌惮，岂惟不敬，实系全无心肝……该督平日之间，藐视朝廷，胆大妄为，无所不至，推其原故，盖由皇上正在冲龄，监国摄政王谦和驭下，乃敢目无法纪，肆意妄行，若不明申禁令，加以严惩，恐臣下纷纷效尤，而履霜坚冰，朝纲将从此尽隳。

李国杰参劾端方奉安大典上的失礼行为，主要集中在三个细节：一是派人沿途拍照；一是大典进行中端方的大轿从侧旁“横冲神路”；一是于风水墙内借行道树为电杆。

疏状一上，摄政王批示交部严议。端方也没想到事会闹得这么大，急向内务府太监总管小德张求情疏通。就在大典前不久，隆裕太后命亲信太监小德张检查由北京到东陵的灵道时，他曾和奉天辽北总统张勋、武卫左军总统官姜桂题等一众官员拜访过这位宫中内监头目，也算是浅有交情。殊不知那次拜访，虽然一开始小德张因与他弟弟端锦有旧，对他也算格外留意，却因他疏阔、倨傲的个性，已经无意中得罪了这位太后眼前的红人。那次拜会，他没准备礼物，对这个宫中内侍也没太放在心上，会面时，心思缜密的张勋注意到，端方只是略微动了一下胳膊以示行礼。正是这个不经意的动作，让小德张一下子对他种下了傲慢、无礼的坏印象。当时端方如果及时觉察了，作出修好的举动，送些钱财疏通下关系，也不会招致后者的落井下石了。端方在小德张处“屈意相求，至于长跪”，甚至禁卫军大臣载涛一起帮着求情，小德张还是封着个长脸，不为所动。三日后，这个坐镇一方的大吏竟以“恣意任性，不知大体”遭革职查办，接替他职务的，是原湖广总督陈夔龙。

因照相而获罪，舆论一时大哗，《大公报》以嘲讽的笔风调侃当局，为端方鸣不平：“今直督端方竟因此而蒙不敬之罪，殊属出人意外。由此推之，凡近来以摄影为纪念，以电机通言语者，要皆以不敬待之耳，否则何解于端方之革职？”

李国杰是前朝重臣李鸿章的孙子，他又为何要小题大做，非置端方于死地不可呢？他们之间难道有什么解不开的死结吗？坊间传言，李国杰是为他的岳父杨崇伊复仇，才出面参奏的。

李国杰的泰山大人杨崇伊，在戊戌年的帝后纷争中，是坚定的后党，参劾康梁的强学会、参劾文廷式、上书请太后训政，都是此公杰作。此人逮谁咬谁的行径，让当时以新派自居的端方很是不屑。可能是杨崇伊的人品实在太差了，连慈禧也看不上，不久，杨丁忧回籍守制，还只是一个浙江候补道的虚衔。在苏州（一说是扬州），此公为了抢夺一个妓女作妾，竟然纠众持械与人大打出手，江苏布政使瑞瀓上报到两江总督端方那里，端方上奏，将此公革职，驱逐回原籍常熟，交地方官管束。因是之故，杨对端方实是恨之入骨，曾写信给京中的女婿李国杰说：“吾齿暮，此恨今生弗能报，汝当为我雪之！”

但据时任外务部副大臣曹汝霖的回忆，李国杰是杨崇伊的东床不假，但出面参劾端午桥，只是好友冒广生的一时激将，远不是坊间传闻的扶私报复。当时李国杰参加奉安大典后，与任职农工商部郎中的冒广生谈及端方在现场派人拍照的种种，冒说，此属大不敬，你身为御前大臣，敢弹劾吗？李国杰经他这一激，即说，有何不敢？于是由冒草拟疏状，李国杰出面参劾。

曹汝霖回忆说："伟侯（即李国杰）公子好出风头，鹤亭（冒广生）名士喜弄笔墨，而摄政王对于大行皇帝之事特别严重，二人或有揣摩迎合之意亦未可知。余与二人均系熟友，一日我问伟侯，君与午桥是否有过节。彼笑答，因鹤亭激而出此，想不到午桥竟受到这样的处分，言时有悔意。可见上奏权不应滥用也。"

李国杰对曹汝霖说的这番话，肯定是为自己洗地无疑。身为大臣，怎会视参奏如儿戏？但李国杰的参折的确只是引发端方倒台的一根导火索。照相案事发后，摄政王还想回护端方，对军机们说"端方办事颇有才略，朝廷夙所深知"，但上面坚决要求处理，这是因为，端方得罪的不是一个小小太监，他得罪的乃是天朝最有权势的女人，大行皇帝的皇后、当今的隆裕皇太后。

据《新闻报》载，奉安大典时，身为直督的端方带着一帮随从忙前忙后，一直到晚也顾不上歇息。有两位是福升照相馆的摄影师，经过化装也混杂在了他的仆从里。当隆裕太后的乘舆经过时，两位摄影师支起镜架正欲拍照，镁光灯闪过冒出的烟引起了主祭官员的注意，"侍卫、大臣等即大呼有刺客，指镜架为炮架。太后大警，遂立传懿旨，严拿当晚护卫大臣"。照旧例，奉安大典在直隶地界上举办，陵差随驾的王公、大臣、内侍们，直隶段都给钱打点，端方的吝啬早就招致了这些人暗底下的不满，当有人指着照相镜架为炮架时没有一个站出来纠正，没准儿他们还捂着嘴在偷乐呢！两位可怜的摄影师当场被逮捕收监，器材被收缴，经现场审讯，牵出了私放他们进场的直督端方。

隆裕这个女人是多年媳妇熬成婆，她初掌权柄，对当年慈禧太后一言九鼎震慑百官的威势自是向往不已。大典现场突然受到的惊扰让她恼怒无比，事后李国杰的参劾更让她火上添油。她想借着端方的官帽，来树一树皇太后的威权了。李国杰的参折一上来，她马上召见肃亲王善耆，气鼓鼓地说："余不预政事，故不足以起人敬畏，尔等试思，倘有对于孝钦皇后为此举者，尔等可担得起否？"到底是个没见识的小女人，拉出个已故皇太后来，意思是此事不处理就没个完。她就不想想，她能与那个独掌帝国最高权柄近半个世纪、玩弄大臣于股掌的女人相比吗？照相案至此已无悬念，凭借着慈禧太后的政治遗嘱上台的摄政王也怕引火烧身，于是同意了隆裕皇太后提出的严惩要求，把端方革职永不叙用。正在效仿东西方文明君宪的大清国，居然这等顽固，一时境内外舆论大哗，认为这不特专制守旧，简直是野蛮人也干不出的，后人有叹：清有长城如此，而顾以微瑕黜之，此清之所以亡哉！

大清一时半会还亡不了，端午桥的政治生命却好像到此终结了。回想起自己顺风顺水的官场生涯，从京城小吏到督抚大员，再出洋考察，再一跃而至疆臣领袖，国家的宪政还没个着落，正想一展平生之志，却因无意得罪一个女人落得如此下场，午桥只觉得自己做了一场大梦。人走茶凉的炎薄世味他是体味到了，墙倒众人推的险诈人心，他也一一看清，在他落职闲居的日子里，给他安慰的，还是那些不会说话的青铜、古瓷。不久，曾经觊觎他古物藏品的御史胡思敬再发劾章，参他在两江总督任上"贪横"十大罪状，内阁发交张人骏负责调查，最后结论是：尚无罔利行私实情，惟束身不检，用人太滥，难辞疏忽之咎，现在业已革职，即着毋庸再议。

对于一个出洋看过世界、了解国际大势，又深知权力玄妙的人而言，让他在四十九岁的壮龄就退出人生的竞技场做一个看客，那两年，午桥被深深的寂寞笼罩住了。表面上，他在天津寓所的日子过得优哉游哉，与缪荃荪、刘师培等一帮清客品陟古物清玩，载酒看花，一派名士气度，但清静下来，那浓重的寂寞就像一张铁幕，要把他生生憋死。他无时不刻都在想着冲破这张铁幕，东山再起。

他警觉地关注着朝局的风吹草动，希望找到重新入局的机会。机会不是没有，眼下赵尔巽从四川调任东三省总督，让出了四川总督的缺，要逐鹿，正是时候。他这回学乖巧了，拿出了几十万去钻门路，想要把两年前莫名其妙弄丢了的总督再给捞回来。四川总督的帽子没有抢到手，邮传部大臣盛宣怀办理铁路国有，想要借重于他，把他推上了川汉、粤汉铁路总督办大臣的位子，他想这世事也不可能全都顺着自己来，也就答应盛宣怀，一起去为铁路的事博一博了。

# 下篇
## 午桥之死

## 第四章　大波

### 1

蒲殿俊是最早知晓朝廷将推行铁路国有政策的少数几个四川人之一。诏令下达的当天，他正在北京。身为四川咨议局议长的蒲殿俊，此番和副议长萧湘一起来京，是来出席一个重要会议。这个会议对外的名义是第二届直省咨议局联合会，实际上是一个组党会议。近两年来，全国二十二行省咨议局都已兴兴头头开幕，且在地方事务中对政府的制衡作用愈益明显，筹组一个有着统一纲领的政党，正当其时。

晚清的立宪大潮中，川省因地处僻壤、交通阻隔，立宪派人行动迟滞，前几次请愿行动，都鲜有川人参加。然而一旦他们卷入浪潮，则大有后来居上之势。此次参与大会，蒲殿俊和萧湘等人都是骨干。

组党会议程序繁复，吵吵嚷嚷，从 5 月下旬开到 6 月 4 日，历时半月，方始闭幕。一开始，他们想给这个党取名为帝国统一党，经梁启超提议，才正式定名为宪友会，选举出湖南咨议局议长谭延闿为主席。萧湘代表四川省也有任职，也算是阖省有光了。会议中途，因铁路国有政策出台，谭延闿联合一帮湖南官绅前往都察院，递交了一份抗议书要求阻止，蒲殿俊和谭既是同年，也是好友，于情于理都要前往助阵。

蒲殿俊和谭延闿，都是1904年科举末班车的乘客，在那场告别仪式般的会试中，他们都有幸成了帝国的末代进士。不久，谭进翰林院任编修，蒲任法部主事不久，考取了公费赴日留学的资格，进东京法政大学读书。蒲殿俊1909年回国后，邮传部曾调充其担任交通传习所教务长，他没有到任，在宪政编查馆短暂工作了一段时间后，适逢各省咨议局纷告开幕，他回到家乡广安州，被推举为四川省咨议局议员，出任议长。谭延闿此时也成了湖南省的立宪派领袖，任湖南咨议局议长。两人有同年之谊，目下又是积极推动立宪政治的同道，两人都觉因缘际会来之不易，自当倍加珍惜。

留学日本那五年，蒲殿俊并没有好好读书，他的主要精力几乎全被家乡四川的铁路牵扯住了。川汉铁路公司成立于1904年，最初是完全官办的，虽然后来因地方绅商所请，吸纳了部分民间商业资本，但先天就带着官场的种种弊端与恶行，股本挪用，贪腐丛生。蒲殿俊发动川籍留日学生，募集到了三十多万两，拉起个“川汉铁路改进会”，自任老大，号召川人自办铁路，他执笔的《改良川汉铁路公司议》投书当时的四川总督锡良后，据说深得欣赏。1907年锡良调任云贵总督前，把川路公司转为纯商办，不说全是蒲的这份建议书的功劳，但还是起了潜在的影响。可笑的是，当时在日本的蒲殿俊不知内情，还特意赶到上海，去拜访传说中即将出任新川督的岑春煊，吁请他同意川路商办。岑说了原委，他才知道，自己这些年在日本的奔走还是起了作用的。

因了两任川督的器重，再加上进士出身和留学东瀛的新派背景，蒲殿俊在四川的声望，如同《时报》所称，“所至为设供帐，妇孺莫不知其名”，几乎到了神一般的地步。因此，当该省咨议局推举领导人时，蒲殿俊毫无悬念地成为了首任省咨议局议长。其他两位倡言宪政最力、出任副议长的，一位是有着帮会背景、人称“老舵把子”的川中名士罗纶，西充人；一位是曾和他一起留学东京法政大学的涪州人萧湘。据熟悉内情的人说，蒲殿俊其人优于文学，绌于行政经验，故在咨议局里最有话语权的还是罗纶。

蒲殿俊发现，川路公司的腐败，并没有因为改名为商办而有所收敛。

从公司的运行来看,商办只是挂了个羊头,卖的还是官僚资本的狗肉,公司的各级管理人员,都是由政府一纸委状而不是股东大会任命的。蒲殿俊当选议长后的第一个大动作,就是以咨议局的名义对川路公司进行了一次大整顿。原始董事会十三人,有六人系与咨议局关系较近者(后来有四人当选议员),1910 年第二届股东大会改组董事会,咨议局议员五人当选。四川的立宪派人与铁路的关系搅合得如此之深,在同样修着铁路的几个省份如湘、鄂、粤看来,几乎是不可想象的。

铁路国有的诏令一宣布,蒲殿俊预感到,麻烦事来了。平心而论,国家接手铁路,早日建成有望,既可谋交通便利,又减免了川人负担,自是圣朝良策。然而令他忧心的是,谁来保证铁路公司的利益?川路铁路募集到的近千万两资金,虽只占总投资预算的九分之一强(工程预算总投资九千万两),但一代一代地修,一代一代地租股,这路总有个修成的时候,这两年修路无多,用去的款子、投资损失的银子,加起来已是一笔吓人的大数目,新政策一来,这笔钱该谁来埋单?以精明著称的邮传大臣盛宣怀大人肯吗?脑子里架着一台算盘的度支大臣载泽大人肯吗?如若政府强行坚持铁路国有,不愿意替铁路公司埋单,又该当如何?

宪友会还没闭幕,他再也待不下去了,给萧湘作了些交待,他告假提前踏上了回四川的路。出京前,蒲殿俊对湖南咨议局的一个议员朋友说:国内政治已无可为,政府已彰明较著不要人民了,吾人欲救中国,舍革命无他法,我川人已有相当准备,望联络各省,共策进行。

话说得好听,脑子里盘算着的,除了银子还是银子。

四川收到铁路国有诏是 5 月 11 日,比廷寄迟两日,也不算晚。护理四川总督王人文收到文件,找来川汉铁路公司的董事主席和副主席,商议如何应对中央的政策。这董事主席和副主席,都是董事会改选时咨议局推举上去的,蒲殿俊不在,他们也不好随便表态,几个人谈了半日,硬是理不出一个头绪来。这就是辛亥年的铁路风潮中,两湖和广东都闹腾得那么凶了,四川还一片静悄悄的原因。

咨议局的设立,本是中央为了让各省人民练习宪政,也是为制约尾大不掉的地方政府权力，一石二鸟的最初设想在实行中已大奏其效，官员们都在说，自从有了咨议局，这官就没有什么当头了。甚至有的省咨议局开会，喊总督巡抚去讲话，总督巡抚站着说，议员们坐着听，听着不满意，还可以当面责问。四川省的情形也大抵相仿，董事局两位主席彭兰村和都永和，一个劲地向制军大人表达歉意，说一切要等蒲殿俊议长从北京回来再议。

川人迟迟没有发动，另一个重要的原因，是川汉铁路公司高层一开始对这项国有化政策并不感冒，甚至在他们的内心深处是有些求之不得的。何以如此？原因还在银子。川汉公司虽在1907年转为了纯商办，但旧时代遗留下来的疑难绝症并没有得到解决，内部的贪腐风气变本加厉。一年前，一个叫施典章的财务总管（他还有一个身份是前广州知府）把公司闲置资金私自挪用，投入上海股票市场，在雪崩般的股灾中造成三百多万两本金的巨额损失。再加上各种开销和花费，筹集到的资金已损耗尽半。因是之故，公司高层对铁路国有化政策的态度是乐观其成，朝廷要办铁路，就把路权拿去好了，当然条件也是有的，朝廷必须支付已经花费的全部费用，得先把这些亏空补回来才行。

著名报人邓孝可在《蜀报》发表《川路今后处分议》称："今政府此举，就吾川人言之，尚不无小利。故就愚见所及，吾川必欲争川路商办，甚无味也。以交通便利言，则国有自较速，以股息之利言之，则商办亦难期。况吾川路公司成立之性质，记者始终认为谋交通利益而来，非为谋路股利息而来者，故曰，听'国有'便。"对川路公司账面上现存的近千万资产，邓孝可认为都应该留在川省，他还一厢情愿地对之作了用途规划："以一百万金，力扩川航事业，以五百万金，充地方殖业银行资本，以二百万金，为川省教育基金。"邓孝可是川路公司的股东，他曾经留学日本，以梁任公门人自傲，又家境富有，其父是重庆"洋火"富豪邓命辰，在夔州办有宝华煤矿公司及一家火柴厂，他对此事的观点，足可以代表一大批绅商的看法。然而不久后，他的态度竟来了个一百八十度的大转弯。

蒲殿俊从北京回到成都后召集的川汉铁路公司临时股东大会，提出的意见基本上也与邓孝可相同。那次会议因筹备仓促，出席的股东们不是太多，省咨议局的议员们却悉数到场。会上形成的决定，大意谓，铁路国有化可以有，但朝廷在推进时一定要考虑投资人的利益，必须先把公司历年花费特别是上海钱庄倒账亏损部分还上，他们提出的要求是偿还六成现金，再搭上四成股票，并把宜昌段所存现金 700 万两及其他陆续到账的股款，一并交由川人来打理。

中央政府会同意他们的讨价还价吗？很不幸，他们这回遇上的是帝国最精明的红顶商人、“总揽轮船、银行、铁政、炼冶、煤矿、纺织诸大政”的邮传大臣盛宣怀。5 月的最后一天，盛宣怀与新任督办铁路大臣端方联名，向护理四川总督王人文发去一封电报，电文大意称，中央之所以宣布铁路干线国有，既是为了统一路权，更是为了舒缓各省人民的痛苦，因为这几年来铁路商办的无序和腐败，尤其是“租股”——硬性摊派的“铁路捐”——已然成为官绅们对百姓巧取豪夺的一种新手段，且至今数年之久，修筑不过三十余里，去年还有倒亏巨款的事发生，其中疑窦，实在值得深挖。对于账款的处理，盛宣怀和端方在电文里提出了一项经与度支部会商的方案，通过王人文征求川人意见：一是买断，即“实收支款项，由部筹还，自造支路”，二是合股，川路已开支部分不以现金退还，而是换取公债股票，“不分民股、商股、官股，准其更换国家铁路股票，六厘保息，须定归还年限，须准分派余利，须准大清银行、交通银行作抵押”。电文明确表示，川路公司想从中央拿钱，弥补经营不善或挪用、失误导致的亏欠，那是一点门都没有，至于在上海投资失败造成的三百万巨额亏损，国家更是不可能承担。

王人文的回复电文，建议把“现存未用之款七百余万两，留作四川兴办实业，增加生产”。

川人习性服硬不服软，邮传部、度支部如此坚挺，他们总不能硬着跟中央杠。如果不出意外，四川的铁路国有化进程，应是步两湖和广东之后，辛亥年内得以解决。

## 2

川籍在京做官的不少，据他们传回的模棱两可的消息，此次铁路国有化政策的颁布，实起于庆亲王奕劻与镇国公、度支部大臣载泽的角力。试想，内阁新官制5月8日公布，9日就发了铁路国有诏，时间如此仓促，此项事关民生国计的大政经过资政院讨论吗？经过庆王爷领衔的内阁副署吗？连寓目的时间都没有哇，那只能证明是载泽一伙捣的鬼。

名头十分新派响亮的责任内阁总理，说白了也不过是从前的军机处领班大臣的化身。庆亲王行辈高、资历老、事务熟，深得隆裕皇太后和摄政王欢心是不假，可他都七十岁了，还要来当第一任的总理，也太恋栈了，度支部大臣载泽第一个看不过。载泽出洋考察过宪政，见过大世面，目下又掌管帝国财政，这首任内阁总理怎么说都应该由他这样的新派人士来当才对。载泽一派的谋臣密友，据说有盛宣怀、端方、郑孝胥三人，盛先前是李鸿章的幕友，以和洋人打交道起家，端方在直督任上因惊扰太后撤职永不叙用，能量还是不容小觑，郑办过新政练过新兵，做到四品京堂，抱负也自不凡。这三人向载泽献策，要压过奕劻，为今之计就是要争取外力支持，如何结得外人欢心，就是借款，在抵押上多给他们好处。

于是有了盛宣怀代表邮传部向四国银行借款一千万英镑这事。说起来，这笔外资的引进还是张之洞在湖广总督任上做了一半的事。当年老张之洞从比利时人和美国人手里收回粤汉铁路改为商办后，看到商办公司效率低下、贪腐滋生，心生后悔，向英德法三国银行签订了借款550万英镑的协议，商定年利率百分之五，专用于建造湖广境内粤汉与川汉铁路。但这项草约在宣统元年(1909)六月签订后，张之洞回京调任大学士，再加上湖广京官的反对，美国人横插一脚，中央没有最后批准，张之洞去世后，就不了了之。此番旧事重提，谈判的接力棒传到了盛宣怀手里。

身为中国铁路的创始人，自十五年前(1896年)执掌铁路总公司以来，盛宣怀始终坚持铁路必须国有。即使在铁路商办叫嚣得最厉害的几年里，好多大僚都顶不住了，他还是认为如此大规模的基础设施建设必须引入国外的技术和资金，更何况目下他执掌大清邮传部，举凡铁路、邮政、电信、航运这些新兴垄断产业都是他的管辖范围。在盛宣怀主持下，邮传部和四国银行开始了漫长而艰难的谈判，“磋商数月，会晤将及二十次，辩论不止数万言，于原约稍可力争者，舌敝唇焦，始得挽回数事，实已无可再争”。盛宣怀实无愧于当时大清朝最精明的生意头脑之称，续订的合同条款比先前更为有利，年利率继续维持在百分之五（不及国内钱庄和票号贷款利率的一半）不说，且所贷款项的半数以上可以存放在国有银行；续订合同还删除了原定四国有权参与建造若干支路的条款，并规定所有铁轨必须使用汉阳铁工厂的产品，价格由邮传部根据国际行情决定。而作为抵押担保的，是两湖的厘金盐税，压力也不是太大。盛宣怀相信，根据此项借款合同，一待资金到位，粤汉、川汉铁路三年内就可全线贯通，十年内可以开始还本。

试看5月以来中央的推进步伐：9日，发布铁路国有诏；18日，起复端方为督办铁路大臣；20日，与四国银行团借款成立；22日，停止四川、湖南两省的铁路租股，并以发布恩诏、喜讯的方式“誊黄”发布①……中央的这套组合拳打得也够狠的，在行政效率至为低下的晚清官场，主事者们如此迅疾的出牌速度，在在证明了他们把铁路收归国有的坚定决心。

一直巴望着中央政府松口的四川绅商们发现，他们不幸遇上盛宣怀这匹恶狼，也就意味着不可能从他的铜牙铁嘴里讨得分毫好处。明着对抗中央吗？诸位都是民望所归的绅士，有功名在身，有的还是钦派人员，肯定不能胡来。6月初，盛宣怀与四国银行团签订借款协议的消息传到成都，铁路公司董事和咨议局议员们长长地松了口气。既然中央不能把他们从极度亏损的泥潭中拉出去，那么，他们要玩一把大的，也是情非得已了。这两年，朝廷以咨议局的名义训练地方宪政，议员们也都以民意代表自居，那么这时候把人民推出来，可谓适逢其时。

全川五千万人，有两千余万人摊派了铁路租股，可以说，三个四川人中有一个就是川路公司的股东。再加上宜夔路已经开工这么久了，招聘的那么多工程师，搞测量的、搞绘图的，连打路基的石工在内，差不多也有十多万人，祭起爱国这面大旗，以人民的名义发难，怕你中央不让步？川路公司的高管们决定要以此非常手段，来争一争自己的利益了。

盛宣怀与四国银行团签订的这项于中方纯属利好的商业合同，被别

---

① 清制，把上谕抄在黄纸上刊布于众，一般用于发布仁政恩诏。

有用意者曲意解读成了一个卖国条约。一时间,“卖国”“贪赃”几乎成了盛宣怀和他领导下的邮传部的代名词。被爱国热情点燃的民众以为,所谓铁路运国有就是卖路,就是要把铁路的修筑权、管理权一并出卖给外国人,用借来的钱修的铁路所到之处,就是某国国权所及之地。他们认定,身为邮传部大臣的盛宣怀之所以敢冒天下之大不韪签订这个合同,定是从中收受了数不清的好处。川籍小说家李劼人以非虚构笔法写川人保路运动的名作《大波》,开篇时,借由一个叫伊希贤的铁路局文案,说出了当时的物议汹汹,虽是小说家言,然因其熟习这段历史,未始不可以当作信史来读:“……邮传部奏请把川汉、粤汉两条铁路都划为干线,干线由国家所有,由国家拿钱来修。现在国家正穷得不得可交,光是每年的庚子赔款,已很不容易拿出来,年年都在交涉延期,却不知又哪来的钱修铁路……原来邮传部、度支部老早就向英法德美四国银行交涉了一千万英镑,并向日本横滨银行交涉了一千万日元的大借款。……既然铁路经费是向外国银行的抵押,数目又那么大,拿我国借款成例来说,要是没有加倍的抵押,像我们目前这样的穷国,那般抱着算盘睡觉,成日在钱孔中间打滚的外国商人们,肯一下子借出那么大的几笔款子来么?抵押准定有的,以什么东西作抵押,外国人才乐意接受呢?那便是川汉铁路的路权和沿线两畔一百里以内的矿藏开垦权了。”

一些原本对铁路国有持乐观态度的绅商,也来了个大逆转,反对朝廷的这项新政策。曾在咨议局机关报《蜀报》撰文欢迎国有化的邓孝可,一转身推出了一篇《卖国邮传部!卖国盛宣怀!》,文中称,自从读了这份借款合同,才明白盛宣怀的奸谋,并指责中央收走川路公司的七百万两资金是“夺路劫款”。这个记者以充满悲情和煽动性的语言在文中高喊:“四川非无人性、非属野蛮之血性男子,今可以起矣!”甚至号召与中央死磕到底:“内抗政府,外联华侨,债票不售,合同自废,即我四川人民全我全国人民一线之机也。我四省父老、子弟、兄弟、伯长、甥舅,盛宣怀已尽置吾等于死地,吾死中求生,惟奋!奋!!奋!!!”这般谩骂煽动,几乎大逆不道,奇怪的是官府听之任之,泼粪随他泼去,丝毫没有与绅商们为难的意思。

中央这边呢,为铁路国有可说是开足了马力。一套组合拳打罢,看到各地议论纷纷,邮传部直接下达一个命令给上海、武昌、长沙、成都等地的电报局,严令不得收发"煽惑违抗"铁路国有政策的电报,"如有擅自收发者,查出即将委员领班分别撤惩"。国有化,也是一场舆论战,中央风险预估不足,已失先机,各地报馆暂时还封不了,把信息中转枢纽电报局给管起来,也可解一时之急。

就像传言说的,成都的绅士们真的闹起来了。带头闹起的,是咨议局的议员们,其次是川汉铁路公司的董事们和驻省的股东代表。至于那数以千万计的"被股东"的小民,他们的喉咙天生就是哑的,有人代表他们就行了。6 月 16 日,咨议局议员和租股股东们(好多人是交叉身份)碰了一个头,认为川路的未来只有靠声势浩大的群体性事件去推动,才能有与高层讨价还价的筹码,因此,他们动议马上举行临时股东大会(第七次股东大会),成立全省保路同志会。

6 月 17 日早晨,位于城中闹市区岳府街的川路公司总部,早已聚集起了上千人。门口一些穿长衫的鼓动者,络绎进入的有咨议局议员、租股股东、工役、跟班、小职员,还有学界方面的。这座气势不凡的宅子,曾是雍正乾隆年间名将岳钟琪的府第,影壁后面是一个大天井,中间的一个戏台子正好作了讲坛。临时股东大会由川籍翰林院编修颜楷摇铃宣布开始,随后,铁路公司董事邓孝可登台发言。邓因刚刚发表了一篇声讨卖国贼盛宣怀的檄文而为全川人所知,他又是个很擅长调动现场气氛的高手,他通报铁路国有与四川省的关系,说到一半就开始抽泣,眼泪鼻涕齐下,喧闹的会场气氛渐趋沉重。邓孝可热场后,登台演说的是咨议局副议长罗纶,他更具魅惑力的言词和哭声,释放出了郁结全场的不平之气,也预示着一场群众运动的真正开始。

一个叫郭开贞的少年挤在狂热的人群中,日后,他以"郭沫若"为笔名,记下了癫狂的这一幕:

> 罗纶,他是一位很白皙的胖子,人并不甚高。他一登台向满场的人施了一礼,开口便是"各位股东",很洪亮的声音,"我们四川的父老伯叔!我们四川人的生命财产——给盛宣怀给卖了!卖给外国人去

了。”就这样差不多一字一吐的，简单的说了这几句。他接着便号啕大哭起来。满场便都号啕大哭起来了——真正是在号啕，满场的老年人、中年人、少年人都放出了声音在汪汪汪汪大哭。

“是可忍，孰不可忍呀！汪汪汪汪……”“我们要反对，我们誓死反对呀！汪汪汪……”“反对卖国奴盛宣怀！反对卖国机关邮传部！”连哭带叫的声音把满场都轰动起来了。罗纶在坛上哭，不消说我们在旁边参观的人也在哭的。已经不是演说的时候，已经不是开会的时候。会场怕足足动摇了二三十分钟。……①

当罗胖子说到借款不只危害川人，也关系到国家存亡时，郭注意到——“坐在后面的多伏案而泣，巡警道派去维持秩序的警察亦相视流泪。会场几无一人不骂盛宣怀，无一人不骂邮传部”，那情形，就像人人都吃了药一般。他不由得佩服起了这个黑白两道都很吃得开的家伙，他的声音简直有一股魔力，把现场的所有人都“捏成了一团黏土”。

这如痴如狂的一幕过去后，罗纶接着说，川省人民要成立一个临时机关，一方面要联络本省的人，另一方面要联络外省的乃至全国的同胞，这个组织就叫川汉铁路保路同志会。罗纶的建议获得了据说是“声震瓦屋”的赞成。众人公推蒲殿俊担任会长，但因蒲是省咨议局议长，不便出面，最后同意不设会长，下面成立总务、演讲、文牍、交涉四部。这四部人选，所负任务艰巨，必要时甚至是要冒风险的，会上不作选举，让有决心有勇气者自行报名，再由会众鼓掌通过。记者邓孝可笔墨功夫好，文牍部非他莫属，罗纶和一个叫刘声元的议员争着要当交涉部长，比赛谁的哭声更大似的，争着喊，我先去死！我先去死！

同志会开张，急需干部分赶全省宣传保路，以使全川一百四十二州县五千万同胞都懂得路存省存、路亡省亡的道理，担任交涉部主任的罗纶当场招募游说员若干。《蜀报》主笔朱山，宜宾人，自告奋勇担任川东游说员。获此任命的朱山上台演讲时出了一桩意外，这个年轻人快步登上讲

① 郭沫若《反正前后》，《辛亥革命》(四)。

坛，开讲前学着前面其他人，在桌子上猛击一拳，却不小心打翻一只茶碗，割破手指，一时鲜血淋漓。闻到空气里的血腥味，人群嚣动了。这桩意外插曲，后来被包装成朱山在成立大会上割指盟誓，以表与路偕亡之决心，足见同志会宣传机器开动之到位。

日后，这位朱山先生前往川东发动，走到重庆后成了端方的幕僚，这让当时的少年郭开贞很看不起他："这朱先生竟有这样的热烈，真是有点出人意料。不过就是这位自荐为川东游说员的朱先生，走到重庆，竟跑到督办铁路大臣、带着剿办四川使命而来的端午帅那里儿去当幕府去了。这虽然是后事，但也后得并不久，这真是使我有点怀疑，同乡当时从事于运动的指导者究竟有多少是出自诚意。"

发起现场签名时，在现场的十九岁的成都少年李劼人也跃跃欲试，可是签名处挤得水泄不通，他费了好大劲才挤进去握到一管毛笔。等待签名时，他前头一个穿着绸衫拿折扇约摸四十开外的人，把剩余的三页白纸全写满了，而且都是单名加狂草，仔细辨认，居然是赵龙、钱虎、孙彪、李豹一类施公案、彭公案演义小说上的名字。

"这搞的啥名堂？""啥名堂？签名嘛！""为啥写了这们多？""亲戚朋友都托我签一个，难道不应该？"

后头等得不耐烦的七八个人挤拢来，把簿子细细看后，都叫了起来，"这耍的啥子把戏？他龟儿，哪有这么多朋友亲戚？叫他龟儿说清楚！不准他龟儿走！"一回头，人已不见了。

李劼人日后把这个细节写到了小说《大波》里，他在小说里玩了一个障眼术，藏身在一个叫"楚用"的青年学生后面。这个后生仔从小县城来到省城念书，一边借住在表叔家，和漂亮泼辣的表嫂恋爱着，一边游走在一场场集会外，观察着川人争路的种种世相。他回家跟表叔黄澜生说起签名时排在他前面的那个人，兀自愤愤着，说这人肯定也是流过眼泪喊过誓死反对的口号的，怎么临到签名了做出这样的鬼把戏来呢。在衙门里头做幕僚的表叔阅世深，说此人签那么多名未必是坏心眼，很有可能是同志会预先安排下的一个托，是帮着来造势的。

由是观之，喧闹一时的保路风潮中，川省数以万计的保路同志会成员，好多可能就是这样的僵尸同志，是凭空杜撰出来的。

且说这日，临时股东大会一转身在满场哭声中开成了同志会成立大会，这时，自始至终在现场的一个官员，省提法使周善培，鼓动蒲殿俊趁热打铁即刻率众前往总督衙门向王人文请愿。此人与咨议局的蒲、罗、萧等都有交情，刚从主管工商的劝业道升署提法使，他作此提议，或许是被现场喷薄而出的爱国激情感染，或许是为了讨好愈来愈成气势的议员们。事后的态势表明，同志会能够短时间蔓延全省，此人的提议起了相当大的作用。

于是，数百人涌出岳府街的川路公司总部，一路高喊口号向着总督衙门进发。周善培已预先向护理总督王人文报告此事，请愿队伍没有受到巡警的阻拦。其实好多巡警也在请愿队伍里呢。李劼人记载道：

请愿队伍由须发皆白的前翰林院编修、八十五岁高龄的伍崧生领头，前面几个警察开路。“缓缓走出的，是一群气派十足的绅士们。穿公服的确实不少，但也有只穿一双薄底青缎官靴，戴一顶有品级顶子的红缨玮帽或玉草帽，而一裹圆的蓝绸长袍上，仅套了件对门襟、大袖口的铁线纱马褂的”。好些是咨议局议员兼租股股东，也有铁路公司方面的人员，还有学界方面的，“后面又是潮涌的人，大约都是没资格的，只穿着各种各色长衫，偏没有一件马褂，也没有一顶玮帽和玉草凉帽。但声势却大，也热闹，一路吵着嚷着，把站在两旁专看热闹的人都裹去了不少。”

也是这一日，朝廷正式公布了铁路国有的有关补偿细节：粤路全系商股，因股价已跌，从优每股发给六成，换给国家铁路保利股票，年息六厘。湘、鄂两省，商股部分全额以现金退还，其他来自租股的资本金，换发国家保利股票。川路公司已经动工的宜(昌)万(县)段所用400多万两，“除倒账外”的实用工料之款，均换发国家保利股票，其他成、渝各局已开支经费，也发给国家铁路股票，但无固定利息。川路公司账上的700万两存款，如愿入股，也换发国家保利股票，并允准5年后分15年还本。这个补偿方案于各省利益都有照顾，粤、湘、鄂三省的意见很快平息了下去，但因没有承认川路公司的300万亏损，一经别有用心者煽动，中央的善意全被稀释了，弥漫民众心头的，全是对中央的疑惧和不信任。

## 3

蒲殿俊没有出现在请愿队伍里，不知什么原因，请愿队伍出发时他悄悄离场了。公推罗纶先进去与护理总督王人文沟通，传达了要求朝廷收回成命、处置盛宣怀欺君误国之罪的民意诉求。而后，王人文满身披挂停当，出来接见了请愿群众。

王人文站在总督衙门前的一张方桌上，满脸堆笑，语气平和，他发表了一个演说，大意谓，他虽寄籍云南，却祖籍四川，四川是他的桑梓之地，他身为朝廷钦派管理一省军政的护理总督，川人有什么于国计民生有关休戚的事情，都是他的职责所在，川人对中央政策有什么意见，他都会代奏上去，并且还要专折力争，只要为川人争到了利益，就是丢官他也在所不惜。言语间，这位护理总督虽然没有对朝廷诽言谤语，也没有直斥摄政王决策失误，但对盛、端两位大臣决意推进铁路国有，听得出来也是深怀不满的。一方大员如此顺俯民情，态度又如此诚恳，请愿群众深感保路有望。先是老翰林伍崧生颤巍巍地下拜，跟着他，千余人也一同下拜，王人文赶紧跳下方桌回拜还礼，众皆欢欣而退。有官方如此回护，众人就像得着了一道护符，保路同志会的声势直如原上之火，噼噼啪啪向着全川一百四十州县，四处蔓延开了。

身为一省最高官员，怎么可以如此恣意轻率的态度包揽民众请愿，还私自非议中央大政方针，这不是存心把水搅浑吗？王人文有如此出格纵容之举，难道真的是出于对治下子民的体恤吗？个中却也是有隐情的。

被属下们称作护院大人的王人文，目下还不是正式的四川总督，说来还真是一个看家护院的。今年（1911）1月，前川督赵尔巽调任东三省时，把按察使任上的他提上来，给了他一个护理总督的名分，暂摄川督印把子。赵尔巽临走还暗示，趁着朝命未下，会设法替他搞成实授。眼巴巴盯着总督实缺的王护院，他的政治热望却在现实面前扑了个空。

王人文是云南大理人，白族。他是光绪十三年（1887）的进士，资历不算低，然一个出身于边鄙之地的官员，朝中又缺少有力大佬支持，他从最低的县知事一级干到省一级的大员，提学使、布政使、按察使都历了一遍，靠的也只能是后天的努力、聪明、勤勉，再加上一个爱民的好名声。当然仅仅这些还是不够的，他还要积累好人脉，善于利用形势，方能在官场中如鱼得水。王人文与前川督赵尔巽交好，四年前赵尔巽入川，把他从陕西布政使任上平调到四川，就是看中了他的才干。四川与别省不同，只设总督不设巡抚，同样是藩台，王人文在别省只能坐第三把交椅，到了四川就成了二把手，只要正心诚意去干，日后升任巡抚也不是没有可能。

赵尔巽赴任东北，王人文坚信他的老上级会推荐自己继任，但令他没有想到的是，赵尔巽给朝廷的密折里保举的不是他，而是自己的亲弟弟，时任驻藏大臣兼川滇边务钦差大臣的赵尔丰。当年锡良离任川督，赵尔丰以藩台护理总督，等着赵尔巽从湖广总督任上过来接印，现在赵尔巽离开四川，又交给弟弟来接班，在外人看来，赵氏兄弟挨个儿交接边疆重臣的关防，这乃是上百年都难得一遇的稀世之典、当朝嘉话，但在伸长脖子苦苦等了三个月(赵尔巽是1月走的，4月朝命下达)的王人文看来，事情就走了味，起码他觉得，老上级几个月前的暗示是暧昧的，甚至是带有愚弄意味的。但赵尔丰的资历确实比自己更老，论年齿大上一轮都不止(王人文时年47岁，赵尔丰64岁)，他也没什么好叫屈的。再说，赵尔巽也不算食言而肥，没有让他回原任，而是推荐他去接手赵尔丰腾出来的川滇边务大臣职务。这个职务是钦差缺，论级别比藩、臬都高，只因任所在高原苦寒之地，又要处理至为棘手的边境事务和民族事务，官场中一向视作苦缺。眼下要从天府之国调往极边之地，王人文心里头是老大的不乐意，甚至对从前的老上司生出了怨望。是以，得到廷寄之日起，他就在发牢骚，一会儿说自己垂老投荒，是仕宦难堪下场，一会儿又说边疆繁重，自己从未办理过边事，怕是不能胜任。据幕僚传出来，有一次酒后他还说了一大堆对朝廷大不敬的话："丧服初满(指光绪帝和慈禧太后的接连去世)，即以巨款制戏具，以官职为市场，国事不纲，于斯极矣!"

仕途的不如意，滋生了王人文对整个官场的不满，自从这年4月总督梦破灭后，连他自己都没有意识到自己身上冒出了一种危险的倾向，他对中央的决策，事靡巨细，不论对错，内心深处几乎都有一种下意识的抵触情绪。这种有毒的情绪销蚀着他的干事激情，并对官场的未来生出深深的无力感。

5 月底，中央停止川、湘两省租股的命令下达，要求地方督抚迅即刊刻誊黄，遍行晓谕，那时借款的事还没传到成都，怠于政务的他于这项政策，是无可无不可的，在例应的回奏中，还吹捧说这是一项缓解民困、以广皇恩的仁政。后来看到川路公司高层反弹激烈，出于一种幸灾乐祸的心理，他的态度报之逆转，和川路公司穿起了同一条裤子，在发给中央的电文中坚称租股是铁路命脉，川省租股，是股非捐，无须刊刻誊黄，如果停止租股，必“激乱民心，后患不可收拾”，要求收回成命，以安人心。再有邮传部曾有“元电”，要求各地禁发有关铁路传言的电报，他也老大不以为然，说禁发电报已经造成“群情异常惶惑”，实不足取，其实只需将发电人的姓名、住址“严行查问注册”，“设有煽乱情事，自有国法以绳其后”。变乱之时，大话谁都可以讲，但实际操作却难，他的添乱不帮忙，也并非如立宪派人所说的，为人民言论自由被剥夺而叫屈，只是心里逼得窝火故唱反调罢了。

主政一省的官员与中央如此离心离德，且出尔反尔，实在令人惊诧。年轻气盛的摄政王在 6 月初的电文批复中已经给过他一次书面斥责：“铁路改归国有，乃以商民集款艰难，路工无告成之望，川省较湘省为尤甚，且有亏倒巨款情事，竣削脂膏，徒归中饱，殃民误国，人所共知”，而川路公司阻止国有化，坚持征收租股，“是必所收路款，侵蚀已多，有不可告人之处，一经宣布，此中底蕴恐不能始终掩饰”，你王人文担着护理川省之职，“目击情形，一切弊窦，应所深悉”，反而帮着川人要这要那，这实在与大臣身份不合，——“著传旨申斥”。

正因为仕途绝望，心怀怨念，王人文才会想要挟铁路风潮之势来压一压朝廷，也为自己在川人中落一个爱国爱民的好口碑。同志会成立当天，他高调接见，热情揄扬，自是推波助澜，两日后——6 月 19 日，他突然向朝廷发去奏章，弹劾盛宣怀的借款致使国权、路权丧失殆尽，请治盛宣怀欺君误国之罪，已经迹近掀风作浪了。

这封据说由文案功夫见长的周善培捉刀的奏章，充斥着浓郁的民粹主义气息，一开头，就对同志会成立那天的盛况来了一番浓墨重彩的描述：说开会时，“人人号动，人人决死，组织保路同志会，拼一死以求破约保路，四座痛号，哭声干宵”。“巡警道派员弹压，巡兵听者亦相顾挥泪”。“呼号于臣署者，至两千余人之多，臣实无术以空言曲解”。王人文（和周善培合唱双簧）说，四国银行团的借款合同寄到成都，“稍有识者，读此合同，无不痛哭流涕”。他细细读后，“反复寻绎，不觉战栗”，深感这是一个把国权、路权出卖给四国的协议，既让国家“饮毒蹈危”，更让川人“首被其害”，必将生出祸乱至不可收拾。而邮传部不经资政院、省咨议局的议决，就把光绪帝定为集股商办的川汉铁路收归国有，实系剥夺人民之既得权利。目下，合同既已签字，考察到国际关系，也不指望朝廷收回成命了，只希望中央考虑到民意反弹如此激烈，就合同条文作较大修改。因此，必须法办盛宣怀——“盛宣怀蔑法媚外，误国殃民，尤恳严治其罪，以重国典”。

周善培到底是时文高手，一封奏折写得迂回曲折、一波三起。一面倒逼朝廷，“必不爱盛宣怀而轻圣祖列宗艰难贻留之天下”，一面又不忘敲打一下文墨功夫见拙的盛宣怀：“以盛宣怀之忠，必不惜捐一身以爱朝廷；且知盛宣怀之智，亦必知合同苟难修改，朝廷即予优容，而天下之怨既深，则未来之患方永”。周善培最得意的一笔是，让王人文高调向中央要求，治以盛宣怀同等之罪，以证爱国之心：“请罢盛宣怀以谢天下，然后罢臣以谢盛宣怀”。十二年后，王人文六十大寿，周善培在贺寿文中说，有清三百年间，成千上万的言事之臣章表奏状，“求其一言而邦可之兴丧者，独公此疏也”，明着赞美王人文，实质还是前朝遗老给自己脸上贴金。①

一周后，王人文又代咨议局罗纶等人，向中央转奏了一份两千余人联名草就的批驳借款合同的“签注”文件，再三言明借款的危害性，指控盛宣怀“蔑弃钦定资政院章程，不以外债交院议决，又蔑弃钦定公司律，不容股东置一词”，坚称：“收路国有之命，川人尚可从，收路而为外国所有，川人决不能从；借债主办内政，川人尚可从，借债而令外人夺我财政，川人决不能从！”把先前的要求修改合同，升格为“速将邮传部所订借款合同即行废弃”。

---

① 中国史学会编，《辛亥革命（四）》，上海人民出版社 1957 年版。

一省主政官员如此态度坚决地反对既定政策，要求法办大臣，跟中央明着叫板，本朝自开国以来垂三百年，这样出格的事可说从未有过。王人文真的是爱国至深、爱民至切，方有这冒死陈奏吗？结合此人前后言行来看，殊为相悖。王人文既然是吃错了药，中央也懒得跟他计较，把他这份火药味十足的奏章搁置起来——“留中不发”。并以皇帝的名义颁发上谕，严厉申斥：该督一再渎奏，殊为不合，若发生变故，“定惟该护督是问”！

都是王人文的一点不满之念，使四川事情从此棘手，酿成局势糜烂至不可收拾，乃有革命党的趁机起事于武昌，最终落得个国运板荡，山河易色。说到底，还是这个人心底里的一点贪念，断送了大清朝改革自新的一次机会。风潮过后，盛宣怀的一个幕僚周祖佑怨怼地谈道：此次路事风潮，最初是川路公司发起抗拒，然后联合咨议局和学界中一班人，刊布传单，张贴广告，指斥政府，摇惑民心，几乎到了举国若狂的地步，如果当时的行政长官稍加压制，及时疏导，铁路国有政策必能如政府预期顺利过关，“乃王护院畏其锋势，一味姑容，以致路事风潮迄今未平静者”。

王人文的政治前途是玩完了，但他已经为自己挣下了爱国者之名。这种清誉，对一个有着政治热望的官员来说，或许是他来日东山再起的最大资本。更何况，由此推荡激发的爱国浪潮，会一直把他树为楷模和旗帜。王人文受到申斥不久，在民众中有着广泛影响的《大公报》有评论称：“署川督王人文居官以来，初未有赫赫之名，闻日前奏劾盛氏，痛论其误国殃民之罪，洋洋洒洒二千余言，诚可谓一鸣惊人。”《时报》记者说，王人文毅然参劾邮传部，其心实出于“至诚”，王人文和亲信一起关在签押房起草这份奏章时，搞得非常神秘，把门关得死死的，不容外人窥看，亲自叙稿，稿子起草完成，叫来缮写者立刻书录，然后封印、送寄，每一个环节都亲自监督，“人民见官如此，益信其所为合法”。王人文起草弹章时既然没有一个外人在场，《时报》记者真不知如何窥见也。

## 4

王人文是指望不上了。在朝廷眼里，四川的保路党人与咨议局、袍哥首领搅在一起越闹越凶，全是此人沽名钓誉、曲予优容所致。为今之计，一是让端方赶紧到武昌，与湖广总督瑞澂磋商，便于就近指挥，一是让作风强悍的赵尔丰火速入川，从王人文手中接过川督大印，以铁蹄踩熄即将四燃开来的遍地野火。

一直以为川人只有五分钟热度的，争路的事闹一闹也就过去了，仍复是一盘散沙。何况外债已经借定，政府岂能失信于外国？湖南、广东争路争得凶吧，不也在杨文鼎、张鸣岐的弹压下乖乖就范了？所以关键还是要派得力大臣，以铁腕手段治之。早在7月初，看出王人文不可靠的盛、端两大臣就已联名致电赵尔丰，希他从速到成都接事，力为维持。在他们的心目中，军功卓著的赵尔丰就是这样的铁腕人物。

赵尔丰是在六十一岁那年，经他的老上司锡良专折密保，出任川滇边务大臣一职的，朝廷还赏给侍郎衔、加武勇巴图鲁号以示对这个老臣的奖掖。他在辖区内以铁腕手段大力推行改土归流，于川藏一线力抗英国势力渗透，坊间议论他的军功甚至盖过了岑春煊和袁世凯。川人对赵尔丰并不陌生，是因其曾经短暂护理四川总督，更因其心狠手辣，挣下过“屠户”这一诨名。

赵尔丰是汉军正蓝旗人，三十岁进入帝国官场后，在内地山西省的永济、洪洞几个小县辗转为官，直到赏识他的锡良出现。八国联军占领京城那年，太后和皇帝出逃到山西，时任山西按察使的锡良护驾有功，火速提拔为山西巡抚，随即就调赵尔丰掌管东路防军营务处。直到1903年锡良从热河都统任上升四川总督，赵尔丰又作为智囊团成员跟他入川，出任刚开办的川路公司督办。惟因他年岁已高(快六十了)，督办一职上升空间不大，锡良又奏派他出任永宁道，重点负责这个三省交界地的治安和缉盗工作。川边匪患一向不靖，贼匪多如牛毛，自然也最容易出政绩。

到任永宁后，这个胆略过人的老头单骑率勇，穷搜幽险，先捕获数十名零星游匪，而后亲自指挥大军进剿，在川黔交界处的古蔺、苗沟一带围住了大盗彭清臣一股。围攻十余日，攻破寨子，将窝匪老巢尽数铲平，杀得刀都卷了刃。“屠户”的诨名就是那时候来的。锡良为赵尔丰所上的请功奏折，未言明他到底斩杀多少人，说到川东与滇黔交接地界，内有“民匪混成一片，几于良莠不分”等语，可知寨破时必有大开杀戒，只是不便统计数字上报请功而已。

曾于1905年前后任四川布政使的冯煦，在所著《蒿叟随笔》中说赵尔丰署永宁道时，“凡三月，所诛者几三千人，以苗沟、古蔺二地为多，其手戮者三百十七名。”①冯与赵有隙，这一数字不一定确切，“手戮”这一细节，更不知从何而来。自称与赵尔丰在军中有过竟夕长谈的里塘粮务同知查骞，在所著《边藏风土记》中说，赵在永宁时“诛少长三百人”，那是说他连老人和孩子都没放过，“坐通匪株连及捕入狱，破家受戮者以千计”。再有1905年，驻藏帮办大臣凤全一行五十余人在四川西部的巴塘被土司杀害，锡良派赵尔丰火速提军戡乱，那一战，土司依仗地势，负隅抵抗，双方都死了不少人。查骞的书中载：“尔丰军入，尽搜杀茆溪七村夷，骈戮数百人”，“将首恶七人，剜心沥血，以祭凤全”。② 若查骞的记述为实，曾经血洗七村、剖人心腹的赵尔丰，真的是个嗜杀的屠夫。是以，赵尔丰还没入川，到处都已人心惶惶。坊间传言，今年是辛亥年，亥属猪，猪落在屠户手里，还有不开杀戒的？四川马上就要流血啦。

不知是由于久处边藏、不谙国中潮流及政治的缘故，还是与王人文私下交好，被盛、端寄予厚望的赵尔丰，竟然也是一头跑偏道的骡子。

早在半月前，王人文上书弹劾盛宣怀时，赵尔丰就对他敢于出位参奏大臣心生敬意，发电文表示钦佩之情，赞他“为地方利弊，毅然上陈，如有转圜，全川蒙福”。随着正式上任日期临近，他又致电王人文，询问川汉路关联各要事，说川汉公司是他在任时开办，他曾亲自主持开办时的签字仪式，“关念尤切”，希望“抱定纯正和平宗旨”，“毋浮动，毋暴躁，毋使莠民借故扰乱地方”，使川路得以圆满解决。并给王人文吃定心丸说，“公既主张于前，丰必维持于后”。因赵尔丰电文中特意询问“川绅诸君有何办法”，王人文把这封电文交与咨议局的蒲殿俊、罗纶等传看。据王人文的回电称，咨议局的一帮议员们见总督大人如此通情达理，“群情感泣无地”，直

① 冯煦《蒿叟随笔》，沈云龙主编《近代中国史料丛刊》第7辑，影印本。

② 查骞《边藏风土记》，“西南民俗文献”第6卷，兰州大学出版社2003年版。

叹川人之福。

王人文代发的这封电文里，蒲、罗等人以“绅商”署名，一一答复了季帅(指赵尔丰)的垂询。最引起赵尔丰注意的，是他们所说的和平争路，成立保路同志会以来，开会演说，力求维持地方安宁，即使万人以上的集会，也极有秩序，丝毫没有外人传言的骚动。赵尔丰对此予以充分肯定，回电称：“诸君热心毅力，立同志会，纯以和平进行为宗旨，万余人会集而秩序不紊，闻之实感佩慰，较之剑拔弩张者，高出万万，必蒙朝廷嘉许”。并自谦为“弟”，与他们约定，“初十日前到省，届时当快领各股东高见，面商一切也”。

此时，端方已以铁路钦差大臣身份抵达武昌，忧心于四川局势愈演愈烈，他接连给邮传部、度支部去电，让他们催促赵尔丰兼程到省，最好能在闰六月初十日之前，亦即川汉铁路特别股东会召开之前到任。按照他的乐观估计，川人性浮动而力薄弱，聚固甚易，散亦非难，只要地方官操纵得宜，他们断不致坚持到底，川事还是会渐次就范的。但他心中还是不安着，特意给东三省总督赵尔巽去电，探听其弟对川事的态度，并另给赵尔丰去电，要他到任后严行禁止、设法解散一切聚众开会情事(除股东会外)，力拒一切非理要求。对这个走在半路的总督可说是期盼甚殷。

赵尔丰是从打箭炉起身，经雅州府(今雅安)，再到成都，路上约走了十余天。预先还派了侄儿和儿子先到成都，妥为安排一切。上峰还在指望着他早日到任，担负起整肃地方的责任，他却在赴任途中与王人文再通款曲，称扬后者劾盛是“正气特识，萃于一身”，不切实际地请求王人文继续留下来，“多留一正气以撑持乾坤”。此时申饬王人文的上谕已发布多日，他这般与上头明显相左的态度不免让人生出无穷联想。还没到成都，那些先前谈之色变的川人已经把他当作“福星”来仰盼了，他们认定，这个一把白髯、威风凛凛的老人，正是上天派来护佑川人争路的。

由于没有打探清楚总督大人的入川线路，王人文和铁路公司派出迎候的人马都扑了空。赵尔丰与前往迎接的藩司尹良在雅州秘密会谈两天后，于8月2日抵达成都，8月3日与王人文办理交接，算是正式走马上任了。

王人文交出护理了三个月的川督大印，等待进京述职。因前番迭遭斥责，心理压力过大，卸职后松下劲来，终日心思忡忡，经向内阁报告，获准给假十日，而后再进京觐见。

8 月 18 日，王人文离开成都。行前，保路同志会提出要召开一个盛大的欢送会，说他们集会欢送的不是川省大官，而是“国之爱国者”。这高调的赞誉给落寞失意的王人文好似打了一针强心剂。但尚有自知之明的王人文还是婉言谢绝了。他选择了一个不被注意的日子，悄悄微服出发了。王人文走到西安，被陕西巡抚钱能训扣下，朝廷命他在西安等候查办。不几日，朝廷捋去了他的侍郎衔和川滇边务大臣职务，并准备把他解京问责。但随后爆发的革命救了他，让尚是待罪之臣的他获得了自由。

自由后的王人文滞留在了西安。好不容易驶出了乱滩，回首处既惊且惧，如果不出意外，他的余生就要在这座古城度过了。但独立后的陕西军政府派人找到了他，要他率陕西新军一部及一营卫队返回四川，平定川乱。川陕两省唇齿相依，四川还在混乱之中，自然陕西也不安全。

摇身一变成为革命党人的王人文带着一帮陕西兵，历尽跋涉之苦进入四川时，重庆、成都已相继独立。正在他为去留犹豫之际，传来了清廷重兵即将进犯陕西潼关的消息，东南各省皆在筹备北伐。王人文在重庆军政府受到了超高规格的欢迎，被聘为联合北伐代表。1912 年 8 月，同盟会联合国内多个党派组建国民党，推举孙文为理事长，黄兴、宋教仁等为理事，王人文是 9 名理事之一。这个无意中充当了帝国颠覆者的“爱国者”，俨然是革命功臣了，但只有他自己知道，这个功臣不是他自己想当的，而是阴差阳错给逼出来的。

这样的结局，比之他离开四川后还死死困在那里的赵尔丰，自然不知要好出多少倍。话说年初，赵尔巽把这个性情暴烈的胞弟从边疆调回四川，这或许是他平生所做的最愚蠢的一个决定，这个决定不仅把赵尔丰推向了悬崖，也把大清国推向了悬崖。

但目下，赵尔丰与“川绅”们的蜜月可以说是刚刚开始。

闰六月十一日，公历 8 月 5 日，这个日子是川路公司股东特别大会开幕日。本来“川绅”们预定的是 8 月 4 日，因前一日成都下了一天暴雨，会场积水盈寸，故不得不推迟一日。至于股东大会为什么非要拖到闰六月才召开,一则川界地广,通讯不便,再则代表资格、名额产生都要一轮轮磋商,当然最主要的,还是绅商们想压一压,看一看朝廷的态度。

股东会议是德宗景皇帝钦定的商律里规定下的,举凡公司财产变更、股权转移,都须全体股东会议通过,再加上新总督已正式到任,是以,参加会议的川省各级官员和股东们,内心都格外兴奋、期待而又忐忑。

这也是赵尔丰署理四川总督后与属下和股东们的第一次正式场合的会面,这般的盛暑天气里——虽然大雨过后,暑气稍减——他还全身冠戴齐全:一袭青衫大褂,挂着朝珠,纬帽官靴,红顶花翎,可以看出他对这个会的特别重视。

在对着六百名股东的演说中,赵尔丰的开场白颇为低调、恳切,说自己频年边疆戎马,与诸君阔别久矣,现奉命回川,"下车伊始,即逢总公司股东开会,实为欣幸。前在关外,即闻吾蜀士绅热心爱国,立同志会以维持全川之利益",他对此深为心许。他说自己在关外时,听到种种传闻,甚至有说成都因为争路风潮,已起暴动,他当时就不相信,因他在四川多年,知道川绅大都忠君爱国,断不至有犯上作乱的举动,今亲见会场秩序井然,果符素愿,所以他深感欣慰。

落到本题,他的意见是,徒喊保路废约,未免不智,重点之点,在于筹款,有钱修路,路可自保,不言废约,而约自废。所以他要敬告与会诸君的是:"兹事关系甚大,必须慎始图终,方于事有济,若舍事实而研究结果,恐亦论高而行难"。最后他向股东们表态:"但视权力所能为无不为,职务所当尽无不尽,只要不失川省之利益,予愿已足"。① 也就是说,只要力能为、权能足,他作为一省总督,肯定是会为全体民众的福祉去奔走的。

总督并无传说中的凶神恶煞,相反他的平易和真诚态度已经超出了大多股东们的预期,与会群众颔首称是者有之,沉吟不语者有之,个别表态时有说朝廷如此深恤民艰,我等亦当仰体圣意。但偏有几个刺儿头敢捋虎须,来自南充的股东代表张澜的一番话,已经几近顶撞。张澜质问

---

① 戴执礼编《四川保路运动史料汇纂(中)》,"中央研究院"近代史研究所,1994年。

道，季帅说筹款修路，便能保路，可是对川路的界定本身就存在问题，何以把湖北境内的六百里路划为支路，偏偏把川省范围内夔府以下几百里路凭空抢去，抵偿于四国银行？这样的条约安得不破！中央每年从四川收走那么多厘金，怎么不说一恤民艰？怎么到了租股上头，反而要来体恤四川百姓了，这不是天大的谎言吗？政府不信国人而信外人，譬如有一块肉，因为防备老鼠偷吃，偏找了一头老虎来看守，请问这样的肉有没有存在的理由？现在政府要收我们的路，拿着倒款一事做罪名，殊不知川路倒款的责任人施典章，就是你们官府奏派的！今以倒款之罪加诸川人，那么请问，丧失国权之罪又该谁来负呢？

张澜连珠炮般的发问让赵尔丰的脸色变得铁青，虽然奏派施典章做上海公司总理的是锡良，但倒账的事却发生在他护理川督的时候，这等于把他也给骂了。为张澜的话鼓掌时，不知谁喊出了惩办卖国贼盛宣怀的口号，而后，全场吼声雷动。会后，蒲殿俊等赞扬张澜开场这几下耳光打得清脆利落，真不愧我党健儿，也有人担心得罪了这个怪脾气的老头，只逞快意于一时，搞不好会弄得官绅背驰。反正船已下滩，各安其命，也就顾不得那么多了。

赵尔丰带着一众官员离开时没说什么话，但从他当晚发给内阁的电文来看，除了“惟其开会之始，意气不免稍盛”一句微词，认为“秩序尚不紊乱”，“现在地方尚称安靖，并无滋闹情事”，还是帮着川人说话的。陪同赵尔丰与会的提法使周善培，日后在《辛亥四川争路亲历记》中说，参加开幕式后次日，赵在督署衙门“很平静”地谈道：政府这回举动未免太快一点，无怪四川人埋怨，总督是代表政府的，自然该替政府受些埋怨，张澜也是责备政府，不见得是责备我。[①]

## 5

成都到汉口的铁路，若从 1904 年川汉铁路公司成立算起，至本年已

---

① 戴执礼编，《四川保路运动史料汇纂（上）》。

叫嚷了七年，其间川省绅民租股千余万，损耗、倒账数百万，正式开工的唯有宜昌至万县一段。此路段须穿越险峻的长江三峡，施工条件至为艰苦，参与工程的有四万名胼手胝足的筑路工人，主持其事者，是川路公司宜昌分公司总理李稷勋，一个前邮传部官员。此人是湘中大儒王闿运的弟子，与日后鼓吹帝制的杨度系出同门。湘中学人大抵以横拙刚毅见长，李稷勋虽是川人（四川秀山人氏），受乃师熏陶，身上也有不少湘人习性。他于1898年考中二甲第一名进士后，分到邮传部任职，因丁忧在籍，恰好赶上川路建设，被时任四川总督赵尔巽奏派为宜昌分公司总理。

7月初，王人文遭严旨申斥、赵尔丰尚未到任之际，李稷勋有过一次秘密的北京之行。

后来被川路公司指责为“私相授受”的这次北京之行，据邮传部的申辩，不过是一次寻常的工作汇报和商议。在铁路收归国有问题上，李稷勋原本是一个反对者，借款合同公布后，据说设计和指导施工都要聘请外国专家来做，他的反对更是激烈，因为他担心原先招聘的工程师和施工人员不服，工地上闹出大乱。度支、邮传两部打电报给他，告诉他不管局势如何变化，工程决不会停，收归后只是把管辖权从川路公司变更到铁路督办大臣手里，款项也从总公司拨付转由度支、邮传两部转由督办大臣拨付，他这才安下了心来。

李稷勋接到总公司密电，告诉他川人反对铁路国有，保路同志会已决定不再局限于争款，而是要做得更彻底，破约保路。这让一心扑在工程建设上的李稷勋左右为难，一方面，没有了外资注入，这条路将不知何年何月方能修成，更让他难堪的是，这意味着要他与老东家邮传部彻底决裂。他是因丁忧在家才被临时安排了这个修铁路的差遣，一待丁忧期满（一般是三年），他是要继续回到邮传部任职的，那样他还回得去吗？李稷勋赴京，就是想找邮传部长官盛宣怀和督办大臣端方面请机宜，毕竟铁路的事，是邮传部和督办大臣管着的，川路公司的所有重大决定，也都要禀部方可施行。

李稷勋没有见着督办大臣端方，在他赴京途中，端方也正在往湖北赶，他们半路错肩而过了。但这一趟也不算跑空，不仅与在京的川籍官员交换了意见，更重要的是见到了盛宣怀。或许是盛的敬业精神的感召，也可能是见识了商办铁路的种种黑幕，这个从一线返回的铁路建设指挥者同意了长官提出的“附股”，即把川路公司保存在他那里的七百万两股款附作国有铁路股金，继续用于宜昌段的铁路建设，并同意中央对公司进行查账，他也希望中央认可川路公司之前的所有耗费，甚至包括亏空，并全额换发保利(年息六厘)股票。这也是他与甘大璋、宋育仁等川籍京官商议达成的一致意见，总之使股款有着，铁路速成，国家和百姓都不吃亏就是。

川路国有改革有望由此突破，盛宣怀兴奋地把这个好消息拍发给了端方。李稷勋也以宜昌分公司董事局的名义，致电川路总公司，建议总公司同意附股。他希望如下理由能够说明总公司的董事们：目前存款无多、倒款无着、股本原额亏短甚巨的情况下，即使退回了这七百万，如何分配发还股东也是个大麻烦，倒不如把这笔钱投到已经开工的宜万段，既可节省外债，还可以让股东的利益得到最大保障，这样“保款”的目的就达到了，对铁路自然有利，对川人，庶几也有个很好的交代了。

平心而论，这是个充满智慧的方案。但在中央与地方因接收方式和补偿问题僵持不下的当口上，李稷勋的这一建议被认为是出卖行为。总公司严令，把宜昌分公司账上的所有钱款解到成都，即使面临工程停工，也在所不惜。李稷勋顿感压力巨大。他星夜赶到汉口，与已抵任的督办铁路大臣端方商议，而后又匆忙赶往宜昌安抚筑路工人。对于总公司发来的催款指令，他干脆予以拒绝，说“工不能停，万难止款”，不然数万名工人闹将起来，谁来负责？

张澜给赵尔丰难堪的第三天，股东特别大会第二次开会，会长颜楷宣读了一份李稷勋转来的督办大臣发给川路公司的电报，一度让场中形势失控。端文电文中言明，七百万两股款必须附作国有铁路股金，同时对股东大会作出毫不留情的批评：“蜀中近状嚣张，股东开会，闻颇有地方喜事之人，参与鼓煽，其实，公正绅董并不谓然，此举非徒妨碍大局，抑且不利川人”，还趁机敲打了一下赵尔丰：“已有严旨交川督，除股东开会外，如有借他项目聚众开会事情，即行禁止，倘敢违抗，即将倡首之人严拿惩办。”

顿时会场声如鼎沸，哭声、喊声、叫骂声，响成一片。督办大臣的电文，被斥为“蛮野诬人”，端方成了继盛宣怀之后的第二号卖国贼。群情激昂的股东们草拟电文一通批驳督办大臣，请现场的两位官员劝业道胡嗣芬和巡警道徐樾转呈总督大人代发。两位官员前往总督衙门汇报，股东们都在会场静坐等候。下午三点，两位官员来告，总督大人同意代发复电，并已在复电前加上了语气更为严厉的按语。一时全场掌声雷动，以示对总督大人的感谢，有人高声说，前有王护院，今有赵季帅，吾川可谓福星高照，这实在是上天对川人爱国至诚之关照啊。

股东特别大会第三次会议，赵尔丰率一众官员都到场了。他入座时，股东们再次起立鼓掌，表示对他昨日代发抗议电的感谢。或许是受到掌声的鼓舞，赵尔丰表示，他会继续把股东们的意见向上面反映，一时引发全场更加热烈的欢呼声，连屋宇都要被声浪给掀翻了似的。但赵尔丰说出这番话后，马上为自己过于轻率的答应后悔了。他本来还想讲一讲违抗诏旨的后果，引导大家如何商议出一个比较好的收场结果，没想到这会又开成了一个马蜂窝，有骂的，有嚷的，有拍桌打凳又哭又叫的，简直一窝疯子般。赵尔丰有点后悔到这样的地方来了，这些一脸激动的股东们，哪一个看上去像善良绅士啊，几乎一眨眼全都会变成暴乱分子啊。

第四次会议，赵尔丰借故未到。既是怕这些人缠住他不放，也是出一口被轻慢的鸟气，只是让官员带去一份刚收到的邮传部电令，让颜楷在会上宣读。这份部令是饬令宜昌公司总理李稷勋，把七百万两纹银全部接收，用作国有铁路股金继续修路，并要他把宜万段全部账册交部。果然，此令一公布，会场再次炸开了窝，一起斥骂盛宣怀、端方“藉李稷勋一身为媒介，遂悍然移川路事权于邮传部及督办大臣之手”，夺路劫款简直与强盗行径无异，让现场的官员传话，要求赵尔丰直接奏参盛宣怀和李稷勋两个逆贼。这一回，赵尔丰没有爽快答应。他们在会场坐等两小时，等来的消息是赵尔丰决定辞职不干了，周善培带来的总督大人的原话是：“我已决意辞职，揭参办不到，办到亦必无效，诸君何妨稍从容。”

但“诸君”并不想放过他，在他们看来，总督大人于这样的节骨眼上撂挑子不干，简直是一种不知轻重的撒娇做派。说实在的，谁在乎你干不干这个总督,股东们只想拿回自己的路权和路款。有人说风凉话,赵季帅既然要辞官告退,那更应该无所顾忌揭参盛宣怀卖国欺民呀。罗纶说,让总督大人继续参劾盛宣怀可能会让他难堪,落得个王人文一样的下场,提出是不是可以只参李稷勋一人。但他此话一出,马上遭到了激进的股东们攻击,他们说,罗副议长如果再萎靡不前,那么就要用激烈手段来对付。吓得罗纶不敢再吱声。周善培建议股东们从长计议,股东们嘘声一片,他们要现场的官员们再次往请赵尔丰,要他务必到会商议。又是漫长的四小时等待,一些年老的股东已经体力不堪,赵的回话是公务繁忙上,天色已晚,实在不能来,同意隔日安排接见股东代表。

李稷勋被总公司以股东会的名义勒令辞职,限定十日之内必须办理交割完毕。他得罪了家乡人,理所当然被追回乡籍,还被悬赏一万两纹银的价格遭到追杀。但即使赵尔丰转奏了川路公司董事会对李的多项指控,朝廷还是不会放走这个能员。川汉铁路宜万段不能停工,数万筑路工人也不能没有李稷勋去坐镇指挥,革命党人已经折腾得够烦人的了,千万不可再滋生出任何不稳定因素。而且李稷勋这个人中央也知道,出于名师,高中甲第,长于经世,既为川鄂两省疆臣所深许,又曾为在京川绅联名电致公司所公举、前任川督所奏派,临时特别股东会议这一非任事机构,根本就没有任意开除这样一名奏派的经理的权力,他们作出十日内交卸的决议,真不知是何居心?在平日公司经理之去留,原可作凭股东决议,现在是官商交接的非常时期,怎么可以随意撤换呢!

所以中央的决定是,李稷勋必须留任,起码在完成铁路国有交接之前,绝不能走。“政策既定,若再反汗,当此民气嚣张,后事更难措手”。铁路督办大臣和湖广总督瑞澂也联衔电请内阁,要求朝廷将李稷勋“仍行留办路工”,说李的去留实关系到路之成败、宜之安危。李稷勋也玩了一把假辞职的把戏,说等待总公司派员来接收,但谁敢冒掉脑袋的风险去抢这个活呢?

成都的绅商们觉得,赵尔丰越来越难沟通了。他好像不怎么在意以前着力维护的爱民亲民的形象了。特别股东大会来过两次后,就再也不露面了。派去谒见他的代表,他倒是开门迎纳,也没有给脸色看,但对于代表的意见，他就不像以前那么听得进了，总要反驳，有时候甚至还要争个脸红筋涨。有一次，赵尔丰和呛过他一次的股东会副会长张澜争论起向四国银行团订立的借款合同的合法性问题，颜楷、罗纶等人都在场。赵尔丰认为，这个合同是张之洞在湖广总督任上就草签过的，盛宣怀不过从旧章作些衍生，怎么可以说他不合法呢。张澜马上批驳他说，张之洞在世时，资政院、咨议局都还没有，川汉粤汉两条铁路也还未正名商办，现在一部商律既经先皇帝颁布，两路商办又经朱笔奏准，资政院、咨议局这些民意机关又奉旨设立，借款合同不通过内阁商议、不交资政院审查，有关各省也不交咨议局核议，就任由度支、邮传两部入奏颁布，这样做当然是不合法的，简直就是蒙蔽圣聪、目无宪政，现在已是民智初开的年头，这些伎俩怎么还可以骗人呢！说得赵尔丰脸都气青了，只好端茶送客。

## 6

赵尔丰觉得自己成了风箱里的老鼠，两头受气。川路公司这边，弹劾盛宣怀、撤换李稷勋，拒调川路七百万两存款等等意见，都要他代奏，内阁明发的上谕，度支、邮传两部的部令，也都指名道姓发给他这个一省主官去落实。一去一来，恰如两股相反的力，生生要把人给撕裂了去。他已经明显感觉到了朝廷对自己的不满。端方发给度支、邮传两部的电文里，说他代奏的股东会的意见是渎奏行为，且“词旨强悍”，说他“与采帅（指王人文）已同一机轴，川省大吏，已无望其恪遵迭次谕旨，相机行事”。细思真是恐极。

眼下，他刚收到两电。一道是内阁发下的上谕，说是准了盛宣怀所请，要他这个四川总督转饬李稷勋仍驻宜昌暂管路事，督办大臣未接收以前，勿许离工，并责成他迅速会同端方，将所有股款分别查明细数，实力奉行。另一道，是抄示铁路督办大臣端方与湖广总督瑞澂在武昌会同电奏川事的节略，中有“查川省集会倡议之人，类皆少年喜事，并非公正绅董……责成川督秉遵迭次谕旨，严重对付，不足以遏乱萌，而靖地方”等语，即便是赵尔丰这样与民情暌隔的人，凭直觉也认为一份上谕、一封奏电都会在川人中激起轩然大波，暂时还是不公开为好。

8 月 23 日这天，川路公司却自己找上了门来。原来，总公司一连给宜昌打了几次电报，质问李稷勋为何还不遵命离职。李稷勋复电说，他之所以迟迟不去，是有原因的，还反问，难道连明发的上谕都没看见吗，如若未见，可去赵季帅处查询，便知端的。

读到这两份电报，公司董事局和股东会的全都大吃一惊，他们虽已料想到朝廷必不会示弱，不会那么爽快就让他们行使钦定商律所规定的权利，但委实没想到端方竟然奏请饬令地方官对他们严加弹压，把他们视作乱党一般，而摄政王竟然拟旨准如所请。让他们吃惊之余更感愤怒的是，端方和瑞澂的那份会奏里，竟然骂他们是少年喜事之徒，不是真正的绅士，要地方政府严行弹压。士大夫处世，当以公用节义为先，似这般有辱斯文的谩骂，已近乎恶毒的人身攻击了，六百余位股东代表都是地方上有头有脸的人物，自然都无法接受。是以，8 月 23 日下午的大会上，当颜楷读毕这两份电文，已经被数次引爆的会场再一次嚣动起来，哭声、骂声、拍案声、捶胸顿足声、茶碗破裂声、几案侧倒声沸反盈天，满场的气氛可说是热焰欲燃，似乎只消一根火柴真的会轰一声燃爆开来。有人高喊罢市、罢课、抗税，这消息呼啦一声飞遍全市，到与会者催促主持人赶紧散会，街上的店铺已关停了一大半。

风潮就是这般起来的，如李劼人在《大波》里所说，平日口头在说风潮风潮，其实风潮，还不十分了然，今天在会场上一看，完全明白，大家坐在一堂，你一言，我一语，三下两下，人的话就变成了一股风。风一起，人的感情就潮动了。风是越来越大，潮是越高越高，于是潮头一卷，不但前功尽弃，并且连自己也不知不觉随波逐流起来。次日起，整个成都的商行、店铺几乎全都关上了门，8 月的天气还自燠热着，人都汇聚到了街上，如一条条灰色的河流涌动着。三万多民户的门楣上，都贴上了一张小黄纸，上书“光绪德宗景皇帝之神位”十个大字，神位两侧，则是从谕旨里摘录的两行小字，“庶政公诸舆论、铁路准归商办”，保路同志会以大行皇帝的这两句语录作为罢市争路的护符。同志会的人还挨家挨户分送黄纸和传单，发现哪家没有贴、哪家店铺还开着就立马申斥。同志会派出发传单的人走到哪里，铺门就关到哪里，噼噼啪啪的脚步声和铺板声混响一片。通衢要道上，人们喜笑颜开地用黄纸和竹片搭建席棚，在棚内供设皇帝神位牌，并在圣位台的不远处树立警示牌，敦促一切行人均须下马下轿。演讲部的人或在台子前高声演说，或痛哭流涕，成群的人围观听讲，官员们的弓杆轿都通行不得，必须下轿躬身行礼，诵读同志会散发的白话韵文体《哭先皇帝歌》后方得通行。当时有诗"鲁酒薄而邯郸围，圣位台低弓桥废"，说的就是此般光景。

说来争路已近三个月，平素里大家在会场上吵吵闹闹，市面上并未骚然，戏园子里照样锣鼓喧天，茶坊酒肆的生意也一天好似一天，世俗生活有着强大的惯性，不会随意更辙，全城可说秩序井然。然而自打这天起不一样了，热闹的街市忽地成了一座死城。罢市、罢课，还要罢业、罢耕，发起人只想把事搞大，但委实于日常营生影响太大，于是只是罢市、罢课，全城虽未大乱，但物价早已飞腾，更让人瘆得慌的是，整座城都死静死静的，暴风雨前愈是平静，那风雨的来势必愈是凶猛。

保路同志会说，他们发起罢市、罢课，针对的是盛、端两大卖国贼，对一向俯顺民意的赵制军还是爱戴的。但赵尔丰不这么看，事情闹到这个份上，这动静委实太大，且满街满巷子的人都不做生意不做手艺，聚众街市，极易滋生出事端来。他自问入川以来没做过对不起川人的事，叫来同志会的人说，四川争路，本很文明，因此王护督和我都帮助致电政府，现在闹到这个地步，还能说文明吗？欲得日后的事好办，须得即刻仍旧开市。同志会也发布告示以五事约束民众：勿在街市聚众，勿暴动，不得打教堂，不得侮辱官府，柴米油盐等饮食照常买卖，并一体告知市民，"能守秩序，国民，无理暴动，便是，父勉其子，兄勉其弟"，至于开市，他们答应先保住秩序不乱再想办法。他们还想再扛一扛再说。

弥漫全城的紧张气氛让成都将军玉琨至为不安，这位上任才半年多的满洲将军在发往北京的家书中说，"以刻下事论，将来怨久愤深，必有大兵劫可虑"，"民心固结，已成团体，决意死争，水火之势，两不相下"。他说目下情势进退维谷，他只好少说为妙，"我性情素躁，愁闷不可待言……若向百姓舆情代奏，而朝廷必然大加申饬，若向朝廷说百姓好，立行祸见。

所以进退两维，自可不言，言者多败多事，多事多害，以免后悔”。其实早在上半年皇族内阁出台、铁路国有政策刚推行时，这位敏感的将军已预料到祸乱萌芽已生，“国家大局甚危，内外大小官员心中惶惑，人心涣散，可畏而不可言之”。[①] 也正是他的谨言，使得本来理所当然成为冲击对象的满城在日后的动乱中得以保全，此是后话不提。

群众运动的马达一旦开起来，其横冲直撞之势已非一省总督赵尔丰所能控制。赵虽然长于边务，以精明强干著称，且性格刚毅，但这几年四川的情形他毕竟不甚了了，是以在接下来关键性的几个节点上他都进退失据，以致局势急转直下，再也不可挽回。

即便到此时，赵尔丰还是坚决顶住了中央要求他武力弹压的指令。他说目下成都虽全城罢市，但百姓都严守秩序，只是捧着先皇灵牌哀泣，然而悲愤愁惨郁结久了，时日一久就可能会有莫测之变。民众以此非常手段向朝廷吁恳，实在情非得已，但目前并未滋扰暴动，强力弹压只会酿成激变，而川省兵力薄弱，变乱一起那才堪虞，所以他的主张还是转圜变通为上。为了示民以诚意，赵尔丰会同成都将军玉琨率川省八名高级官员集体致电北京参劾邮传部，请求将川汉铁路仍归商办。电文称，刻下万众哀愤，祸机四伏，民气甚固，事机危迫万状，恳请圣明俯鉴民隐，曲顾大局，准予暂归商办，将来借款修路一事，俟资政院开会时，提交议决。口吻纯然一派立宪派人调调：“惟查此次求交院议，暂归商办，虽仅股东会出名，而实为全川人民一心合力，为法律上正当决意之要求……现在兵警皆为本籍，防制已无所施。附省州县，烧毁局所之事，日有警报。教堂散布全省，防不可防，保不胜保。通省劫动，兼顾实难，事势之危，间不容发！得民失民，激乱弭乱，全在此举，尤在此时改归商办，范围仍属国家。大乱一作，挽救已属无济！”

本次省级官员集体发力参劾中央政府部门，比之王人文先前的转奏火力更猛，且同日更有成都知府、成都、华阳两县知县及省属六司道衙门

---

① 《蓉城家书》，丘政权、杜春和整理《辛亥革命史丛刊》第1辑，中华书局。1980年版。

137 人冒越级妄言之罪联名电致内阁，以致同志会的人兴奋地奔走相告，以前只是国民反对盛宣怀，现在有力量的官员都组团攻打盛宣怀了，“盛宣怀这回必输定了”！这一日 8 月 28 日，距赵尔丰又一次沦为川人口中的“屠夫”，还有十日。

这份联名参奏，虽是赵尔丰的主张，却由玉琨领衔。素来行事谨慎的玉琨在写给儿子的信中说，对此他是不情愿的，说当天赵“约署商议，奏稿已拟妥，令我会衔出奏，法时我本意实不愿为”，但经不住副都统奎焕力劝，“不得不勉为其难”。[①] 他哀叹：“可叹我到川甫及半年，未尝一日省心，未受一日之福，又蹈庚子景况也……如无福，事出意外，亦是命也！”

几乎和赵尔丰参劾邮传部同时，内阁也收到了铁路督办大臣端方劾赵尔丰的电报，大臣与督抚的互撕，至此已趋白热化。端方认定，川事变得如此棘手，一误于王人文，再误于赵尔丰，他指控赵尔丰“有辜职守”，到任二日就违旨代奏，随后听任特别股东会擅自撤换李稷勋，听任成都民众以供皇帝万岁牌为护符罢市罢课，指斥赵尔丰的这一行径已与王人文沆瀣一气，“庸懦无能，实达极点”。端方进而列举《大清刑律》条规，说地方官如不签拿那些不逞之徒，就应“革职，从重治罪”，对聚众四五十人以上闹事的为首者应“绞立决”，而以供万岁牌哭先帝为名罢市则为“大不敬之罪”，他质问道，赵尔丰身为一省首官，难道不知道这些条规么？他明知这些条规还这么做到底是何居心？他建议中央，应即刻先派重臣赴川查办赵尔丰，必要时可采取果断之行动，再简派川督，以定大局。在发给盛宣怀的电文中，他说目前能够镇住局面的，惟有他的亲家袁世凯这样的铁腕人物，同时还暗示，自己将是接替四川总督的最合适人选。赵尔丰的反击是再次联手成都将军玉琨致电中央，要求速开御前会议查办盛宣怀等人，如若不准，就联袂请求辞职。

尽管赵尔丰向内阁总理奕劻作了辩解，并说驻成都英国领事已表态，将建议本国外交部同意修改合同，把川路移出四国银行团借款范围之外，朝廷还是连下三道上谕，要他切实弹压闹事群众，如若再迁延不办贻误大

---

① 戴执礼编，《四川保路运动史料汇纂(中)》。

局,“定治该署督之罪”,上谕的最后还加上了“懔之”二字,对他示以严厉警告。同时电饬在武昌的督办大臣端方,迅速率兵入川查明铁路事宜。

眼看着这半个月里,川人罢市罢课不止,又上升到了不纳粮不输捐不认国债,民气可说是嚣张到了极点,再有密报称一些不明行迹的人正在各处煽动,各州县解送省藩库的 60 万两款项也被阻挡不得入城,赵尔丰惊惧了,他开始怀疑自己先前对川人是不是太过优容,太过仁慈了。朝廷一次比一次严厉的电令,再加上端方的虎视眈眈,更让他担心乌纱帽可能不保,自己的下场说不定比王人文更不如,他不能不为自己的前途着想了。9 月 5 日,坊间开始出现一份《川人自保商榷书》,中有“政府夺路劫款,转送外人,激动我七千万同胞幡然觉悟”等极富煽动性的语言,并号召设立团防、编练国民军武力保卫,赵尔丰怀疑这份形同叛逆的宣言是咨议局的高层在背后捣鬼,他准备要对蒲殿俊等下手了。

这份煽动川人独立的商榷书究系何人所作,至今尚是迷雾重重,有说是一个叫朱国琛的同盟会员所为,有说是出于与总督大人貌合神离的提法使周善培之手,也有说是秘密潜入省城的革命党人散发的,不管是谁,省咨议局议长蒲殿俊这么一个温和派肯定不会参与其间,但两日后蒲殿俊还是被逮捕。和他一起遭到拘捕的,还有罗纶、颜楷、邓孝可、彭芬、王铭新、江三乘、叶秉诚等十人。

这一天是 9 月 7 日,农历七月半鬼节,天下着小雨,蒲殿俊等人一早收到总督衙门的邀请,让他和咨议局高层、保路同志会代表一同前往传看邮传部的最新电报。但这其实只是一个幌子,他们一进入督署就被卫队拿下,五花大绑着推到了辕门中央。据说赵尔丰是要将他们即行正法的,但因为玉琨和奎焕两位旗籍大员的反对,改由软禁在署内花厅,派卫兵严加看守。赵尔丰这般忽晴忽阴举棋不定,可见到底如何处置这帮民意代表也是心中无数,枪法大乱。

似乎有人巴不得总督府溅起血光,当日晌午,成千民众突然出现在了总督府附近。他们头顶大行皇帝灵牌,沉默地跪在辕门外,要求释放他们的领袖。随着人群愈聚愈多,他们开始冲击总督府,从西辕门突入后,又冲向仪门。人群如潮水一般涌入,越过警戒线,赵尔丰命卫队喊话警告,但卫兵的叫喊很快就被喧嚣的人声吞没了,失控的人群一直涌到了大堂的檐下。一排九子枪的连击声遏止了推涌的巨浪,随着枪口的白烟飘散,檐下已经躺倒了二十余具尸体。余下的人扔掉牌位和香,掉头就往外跑。

中枪毙命者,多是下层市民,有裁缝、花工、菜贩,饭铺的学徒和机房丝厂的匠人等。受伤惊惶奔走者,也多系普罗大众,没有人想到赵尔丰竟然会下令总督府卫队冲着这些手无寸铁者开枪,这粗暴的武人行径,也真应了先前川人给他取的“屠户”的诨名。为了坐实这些被射杀的百姓的匪名,赵尔丰命人将这些人临死还紧紧攥在手中的香和灵牌取去,代之以刀具,拍照存案,方允许其亲属领尸。次日,有更多城外居民头裹白巾,冒雨奔至城下求情,被田征葵的城防军又射杀多人。

血光乍现,情势立变,有人惊恐,有人兴奋,一股莫名的暗潮已在省城的大街小巷涌动。总督府枪响当日,赵尔丰随即命全城戒严,一个叫龙鸣剑(又称是曹笃)的同盟会员趁夜出城,来到城南朱国琛主持的农事试验场,商议如何将此间消息向外发出。因电报局早已禁发,他们苦思无着,农场近旁无声流动的锦江给了他们灵感,他们连夜制作了数百张木片,外涂桐油,上书“赵尔丰先捕蒲罗后剿四川各地同志速起自救自保”二十一字,投入川流不息的锦江。这一传递资讯的原始方法,明朝时曾有将军用过,不想在几百年后再奏奇效。一夜之间,成都血案的消息已经传遍了下游各州县。

身穿号褂、手执刀剑、梭镖和火绳枪的各种武装突然如地火般喷将而出,他们中有民团和哥老会众,也有少不经事的少年们组成的学生军,他们几乎是迫不及待地扯起保路同志军的大旗,浩浩荡荡杀奔省垣,对外的口号一律是保路保民、营救蒲罗。已有数支武装在城外与巡防军接上了火,互有胜负。成都一夜之间被包围了,电线杆被成排砍倒,通讯中断,粮米半道被截,物价腾飞,更要命的是,城中的粪便垃圾无法清运出城,初秋气温又高,整座城从里到外都要臭将出来了。

事后,政府方面指责有人作幕后推手离间官民,造成民众与政府对峙流血,他们所指,乃是在川已经秘密经营多年的革命党人。先前的保路运动,立宪派人冲锋在前,党人隐身幕后,只盼事情搞大,他们好火中取栗,现在事机终于来了，他们外以保路之名、内行革命之实的策略，终于要取得正果了。李劼人以小说作信史的《大波》说得甚好：若不是革命党人在股东会、同志会中煽动人心，恐怕连七月初一日的罢市罢课也不能闹起来，就闹起来也不会坚持到半月之久的，革命党人也因为看透了宪政派的弱点，在争路期间他们就不谋而合地实行了孙中山所手定的办法，一面加入各地同志会，一面极力联络哥老会，暗暗地把光用口舌相争的同志会改成一种有武力的同志军，时机一到，就光明天上大扯起革命旗帜来排满。

但在此刻还保持着清醒头脑的官员如被围城中的成都将军玉琨看来，此番民变，实可谓是官逼民反，比年以来，政府将川民膏血搜掠殆尽，以致民贫财尽，商农士庶已与政府结成敌忾之仇，再加近来新政繁兴，各项摊派让百姓不堪负担，官民之间的仇结“因此愈结愈深，故然造意谋反之心生矣”。

刀兵已起，大乱在即，革命风潮已成。已经没有什么力量可以阻止所罗门魔瓶里放出的这头巨兽，不管是英雄流氓，还是贤士奸人，谁阻挡它的去路，都会分分钟被撕成碎片，万劫不复。

# 第五章　末路

## 1

从宣统元年冬天被免去直隶总督职务起，端方闲居京城已近两年。早先，朝廷在菩陀峪修建东陵时，他受命监工，因任务完成出色，获加三品衔，十几年后又以“梓宫移葬山陵”之事落马，又回到起点，人生就像白痴画的圆——这话真是一点不错，这戏剧般的起落真应了个“起家水部”、败也山陵，素来不信命数的他有时也会想，这或许就是报应吧。

满洲正白旗的托忒克氏向来是本朝的亲贵之家，从曾祖父郑亲王、九门提督乌尔棍布到祖父文雅，再到做过同治皇帝老师的嗣父桂清，端方一家一直生活在靠近权力顶峰的亲贵圈子里，积攒下了可观的家资。落职后的端方回到细瓦厂祖宅，和五弟端绪、六弟端锦生活在一个大宅里，心情倒也渐渐疏朗。围绕在这三兄弟膝下的下一代，男男女女加起来已有二十来个，三兄弟亲密无间，把他们按出生先后来了个总排行，平素里，这些正在长身体的孩子轻快地飞进飞出，大宅里总会响起他们嬉戏时的欢笑声。

但大伯父的房间孩子们是不敢去的。硬着头皮要去，也必踮起脚尖结队蹑行。那一井房子实在是太阴森了。一块黝黑的宋代巨石立于中庭，高与檐齐，犹如屏风，转过此石，墙头、四壁又是奇石异碑，到处都堆满了收罗来的青铜、瓦釜、玉石、古画。这些古物散发出的细细幽幽的气息，让人仿佛置身于一个古墓。当时京城有个笑话讲，有个雅好鉴赏的官员前来造访，临走时说，“不揣谫陋，愿留一额”，端方大喜，命人准备纸笔，那人题下四字，竟然是“邱墓之间”。[①] 宅主人也只一笑了之，如果此生已是终点，他真的情愿埋身在这些金石字画中间，只有与这些古器物为伴，他才可以忘却如山的忧端。

二十余年官场沉浮，说起来这已是他第二次跌入底谷了。上一次是1898年秋天，太后发动政变重新训政，他和徐建寅共同主政的农工商局被视为新派机构下令撤销，他不仅被削去三品卿衔，还列入了即将抓捕候审的一个二十人的新党名单。多赖朝中大佬荣禄、刚毅力保，大太监李莲英在太后面前说了一堆好话，他才免去流放新疆之罪，又亏他见机得早，写颂圣诗重新邀得太后欢心，这才派发到陕西出任按察使。只是那一大圈

---

① 《清稗类钞·诙谐类》:“端忠愍公方有藏石之癖，其京邸书室中，四壁皆庋汉、唐诸碑，入其中者，阴森欲绝。中庭立宋碑一座，黝然而黑，高与檐齐，远望之，颇类屏风。某太史尝过其居，谓之曰:‘不揣谫陋，愿留一额。’端喜，拱手请教，太史曰:“可题为‘邱墓之间’。”

打点下来，他一向视作性命的古器珍玩损失了好几大件。[①] 但他很快就看开了，与身家前程比起来，这些东西毕竟身外之物，经过手了心意也就足了。

和幕友喝喝酒，在雅致的小室里品评金石字画，日子过得很是悠闲，但内心，还是一直期待着朝廷的呼唤。那么这次又是谁，会对自己施以援手呢？花出去的四十万两纹银终于收到了成效，辛亥年新春过后，邮传部大臣盛宣怀数次找上门来，说要和载泽一起保荐他为川汉、粤汉铁路督办大臣，请他出手襄助铁路收归国有，还说这是事关国计民生的重大政策，五月后将在南方的一些省份全面推开。他重新出山的目标是争取到三年前总督部堂的官阶，督办大臣虽是钦差衔，毕竟不是常设性职务，对接连九年出任督抚的他来说，不算什么重要岗位，但他怕过了这村没了那店，也就勉强应承了下来。

5 月 9 日，铁路国有诏令一下，度支、邮传两部连出重招，又是借款，又是发布誊黄停止租股，但让他没想到的是，铁路经行各省的反弹竟然如此剧烈，地方上的绅商们竟然抱了团要求中央收回成命。他觉得自己这个铁路督办大臣，实际上不过是被临时抓差派去灭火的。而且他发现，盛宣怀一有什么事就把他这个救火兵推在前面，自己却闪身躲到幕后。盛宣怀的理由冠冕堂皇，川粤汉铁路既设督办一职，那么一切责任理当均归督办大臣担负，度支和邮传两部则从宏观上加以协调即可，他则坚决不让邮传部把责任脱卸干净。

按常例，他 5 月 18 日受任督办铁路大臣，十日内应出京赴任，但因为与盛争论责任和权属问题没个结果，他便一直拖延着动身的日子。他嫌事权不足，又不想出面做恶人，对各省抗路风潮担弹压责任，盛宣怀则有个精明的生意人脑袋，算起账来不容反驳，争论陷入僵局时，他甚至找到摄政王，以生病为由辞差。摄政王则和稀泥，说他曾任湘鄂两省督抚，与

---

① 事见苏继祖《清廷戊戌朝变记》，费行简的《慈禧传信录》也有相关记载道："直隶霸昌道端方，亦以保国会员附有为，获三品卿衔，总管农工商务局，后将重惩之，方托骨董商投荣禄门下，具贿李莲英乞助。"

两省士民甚有感情，此去善为劝导，必能弭祸无形，这一差遣非他莫属。当时坊间探听到这一消息，曾在《大公报》上连篇累牍报道两大臣失和的消息，说他“于任人用款两事与盛大臣意见亦多龃龉”，多次托病请辞，“纠葛”一直未有止歇。①

这一拖，直到6月20日，他才在幕僚刘师培、夏寿田等二十余名随员陪同下出京前往武昌。刘师培是他两江任上时就跟着的，内阁统计处办事夏寿田是王闿运的弟子，中过戊戌年的榜眼，风雅工诗，是他特意从内阁讨要来的。六弟端锦此时的身份是三品衔河南候补知县，也一同随行。

说起来，端方于铁路一途并非新手。1904年他署理两江总督时，江西绅商呈请全省铁路自行筹办，请求政府于招股之外设立常年专款，他就奏准于江西引盐每斤加价四文，筹款支持自办铁路。因为在他看来，路权关系着兵政、财政等国家命脉，不能轻易为外人染指。三年后，江浙绅商公推王文韶、张元济等代表赴京，反对在苏杭甬铁路建设中引入外资，在交涉中他也站到了绅商们这边，与军机处、外务部多方协调，恳请拒借英款，并在治境内通过节省政府开支、减免铁路厘金等手段支持绅商们争取筑路权，1909年，商办沪杭铁路全线贯通，一时中外瞩目。②

苏杭甬铁路风潮平息，有此圆满结局，自是江浙民间殷富，资金充裕，时任两江总督端方的转圜之功也起到了关键性的作用。这两次交涉铁路事，他都全力支持绅商筹款自办，是以，这次铁路国有化政策一出台，内心里他是持反对意见的，但中央决心如此之大，推进步伐如此迅猛，他身为钦命铁路督办大臣，唯有遵令，理解要执行，不理解也要执行，且为了平息各地次第出现的风潮，只有与度支、邮传两部勉力协作，强力推行之。

---

① 大公报以《盛大臣允负收路责任》为题称：“盛大臣以川粤汉铁路既设督办，邮部从此大可卸肩一切责任，均归督办大臣担负，惟端方则决不承认，现今尚在纠葛，不让邮部之脱卸干净，否则当请病假延不出京。”

② 苏杭甬铁路是指从苏州经杭州再至浙江宁波的铁路，该名是光绪二十四年(1898)铁路总公司督办盛宣怀与英商怡和洋行签订草合同时的原名。1908年订立正合同时，因上海至嘉兴段已修筑成功，遂将铁路起点改为上海，苏杭甬铁路易名为沪杭甬铁路。

赴任武昌途中，端方特意绕道河南彰德(今安阳)，专程造访了两年前被摄政王以“足疾”开缺，隐居在洹上村的前外务部尚书袁世凯。袁以最隆重的礼节接待了他。这次洹上之行，他做了两件事，第一件事是把长女陶雍说与袁的五子克权为妻，两家正式结成了秦晋之好。他向袁许诺说，大婚之时他将以一件青铜古器毛公鼎作为陪嫁。第二件事，也是此行最重要的，他与袁在密室进行了一次长谈。因这次会谈摒弃了所有随从，没有一人在场，谈些什么不得而知，但肯定与铁路、朝局，甚至与未来中国的走向有关。

## 2

从 8 月起，端方注意到，从上海坐轮船到武汉的客流突然增大了，这些人经短暂停留后，又坐上每月两次从宜昌通往重庆的蜀通轮。这些陌生的面孔，有商人，有东渡日本归来的学生，谁也说不准是否有多少革命党人混迹其中。川路的局势越来越让他揪心了。

川路国有化搞得如此难收场，在他看来，责任完全得由先后川省两任主官来负。想当初，湘、鄂两省士绅也闹得够凶，不是都一一就范申领国家股票了？怎么遇到川路偏就梗阻了呢。如果不是当初护理总督王人文存一已私念，姑息养奸，保路同志会、股东大会能开得起来么？本来还寄希望于赵尔丰到任后快刀斩乱麻，没想到此人竟然与王人文一个鼻孔出气，对那些叫嚣着破约争路的川绅一味纵容，还鼓动川省官员集体出奏。从内心感情来说，他或许觉得王、赵做得也没大错，国家的路权怎好随便送与外人，但理智告诉他，川省毕竟不同江浙富裕，此路若纯由商办，真不知何年何月可以建成，自己身为钦命督办大臣，此项铁路国有政策关系自家前程甚至性命，阻力再大也必须以国家威权推行之。看着议员们和股东们越闹越凶，赵尔丰又拒绝弹压，他甚至向朝廷提出过一项折衷的方案，把铁路改线，绕开川东，改走陕西。但他没想到这项方案反授川人口实，让他们有了更充足的理由聚集起来反对中央。

自 9 月起，邮传部一天一个电报，不断促他入川。而他与川督赵尔丰的相互攻讦，也已完全公开化了。一个指责对方“养痈成患，启侮酿衅”，让派得力大臣查办，一个又反指对方不通民情，乱下指令，致使川路再无转圜可能。盛宣怀迭次促他动身，抬出内阁来，说已与总理和几位协理商定派他入川。又说他才具过人，“公才固亦足以了之”。端方表示，鉴于他与赵尔丰的紧张关系，川民与他“水火之势已成”，一入川就是“置身危险之地”，而自己赤手空拳，无以施展，他建议简派湖广总督瑞澂前往，“调遣军队，呼应皆灵”，定然马到成功。而自己自到鄂后，“专在路事一面着想，而于地方一面，毫无事权，不知如何着手”，说白了还是向朝廷要权。

瑞澂紧张了，他最担心的就是端方赖在湖北不走，觊觎他总督的位子。湖广总督这个位置本来就是端方坐过的，自己在江苏时又做过他的下属，论资历、论声望，朝廷让端方出任鄂督的可能性不是没有。即使端方不挤对自己，眼鼻子底下摆着这么一个钦差大臣也麻烦得很。前些日子，端方都已经在武昌平湖门外看好了一块地皮，准备兴建督办大臣衙门，已摆出一副长久驻节武汉的态势来。而且他还打探到，端方已去电北京到处活动。是以他一边好生伺候着钦差大臣，一边又转弯抹角催促瑞方从速动身离开武昌。朝廷再次来电催促，说“如需酌带兵队，可就近会商瑞澂”。当端方拿此电文找瑞澂商议时，后者马上假作慷慨地拨出鄂新军第八镇步兵第三十二标一营士兵给他作卫队，还吹嘘说湖北新军的战斗力比北洋军还要厉害。这一来，端方再也没有借口赖在武昌不走了，只得择定于 9 月 11 日正式率队入川。但端方还是耍了一个心眼，他带着这支军队并没有直奔成都，而是改走水道，经宜昌往重庆溯江而上，故意绕道拖延时日。

困守成都的赵尔丰并没有摸清端方的真实意图，血案发生后，焦头烂额疲于应付的他还在打电报给端方，请他务必多带兵员入川，因为围住省城的同志军人马实在太多，而自己的兵力过于单薄，在省的数千巡防军实在应付不过来。在事变后发给各县的“通饬札”里，他颇感委屈地说，“本署督部堂于闰月初九接篆，于初十日即莅铁路公司股东大会场”，“(同志会)请电则代发，请奏则代陈，本督部堂且专奏数次，又与将军、司、道联衔奏恳，其所以如此者，不过欲以中正平和之要求，将此段铁路作为完全川路而已”，奈何川人中的乱党分子丝毫不领会苦心，自从《川人自保商榷书》一出，竟明言抗粮抗税、练兵练团，造枪造炮，“似此种谬妄行为，逆迹昭著，本督部堂若再股容，将贻全川无穷之害”，再有自7日夜间起，团匪麇集城下，“纷纷来围城者，不下万余人”，他要求接此饬令的各地方官员严密防范，以防事态进一步扩大。

他不知道，他所求告的端方已起取而代之之心，刚率队开出武昌，端方已有公开电严厉谴责他及全省官员：“川乱始于争路，地方官吏，始则推波助澜，继又操之过急，星火燎原，遂成焦烂”，大有不查办到底誓不收手之势。

没有比东三省总督赵尔巽更揪心四川暴乱的了。本来还想把胞弟往仕途上再推一把，没想到这一推竟然害了他。未来的国家清史馆馆长本能地意识到，他的三弟已处在了悬崖边上，再加端方正杀气腾腾提兵赶来，性情刚烈的三弟已万难镇住如此局面。他认为四川的事由铁路而起，但目前已酿成全省性的叛乱，再派与铁路有关的大臣前去已于事无补，建议朝廷另派“川人所信仰大员”，先把局面稳下来再说。他提议，目前在上海闲住的开缺两广总督岑春煊正是合适的人选。

或许是不满意于端方还在路上磨磨蹭蹭，盛宣怀同意了赵尔巽的这一提议。9月15日，谕旨令岑春煊赴川会同赵尔丰办理剿抚事宜，着即刻从上海启程，“毋稍延迟”。之前一日，盛宣怀已密电在上海的岑，透露请他出山的意思，并为之规划赴任路线，先由招商局专轮护送至宜昌，再借乘英国小型舰船至重庆，总之一句话，川事已危，但期速到。他相信，凭着岑春煊当年治川的声威，只要他一入川，形势立马就能扭转。

简派岑春煊入川的奏请由盛宣怀、赵尔巽、瑞澂三大员共同署名，似乎意见高度统一，但据瑞澂后来告诉端方，他虽然与岑少年时交好，不好明着反对，但赵尔巽这样做是不得人心的，“次帅敢于明目张胆助乃弟”。

见突然插进来一个岑春煊，端方大是不爽，朝廷这般用人，对自己用而不信、信而不专，着实让人寒心。他索性以退为进，质问朝廷道，既然已无须他承担剿抚的责任，那又何必入川，不如暂留宜昌镇抚路工。内阁见他执意如此，也就同意他仍旧驻节宜昌。最后朝廷确定如下方案，端方继续办理铁路事宜，岑春煊专事剿抚会党乱匪，在岑到任前，由端方负总责。

中央对岑春煊期望甚殷，自是因为他十年前治川时颇具政声。1902年，岑春煊由陕西巡抚升任川督，一到任就惩治了四十余名贪墨的官员，一时全川震动，号称“官屠”。此次中央命他入川，也是希望他挟旧日声威，勇于任事，尽早敉平川事。但岑春煊似乎成心要跟中央比一比谁的耐性好似的，面对内阁迭次电谕，就是赖在上海不动身。一会大谈他的“标本兼治”的治川思路，一会又建议让两广总督张鸣歧辖下的滇军入川。盛宣怀已经急得不行，9 月 18 日的电报里语气已颇不耐烦，直接问“可否请今晚速乘江轮赴鄂”。盛宣怀暗示说，摄政王已经作出表态，只要岑出川，马上就安排四川总督的位置并加钦差大臣名号。

这个开价，已经很对得起岑春煊这个开缺多年的闲官了，他如此拖延，莫非下半辈子真的只想在上海做个寓公了？肯定不是，这个滑头的大吏是见川事复杂，赵尔丰、端方等都根基极深，生怕自己给搅进去，所以先来个韬光养晦，隔空指挥。盛宣怀来电催促的当天，他在上海发布了第一道给四川全省道府厅县武营的命令，要求官员不得对民众“妄加捕治”，“不得擅行杀戮”，之前捕拿的绅民，也要允许保释。总之，一切都要等他到任后再行定夺。

随同这道指令下发的，还有一封岑春煊同几个文案反复斟酌的《告蜀中父老子弟文》。岑云帅(岑春煊字云阶)这份通篇都是煽情语气的告示，一点不像朝廷大员的皇皇文告，口口声声春煊春煊，父老父老，倒像是一个出门已久的游子写给家里人的一封家书。这封公开信经川省各州县张贴，9 月 22 日《申报》刊布，一时家喻户晓。信的开头即说：“春煊与吾蜀中父老子弟一别九年矣，未知父老子弟尚念及春煊否？春煊则固未曾一日忘吾父老子弟也。乃者丁此不幸之事，使春煊再与父老子弟相见，频年契阔之情，竟不胜其握手唏嘘之苦，引领西望，不知涕之何从。吾蜀父老子弟一思春煊此时方寸中当作何状耶？”

岑春煊向“父老子弟”们承诺，有什么难言的苦衷，只要合情合理，他都会据实上奏，若是受了什么冤屈，他也一定力为洗刷申雪。“父老子弟果幸听吾言，春煊必当为民请命，决不妄戮一人”。他还说，自己已严令蜀中地方官吏，要他们极力劝导，勿许生事邀功，重累吾父老子弟。“春煊生性拙直，言必由衷，苟有欺饰，神明殛之”。①

岑春煊随即提出平息川乱的三条办法，一是释放在押的蒲殿俊、罗纶等川绅，二是发还商股，全数承担川路公司亏损，足额返还款项，以示国家无与民争利之心，第三，也是最令中央难堪的是，他建议朝廷下罪已诏以收人心，“罪已可以兴邦，利民即以裕国”。

此奏议经《申报》发表，②一时群情欢跃，川籍京官、商会代表的贺电纷至上海，皆云云帅入川，必将解民于倒悬，“川中父老子弟望公如慈母，仰公如云霓”。

盛宣怀后悔了，起用这个退休多年的滑吏实在太冒失了。包括摄政王和内阁总理在内的所有高层，也都觉得岑的思路与中央踩不到一个点子上，他提出让朝廷下罪已诏更是荒唐，简直是冒天下之大不韪。但政令既出，也就只能指望着他尽早进川，帮着赵尔丰把叛乱平息下来再说。

在赵尔丰看来，这个岑云帅不是来帮忙，简直是来添乱的。朝廷让岑来川是“会同”办理剿抚事宜，岑春煊向川省发布的第一道指令，事先却未与他沟通，明显是不把他放在眼里，搞出那篇半文不白讨好川民的公开信，更是有失朝臣体面。而且在眼下同志军、团防、袍哥合流作乱的当口，这般姑息优容，实不啻因风纵火，火上浇油，简直是把匪众煽动起来与政府作对。他不明白，在奉天的二哥怎么会出这么一个馊主意，说是防狼，却给引来一头虎。再说了，岑春煊做过一任四川总督是不假，但那也是快十年前的陈芝麻烂谷子事了，与现在的川事风马牛不相及的，何以奏派个岑春煊来？要说在四川的官声，岑春煊哪里比得上他的后一任锡良仁惠爱民、口碑载道？而且川路那摊子事，锡良比起岑春煊来，肯定也要清楚得多。

是以，他数次密电二哥赵尔巽，让其设法阻止岑春煊西来夺他的总督

① 《申报》1911 年 9 月 22 日第一张第六版（辛亥七月二十七日）刊登了这份《告蜀中父老子弟文》。

② 《岑春煊入川之令下》，《申报》1911 年 10 月 3 日。

大印。他的算盘是，只要岑不入川，再把端方的事权限制在查办路事上，他的位置庶几还可以保住。眼下川省全境骚动，那些贯会扇风点火的革命党已经把火烧到了兵力布置薄弱的上下川南、大小川北、上下川东，他已经想好，至多把下川南指与前来助剿的黔军驻防，把下川东指与陕军驻防，端方带着鄂军一部，要来也尽管来，小川东一隅就是指定给他的督办大臣防区，至于省城所在的川西腹地，自己是决计不会让出一步的。赵、岑相争四川总督的事，坊间马上有了公开议论，上海的《申报》不知哪儿打探来的消息，言之凿凿称，“岑春煊入川令下，赵督恐其攘夺己任，上月二十九日曾电致某邸，力阻岑行，并有岑不来独犹可若，岑前来恐终无宁日之语”。记者总算厚道，没有点明“某邸”就是驻节奉天的东三省总督赵尔巽。

岑春煊感觉到了来自赵尔丰的明显敌意，请他出山尽管是赵家老二挑的头，但现在他们兄弟俩已经站在了一起，自己实无必要得罪他们兄弟俩。他庆幸自己毕竟谋事老成，没有仓猝上任，不然就毫无转圜之机了。正好赵尔丰发布电告，称多路乱军已被击退，成都之围已解，“省中照常开市，人心略定”，他也就顺坡下驴，以身体有恙为由请求中央收回成命。

本来与赵尔丰已成水火的端方，在反对岑春煊入川一事上两人的意见却出奇一致。中央要端方在岑入川前代理负责，他说自己“必然处处掣肘”，只有力请辞让。他认为，让岑来办川事根本是一个决策性错误，岑西林这样一个能员，又是开缺两广总督，应该让他去办粤事才对，因为朝野共知的一个事实是，广东的革命党人才是祸乱全国的根本。对于岑春煊发布的几点平川意见，端方也持明确反对，尤其是要求朝廷下罪己诏一说，在他看来更是居心不良，端方甚至揣测，岑这么做，他的野心已非区区一个四川总督能够满足，他简直是想做内阁总理。他向盛宣怀明确要求，必须尽快阻止岑入川。

《时报》有记者称：“端午帅本与岑有隙，此次岑奉旨会办川事，而旨中又撇去端不提，端更不免悻悻，益以岑公先期布颁告示，而释放蒲、邓，大有一切俟乃公来之意，端、赵皆为不平。闻赵日前有电奏到京，指斥西林专擅，词意极为愤懑，大致谓：岑并非地方官，身未到川而先期发寄告示，指授机宜,并不与督臣会办,其所措施,实与目下实情不合。”①

这里说的“有隙”,是说四年前(1907)军机大臣瞿鸿禨与庆亲王奕劻相斗时,瞿鸿禨拉着岑为一派,庆亲王拉着袁世凯为一派,庆亲王一派摸准慈禧太后仇视康梁一派的心理,伪造了一张岑与梁启超合影的事。据说端方是这起伪造事件的主要策划者,因他考察欧美时深悉照相术,知道照片底版可以拼接修改。此事骗倒了慈禧,直接导致瞿鸿禨下野,之前深受宠信的岑春煊也被逐出京城外放两广,打入政治冷宫,岑春煊视端方如仇寇,正由此节而起。

10 月 2 日,在中央迭次催促之下,岑春煊勉强从上海赶到武昌,与湖广总督瑞澂商讨川事。他们俩,再加上劳子乔,年轻时也有过命的交情,人称“京城三恶少”,但两人在武昌的这次会面并不愉快。瑞澂不同意岑提出的全额发还商股的主张,对于不惩办为首倡乱之徒,更是认为只会助长川人之骄,甚至祸及邻省。在拍发给盛宣怀的电报中,他说选择岑春煊可能真的是一个错误,此人太过偏执,又无法体谅局中人的办事之难,若让此人入川,可能会更糟。

见几乎没有人支持自己的主张,岑春煊再次请朝廷收回成命。他说眼下成都解围大局初定,端午桥又已率队入川,自己实无必要再去。内阁也就顺水推舟,电致盛宣怀转告岑,同意他继续休假养病,“暂缓赴川亦属无妨”。时人郑孝胥对当朝四位大僚张之洞、袁世凯、岑春煊、端方作过一番比较后,曾有“袁世凯不学有术,张之洞有学无术,岑春煊无学无术,端方有学有术”之语,不说其他人,仅就岑春煊这次有头无尾的表现,堪称的评。

岑春煊的脚步终于在武昌停住了。盛宣怀迅速致电端方,催他结束游荡,星夜入川。他说目前形势下,“在进无退,总须到渝,一切自有解决”,并说摄政王已明确表态,只要端方到了重庆,出任四川总督是迟早的事。

---

① 戴执礼编,《四川保路运动史资料汇纂》,中研院近代史研究所史料丛刊,1994 年版。

端方的命运或许曾出现过一丝转机，岑春煊入川他本可以不死，但他把这一线生机亲手断送了。当大臣们为了职位明争暗斗，朝廷不明情状忽左忽右之际，处理四川事件的最佳时机已经丧失，局部的溃疡马上要在帝国全境蔓延开来……

## 3

端方清楚地记得，他带着鄂军三十二标一营人马离开武昌是农历辛亥年七月十六日，西历9月11日。这一营人马是湖北所练新军中纪律最好的，管带董作泉是湖北将弁学堂出身，也算他的学生，极为忠诚可靠。这一营人马护送着钦差大人的上百件行李登上楚峪兵轮，由武昌鼓轮西上，于五天后(9月15日)抵达宜昌。

川路公司宜昌段总理李稷勋前来拜会时，带来一个令他吃惊的消息，就在他离开武昌前几日，赵尔丰在总督衙门诱捕蒲殿俊、罗纶等议绅，向民众开枪，引发众怒，省城已被数万名武装人员团团围住。他诧异这消息这么晚才传到自己耳朵里来，想来兵轮上的那五日，电报不通所致。他本能地觉察到，前头已是悬崖，计划带着原班人马返回武昌。

瑞澂好不容易把他送上路，怎会轻易让他回转，打电报来说，朝廷已加派岑春煊入川会办，要他务必在宜昌静候待命。瑞澂透露说，赵尔巽提议派岑入川，自是为了给他三弟解套，但盛大人同意这一方案、朝廷这么快就准了这份奏请，也是与他徘徊瞻望、迟迟不进有关，责任完全在他自己。

不几日，瑞澂又有来电，称北京方面迭次催促，让湖北方面加派劲旅，以助钦差大臣迅速入川平叛，已令本省新军精锐——湖北陆军第十六协协统邓成拔、第三十一标标统曾广大统率一标精兵，分乘数艘兵轮，正星夜赶来宜昌，归钦差大人调遣。

如此层层逼迫，他只能有进无退了，不过让他怀着一份期待欣然就道的，还是儿子继先的一封密信。继先从美国留学回来后，在外务部当参事，这回不知何处打探来的消息，说内边对于岑春煊入川会办的事，也是有分歧的，庆亲王奕劻与岑一向不睦，岑春煊从前仗着太后的宠信，也从不把庆王爷放在眼里，庆王爷已放出话来，要是岑还像从前那样目中无人，川督这个位子就别指望了，至于赵尔丰，不管他能不能把川乱敉平，内边也认为他不再合适担任四川总督。继先在密信中说，只要父亲赶在岑云阶前头入川，抢先把乱事平了，川督的宝座就没人能来抢了。

端方对这个儿子，总恨他不成器，留洋时嫌他不务学业，回国了又嫌他只知挥霍滥用，见这封密电把打探到的事一一道来，分析得头头是道，不由大喜，生怕自己再游移下去会误了事，待瑞澂加派的邓成拔、曾广大率领的湖北新军一到，就急着要进兵了。

武昌驶来的兵轮，马力太小，无法驶上三峡，从宜昌到重庆逆流西上的航段，只有蜀通轮可以通行。此轮由川江行轮有限公司向英商订购，系木头构造、铁皮包裹的两层舱船，六百匹马力，可载员近两百人，两日一夜可从宜昌到重庆。但偏巧要征它来运载兵员的时候，这蜀通轮却出了事，在忠州境内的一处河滩搁浅了。

中央焦虑万分，屡电饬令蜀通轮设法出险，轮船公司想了许多办法，还是不能及时出险。幕僚们向端方提议，再拖延下去怕真要误事了，目前只有想办法赶到万州，再改坐轮船。9 月 22 日，兵马动。钦差大人和二十来个随从，在一支精干卫队的保护下，随带几十挑行李，翻山越岭避开三峡天险，从陆路前往万州。其余两千余士兵及大量军需，分坐木船，雇佣数千名纤夫，沿着川江拉上去。

10 月 4 日，端方一行经巫山县的崎岖山道到达夔州府(今重庆奉节)，刚刚安顿下来，瑞澂的电报就追着来了，说岑春煊已抵武昌，交谈甚感隔膜，且与中央旨意屡屡不合，估计是进不了川了，要他不必理会，只顾兼程前进，勿失良机。再过两日就是中秋，山城上空，一轮明月皎若银盆，是夜，幕僚刘师培结束商议回房歇息，思念一路陪他到武昌依依作别的妻子，突感此行西去吉凶难料，辗转半夜，留下一阕《悲秋词》云：“悲风兮萧条，严霜凄兮草凋。怊怅兮永思，轸予怀兮郁陶。青蝇兮营营，榛棘兮森森。顾盼兮屏营，感不绝兮愁余心”。[①]

---

① 万仕国编著，《刘师培年谱》，广陵书社 2003 年版。

第二日，从这里坐船到万州，端方等到了坐木船上来的他的两千名士兵。再过8日，10月13日，他才坐着蜀通轮抵达重庆的南天门码头。就像瑞澂当初估计的，这一路，水陆兼程，他们走了足足22天。

> 至鄂军赴川，由汉乘轮至宜昌后，须看有无入蜀轮船，临时定夺。即有轮亦不能一批齐进。计舟行至万县，由万陆行至重庆，最速须二十余日左右，方可抵渝。①

李劼人写于三十年代末的长篇小说《大波》借蜀中士绅口吻，说蜀通轮搁浅导致端方行军迟缓，简直是这一电文的白话版：

> 其实蜀通就不搁浅，端午桥还是会迟迟其行的。因为蜀通体积很小，我问过，充其量，一次只能装载二百多人。端午桥带的湖北新军一标之众，加上军需、军械、军粮，蜀通也委实载不完，仍然要用民船载运。川江的上水船，你们大概也知道，从宜昌到重庆，不走二十天，也要走半个月，而且凶滩恶水，危险万分……②

在此时的端方看来，戡定川乱并不是一件多么棘手的事。川人畏威而不怀德，二千鄂军精锐只要略加弹压，斫掉一些脑袋，这乱岂有不平之理。目下川事如此糜烂，只因赵尔丰滥捕滥杀、怙恶饰非所致，只消把蒲、罗为首的一班议绅们放出来，把民愤极大的官吏严惩几个，再裁减税费，革除稗政，立马就能让民心安定下来的。令他揪心的是，一到重庆他刚刚得悉的一个消息，三天前，亦即10月10日夜间，革命党人已在武昌起事，声称独立，汉口、汉阳也都失陷，瑞澂竟然弃城而逃了。

事后想起来，10月10日那天，他是在涪州，从蜀通轮上下来，还接到

---

① 宣统三年七月二十一日《瑞澂致盛宣怀成都情形危急鄂军赴援缓慢不济急电》，戴执礼编《四川保路运动史料汇纂》。

② 李劼人《大波》，人民文学出版社1980年版。

过瑞澂的一通电报，说是武昌城里革命党人密谋作乱，已破获起事机关，首要二犯已讯明正法云云。不想第二日到了长寿县，再去电报局拍报，武昌电报已不通，再打到沙市查问，回电说是情形不明。当时他就预感到发生了什么大事，却没想到一夜之间革命党人就成了事。

这年头革命党人倡乱已成家常便饭，朝廷也就虱多不痒，毕竟几个炸弹是颠覆不了龙廷的，只是严饬各地加紧防范，就地剿灭。年初三月，党人在广州围攻督署，两广总督张鸣岐、水师提督李准指挥若定，事不旋踵而灭，何以在武昌革命党人竟能得手？难道狡诈的党人早就选好了要在武昌发动，只等着他率四营人马离鄂入川吗？一向精明的瑞澂竟然一逃了之，他怎么胆小怕事到如此地步？

盛宣怀的复电也到了，说武昌果然是兵变了，新军里一个叫黎元洪的标统，出任了新成立的军政府的大元帅。他很诧异，黎元洪又不是革命党，怎么也造起反来了。盛宣怀的电报上，还提到军咨府已下令长江上萨镇冰的兵轮向武昌城开炮，陆军部大臣荫昌已亲自率领北洋陆军两镇人马南下平叛。还说，可能不日就要有重大人事变动。

10 月 14 日，就在他抵达重庆的第二日，朝廷下旨起复袁世凯为湖广总督，补授岑春煊为四川总督，并切责瑞澂丢城弃地，将之革职并交部议处。朝旨称，四川省内的各路军队，待岑春煊到任后都要归其调遣指挥，赵尔丰回任川滇边务大臣，在正式交接前暂任四川剿抚事宜。忙碌一大圈，总督的位子还是无望，端方不免气馁，但据盛宣怀提供的情报称，武昌事变后，岑春煊已经逃回上海，“朝意将令督蜀，病辞不受，可见不能来矣”，“蜀事仍将责成我公”。盛宣怀担心的是他带到四川的这两千多新军士兵，闻知武昌兵变不知会起什么样的嚣动，特意叮嘱，“公所带鄂军，望倍饷拊循，勿令生心溃散”。

湖北的事情有荫昌、袁世凯出手平定，岑春煊已跑回上海，赵尔丰也要调回川边去了，四川的形势眼见得又对他有利起来了。再说四川居湖北上游，只要四川安定，便可向下游用兵，对武昌的革命党人形成夹击之势。于是端方一变先前强力弹压的姿态，改而奏请朝廷，尽快释放在押的蒲殿俊等人，还为他们说了一大通好话，说他们“研求新政，维护地方，为川士一时之选”，虽于路事“异常愤激”，但于匪事绝无牵涉，应恳天恩立予释放。还不忘在奏电中狠狠刺了一下赵尔丰和王人文，参他们“始则放纵，继则操切”，“既不能裁制于前，复不能弭变于后，亦属咎无可辞”。他难捺怒火地说：川人有争路之举确是事实，但若不是两位大吏推波助澜，“路潮必不至如此之烈”，“及后从事弹压，若非诸人贪功，捕风捉影，荧惑长官，陷蒲罗以叛逆，并枪毙顶香呼诉之人，人民怨毒亦不至如此之深”。

好斗的赵尔丰立即致电内阁，予以反击。他说近读渝中报纸，称端大臣已奏请把蒲罗这些“逆绅”一概释放，“实感骇异”。端大臣近尚在渝，于此案前后情形，未加详审，亦不一电会商，而遽然提出释放这些嫌疑犯，究其用意，不过是为了尽快平息事端的权宜之计，但“事理自有是非，法律期无枉纵”，不究虚实，一会捉一会拿，这实在是有伤政体。他说这次四川匪乱虽然猖獗，但一直都压制在可控范围内，最重要的原因，就是事先把这些为首者擒获了，乱党失去了指挥，其势散而不聚，一经攻击就立即溃散。如果听任端大臣之言，把这些“逆绅”放回去，势必纠合党徒，重聚虎狼之众，“其贻患何堪设想”！端大臣这一策，名为弭乱，实际上不过是以乱济乱罢了！

赵尔丰预感到朝廷将要放弃自己，想拉一人垫背，数日后又有一电奏劾端方，参他“诡谲反复，希图见好于川人”，“罗织参办将领司道多人，释放倡乱首要各犯”。劾文称，端方自任铁路督办，“始则徜徉鄂省，惟日电迫尔丰严压川民，又电劝骈诛首要”，督兵入川后，不肯由小川北路进省筹商，迂道改赴重庆，逗留月余，及闻武汉、宜昌失陷，已无退路，仓皇失措，“遂不顾国家利害，惟计一己安危，倒行逆施，莫此为甚”！赵尔丰请求朝廷，在岑春煊未到任以前（鬼知道他还会不会来），将川事军事“责成尔丰一人专办”。他预言：川事已为端方一误再误，不可收拾，“端方到省之日，即将为川人独立之时”。

11 月 6 日的上谕让他彻底感到了绝望：“命督办川汉、粤汉铁路大臣、候补侍郎端方，于岑春煊未到任前，暂行署理四川总督，赵尔丰毋庸署理。钦此，钦遵！”

当两大臣的互撕进入白热化的时候，盛宣怀在北京正陷入一场没顶之灾。

## 4

瑞澂是从陈夔龙手里接的湖广总督印，陈夔龙是去天津接端方免职后空出来的直隶总督领北洋大臣的位子，端方虽然不是瑞澂的直接前任，但帝国官场盘根错节，端方任两江总督时他就是端方的属官（那时他任江苏布政使），是以，端方起复为铁路督办大臣一到武昌，瑞澂立马就觉着了彼此身份的尴尬。特别是他觉察到端方有觊觎湖广的心思后，更是处心积虑想把这位老上司请出湖北去。

带着他拨给的鄂军一标人马，钦差大臣终于晃晃悠悠出了湖北界，前往重庆去了，瑞澂也长舒了一口气。但安生日子没过几天，各处密探报来的革命党人起事的消息又让他头疼了。广州叛乱后，他已风闻革党骨干汇聚武汉三镇准备起事，流言遍布城中，眼下上游的川省全境骚动，和平的保路运动已酿成武装暴动，他一边调遣本省军队在川鄂边境布防，一边也加大了对乱党的缉拿，查封了宣扬革命的《大江报》馆。本月 9 日，汉口俄租界巡捕在宝善里一带破获了党人秘密据点，缴获数份党人名册，他派兵拿名册捕之，一举擒获三十二名，格杀要犯三名。他以为这一下对城中的革命党必起震慑，10 日上午还和几个文案一起拿此战绩向朝廷表功，没想到当天晚上，城中的枪声就炒豆般响了起来。

经查，是新军八镇工程第八营首先倡乱，而后，步队二十九标和三十标、城北的二十一混成协工程营和辎重营响应起事，涌入城内。叛军还占领了楚王台的军械库。其时，城内外新军有一万七千余人，约二十二营，起事者不过五营，黑暗中不辨情势，瑞澂只觉得满城都是敌人，于是听从夫人廖克玉——一个江西游击的女儿——之言，准备趁乱出总督府去，前往长江上停靠的兵舰躲避。

廖克玉曾有口述回忆是夜情形：10 月 10 日晚，兵变的消息传进总督府，瑞澂惊慌失措，招亲信张梅生、陈德龙和第八镇统制张彪商量。张梅生主张死守待援，张彪也认为应该坚守下去，楚豫舰管带陈德龙则说，大帅上了兵舰一样可以指挥。廖母关照廖克玉，等瑞澂进来劝他赶快逃走。

本来还在犹豫的瑞澂下令在后花园挖了个墙洞，让一大家子从洞里钻过去。从总督府到码头的路并不远，一刻钟后，他们登上兵舰，廖克玉回忆说，“船离码头不多远，就听得制台衙门那边枪声炮声四起，好像革命党已经打过去了。”

其实督署并未中炮，张彪带着总督府卫队与民军打了一夜，仗着架在屋顶的机关枪火力猛，硬是没有失手，直到第二日凌晨，才主动撤出。天亮时，民军占领总督府，并继而控制全城。

瑞澂乘兵舰由汉口至芜湖、九江，一路奔逃到上海。上海的报纸还在登载“瑞澂在武昌拿获革党，并有防患于未然之奏，廷旨嘉之，并令其择优褒奖”的新闻。中央信息不灵，开始还只是给他个革职处分，仍令权总督事，等到明白过来，诏两江总督张人骏派人捉拿，他已不知躲到上海的哪个角落去了。日后，孙文有言，谈到这场纯属意外的革命：“按武昌之成功，乃成于意外，其主因则在瑞澂一逃；倘瑞澂不锭，则张彪断不走，而彼之统驭必不失，秩序必不乱也。”

前来武昌与瑞澂商谈入川事的岑春煊，在此停留已有一周时间，因与内阁意见屡屡相左，心情烦躁。是夜，客居中的岑也听到了城中枪炮声大作，但他还是“安卧如故”。翌日晨，他坐上一艘招商局的汽轮，顺江而下，打道回府。“沿途阅报，知民军已举黎元洪出任都督，革命由此告成矣”。三天后(10 月 14 日)，朝廷发布实授他为四川总督的上谕，本就意兴阑珊的他再也不肯出来了。

武昌枪响后的半个月间，湖南、陕西、云南、上海、广西、安徽、广东等地先后宣告独立，大厦将倾，谁是始作俑者？朝野都把目光投向了早就有卖国贼之称的邮传部大臣盛宣怀。试想，若没有盛大臣着力推进的铁路干线国有政策和借洋款筑路，又何致激起川乱，若不是为平川乱调动鄂军，又何来武昌空虚党人倡乱？10 月 22 日，呼唤已久的资政院第二次年会开幕，主要议案，就是奏劾盛宣怀违法侵权、激生变乱之罪。

自 5 月初推行铁路国有以来，盛宣怀已不知被参劾了多少次，王人文、赵尔丰等一班地方大员参他，朝中一帮言官御史也交章弹劾，更有人写匿名信恐吓要食其肉寝其皮。所不同者，这一次面对的，是来自预备国会资政院的弹劾，他受到的是一次以宪政之名的审判。

10 月 25 日的资政院第三次会议，前三项议程分别为“以复议修正结社集会律法案”“修正承发吏职文章程法律案”“广东禁赌条例法律案”，均无异议。后两项，专门讨论铁路国有与保路风潮事。当天的会议因资政院总裁世续称病，由副总裁李家驹主持。

第四项议程“为内忧外患请本标兼治以救危亡具奏案”，先由提案人罗杰说明要旨。罗杰登台发言认为，解决川鄂动乱的办法分治标、治本两种，治标又分宽、严两法，严就是将盛宣怀、赵尔丰、瑞澂三人按律严惩，盛宣怀的罪状是铁路收归国有政策“既不交阁议，复违背院章”，赵尔丰的罪状是“先时赞助保路同志会，旋诬为匪，激成大变”，瑞澂的罪状是“弃城遁逃”。宽即将川省在押的蒲殿俊等尽快释放，并招抚造反的鄂军。而治本就是要尽快召集国会，组织完全责任内阁，确保人民言论、出版、结社集会三大自由。议员全体皆拍掌通过，此奏案遂表决通过。

随后进入第五项议程，讨论由议员牟琳和易宗夔联名提交的“部臣侵权违法，激生变乱，并有跋扈不臣之迹，恭恳惩治具奏案”。

先由牟琳发言，提议该案概从两方面立论：其一，就法律上言之，铁路国有政策“未经阁议，未交院议”，向四国银行团借债按规定本应交由度支大臣核办，盛氏不经主管衙门主持就独断行之，其违背法律实甚；其二，就政治上言之，大凡国家推出政策，都是希望富国利民，而盛氏“既损失川民之利益，激成变乱，变起复无法弹之，致令鄂乱踵起，大局动摇，推原祸始，盛一人尸之。至于电陕调兵，尤为跋扈不臣之实迹”。他请求，将盛宣怀“明正典刑”，否则，无以服人心，也无以平乱事。

易宗夔接着说，盛氏擅自推行铁路国有政策，“侵夺院权，蹂躏院章，即，藐视先朝法律，且不交阁议，朦奏朝廷，即为蔑视同僚，蔑视官制，以致激成川变，鄂乱随之”，其罪实不可绾，至于擅调军队，尤属侵夺君上大权，非诛盛宣怀不足以谢天下。

议员刘荣勋赞同道，自立宪以来革命之说本已渐息，盛氏一提出铁路国有，致使人心解散，“革党乘机煽乱”，指盛氏为动乱的始作俑者。

到场的邮传部两位特派员陆梦熊和于焌年举手请求发言解释，主持人以其他议员尚有意见发表拒之。

随后，议员黎尚雯登台发言，列数盛氏四大罪：一为违宪之罪，一为变乱成法之罪，一为激成兵变之罪，一为侵夺君上大权之罪。众声附和。川籍议员李文熙称：川人其实深知法律，“四川争路，非反对铁道国有，乃反对不交院议之违法，非反对借债，乃反对不交院议之滥借外债”，他要求邮传部特派员对这些问题予以答复。众议员也纷纷诘问，有汪荣宝议员高呼，要求邮传部大臣盛宣怀亲自来现场答复。一时众声沸反，主持人示意安静，让邮传部特派员作出说明。但于焌年刚发言提及租股、民股等数额，就遭众议员嘘声一片，说他答非所问。

特派员陆梦熊登台解释道，铁路国有政策并非邮传大臣一人主持制定，议员实有误解，至于借外债，也是始于张之洞，本部不过继续奉行，将其未完成之事完成而已。议员李文熙对此提出质问：张之洞当初所定，不过一草签合同，且已久不签押，为何今年就如此迫不及待要签字？况且当初合同草稿所定，只是粤汉路，并不包括川汉路。

陆梦熊辩解：“此固法律问题，然邮传部不过就草合同修改而已。”汪荣宝问：“日本之千万两，亦根据草合同乎？”议员程明超、王佐良继而质问：“定合同时，资政院已成立，为何不交院议？”陆梦熊答：“非邮传部坚持借款，实以外人函催外部，邮部无可如何耳。”

对两位特派员的答复，议员们很不满意。这番交锋后，又有于邦华、胡骏、王季烈、籍忠寅等相继诘问。一帮横议之士，“议论四起，意气激昂”，一迭声要邮传大臣到场接受讯问，以致两个特派员“乘势而逃”。

易宗夔说，此案事实俱在，已无需要质问，只要迅速表决上奏，弹劾该大臣即可，即使弹劾不被批准，“吾辈当抱定宗旨，一次不准，则再弹之，再弹不准，则三弹之，至有朝命而有已”。于是主持人宣布表决，全体议员皆起立赞成。下午五时许，会议结束。①

① 有关会议，经过的记述参考了夏东元编著的《盛宣怀年谱长编》（上海交通大学出版社 2004 年版），及唐靖文《清末资政院第二次年会弹劾盛宣怀案研究》一文，《常州大学学报》（社会科学版）第 15 卷第 6 期。

次日(10月26日)一早,两份经修改后的具奏案由资政院向朝廷递上,对盛宣怀等大臣进行公开弹劾。奏稿罗列了盛氏"欺蒙朝廷、违法敛怨"的种种罪状,择其要者有:向日本正金银行借款一千万,汉阳铁厂与日本关系勾扯不明,最后归结到铁路干线国有政策的错误,实为"与小民竞锱铢之利,以豪横之政陷朝廷为怨毒所归",最后声明,国事败坏虽"不必尽由一人之咎",但盛氏实为"误国首恶",必须予以严办,"去盛宣怀则公愤可稍平,大难庶几稍息"。

议员们集体问政的当天晚上,特派员陆、于二人回部向盛宣怀汇报,并将会议记录带回来给盛过目。盛"展读之下,不胜诧异",当晚赶写奏稿,对侵权、违法、卖国、跋扈、祸首所谓五罪进行答辩。在逐条否认了这些指控后,盛请求辞去职务,等候调查。但朝廷已经决意丢车保帅,迫不及待要推出他这头替罪羊来背下整个黑锅了。就在资政院的劾状递上的当天,上谕宣布,斥责他"受国厚恩,竟敢违法行私,贻误大局,实属辜恩溺职","著即行革职,永不叙用"。同时,内阁总理大臣庆亲王奕劻,协理大臣那桐、徐世昌"于怀朦混具奏时,率行署名",亦有失职之处,"著交该衙门议处"。

至此,朝廷已经全线缴械,最高当局会不会同意资政院的那帮横议之士所请,拿盛宣怀的脑袋来息事宁人呢?命悬一线之际,外国人救了他。上谕下发当天,英国公使朱尔典在发给外交大臣格雷爵士的电报中说:"大约去年以来,盛宣怀宫保作为铁路政策的倡导者,在能力上大大超过了衰弱不堪的北京政府中的所有官员,他深思熟虑地采取该政策作为维护国家一项重要手段,他以勇敢无畏和不屈不挠精神对待各省的反抗风潮",资政院不明所以,一场"吵吵嚷嚷而又不明真相"的弹劾让盛垮台了,但资政院的一些议员对这一结果还不满意,要求朝廷"将那位年迈的大臣立即处决"。朱尔典紧急召集四国公使,前往拜会总理大臣庆亲王奕劻,表示不愿意看到对盛有进一步的伤害,并称"那是野蛮的举动"。

日本驻华机构也密切关注着资政院弹劾盛宣怀的奏案,一份发往东京的报告中称:"此次资政院在京议员一百四十二名,地方议员多未出席,据传政府党居多。但如先前之例,少数有新知识的民党议员常发议论,而辩论则为留学日本的议员所独占，多数人则观议院形势，无论什么都起立赞成，因而弹劾案之类被全体一致通过，成为常见现象。值此动乱之际，顾及资政院的朝廷，岂非又增一包袱？”①连一向以秘密反满为办报宗旨的《民立报》，也对资政院的奏劾不以为然，在全文转载劾状后，竟然一反常例在报尾附以“放屁”二字，并反问，“害我者谁也？怪盛氏乎？”

尽管庆亲王一再表示会保证盛宣怀的生命安全，各国公使还是信不过。他们毫不怀疑软弱的政府完全有可能把盛牺牲掉。四国公使派出一支卫队把盛护送到了天津，再坐德国商轮“提督”号经青岛前往上海。尽管上船后的盛已无性命之虞，但观察者还是注意到，盛氏“甚有愁色”。

五年后，盛在上海去世。对辛亥年这段惊心动魄的经历，他一直未能释怀，据说他生命最后的留言是：“恩不可忘，怨则不可不忘……静俟公论之评判而已。”

# 第六章　花落

## 1

布置妥当重庆防务，端方率一标一营湖北新军离开重庆，沿着东大路官道向省城进发。此时已经到了 1911 年 11 月 5 日。

署理四川总督的位子已经到手，且上谕已令他到任后速将赵尔丰解京审讯。在这场他与赵尔丰、岑春煊的角力中，朝廷最终站到了他一边，这让他不免有扬眉吐气之感。心绪一好，自然生出了闲情，每天一到驻扎

① 李少军《武昌起义前后在华日本人见闻录》，武汉大学出版社 2011 年版。

地，就邀集那些能做诗文又有鉴赏眼光的幕友，一起欣赏把玩他带来的那几大箱子殷墟甲骨、汉刻拓片。而且入川前他就打探清楚，此地汉代遗物很是不少，尤其是汉砖，尽可随意发掘。他素所仰慕的苏东坡就是四川人，他已搜罗不少东坡墨迹，他期待着在此地能够再有奇遇，乱世兵燹之中，这也堪称一桩风雅事吧。

但他的好心情没保持多久，一到荣昌县，接连接到几封重庆转来的密电，这些闲情雅致突然一扫而光了。武昌一直没有克复的佳音，各省独立的消息却源源不断传来，让他尤感诧异莫名的是，也没听说列强中的哪一个有出头干涉的。之前他总以为列强在各省都有利益，不会真让中国乱起来。但这一回真的不一样了。莫非这一次的武昌之乱，真的会在十八行省蔓延开来？

过永川县时，幕僚夏寿田与朱山联句作乐，夏寿田填了一阕《驿庭花》，题写在驿馆壁上。他初读心喜，以为词意殊为悲凉慷慨，不愧为湘绮楼主人的入室弟子，然反复吟咏结句，“付驿庭花落，他年此际消魂”，他忽然有种不祥的预感，翻为愀然不乐了。他宁愿是自己过于敏感了。[①] 其词云：

鼓角翻江，旌旗转峡，益州千里云昏。有客哀时，江头自拭啼痕。谁知铁马金戈际，共闲宵，细雨清尊。喜风流词笔，人间玉树还存。

是非成败须臾事，任黄花压鬓，相对忘言。虎战龙争，几人喋血中原载。莫随野老吞声哭，纵眼枯，不尽烦冤。付驿庭花落，他年此际消魂。

11月12日，大军抵资州。这是沱江中游的一座古城，端方把钦差行辕设在城内原考棚，两千余湖北新军分扎城内城隍庙、天上宫和北门外的东岳庙等处。因北京电报已有三日不到，前路未明，是走是留，他举棋不定。幕僚们都主张即赴成都接印，这样就可以名正言顺地把赵尔丰手里

① 《夏午诒词中逸闻》，见黄濬《《花随人圣庵摭忆》，中华书局2013年版。

的军权抓过来，但他闻听赵尔丰不服朝廷调任川边的命令，已将陆军十七镇和十几营犷悍的巡防军调过来堵他进路，不由得又踌躇起来，于是决定暂时驻节资州，看看情形再说。军中探子来报，说这一标一营从武昌带来的新军并不想跑到四川来打仗，还有要求一两月内尽数撤回湖北，这让他陡然紧张了起来。革命党在武昌倡乱，保不准也有多少革命党分子潜进了这支队伍里，此时他已隐隐感到，之前倚为干城的这支军队，说不定会成为潜在的最大威胁。他下令全城戒严，各营人马严加管束，行台内外加强警卫，城内所有官商旅店、居民住户，均要连环具保，明着说是防范同志军偷袭和赵尔丰捣鬼，实际上对部众已暗生警惕。

谣言总是在信息阻隔处出没，京城电报连日不通，川省毗邻的云南、贵州已然独立，看来河山变色，已是定局。有说隆裕皇太后已自缢殉国，皇上不知流落何处，也有说摄政王已出逃山海关外，军中议论纷纷，到处都弥漫着一股不祥的气息。与幕僚们商议何去何从，资州这个四面受敌的通衢大道肯定是不能待了，幕僚们提出三套方案，一是退回重庆，据以自保，二是从川北取道陕西，直奔汉中，再行定夺，三是不顾一切，按原定计划直奔省城。有人估计，从资州到成都三百八十三里，按正常走需四天，若是急行军，两天多点就能到，钦差大臣有朝命在手，到时谅赵尔丰也不敢乱动，再说成都城里尚有玉琨和奎焕指挥下的几千驻防旗兵，两位旗籍大员与赵尔丰一向不和，正好联手。

刘师培献了一策，把前面三套方案全都推翻了。刘师培说，以当前形势看来，革命独立已成不可遏制之潮流，成都的绅商们应该也是认识到这个大势的，午帅先前曾奏请释放蒲、罗等人，在川绅中有良好口碑，目下最好的办法就是派人赴成都，与咨议局的议绅们秘密联络，然后再会同他们宣布川省自治，时势所趋，玉琨将军必举兵相从，到时候赵尔丰想压制也压制不住了。当下计议停当，派出端锦、刘师培、夏寿田、朱山等秘密潜往成都活动。

端方没想到的是，这回竟让赵尔丰抢了个先着。11 月 14 日，一直拘着同志会首要不放的赵尔丰竟然把蒲殿俊、罗纶、颜楷、邓孝可四人释放了，且待之上宾之礼，要与他们共商川事了。据与他关系相善的藩司尹良派人来报，赵尔丰已决定将政权交与咨议局，由川人公举贤能，另组一个新政府实行独立自治了！不几日，派去秘密联络的端锦、刘师培等走到资阳闻听省城有变，无功折返了，他打给蒲、罗邀请前往资州共商的电报也被赵尔丰扣下，再加上重庆、泸州等处独立的消息传到，这一下，他真是进退维谷了。

连日揪心，端方的面容已消瘦了许多。两鬓和面颊下陷，一张圆盘大脸成了个方脸。钦差大臣眼瞠上的晦色已经让随从们感到了不安。眼下进不得成都，回不得重庆，只有一条路尚可一走，取道小川北，直插大川北，向北走到陕西的汉中地界去。但这四营精悍的士兵，还会听他指挥吗？据报，军中的革党分子在东岳庙已秘密召开过几次会议了，说不定他们马上就会哗变，成为反噬过来的虎狼之众呢，意识到危险的迫近，行台里的随从已散了一半。端方试着只带几个随从悄悄离开，但他亲手布置的戒严令使他打消了这个念头。

十月初六日（11 月 26 日）晚上，鄂营军官们又在东门外的湘园开会商议如何出川。武昌的电报已有数日不到，军官们怀疑是钦差大臣扣压下了，但武昌起事的消息已插着翅膀飞遍了军营每一个角落。是夜，端方发现行辕外的一队卫兵未经自己手谕调遣被撤换了，代替他们的是原驻扎在天上宫的三十一标第一营的一队士兵，问标统曾广大也推说不知。城中狗吠得厉害，但见驻扎在城内外各处的军队忽进忽出，不见灯笼火把，也不闻口令吆喝，只有凌乱的脚步声在不很黑的夜色中噼啪作响，兆示着城中将有大的变故发生。

意识到哗变将要发生，协统邓成拔、标统曾广大和几个亲随建议钦差大臣，最好趁军官们密谋未定出去避一避，去州衙门也好，去邻近某个乡绅家也好，只消避过今晚，已经招抚停当的周兴武的同志军赶到资州，事情或会有转机。但端方拒绝了，他自持着湖北武备学堂是他在巡抚任内创办，军中大多中下级官员都是他招考训练，再说他对他们素来宽厚，不相信军官们真会拿他怎么着。再说武昌之事，他认为是政治革命而不是种族革命，即使是种族革命，那也不足为虞，闹到要流血的地步，因为这里没有一个满人，自己本姓陶，出自大舜陶唐氏，乃是一个的的确确的汉人，祖上被掳到东北才不得不改姓的呀。

这个晚上，在他是最后一次闻着河水、泥土和腐烂草根混杂在一起的潮湿空气了，但他还浑然不觉，此处即是他的终焉之地，秋虫唧唧中，浮上他梦境的，或许是就任署理川督后的无限风光。当东方刚刚吐露出一缕鱼肚白，一阵急雨又把天幕遮得严严实实，他生命中的最后一天来到了。

天刚亮，十几个身形彪悍的士兵徒手涌进他的卧室，未及他撩开湖绉帐子，几双大手已把盖在他身上的丝棉被掀开。士兵们说是来请他去天后宫营部开会。他先是感到愤怒，而后，被深深的无力感湮灭了。

凭着窗口衍射进来的微弱的天光，他一时也辨不清房间里涌进了多少人。他下意识地寻找有没有熟悉的，挨挨挤挤看去全是铁青色的陌生面孔。士兵催促得紧，他连起来抹把脸的工夫都没有。

几个孔武有力的兵撑住他的胳肢窝，把他攘出房门。他看到另一个房间里，六弟端锦也被推了出来。

家丁和轿夫全都躲在房间吓得不敢出来。兄弟俩被一路推搡着，往天后宫的方向而去。刚下过一阵雨，青石板上凹痕里全是水，他们摔倒了几次，衣服上深一滩浅一滩的，模样甚是狼狈。

很快，他看到了天后宫崔嵬的牌楼，牌楼上淡若有无的轻雾萦绕着的"文命诞敷"四个字，也在晨光中渐渐凸现了出来。前两天他还向知州朱岳宾称赞那几个字笔力不凡呢。走到大殿台阶下，院坝内一排排土黄色的人墙已在等着他，昨天这些人还是他的兵，但现在已不再是。他们全都虎视眈眈地看着他。

他在人群中寻找曾广大，却没看到。几张熟悉的老兵面孔，看到他往这边看，也都掉开头去，不与他的眼神对接。他向为首几个发问：三十一标标统曾广大在何处？他说沿途保护我，此时因何不见？但没一个回答他。

杀了他！短暂的沉默后，那排土黄色的人墙中突然暴起一声，然后这声音如怒潮一般翻滚开了，且一声比一声有力。杀了他！杀了他！杀了他！

他拱手向士兵们哀告：我们都是同胞，素相亲爱，若要关饷，自流井四十万两银子马上可到，今天饶兄弟一命，将来对各位与国家定有相当办法。

有革命同志高声斥骂，大意谓，你今天遭此劫难，皆是你先人种下的祸根，所谓天理循环，有施有报，你待我们好是私恩，但公仇不能不报，云云。

他绝望地大喊：福田（福田是曾广大的字）救我！福田救我！话音未落，人丛中跳出一人，出刀如电，挟着一股寒风，向着他颈脖落下。

他的最后一句话是：你们真要杀我吗？……

一直护在兄长面前的六弟端锦，被硬拖开逼着下跪，倔强的端锦兀自不跪，还跳脚大骂着，也被乱刀砍死。

两颗人头被斫落在殿前的石阶下，黏稠的血，漫无目标地在清晨尚是湿润的石板上流开来，空气中弥散的血腥让人群起了一阵嚣动。几个兵拿过两只早就备下的盛有石灰的大木匣，把血淋淋的两个人头放在木匣内，分别用钉子钉好，再把尸体分殓另两只木箱内。人群中响起了革命成功万岁的口号声。

## 2

这一日，11 月 27 日，资州宣布反正。士兵们四处张贴大汉革命军布告，称诛杀满贼端方兄弟，响应武昌起义，大军不日回鄂，本城秩序交由乡绅们公推的州政维持会来办。

消息传至成都，赵尔丰也掩面叹息。日后，《时报》于宣统三年(1911))十一月廿日转载《蜀报记鄂军杀端方实状》云：

武昌起义，久有密约。当端方奏请谕带鄂军剿四川时，各军士悉有死方于途之心，以行辕未驻，标兵前后开行，未能骤集也。及抵重庆，正欲举大事，而内部组织未完全，虑有不测，或致生灵涂炭，咸以是劝其少待。方顾自疑惧，命人检查各邮局信函，凡语涉川鄂大事，止不发交。以是武昌八月十九日之事，遂不接于军士耳目。会下下

> 交迫，方不得已起程赴省会。沿途逗留，有以武昌之情密输军士者。至资州，又闻重庆独立，成都亦将宣告独立。各军士相互谋议，咸谓时不可失，此时不杀方，不特不足以信川人，更不足以报鄂军政府，遂议杀方之法。议定，众皆书押。脱去肩章，剪去辮发。军士借要饷为名，直入方坐帐。先一日，方之幕僚、镖客已尽逃，独方与其弟二人在帐中。方见军士怒目直立，骇然曰："军士意何为？"曰："发饷！"曰："已预备十万金，由自流井盐厘解来，不日可到。"曰："不足！"曰："二十万可乎？"曰："犹不足！请至天上宫，与众谋之。"天上宫者，行营之所在也。方欲命舆，众曰："今非往昔比！"遂挟方与其弟偕行。至天上宫，当门有木长凳一，方坐，其弟亦坐，神色沮丧，泣谓军士曰："吾本汉人，陶姓，投旗才四世，今愿还汉，何如？"众曰："晚矣！"方又曰："吾治军，始湖南，而两江，而直隶，待汝弟兄不薄，今之入川，尤特加厚。"众曰："诚如此，私恩耳！今日之事，乃国也，不得顾私恩。"三十二标军士荆州人卢保清者，素骁健，挥刀直劈其颈，断其半，遂仆。更截之。其弟骤欲奔，任永森拔指挥刀自后击之，应手头落。是日也，军中欢呼雷动，而资城人民安堵如垣。

报道所称端方截留电报信函事，可能是《蜀报》记者不明当时情由，离开重庆后，端方行辕实已收不到外界电报，营中才有北京陷落摄政王出逃山海关外等传言流布。据说，军中的革命党人本来是想在武昌起事的，但端方率军入川打了他们一个措手不及，于是他们约定分头起事。开拔前他们约定，如果武昌起事得手，发电报"母病故"，若不成，则发"母病愈"。军中同志风闻武昌消息，却没接到电文，故怀疑端方有意扣压，遂抗命不前。[①] 当时有川籍党人张培爵派遣田智亮率三百人，持炸弹八十枚，星夜赶往资州，与军中同志密谋诛杀端方事。革命党人剪发辫、废肩章，喝血酒，缠白布于袖，只盼着伺机动手了。

---

① 此说见雪珥著《辛亥：计划外革命——1911 年的民生与民声》，中国画报出版社 2011 年版。

事实上，端方到达重庆第二日，方得知武昌起事的消息，但为稳定军心计，势必封锁消息。从重庆到资州的八天，他一直在安抚人心，“许每人发银质奖牌一面，五品军功札子(委任状)一件”。据曾随端方入川的湖北新军士兵陈文斌《生平记》所载，当时端方为稳定军心，极力笼络部下，堪称爱民如子：“有的士兵生病了，端方派其弟到军营问候；有的士兵亡故了，端方修书哀悼；沿途官民送吃送喝的劳军，端方做出先尝毒的姿态。甚至有的士兵受不了跋涉之苦，端方竟然下令雇轿抬着他。”

密谋者要借端方的头颅响应武昌、“以信川人”，那么也就是说，从他离开重庆的一日起，不管他如何百般示好于部下，其暴尸荒野的结局已经注定，若他抢在赵尔丰之前率兵反正，或许尚有一线生机，但端方终有顾忌，踌躇再三，没下这着险棋。据与端方交情密厚的“梁溪坐观老人”(张祖翼)说，成都之路断后，资州地方绅士代表曾找到端方，说如果此时端方率军“反正”，众人便可推他为都督。绅士们说：“公如虑成都不能容，则即于资州树白帜，某等可函至省绅来资州，拥公为主，公幸勿疑。”端方长叹：“我果如此，何以对慈禧太后、德宗皇帝(光绪)于地下哉？我计决矣，君等勿为我虑也。”于是，众人“皆太息而散”。①

死者已沉默无言，但在当时，究竟谁获“诛端首功”已有多个版本，《蜀报》上的卢保清、任永森是一说，另外还有刘怡凤、曾广大、陈镇藩、陈知勇、李绍白、王龙彪、任永生、杨玉林等说。② 三十一标标统曾广大是端方亲信，当时已失去约束部众能力，于关键时刻避开诛端现场是有可能的，实不可能亲手诛杀。事实上，曾广大当时曾出面阻止，建议投票议决，没想到举手赞成杀端方的官兵占多数。曾还要再劝，士兵们已开始躁动，说要先杀了他。

---

① 张祖翼《清代野记》，中华书局 2007 年版。

② 《清史稿》说是刘怡凤诛端：“三年，命以侍郎督办川汉、粤汉铁路。时部议路归国有，而收路章条湘、川不一致，川人大哗。川、鄂为党人所萃，乘机窃发。端方行次汉口，亟入川，并劾川督赵尔丰操切。命率师往按，寻诏代摄其事。所过州县，辄召父老宣喻威德。至资州，所部鄂军皆变，军官刘怡凤率众入室，语不逊，端方以不屈遇害。”

端方的监印官李寅生于十一月十五日(1912年1月3日)逃到上海,曾向张祖翼细述端方死事始末:

> 时统兵者,一为曾广大,一为邓某,皆端任鄂督时所拔之士也,于端皆有师生谊……曾广大乃宣言曰:"端某非诳人者,彼欲行即听其行,何必杀,如赞成者举手"……兵皆汹汹,谓曾有异志,当先杀之,曾乃不敢言,大哭出,谓端曰:"曾某不能保护,罪万死,然迫于众,实无可解免矣。"

不能怪曾广大救护不力,也不用去究诘是谁先出的刀,端方行至此处,实是山穷水尽,不得不死。实是死于人民之手。古斯塔夫·勒庞在《革命心理学》中说,革命起时,无不把人民这一大众整体奉若神明,人民不必为其所作所为负责,并且人民从不会犯错误。新生的革命政权不会错,人民不会错,那么只能是他错了。这桩暴力事件就这样被华丽包装了。

近人张海林教授爬梳辛亥年路事,归结端方死因,有勤王遭拒、闹饷勒银、民党谋刺、欲谋独立等说,前后颇不矛盾,贯穿来看,正可见出这一事件中革命党人的动机和心态。勤王遭拒一说,来自官方和遗老之口,最早是出自逃回北京的端方家丁报称,说是钦差在资州闻听"两宫出狩",预备北上勤王,遭兵士反对被杀。但此说陈义太高,再说以端方之精明强干,即使电报不通,也不可能轻信北京不守的谣传。端方此时或许已听闻了其亲家袁世凯将要出山组阁的消息,想要北上与袁汇合,士兵们急欲回鄂响应革命,遂杀之。①

以闹饷为借口煽动士兵哗变,可能更逼近事件真相:困守资州十余日,军饷无继,端方想法从自流井筹措到四万两厘金,张榜公布,军心稍安,但银子久未解到,于是密谋者们煽动说端方侵吞了军饷并诓骗他们,

① 《端方——一个改良主义者之死》,张晓波文,《新京报》2011-5-18C15版"辛亥风云"第二十三期。

鼓动其他军人反水夺取军饷，失去耐心的士兵终于哗变。端方随带入川的数十箱古玩，早已让贪财的军士们盯上了。端方死后一月，《申报》有报道称："军中亦颇有以端为奇货者。"

这也与张祖翼《端忠敏死事始末》中的记述相符："至十月朔，端行有日矣，布告军士谓已遣人至成都银行借四万两发本月之饷，并为众军办归装，众怒稍息。于初五日，端束装待发，众以银未至阻其行，并要挟书券，端与之。至初七日黎明，银犹未至，众谓诳我……"

资州事变后的第二日，这支湖北新军整队向内江进发时，随带的除了浸于煤油装在两只木匣中的端方兄弟的头颅，还有刚从自流井解到的四万两银子。据多年搜集端方史事的民间史家"江南的闲人闲话"在其个人博客中披露："他们在资州得了约六万两白银，到重庆把两颗首级挂城门口示众，又得重庆军政府赏银百万两；继而顺水而下到宜昌，得当时政府赏银十万两，加上沿途富豪集资募捐的银两不下十万两；共得银两约一百三十万两，但回武昌交给黎元洪入库的银两只有五十余万两。"其他的钱到哪儿去了，不得而知。

端方从北京带来及沿途收罗的数十箱古籍和珍奇古玩亦就此失散，包括那部红学迷们梦寐以求的"端方本"《红楼梦》抄本。

这一图财害命的版本，记录得最为详细的，是"梁溪坐观老人"（张祖翼）的《清代野记》，此外，包括上海《字林西报》等国内中英文媒体，及美国《纽约时报》等国际媒体，都纷纷采信此种解释，并感慨于一代改革者死于贪财的军士之手。

约一个月后，放在装洋油的铁盒里的端氏兄弟的头颅由重庆民军代表运抵武昌，向湖北军政府都督黎元洪邀功。黎元洪命将两颗头颅游街示众，鄂省商民"闻其首级解到，纷纷鼓掌，路过街衢时，商民围观，几同异宝"，展毕，暂放武昌洪山禅寺。不久，为了向即将在南京成立的中华民国临时政府表革命决心，黎元洪又下令将这两颗头颅取出，送到上海展览一月。展期届满，便将两颗头颅送往北京西直门的端方家中。有记载称，送头颅者趁端方家人悲伤之际，放火纵烧宅院，然后遁逃于无形，纵火者的动机殊不可解，姑录之。

出于对亲家和政治盟友的同情，最后是袁世凯派人把端方身首合拢入殓，并安葬于河南辉县的一块墓地。此是后话不提。

兵变前，端方的亲随、家丁散去两百余，忠心故主的幕僚刘师培没走，被资州军政分府拘押。刘氏弟子刘文典牵挂乃师安危，向刚从日本回来的章太炎打听下落，章说已打电报给四川都督尹昌衡，电文有云："姚广孝劝明成祖，殿下入京，勿杀方孝孺，杀方孝孺，则读书种子绝矣"，又说："申叔若死，我岂有独生？"几日后，章在上海发表声明，认为不应拘执党派之见而杀刘师培。

在章太炎、蔡元培等朋友吁请下，四川都督府下令资州方面释放了刘师培。但刘师培并没有前往民国新首都南京，而是去了成都。他在谢无量主持的四川国学院讲授家传的春秋左氏，一边与蜀中名士廖平、吴虞等交游。与从太原千里南下寻夫的何震会合后，夫妻俩于1913年离开四川前往山西，刘投入阎锡山幕下任都督府顾问，何震则做了阎家的家庭教师。

另一个幕僚夏寿田逃到了北京，入民国后，曾为总统府秘书。夏寿田曾有《扬州慢》一词，题为《西州引》，注"出资州作"：

> 上将星沉，戟门鼓绝，大旗落日犹明。听寒潮万叠，打一片空城。七十日河山涕泪，霜髯玉节，顿隔平生。剩南乌绕树，惊回画角残声。
>
> 伏波马革，更休悲蝼蚁长鲸。料鱼复江流，瞿塘石转，此恨难平。惆怅江潭种柳，西风外，一碧无情。只羊昙老泪，西州门外还倾。

谈及午桥之死，声与泪俱。而"七十日河山涕泪"一句，自属写实。午桥自9月中离开武昌，至资州授首，前后正达七十余日。

## 3

几乎是个巧合，端方在川中资州被杀的当日，赵尔丰发布"宣示四川地方自治文"，四川宣布独立，成立大汉四川军政府。这是南方所有省份中最晚独立的一个省了。赵尔丰在“自治文”中，一再宣称他对人民的“爱”：“固可指天誓日，此区区爱国家、爱人民之心”，“服官数十年，转历十七省，实无一刹那之顷，稍敢变易，此次再来督川，亦无时无事不本上爱国家、下爱人民之初念”。但人民已不需要他的“爱”，不出一个月，他也将人头落地。

新成立的军政府公推咨议局议长蒲殿俊为都督，第十七镇新军统制朱庆澜为副都督。有川籍青年军官尹昌衡者，是同志会会长颜楷的妹夫，此人日本陆军士官学校毕业，是年 27 岁，系哥老会“大汉公”堂口的总舵把子，受赵氏兄弟器重，曾任陆军小学总办，在军政府中充任军政部长一职。尹昌衡为人倨傲，深具野心，不想干军政部长这个空头衔，对蒲殿俊这个书生出身的都督日益不满，总想取而代之。

尹昌衡准备发动一场兵变，把蒲殿俊赶下台。他鼓动蒲殿俊参加于 12 月 8 日在城中东校场举行的一场阅兵仪式，并暗中布置亲信在阅兵礼上发动。是日，东校场一片肃穆，蒲殿俊全身披挂，着上将军服登台阅兵，并点名放饷。各队兵丁都已假满回营，一齐来听点。蒲都督在台上没讲几句，下面就乱了起来。因原本宣布发饷三月，此时只发一个月的，引发士兵普遍不满。有人朝天开枪，队列前的放饷委员被当场打死。顿时全场哗然，蒲殿俊当即吓得目瞪口呆，双腿战栗不止，被两个马弁背着，从演武厅后面越过城墙而逃。身为统制的朱庆澜也无力弹压，趁乱逃走。

乱兵们从东校场出来，首先涌至藩库、盐库，打开库门，争抢银子。大半天时间，藩盐两库的六百万两存银被一抢而空。乱兵们如双眼冒着绿光的一群兽，把枪械都丢了，把军服都脱下作包袱，连城中各处的票号、商号和一些富户都遭洗劫。城外的哥老会众也趁乱闯入“打起发”（意谓打劫）。一时间，城中火光四起，满街都是头上挽着英雄结子、脸上涂成五颜六色、手提马刀和九子步枪、自称是“同志大王”的乱兵。

变乱发生时，一些不法之徒也闯入了满城。玉琨将军命人收缴了他们的武器后，逐出满城。由于这个旗籍将领的谨慎镇定，城中的满人终未遭涂炭之灾，也属万幸。

就在全城闹哄哄的当儿，正主儿尹昌衡出场了。他飞马奔至陆军小学和城外凤凰山，打起两个营的人马进城戡乱了。尹昌衡先控制了军械库，因为库里还存着一万多条枪，准备建立陆军第二镇的，不好落入乱兵之手，随后亲率数百名全副武装的军人弹压街面。乱兵和土匪携着一身的金银细软，武器全失，根本没有战斗力，一时间被杀了个落花流水。城中秩序很快恢复，因蒲、朱两位都督都已逃出城去，于是公推尹昌衡做了都督，另一个有帮会背景的咨议局副议长罗纶做了副都督，同盟会员董修武随后出任总政处总理兼财政部长。

交割了军政大权的赵尔丰此时尚未离开成都，这个退居二线的总督在三千忠心于他的巡防军护卫下住在南苑督署。关于他滞留省城不走的原因，一种说法是他的老妻病了，他要待妻子身体康复再一起动身去川边。还有一种说法是赵尔巽和袁世凯都要他“暂留成都，静以观变”。乱兵们在城中疯狂洗劫时，“商民纷纷诣尔丰环跪，吁请维持治安”，赵尔丰开始还以不便干预推脱，后在绅民们的哭请下发布了一张布告，令所有乱兵停止骚乱即刻回营，落款署名“卸任四川总督、现任川滇边务大臣”，无签印。

事后有别有用心者指称，这场叛乱是退位总督赵尔丰指使巡防军作乱引起的，其目的是想趁乱复位。赵不愿背这黑锅，这个 65 岁的老人气愤地说：鄙人当大权在手之时，何事为可为！与其破坏于后，曷若不让与先？他写了篇《辩诬问》自证清白，再三声明，是受了本城商民的泣请才不得不发布文告的。

但他的余威还是让尹昌衡深感不安，只听命于赵的三千巡防军的存在，更是让尹昌衡深为忌惮。卧榻之旁，岂容这头老狮子安睡，盛此时已动杀赵的念头，只因赵的身边戒备森严，一时不好下手。

某日，尹昌衡递上一“世再晚”的手本（名片），单身一人请见赵尔丰。他谦恭地向赵请教了许多治川的问题，然后说，鉴于目前形势下，未来之事尚属未定之天，他要与大帅做一个秘密约定，如果清朝倒下去了，他负责保全大帅，如果民国没有成功，就由大帅负责保全他，这样无论谁胜谁败，彼此都有退路。赵闻听此言，大为感动，表示愿与这个以前的下属共结同心。

尹昌衡趁机说:“现大帅身边还有三千巡防军,引起士绅和川民疑虑不安。昌衡为大帅计,不如由大帅把这三千巡防军交由军政府接管指挥,实际上由昌衡下令这三千人仍驻督署南苑保护大帅,我同大帅既结同心,应付一切事情,面子是面子,里子是里子,这样做就可以对付四川的绅民了,不知大帅之意以为如何。”

赵尔丰同意了,当即写一手令,把这三千巡防军交与军政府接管,听候尹都督的指挥。

尹拿到手令,即召集官兵宣布接管,并发每人恩饷一月。官兵皆大欢喜,以为既由军政府接管,便无须警戒了,官兵们豁拳饮酒,打牌掷骰,玩个不亦乐乎,却不知尹都督已调集一支军队,把南苑团团围住,并在东门城楼上架设大炮——南苑正好在射程之内,一旦他们反抗,就要将他们炸成粉齑。

一切计议停当,一支数百人的小分队于黎明时分悄悄包围了总督府。这一天是 12 月 22 日,大寒之日。率领这支小分队的是赵尔丰原先的贴身护卫、现已被尹昌衡收买晋升为警卫标统的陶泽坤。陶泽坤手提马刀,率数百兵勇熟门熟路地摸进总督府。解决了岗哨后,他们冲进了赵的卧室。赵此时尚未起床,一个陪侍的丫环,是他在川边时收的,颇为机灵,闻警急欲抓枪抵抗,被陶泽坤一刀劈个正着。几个士兵架住了赵,然后尹昌衡进来,说为了大帅的安全,还是到军政府说话。

老人十分平静,走下台阶时,问尹昌衡:“能相活乎?”

尹昌衡答:“既此非我意,当语众绅。”

天亮时分,听说军政府要在皇城内明远楼公决前总督赵尔丰,一时万人空巷,皇城里挨挨挤挤全是看热闹的人。尹昌衡宣布赵尔丰罪状:“尔丰屠川人,川人死于兵者数十万,死于乱者百万,是夫之肉其足食乎?”然后宣布行刑。

据曾是赵尔丰属下的秦枬记载:

尹都督斩杀赵尔丰前在成都至公堂喝令:“谁是赵屠户即尔丰,擒到快斩!”

赵尔丰问:“与尔何冤?”

尹都督答:“无冤。”

赵尔丰又问:“斩我何罪?”

对此尹都督却不答,转而问众人:“谓之何?”

众人异口齐高声:“斩!斩!斩!”①

这怒潮一般暴发的“斩斩斩”声,听上去是何等的快意,又是何等的心肝全无。老总督的家人已先为其主人准备一床大红毡子铺于地下,赵端坐上面,打个盘脚。他须发苍白,还故作镇定,面不改色,向尹昌衡说:“尹娃娃!你装了老子的统子了。”他还在骂着,尹已急令行刑。只见陶泽坤手中的马刀一闪,赵尔丰头颅落地,颈上的一腔红血蹿起老高。陶泽坤把头颅捧起,好让众人看到,而后挂在一旁的梅花树上,宣布游街示众三日。

“他病了,全无抵抗地遭了别人的屠杀,尽管在他生前人人曾经以屠户目之,待他一死,大家对他却隐隐有些惋惜起来。”少年郭开贞记述道。

杀了赵尔丰的尹都督心雄气壮,他似乎看到,自己一生的鸿图大业正在徐徐展开。年轻的都督认为,全川的统一都系于他一身,适逢藏军有进兵川边里塘之举,于是他决定亲自率兵西征。

1912年(民国元年)8月18日,自封为西征军总司令的尹昌衡率兵一举击退了攻占巴塘的藏兵,被北京政府任命为川边镇抚使。他想回任四川,但北京方面不同意,另任命了一个叫胡景伊的为四川都督。据说从那时起,尹的行为开始不检点起来,当地戏班子演出时,他一高兴就粉墨登场,跳锅庄时喝醉了酒,举止轻佻,还会做出调戏妇女的行径来。此人未发迹前,也经常借着酒劲打架骂人,冲撞长官,现在故态复萌,众人也没觉得有啥不对头。

后来南方各省反袁,尹昌衡听闻他的警卫团长张煦在打箭炉宣布独立,即率兵前往,路过泸定桥,手书一联云:“劈开两岸奇峰,凭他飞送;锁定一江秋水,迓我归来”。想要转来复任的心思表露无遗,文才当然也很

① 秦枬《蜀辛》,隗瀛涛、赵清主编《四川辛亥革命史料(上)》。

是不错。1913 年 12 月，北京政府明令裁撤川边经略使，改设川边镇守使，归川督节制，调尹昌衡进京候用。

他兴冲冲地出发了。想着自己做过一省都督，又有征西的勋业，抵京必获大用。没想到大总统袁世凯尚未接见，他就被军警逮捕了。

原来调他进京是袁世凯的诱捕之计。袁是赵尔丰的儿女亲家——赵的女儿是袁家的三儿媳，再加上已到清史馆就任馆长一职的前朝遗老赵尔巽，以其弟被尹诱骗惨杀一直请求申冤。袁本想杀了尹昌衡这个草莽，多亏与尹有师生之谊的段祺瑞力保，记下了他一颗人头，暂时囚禁在陆军监狱。

据一份野史说，当时，袁世凯已有当皇帝的野心，袁的大儿子克定以为自己就是皇太子，将继承大位，但是弟兄很多，恐将来发生争夺，便预先结纳天下豪杰，听说尹昌衡知兵，还做过四川都督，便时常到狱中探访，两人竟然一见如故。袁克定认定尹昌衡是一个英雄，将来想要用他，关照狱卒予以特别优待，随时馈送衣物用费不算，还花巨资买了一个京城名妓送给他。袁世凯称帝失败后，由时在北京陆军部任差遣的周荃叔把尹保释出来。出狱后的尹昌衡以教书和写作为生，这个风云一时的草莽英雄，遂湮没无闻了。①

只当了十二天都督的蒲殿俊在兵变中脱险，后来也去了北京。他创办了《晨报》，一度还出任段内阁内务部次长。但不知是否因受到排挤，他在段内阁任职的时间并不长，不久就回家乡广安创办实业。20 年代初，有人说他在上海办“新中华戏剧社”，与一帮梨园优伶常混在一起。说起辛亥年前后惊心动魄的那段经历，他写下两句诗，“我生失算雕小虫，迂遇妄插乾坤手”，似乎认命自己只是一个书生了。

## 4

帝国的覆亡实在太快了，时人还来不及作出反应，大清这个冰雕巨人

① 《文史资料选辑》第 77 辑，合订本第 26 册，陈祖武《煊赫一时的风云人物尹昌衡》，中国文史出版社。

就在革命的烈日下融化了。对端方的横死，很快也由暴力指控转化为了一种文化追忆。

末代状元、南方立宪派领袖张謇，最早获悉端方死讯，他第一时间致函端方六弟端绪，并寄挽联给端方的儿子继先："物聚于好，力又能强，世所称者，燕邸收藏，三吴已编《陶斋录》；守或匪亲，化而为患，魂其归半，夔云惨淡，万古同悲《蜀道难》！"此联不谈军政，着眼于端方的收藏事业和凄凉结局，感叹弦音难续，中有"守或匪亲，化而为患"两句，殊为难解，似乎是在说，坐拥宝物，如果后人不能恪守，则宝物反足成害。这或许是张謇对端方家人的一种暗示吧。据佚名编《陶斋殉难资料并时人书札》披露，张謇曾给端绪和继先接连写了三封信，企盼将端方旧藏移赠通州，他准备在那儿建一个博物馆展出这些古玩珍宝。

夏寿田居北京，某次路过细瓦厂陶斋故宅，看到宅旁一棵古槐树，上有鸟儿啁啁而鸣，想起在陶斋共赏金石的往事来，只觉得人生真如梦一场。夏有《凄凉犯》一词，题为《古槐》，注："忠敏故宅"，其词云：

古槐疏冷门前路，山河暗感离索。几回醉舞，黄花烂漫，半颓巾角。风怀不恶，况人世功名早薄。甚青山不同白发，此恨付冥漠。

三峡啼猿急，一夕魂消，驿庭花落。梦归化鹤，忍重见人民城郭。树鸟嘶风，似当日龙媒系著。恨侯嬴不共属镂，负素约。

"驿庭花落"一句后，自注云："公奉命入蜀，军次永川，余题壁词有'驿庭花落，他年此际消魂'之语，公见之，黯然不怿。未及一月，资中兵变，公遂及难。"他或许还在为当年那一句不吉利的驿馆题壁而后悔。①

1912年11月15日，梁鼎芬在上海张园主持端方的周年忌日纪念，王国维从日本京都寄来的一首长篇悼诗《蜀道难》，为人心之叵测而叹息：

对案辍食惨不欢，请为君歌蜀道难。

---

① 黄濬《《花随人圣庵摭忆》，中华书局2013年版。

开府河朔生名门，文章政事颇绝伦。
早岁才名揭曼硕，中年书札赵王孙。
开府此处无他娱，到处琳琅载后车。
…… ……
提兵苦少贼苦多，纵使兵多且奈何。
戏下自翻汉家帜，帐国骤听楚人歌。
楚人三千公旧部，数月巴渝共辛苦。
朝趋武帐呼元戎，暮叩辕门诟索虏。
……

没有史料证实王国维与死去的端方有直接交往。王国维受罗振玉之邀，执教于南通通州师范学校时，端方正在两江任上。出于对古物世界的共同兴趣，他们有过交往也未可知。在王国维眼里，端午桥是维系文脉于不绝的一代文化英雄，是与元末明初的著名诗人、画家揭奚斯（曼硕）、赵孟頫一流的人物。“楚人三千”，多系他故旧、门生、旧部，这些人早上还到他帐前拜问“元戎”，到了晚上就翻脸骂他“索虏”，革命打破了旧伦常和旧秩序，个人的情义至此已荡然无存，这样一个粗鄙时代的到来，也让王国维恐惧。

辛亥年后与王国维一同举家东渡日本的收藏家罗振玉，与午桥的交往更深，他们以金石订交的历史，可以追溯到戊戌那一年。日后，罗振玉入京任学部参事，端方也多有推荐之功。闻知端方死事，每与朋友谈及，罗总是涕泪俱下，他感叹自己虽知端方甚深，当时却无从辩解，因为一辩即错。直到1919年回国定居，他作了一篇《端忠敏公死事状》，总算为旧友了去一笔心债。

罗振玉回忆说，午桥很早就认识到，在西学东渐的冲击下，传统文化正在趋于没落，“今承学之士，新学半袭皮毛，而旧学已归荒落”，就中国的古物而言，“近为外人所争涎，而吾国又无禁古物出口之法律权力”，因此，他搜古、藏古、玩古，实是为了“存古人”，使之薪尽有传。午桥在通信中曾告诉他，金石是进入朴学的门径：“三代文字不尽传于后世，惟金石仅有存者，其有功于经义至巨……世或疑为玩物丧志，是未窥昔贤朴学之门径”。还告诉他，为使古物长久流传，最好的方法就是将其著录成册，“金石虽寿，反托梨枣以传……今之存且聚，不早为图之，将使古人之事迹、文章自吾身而泯没，可不谓大哀乎？故吾之亟亟于此，非徒徇嗜好也，所以存古人也。”①

在给罗振玉的信中，端方曾谈到自己的文化理念：身处东西文化交汇的大变局时代，欲求中国文化发展，必须做到“商旧学而迪新知”，最终实现“通新旧之邮”之目的。这让罗振玉尤为感慨系之，他的朋友在他的时代里算是一个新人了，却还处处保留着难得的旧趣。这“旧”，其实就是他们对传统文化的一点眷恋。一个全然是新的时代，他们都无法接受。

清亡后十五年。1927年6月2日上午，时年五十一岁的王国维投身颐和园内昆明湖自尽，遗书中有一句：“五十之年，只欠一死，经此世变，义无再辱……”

他不是为一个已经逝去的旧时代殉节，他是为即将到来的群氓的时代而绝望。

---

① 《雪堂类稿》，罗振玉著，辽宁教育出版社2003年版。

# 附录:北洋政府收购端方所藏文物有关文件

## 北洋政府收购端方所藏文物有关文件

### 1. 国务院致内务部公函
### (1914年1月12日)

径启者:前清端忠敏所藏古石甚多,据其家属将现存各石及贮石房屋一所,间数价值列摺呈院,意在售入公家。查往代石刻于文化沿革史事异同,均资考证,其在文明各国多由政府保存。此项石刻,国粹攸关,自宜仿办。除函教育部外,相应抄单函送贵部查核。希即会商办法,估价收购,毋使宝玉大弓终归域外。至房屋一所,如何处置,统希核议。是所至企。此致

内务部长

熊希龄

中华民国三年一月十二日

### 2. 教育部致内务部公函
### (1914年1月28日)

径启者:准国务院公函开:"前清端忠敏所藏古石甚多,据其家属将现存各石及贮石房屋一所,间数价值列摺呈院,意在售入公家。查往代石刻于文化沿革史事异同,均资考证,其在文明各国多由政府保存。此项石刻,国粹攸关,自宜仿办。除函教育部外,相应抄单函送贵部查核。希即会商办法,估价收购,毋使宝玉大弓终归域外。至房屋一所,如何处置,统

希核议。是所至企。”等因。相应函询贵部应如何会同核办之所，希即见示为荷。此致

内务部

教育部

中华民国三年一月二十八日

### 3. 内务部致教育部公函
### (1914 年 1 月 30 日)
### 内务部公函　三年天字六十五号

径启者：案准国务院函开："前清端忠敏所藏古石甚多，据其家属将现存各石及贮石房屋一所，间数价值列摺呈院，意在售入公家。除函教育部外，相应抄单函送贵部查核，希即会商办法，估价收购，毋使宝玉大弓终归域外。至房屋一所，如何处置，统希核议。"等语。正筹议间，续准贵部函商办法到部。查端忠敏所藏古石多至一千余方，检阅清单，铭志居多，于中国历史至有关系，应亟保存，惟购入手续至繁。前闻忠敏故人廉君惠卿曾经提议此事，拟俟廉君来京徐商办法，再行知照可也。此致

教育部

内务部

### 4. 余建侯致政事堂呈
### (1916 年 2 月 21 日)

谨拟将清故署四川总督端方所藏古物收归国有办法乞代奏。

所藏各件约计一千三百余种，索价二百万，应请交由内务部审查订定价目。现在需款浩繁，陈列古物只为有益美术文化之用，此时如无巨款，可先酌付若干，另由财政部制博物公债券分年给予本息。收付各物均归内务部派员与清故署川督端方之子继先办理。上开各条办法如蒙采用，拟即由继先呈请内务部奏明，以昭慎重。

余建侯谨呈

## 5. 内务部批文
## (1916年3月19日)

据继先禀称:"家藏古物,谨述先志吁恳收归国有"等情。附摺三折,均悉。相清故署四川总督端忠敏收藏富有,久为海内所推,本部前准政事堂交余建侯呈请收归国有办法,奉批交部核办。等因。正核办间,兹据禀称前情,本部以吉金乐石,类与历史有关,名画宝书,多系胜流遗迹。觇国者将徵其文化,娓古者咸乐于搜罗。是以天水专家庐陵尝编为集古之录,岐阳胜碣,昌黎有请置太学之词。如该故督搜求之广,鉴赏之精,并世诸家罕与伦比。当日悬金购募,使珍秘萃于一门,此时献璞怀诚,愿环宝公诸天下,自应准如所请,由部备案,惟收买此项款额,为数不属不赀,现际国家财政支绌之秋,固宜酌剂通筹,而私人经济,亦不容不为兼顾,必须权衡得中,庶于公私两益。至原摺所开各件,数目是否相符,真赝尤须鉴别,应俟征求海内通人分别品评,论定价值后再行由部派员接收。除呈明大总统外,合行批示知悉。此批

洪宪元年三年三月九日

## 6. 内务部致大总统呈
## (1916年3月25日)

呈为遵批核议。清故署四川总督端方家藏古物收归国有办法具呈声复事。二月二十一日,准政事堂交余建侯呈请将清故署四川总督端方所藏古物收归国有办法文一件,奉批交内务部核办,等因。奉此发交到部,正核办间,复据该故署督之子继先禀,"将家藏金石字画等件分别开列清摺,恳请购归国有。"等情前来,核阅原禀内称:"继先之父,清故署四川总督端方,考藏鉴别,当代所推,沧江虹月,讵惟米氏之船,翠墨琳琅,匪之欧阳之录,乃重番吾洳碣,邑精金,殊荒之画,象偕臻世,纪在骊连以上,此荆璧则百双非重,照梁车而十二皆辉。故父每自摩挲,辄深太息,恒欲倾家以献,为国之光未遂,乃怀奄从泉壤。继先鲤对之遗言在耳,晏楹之手,泽犹新蕴,秘何堪慢藏是惧。兹谨将家藏古物若干件,另单开呈,吁恳购归

国有，入东壁图书之库。方觉星高视西清、鉴古之编逾彰云烂。”等语。本部以谓吉金乐石，类与历史有关，名画宝书，多系胜流遗迹，觇国者将徵其文化，妮古者咸乐于搜罗。如该故督庋藏之富，鉴赏之精，并世诸家，罕与伦比。当日悬金购募，使珍秘萃于一门，此时献璞怀诚，愿环宝公诸天下，自应如所请，由部备案，惟收买此项款额，为数不属不赀，现际国家财政支绌之秋，固宜酌剂通筹，而私人经济也不容不为兼顾，必须权衡得中，庶于公私两益。至原摺所开各件，数目是否相符，真赝尤须鉴别，应俟征求海内通人分别品评，论定价值后再行由部派员接收。除此事外，理合将核议办法，先行具呈声复。谨乞

大总统钧鉴。谨呈。

### 7. 大总统令
### (1916 年 4 月 9 日)

内务部呈遵议清故署四川总督端方家藏古物收归国有办法批令悉。此令

中华民国五年四月九日

### 8. 继先致内务总长禀文
### (1916 年 7 月 17 日)

前清外务部参事继先为禀请取消前案事。窃本年三月间，请将先父清故总督端方所藏古物购归国有，以供陈列。曾蒙批准在案。现在继先移家天津，各物多所散失，无从汇辑，复念国家财政困难，诸务待兴，不急之图宜在所后，为体恤时艰起见，恳请大部取消前案，实为德便。谨禀

内务总长

中华民国五年七月

### 9. 内务部批文
### (1916 年 7 月 18 日)

据继先禀称：“请将家藏古物购归国有前案取消”，等情均悉。查所禀

现因移居天津，物经散佚，无从汇辑，系属实情，自应准予销案。合行批示。此批[①]

---

① 中国第二历史档案馆，林宇梅编选。

# 卷二

驶往 1919 年的船

# 第一章
# 驶往 1919 年的船

## 许景澄之死

有个叫景善的，满族正白旗人，供职内务府多年，对宫中掌故，尤其是帝党后党纷争的秘辛无所不知。庚子年，京津一带闹义和团，八国联军入城时，这个大臣的妻妾都吞鸦片自尽，他被大儿子推进了自家花园的一口深井里，淹死了。

景善留下一册日记，记录了退出官场后赋闲家居的生活。他有一个不孝顺的儿子，有一群争风吃醋的妻妾，基本上是个受气包的角色，日记所载，率多怨言和咒骂。但也不可因此小瞧了他。据说此人内弟是太后眼前红人，协办大学士、吏部尚书兼军机大臣刚毅。刚毅时常去他家问候起居，有时还留下吃饭，兴头上来时扯闲篇，说了许多新近发生的朝中大事佐酒，所以他的日记也不全是家长里短的流水账。那纷乱的一年里，太后、皇帝、拳民、大臣、洋人，重要或不甚重要的各色人等，在他日记里都各有一番表现。

光绪二十五年十二月二十五日，景善在日记中记载了慈禧太后召集的有关立储的一次御前会议。会上的内容是辅国公载澜透露出来的。慈禧太后在会上公布了一项蓄谋已久的计划，皇帝辜负厚恩，伙同康党一同害她，应即行废去，另立新帝。于是封端郡王载漪之子溥儁为大阿哥即皇储（溥儁的生母是太后内侄女，有那拉氏血统）。大学士徐桐还奏请太后，赏废帝混德公之名号。熟习历史的人都知道，这一耻辱性的名号，曾经是元朝赏给南宋最后一个皇帝的。担心大臣们反对，徐桐还提议："凡言新政者，包括许景澄在内，即不令入谒。"

许景澄当时是总理各国事务大臣，兼吏部侍郎，又兼督办铁路大臣，此人出任驻外公使多年，是清廷少有的具有国际视野的官员。他看到义和团闹得那么凶，各处铁路被毁，焦灼万分，写信给军机大臣荣禄，请求派兵保护。关外新路借款，月息六七万两，再这样下去，如何得了。

第二次御前会议，载漪等人事先出具了一份捏造的各国公使要求太后归政的照会，太后当着大学士和六部九卿的面，要强行对外宣战。会毕，光绪帝走下御座，拉着许景澄的手说道："你是出过洋的，在总理衙门办事多年，外间情势，你当知道，这能战与否，你须明白告我。"

许景澄答："中国与外洋正常交往数十年，民教相仇的事多了去了，哪有杀使臣的道理！"说罢大哭。太常寺卿袁昶也认为不可轻开战端。但载漪、刚毅等人都说义和拳法术高明，定让洋鬼子有来无去。几天之内，许景澄的一头黑发全都白了，他忧虑的是，外国军队一旦入了北京城，事情就再也没法收场。

在一干颟顸大臣导引下，义和团进入紫禁城，到处捕杀通洋者。某一日，大阿哥带领六十余个暴徒闯入大内，搜拿教民，竟然骂光绪帝二毛子，被光绪帝抽了耳光，慈禧假意责打大阿哥二十鞭，内心里还是偏向义和团的。她还在幻想利用义和团抵御洋人。传说中义和团刀枪不入，因为他们有护身符，会念符咒。太后对此深信不疑。景善说，太后自己也佩了护身符，每日默诵数遍符咒，每念一遍，大太监李莲英就在边上喊："又灭掉一个洋鬼子！"

慈禧命许景澄等向各国使臣发最后通牒，限二十四小时内出京。光绪帝不愿与外国轻易开衅，拉着许景澄的手说："更妥商量。"慈禧斥之："皇帝放手，毋误事！"景善说，坐在太后右侧的光绪帝，面如死灰，身体颤动，一副受了惊吓的模样。

风闻外国人的舰队已在天津大沽口登陆，正杀向京城，许景澄被派去丰台，联络董福祥部抵挡洋兵，和他同去的是大学士那桐和一个翻译。

在一个叫花儿厂的地方，他们被一伙举着保清灭洋大旗的义和团截住了。一个头目问他们为何出城，许答：奉旨阻拦洋兵。头目说，尔等必是吃教，勾引洋兵来打我们。二话不说，就拥着他们至拳坛，强令在红山老祖前跪下。大师兄烧着了一捆黄裱纸。这是义和团判决人生死的一种奇特方法，如果纸灰升天，就可免死，要是纸灰坠地不起，他们就会被砍脑袋。幸亏火舌久久不熄，托着纸灰不坠，他们总算捡得性命。

六月初一日，大沽炮台被联军攻了下来，在西摩尔司令官的率领下，他们正日夜兼程向京城进军。前线节节失利，那些饭桶样的将军、大臣，惯会杀人放火的义和团，如稻田里的麻雀飞了个干干净净。

一群装神弄鬼的农民，和一帮颟顸的大臣，竟然把好端端一个国家弄成这副样子，这样的奇事竟然发生在办了几十年洋务的大清国，许景澄愤怒了。他联手太常寺卿袁昶，弹劾当朝大臣信崇邪术。许、袁在密折中称，诛杀徐桐、刚毅、启秀、赵舒翘、裕禄、毓贤、董福祥等祸首，挽救国家于危难，“臣等虽死，当含笑入地”。

慈禧的确已动杀心，但她要杀的是他们两个！景善日记中说，刚毅检举：政府发往各省的谕旨中，擅自把“杀”洋人改为“保护”二字的，正是许景澄与袁昶，太后闻听此事极为震怒，说他们胆敢擅改谕旨，与赵高无异，就是处以车裂之刑也不足以弥补其罪。处决诏书给他们的罪名是：“任意妄奏，莠言乱政，且语多离间。”

荣禄认为不该处决许、袁二人，刚说几句话，就被徐桐、崇绮讥有汉奸嫌疑。慈禧笑着说：若敢抗旨耶？荣禄伏地不起，待回过神来，官服的领子都湿透了。

七月初三日晨，许、袁两位大臣经过例行的游街被押到菜市口处决。监斩的是老对头大学士徐桐的儿子徐承煜。徐承煜在刑部任侍郎，自告奋勇领了这份差。袁昶先受刑，先抗声说自己无罪，又转头对许景澄说：我们俩不久即相逢黄泉路上，人死如归家。许景澄到底是见过大世面的，丝毫没有惧怕的神色，与家人话别时，他命取来存于俄国银行的四十万两银子的存折，说这是京师大学堂的办学经费，须交给当局，以防俄人赖账，然后示意刽子手，他要上路了。

主和派人头落地，却不能阻止洋兵步步紧逼。裕禄的军队在天津大败三次，裕禄逃匿到一家棺材店里开枪自尽。另一个将军李秉衡也喝毒药自杀了。太后的亲信荣禄一日里被召见八次，安排离京的事。

七月二十一日，按公历是8月15日，慈禧夜间只睡了一个时辰，寅时起身，匆匆梳洗穿戴。她穿了一件事先已经准备好的蓝布褂子，生平第一次梳了汉人发髻，不无感慨地说："有谁料到今天竟到这般地步！"

三辆骡车驶进宫中，车夫都没戴官帽。三点半钟，所有嫔妃都集合整齐，为太后皇上送行。太后事先已经下谕，任何嫔妃都不得随行。珍妃向来不听老佛爷的，竟然当着众人的面说皇上应该留在京城。太后命令当值太监："把这个贱人扔到井里去！"光绪下跪求情，太后不为所动，说：起来！这不是争辩的时候，把她丢进井里，好惩戒那些不孝的孩子们，让他们看看，那些鸷枭们羽翼丰满时是如何啄他们母亲的眼睛！于是李莲英把珍妃推入宁寿宫外面一口大井中。

车马启程，从皇宫北门而出，内务府所有人等及诸位嫔妃跪拜送行，恭祝太后皇上万寿无疆……

景善日记写到这里戛然而止。八国联军入城抢掠，所有大户人家奴仆都逃散了，他家的妇女也都吞鸦片自尽了。日记最后一句话是："没人为我准备晚餐了。"

他只能去天堂领晚餐了。写完这篇日记后不久，他就被大儿子恩珠推到院内井中淹死了。后来恩珠因为被查出私携兵器，也被英国人杀死了。

联军攻占北京城第四天，即1900年8月18日，一群英国锡克兵进入景善住处抢掠，一个叫白克浩司的英国军官称，他在景善书房里发现了这本日记，并把它从大火中抢了出来。白克浩司后来和一个叫濮兰德的英国人合作，出版了一本关于慈禧的传记《慈禧外纪》。在这本书的第十七章，他首次披露了这部日记的英文译稿。据说原稿共三十九页，一万五千四百余字，纸呈暗黄色，裱在长卷上，置于一个狭长的木盒里，后来保存在伦敦大英图书馆东方书籍及手稿部。

日记始于光绪二十五年腊月二十五日（1990年1月25日），止于第二年七月二十一日（1900年月15日），历时七个月，断断续续记了三十天，正是各国使馆遭围攻那一段。一经发表，就被观察家们推为记述那段事变的信史，是“无价之珍”。海关税务司出身的美国历史学家马士，原本想写老上司罗伯特·赫德的传记，一不小心写成了一部历史著作《中华帝国对外关系史》，书中援引了景善部分日记。法国汉学家伯希和对之也深为推重，称为研究中国近代史的重要文献。就连号称考据严谨的罗家伦也对这部日记的真实性坚信不疑，说：“景善日记的原稿，一部分藏在大英博物馆图书馆，一部分还在 J. O. P. Bland（濮兰德）家里。E. Backhouse（白克浩司）和. O. P. Bland 合著的 China under Empress Dowager（慈禧外纪）中曾发表一部分，是译的，而嫌他的英文不好，自己不按原本，以意修改，所以发表以后，许多汉学家以为是 Bland 伪造的。Bland 为自己洗刷起见，将一部分存在大英博物馆图书馆里。我亲自看过钞过，真实无疑，但是还有一部分至今未曾发表。”

一片赞誉声中，也有人对这份日记的真实性表示怀疑。出名的《泰晤士报》驻北京记者莫理循，还有英国公使朱尔典都说日记是白克浩司伪造的。他们仔细研究了日记，并与同时的中外记载比照，发现日记中存在大量错讹。更离谱的是，日记主人景善是翰林出身，多次充任考官，按理说应该有一手好文墨，却被发现“运笔枯涩”“章法纰缪”。面对诘难，白克浩司和他的合著人扬言要提出申诉，最后也不了了之。

1977 年，牛津大学历史系教授特雷福尔·罗泼出版了《北京的隐士：白克浩司的隐蔽生活》一书，揭露白克浩司是个彻头彻尾的大骗子。书中称，白克浩司出身贵族，其父是英国一家大银行的董事，其本人则是个纨绔子弟，在牛津大学读书时，他因赌博欠下了一屁股债，为躲避债主，大学没毕业他就逃居中国，在英使馆做一名翻译。日后成为袁世凯高级政治顾问的莫理循那时刚到中国，不能读写中文，他曾帮助莫理循工作过一段时间。其间，通过银行家父亲的关系，他被英国一家大造船厂聘为驻中国的代理人，但多年没做成一笔生意。他一心想做牛津大学的中文教授，送了一大批书给该校的波德林图书馆，牛津大学也曾考虑聘请他，后来因有人检举，取消了任命。欧战爆发，英国到处收购军火，也想在中国收购枪支，白克浩司是大型船厂在华代表，又是有点名气的汉学家，这些身份有利于掩护他从事这项工作，于是英国政府与他秘密签订了委托书，由朱尔典公使和使馆另一名高级官员与他联络。他玩弄了许多花招，搞了许多假报告，从英国政府骗了一大笔钱，却一支枪也没有搞到手。后来事情戳穿，朱尔典回国接受审查，他却逍遥无事。

《北京的隐士》一书还称，这个骗子造假不是一次两次，除了景善日记，他还伪造了大太监李莲英的日记，据说这份日记从 1869 年李莲英进宫到 1908 年慈禧去世，长达四十年，内容比景善日记更火爆。但他从没有拿出来示人。此人还厚颜无耻地自称是慈禧太后的秘密情人，保存了太后给他的一些私信和信物。

到民国初立，此人最大的一桩诈骗案是诳称与大总统徐世昌相识，与美国印钞公司驻中国代表订立了一份印制中国钞票的合同，合同上还盖有徐世昌的印鉴。后来证明合同是伪造的，印鉴也系伪造，徐世昌根本不认识此人。

那么所谓的景善日记为什么能骗过那么多人呢？该书称，那是因为白克浩司是此行老手，他的造假术太高明了，他在北京经历了庚子年的巨变，知道事情大概，更善于像小说家一样穿凿、虚构。所谓的景善日记更可能是两人以上的记述合编。至于原始的记述人是谁，白克浩司又是怎么搞到它们并弄成日记的形式，已经查找不到证据了。很可能，连景善这个人也是虚构出来的，因为在任何官方的文件中，都没有此人的名字，后来的《清史稿》上也不见其人。

陆征祥是庚子年被杀的许景澄的学生。1919 年，这个习惯沉默的人突然被推到了历史的聚光灯下，出任了巴黎和会的中国代表团团长。

## 传教士的儿子

许景澄把陆征祥带到圣彼得堡那年，陆征祥二十二岁。之前，他是北京同文馆的一个学生。许公使驻俄、德、奥、荷四国，回国休假期满，临行前让总理衙门派个翻译随行，选中了这个南方来的年轻人。许公使也是南方人，老家是嘉兴。

陆征祥是上海人，其父是基督教新教传教士。上海自从开埠后，第一批殖民者里有外交官、商人，也有不少传教士。传教士是一批不折不扣的理想主义者，做梦都想着把所有上海人都变成耶稣的信徒。陆父开始是个“吃教”的，一个吃字，可知信教也是生计所迫。有这样一个父亲，他不可能再去走科举之路，和同龄人不一样，他的启蒙课本是《新约福音》。十三岁那年，父亲把他送进了总理衙门办在上海的广方言馆，父亲的本意是让他习得一门外语，以备将来出洋学些实务，回上海做个邮局职员安度此生。

可能是幼时营养不佳，陆征祥长得比实际年龄要瘦小得多。他的弱小，激起了公使大人要保护他的欲望，想把他带在身边，培养成一个外交官。许景澄说，子欣啊，说说你的志愿。陆征祥想也不想，就说，要做个邮局职员。许景澄不高兴了，国家花那么多钱培养你，正是要你为国出力，怎么只想谋个小差事？我要把你培养成一个外交官。陆征祥连连摆手，我不要当官，家父最痛恨我当官了，他只要我学些实际本领。

许公使说了好官、坏官一大通道理，年轻人还是不开窍，说自己太愚钝做不来官。最后公使大人也火了，说，这事你写信征求一下你父亲意见嘛，如果你是下材，我可以让你成为中材，你是中材，我就可以让你成为人中之凤！

年轻人老老实实回答：“如家父无异议，祥愿听公使安排。”

陆父接到儿子的信，写信来说，儿子，这是你造化啊，你不仅要拜公使大人为师，更要把他当作你的父亲。

于是陆征祥开始跟着公使大人学外交。许景澄教他，也只是从最平常的衣食住行四字入手。

许问：“会吃饭否？”

陆答：“一天三顿，没有一天不吃饭的。”

许又问：“人家请你赴宴，吃外国饭，进门时，常该陪一位太太，你会这一套吗?"

陆老实答:"不会。"

许说:"你就不会吃饭。"

许又问:"你会穿衣吗?"

陆答:"我哪天不穿衣?似乎穿得还可以。"

许问:"你理会外国太太常看男客的衣衫,衣上有油点或污渍者,就生厌吗?"

陆:"并不理会这一点。"

许:"那你就不会穿衣。"

许:"你知走路吗?"

陆:"我从小就学会步行。"

许:"你知道外交官赴宴拜会时,进门出门,都有一定仪节吗?"

陆又茫然不知。

许:"所以你不知走路。"

许再问:"那么你知道住房子吗?中国钦使在巴黎、伦敦、华盛顿常闹笑话。巴黎使馆租人家的房子,退租时,主人家不要房,硬要钦使修理,因为地板都被水烟烬头烧穿了,墙上所挂的像,也被虫蛀了,所以该知道住人家的房子应该如何。"①

这个年轻人处处模仿他的老师,连走路、拿手帕的姿态都像,上海话也不讲了,改成了一口软糯的嘉兴话。他成了许景澄的一个影子,使馆里的人背后都叫他"小许"。

"小许"胆怯,怕见生人,尤其怕见玩政治的,他说:"办外交常叫我害怕,什么远交近攻,什么联美联英,这些政策我都不懂,而且外间常说,外交家说话,常不是真话,常是一语两可,这些我都弄不懂。"

许景澄给他打气:"这一套是假的,办外交不难,我教你做外交总长。"

他带着未来的"外交总长"去见俄外交大臣穆拉维夫。"小许"嘴上说不怕,念叨着"见大人则藐视之"的古训,实际还是有些怯场。俄国佬都是

---

① 罗光:《访问陆征祥神父日记》,《传记文学》(台湾)第19卷。

大个儿，看着这个瘦小的四等秘书兼译员，随口一句“一个小毛孩”，让他面红耳赤好半天，不知如何接口。

许景澄去柏林处理德国那边的事了，一个月后回来，看到来接站的陆征祥蓄起了两撇八字小胡。许景澄狠狠瞪了他一眼，说他中了俄国外交大臣的毒。

他是怕被人小看，才蓄的胡子。男人长了胡子，看上去总归雄壮些。

未来的外交家还没有登上自己的舞台，老师培养出的外交风度最早迷倒的是一个外国女人。这个叫培德·博斐(Berthe Bovy)的女人是一位比利时将军的孙女，跟着亲戚来到圣彼得堡。在一次沙皇举办的皇宫舞会上，她被这个长相清癯的东方男子迷住了。在她眼里，他的舞姿是如此优雅，他的一口法语是如此动听。舞会一结束，热情如火的培德小姐就向这个男子索要照片了。几天后，她写信给他：“您的照片已挂在我房间进门处，这样我每天经过时都可以向他作一个友情的注目礼。”

他被这些火一般的句子迷得神魂颠倒，心甘情愿做了爱情的俘虏。她丰满，健壮，高出他一大截。要命的是她还大他整整十六岁。可是这些有什么关系呢，他的母亲去世得早，一向失爱。他爱她，带着对所有美好女性的想象爱她，有时是姐姐，有时是母亲。

圣彼得堡的社交圈，几乎没一个人看好这桩婚姻。他的老师许景澄在北京听说了，也明确表示反对。这么多年，他像一个父亲，也像一个导师，一直在把弟子往欧化的路上引，但弟子这一次的步子迈得委实有些大，大出了他的想象。他从国内拍来电报说，不可，不可！现在国人都视外国东西为洪水猛兽，何况娶一个外国女子！再说了，一个外交官娶外国太太，会惹来不必要的麻烦，德国的铁血宰相俾斯麦就不主张这么做。

但已经没有任何力量可以拉回这个年轻人的心了。在他心目中，这个高大的欧洲女子是人世间所有美德的化身：无私、勇气、忠诚，还有圣母般的温柔，容不得任何人亵渎。1899 年 2 月，他们在圣彼得堡圣加大利纳教堂举行了婚礼。

许景澄见事已至此，对这个昔日的得意高足赌气道：“汝醉心欧化，娶西室主中馈，异日不幸而无子女，盍寄身修院，完成一到家之欧化乎?”译成白话，就是：你醉心于学习西方，连太太都娶外国的，将来假若你太太过世又没有子女，希望你进修道院去，这样学外国学得更彻底！

多年以后，陆征祥来到比利时西北部的古老城市布鲁日，成了天主教本笃会圣安德诺隐修院的一名修士，听着修道院的钟声，他回想起许景澄的这番话，还是悚然心惊：老师早就把自己的一生看穿了。

王正廷来自浙江奉化，这个脸盘方正、身材高大的外交官是耶鲁的法学博士。他也是传教士的儿子。他的父亲是个虔诚的基督徒，在奉化西坞乡间传了三十多年教，很早就把十几个孩子中最看重的两个送到了上海，接受英国式教育，其中一个就是排行第五的王正廷。

王正廷后来跟着一个叫蔡绍基的人去了天津，在北洋大学堂读书。蔡是当年容闳率领赴美留学的一百二十名幼童之一，是这所大学的教务长，校长是一个叫丁家立的美国传教士。1900年，义和团发了疯般攻打使馆区，这所大学夭折了。离开北洋大学堂后，在哥哥的帮助下，王正廷有过短暂的海关任职的经历，但不久他就丢下二十五银元月薪的工作，跳槽到了一家英国人开办的叫英华书院的教育机构，原因只有一个，这个新职位的薪水差不多是他在海关的五倍。在那里他剪掉了辫子，换上了西装，以示自己真正成了一个有着自由思想的绅士。

1904年早春，他离开天津，应邀前往内地省会城市长沙，出任一所新成立的中学的英文教员。这次旅行的中途，他们搭乘的货船经过烟台时，日本军舰正与控制港口的俄军方交火。幸运的是，炮弹只是有惊无险地从他们头顶飞过。

那时候，他心目中的英雄是容闳。自从离开北洋大学堂，他唯一的目标就是去美国完成学业，而且要去容闳的母校耶鲁。为此他拼命攒钱。可是精于算计的年轻人发现，以他目前的攒钱速度，要去美国可能要到猴年马月了。这时出现了来自密歇根州的两个美国商人，他们是基督教青年会的重要赞助人，他们看中了王正廷，与他谈妥，让他去日本为该组织工作一段时间，作为回报，他们将资助他在美国完成学业的部分费用。

于是他来到东京，在旅日中国留学生中成立了该宗教组织的一个分支机构。其间他认识了流亡日本的孙文，加入了同盟会。据他自称，孙文亲自主持了他的入会仪式。美国人很满意他在东京的工作表现，在找到一个叫孔祥熙的青年接替他的总干事职位后，山姆大叔守信用地把他送到了美国。

1911年春天，他的身体出现了一点状况，咳嗽，盗汗，食欲消退，体重急剧下降，医生诊断是肺结核病的前兆。他以为是学业过分紧张所致，两个月后，他收到国内来信，他的父亲，那个为上帝工作了大半辈子的老人病故了。他把自己的得病看作是冥冥之中对父亲之死的一种交感。他去瑞士疗治身体，当他陶醉于阿尔卑斯山的美景时，国内传来了武昌起义的消息，他感觉到，冥冥之中好像“有一双超越人类力量的手”来指引他三十岁后的人生旅程了。这只手召唤他回国，参与进“一场动摇传统根基的革命伟业中去”。[①] 他回到上海，参加了陈其美领导的攻打军械局的战斗，不久前往武汉，出任了黎元洪任首脑的军政府的一名外交官。

革命如同一匹发着疟疾的驽马拉着的大车，不顾一切轰隆隆地前进，南北和谈、共和肇始、清帝逊位、议会政治实施，每一个大事件的背后都出没着这个耶鲁才子的忙碌身影。迎接袁世凯南下就任总统的专使团，他也是其中一员。但擅长以一副难以捉摸的扑克脸玩弄政治游戏的袁世凯狠狠耍了他们一把，一场发生在深夜的军队哗变使他们的努力化作流水。在这之前与袁的会谈中，袁已经表现出了极大诚意要到南京参加总统就职典礼，并半真半假地向专使团询问，就职时该穿什么款式的礼服。袁世凯如愿在北京宣誓就职后，王正廷被提名为唐绍仪内阁的工商部次长，因总长陈其美未到任，王暂摄代总长。

孙文卸任总统后，以考察铁路的名义巡游全国，对之忠心耿耿的王正廷陪同访问了一些省市。他后来还担任过国会参议院的副议长。张勋的辫子军开进北京前夕，王正廷和几个议员一起化装成农民，坐马车逃到通

---

① 《顾往观来：王正廷自传》(六)，《1911年革命》。Looking Back and Looking Forwand，这是王正廷1956年居住香港时写下的英文自传，此自传手稿现保存于耶鲁大学档案馆，国内有柯龙飞、刘昱翻译的内部印行本。

州，再转天津，坐火车前往广州。此时的广州，已俨然成为南方的革命中心。从日本回国的孙文赶走一个叫龙济光的当地军阀后，在前清大员岑春煊的支持下，在那里成立了一个护法军政府，以与皖系段祺瑞执政的北京政府抗衡。

1918年12月，欧战刚刚停火，第三次出任外交总长的陆征祥——他一生中有过九次出任外长的纪录——以议和专使的身份前往巴黎出席和会，途经纽约时，与正在纽约的王正廷见了一面，一南一北，两个政府的外交官，据说相谈甚洽。

王正廷在纽约，并不是专为等候陆征祥而来。作为南京军政府的代表，他来美的使命是在美国高层活动，使华盛顿方面承认南方政府。尽管美方高层对中国南方孙文领导的新政府一直保持着审慎的态度，避免与之正式接触，但王正廷的活动还是有成效的，就在陆、王会见前，还在途中的陆征祥已收到北京专电，让王正廷成为即将组建的中国代表团正式成员，参与巴黎和会。据可靠消息，徐世昌总统是因为美国方面施加的影响才作出这一决定，其意图是“对外显示中国的统一”。

半年前，王正廷是乘坐“大来”轮船公司的航船来到纽约的。当时他还担负有另一项使命，与美国协商出动南方革命军训练出的三个师前往欧洲参战事宜。欧战的爆发使中国老资格的外交家看到了借助国际力量摆脱日本羁缚，尤其是推翻臭名昭著的“二十一条”的机会，在陆征祥、伍廷芳等人努力下，美国与德绝交后，中国冲破日本的阻拦，也向德宣战，加入了协约国集团。但北京政府并未出动一兵一卒，只是在总统府秘书长梁士诒的秘密安排下，只是以民营的“惠民公司”的名义征招了20余万华工，作为劳务人员运送到欧洲战场。南方的领袖们认为，让中国人去做战场清洁工，这也太掉价了，他们一直主张派遣一支正规部队赴欧参战。他们说，除非正式出动军队参战，否则中国在战后的和谈席上是没有一席之地的，至多也只有个后排的位置。

出身日本振武学堂的蒋介石担任黄埔军校校长后，新军队的几个师逐渐成形，外派军队参战的条件已经成熟。王正廷先到华盛顿活动，是为了让美国人和协约国明白，中国参战军队是由“南方政府”而不是“北方政府”派遣的。尽管驻美公使施肇基是北京方面任命的，他也非常热忱地配合着王正廷，他们默契的步调让外人感觉到，他们代表的还是一个中国。他们与美国国务卿菲兰德·诺克斯已经谈妥，由美国政府派遣船只运输兵员，广州方面也做好了三个师入欧参战的准备工作。这项工作即将大功告成的时候，事情发生了逆转，11 月 11 日，德军宣布战败。

胜利与和平来得太过突然，华盛顿大街上到处是庆祝的人群，人们快活得像孩子一样，奔跑，尖叫，当街拥吻。王正廷却控制不住流泪了。他叹息晚来了一步，没能参与到击败傲慢的德皇威廉二世和他的战争机器的伟大战争中去，让中国错失了站到世界台前的大好机会。德国人不是一直夸口自己很经打吗？日耳曼人不是说是世界上最优秀的军人吗？怎么那么快就垮了？他伤心、无声地流泪，脑子一片空白。①

## 失窃的箱子

全球性的狂欢也席卷了远东。在遥远的广州，军政府通电各界庆祝三天。北京政府也宣布放假一日，并在紫禁城太和殿举行阅兵典礼。一些人记忆犹新，十八年前闹义和团的时候，就是在此地，德军元帅瓦德西主持了八国联军攻占北京的庆祝仪式。

现在德国成了战败国，中国与“最讲公道、最爱和平”的友邦一起，成了胜利的一方，诚如徐世昌总统在政府公报中声称，欧战的胜利是“公理敌强权”的胜利，许多人相信，沉重的国耻就像崇文门内大街上的那个克林德碑一样，终将被移走，德国人必须把他们吃下去的，连本带利吐出来，

---

① 《顾往观来：王正廷自传》(九)，《空白期》，Looking Back and Looking Forwand，耶鲁大学档案馆藏王正廷英文自传手稿，内部印行。

特别是把强占去的山东权利归还中国。

陆征祥想起了十八年前屈死菜市口的老师许景澄的一句预言。那时他初入外交界，他们在圣彼得堡，一个晚上，许师对他说，德国人专尚武力，把火器枪炮出售给世界各国，早晚要与法国人一决死战，这将给中国提供一种机会，如果到了那一天，你要好好利用它。[①] 记忆中还有另一个晚上，李鸿章签了《马关条约》的消息传来，许景澄痛心得饭都吃不下，对他说：子欣，子欣，不可忘了马关，日后当努力洗尽国耻，收我失地。

欧战停火第三天，北京政府召开内阁会议，作出了派陆征祥赴巴黎任议和专使的决定。陆很高兴接受这项任命，站在胜利者一方，他觉得手中有筹码，可以一雪当年“民四条约”之耻。就在三年前，他陪同妻子在欧洲度假时，被袁世凯紧急电召回国，让他代替孙宝琦主持与日本人的“二十一条”谈判，在马拉松般漫长的交涉后，他签了名，身心俱瘁地对袁世凯说：我签了自己的死案了。

他早把自己看成了一个罪人，恨自己懦弱，成了野心家的炮灰，恨不幸而为弱国之民，受政客们派系倾轧之苦。他总想着有朝一日把那一手烂牌翻过来。不然，后起的一辈青年不晓当时苦衷，真要来吃他的肉。

参战了，胜利了，莫不是上帝真的要在巴黎给中国一个机会？但能不能搞定日本人，他并无多少胜算。当年北京政府放弃中立加入协约国，日本人就老大不高兴，他们一直把中国当作个不听话的孩子，要把“良药”给他灌下去。

原定11月下旬就动身的，驻法公使胡惟德也来电催问过多次，启程的日子就是定不下来。比较冠冕堂皇的解释是欧亚航线班轮太少，订不到船票，实际上是财政部拿不出钱来。靠借债度日的北京政府都快要破产了。后来财政部向外国银行作了抵押贷款，总算筹到了六十万元，作陆总长一行的路费。因费用紧张，陆总长的随行人员不得不大幅削减，线路也变更了，改从日本横滨搭船，横渡太平洋，途经旧金山、纽约，再穿过大

---

① 陆征祥：《本笃会修士陆征祥神父最近言论录》，北平传信书局，1936，转引自石建国著《外交总长陆征祥》。

西洋前往巴黎。

12 月 1 日晚，陆总长一行从北京正阳门火车站启行，开始赴欧之行。随行人员除了培德夫人和养女莉莉外，还有新任驻比利时公使魏宸组等。行前，日本政府得知中国外长将经由日本转美赴欧，通过驻日公使章宗祥转达北京，希望陆总长顺访日本，表示将给予隆重接待，天皇也将从避寒地赶回东京接见。陆征祥也正想试探日本人的态度，就应允了。

火车一驶出北京，日本外务省即派专车在南满铁路迎接。载着陆征祥一行的火车行驶在冰天雪地中，北方冬天的风真叫下刀子，风从没有关严实的车窗吹进来，吹得人浑身直打哆嗦。听说陆总长体弱畏寒，列车长命人加足了炭火，车厢内温度一下子增至摄氏二十多度。陆征祥好不容易迷迷糊糊睡去，后半夜又被冻醒了。原来加煤工人熟睡，煤火熄灭，车厢内已冷如冰窑。陆征祥只觉半边身子酸麻，连起立都困难了。随行医生说他得的是偻麻质斯症，也就是俗称的风瘫。此时列车已从奉天抵达朝鲜汉城，陆征祥出师不利，想致电北京另换他人前往巴黎，被培德夫人劝阻了。他强打精神口授了一份电报，发给章宗祥，推说夜车上受了风寒，痛风致使行动困难，访问东京的约定只得取消了。

抵达日本下关，延请医师诊治，病情稍有缓和。及至横滨，他谢绝一切应酬，称病不出。记者们也都注意到了，陆总长上下车船都是用轿抬的。

陆征祥的病情一时成了外界议论的中心。有人说陆总长称病不赴东京，是怕昔日的谈判对手给他难堪。有人说他确实是病得下不了地。另据代表团随行人员披露，陆总长此次出行前，曾收到一个留日学生组织的电报，警告他在正式和会前不要与日方交换媾和意见，以免被日方要挟。种种迹象表明，陆总长滞留横滨不赴东京，正是为了避免附日嫌疑。

章宗祥感到了压力。他致电北京政府，恼怒地说，由于陆总长不赴东京之约，他感到非常为难，受此刺激，脑病发作，只得辞职了。北京迭电催迫下，陆征祥只得抱病去了东京，与日本外相内田康哉会见，但坚持取消了天皇的接见、茶会和授勋仪式。12 月 10 日中午，结束应酬后，他在东京的中国使馆用过中餐，返回横滨，终于登上了前往美国的客轮“诹访丸”。

一上船，陆征祥突然惊叫出声，一只编号为“丁”的装有秘密文件的公文箱竟然不翼而飞了！这只文件箱装的都是中国关于东北、山东、蒙古、西藏等问题的绝密外交文件，平时总是由陆征祥亲自携带，以防不测。这突然的失窃事件让陆征祥脸色苍白，也给他接下来的行程罩上了不祥的阴影。这一路上他已经够小心的了，令他心悸的是，一出北京，自己的一举一动全在日方严密监视之下。

这只失窃的箱子牵动了公众视线，各种版本的传说都有。北京还流传开了这么一个段子：有人为此事专向日本驻华使馆一馆员打听，未料该馆员竟然说，此说不确，因陆使一行离开北京之前，吾人已得其公文副本，故不必行窃。

曾陪同陆征祥出席东京访问活动的外交部一参事，回国后辟谣说：日前中外报纸盛传陆总长遗失外交重要文书，此等新闻，全系捏造。

真相究竟若何，让人如坠五里雾中。

## 宗师西行

1918 年冬天，还有一艘船正驶往欧洲。船上坐的是前财政总长、一代青年宗师梁启超。如果说陆征祥是心事重重前往欧洲，梁启超则是满心的欢喜与春梦般的憧憬。

第一次世界大战以协约国战胜而告终，身在北京的梁启超观察到：“喜报传达以来，官署放假，学校放假，商店工场放假，举国人居然得自附于战胜国之末，随班逐队，欢呼万岁，采烈兴高，熙如春酿。”[①]此行他是以在野的民间观察家的身份，前往观摩不久将要召开的凡尔赛和会。他要

① 梁启超：《饮冰室合集・集外文》，《对德宣战回顾谈》。

“看看这空前绝后的历史剧怎样收场”，并“将我们的冤苦，向世界舆论申诉申诉，也算尽一二分国民责任”。①

欧战停火，上至总统，下至黎民，无不弹冠相庆，北京的街巷间旌旗满街，名流们到处都在演讲，梁启超却保持着难得的冷静。所谓加入协约国“参战”，无非输出数万劳工去挖战壕、埋死尸，他担心的是，未放一枪一炮“居然”列于战胜国的中国能否在和会中分得一杯羹。这也正是徐世昌总统所担忧的，“本钱”的有无，直接关系到战后的利益分配，总统找到他，希望他率知名人士出访，展开民间外交，以助中国代表团收回德国在山东的特权。

内阁会议通过陆总长任议和专使前，坊间曾有传言，梁也得到了提名。但梁启超知道外交本非所长，自己不一定能胜任。自从退出政界，梁启超一直在谋划欧洲之行，旅费缺乏使他的这一计划迟迟没有实行。此次以和会代表团非正式顾问的身份赴欧，公家拨款六万元，朋友间筹集到四万元，在这样一个重要的历史节点启行，也算是得偿夙愿了。

梁启超希望自己此次欧洲之行能为他的国家争到实质性的利益，故于临行前，与外交委员会诸人详细讨论，制订了一个取消领事裁判权、收回租借地的详细提案，准备一到巴黎就与正式代表们交换意见。在他准备行装期间，与日本代理公使芳泽在一次酒宴上见面，梁说：“我们自对德宣战后，中德条约废止，日本在山东继承德国权利之说当然没有了根据。”芳泽不同意，找出种种理由辩解，梁很不高兴，说：“中日亲善的口头禅已讲了好些年了，我以为要亲善就今日是个机会，我很盼日本当局要了解中国国民心理，不然恐怕往后连这点口头禅也拉倒了。”②

12 月 23 日，梁启超率领这个民间访问团从北京出发了，成员有蒋百里、刘崇杰、丁文江、张君劢、徐新六、杨维新等六人，都是术业有专攻，又对新事物充满好奇心的才俊。蒋百里是日本士官学校步兵科第一名毕业生，张君劢治政治学，刘崇杰擅外交，徐新六懂经济，杨维新作为录事随

① 梁启超：《饮冰室合集·专集》之二十三，《欧游心影录节录》。

② 梁启超：《饮冰室合集·专集》之二十三，《欧游心影录节录》。

行。地理学家丁文江是徐新六推荐的，因为此行还要考察欧洲文明，政治、经济、军事、外交方面的人选都有了，团里有个科学家，看上去更齐整些。

日后问世的《欧游心影录》，记载了他们最初的行程：

> 我们是民国七年十二月廿三日由北京动身，天津宿一宵，恰好严范孙(修)、范静生(源濂)从美国回来，二十四早刚到，得一次畅谈，最算快事。二十四晚发天津，二十六早到南京，在督署中饭后，即往上海。张季直由南通来会，念七(二十七日)午，国际税法平等会开会相饯，季直主席，我把我对于关税问题的意见演说一回。是晚我们和张东荪、黄溯初谈了一个通宵，着实将从前迷梦的政治活动忏悔一番，相约以后决然舍弃，要从思想界尽些微力，这一席话，要算我们朋辈中换了一个新生命了。念八(二十八日)晨上船，搭的是日本邮船会社的横滨丸。

七个人不是坐一艘船走的，由于船位有限，只得分成了两拨。梁启超和蒋百里、刘崇杰、张君劢、杨维新等五人为一拨，取道印度洋、地中海，直达伦敦；丁文江、徐新六则绕道太平洋、大西洋前往欧洲会合。1918年12月28日晨，梁启超等五人率先在上海启程，登上日轮“横滨丸”。

登船之后，梁启超意外发现，自己和这艘船竟还有过一段因缘。三年前的护国战争中，他冒险绕道香港、越南，潜入广西策动陆荣廷独立，乘坐的就是这艘“横滨丸”。当时为了躲避侦探的耳目，他和几个同志一起，藏身在舱底锅炉旁一间逼仄的暗室里，到了晚上才出来甲板上放风。现在又坐此船，船上的驾驶人员都已换人，只有一个年老的水手，看上去似乎还面熟些，而当时同行的汤觉顿、黄孟曦都早已不在人世，往事历历，真有不胜今昔之感。

船先是沿着海岸线向南，再是向西。那几日都无大的风浪，波平如镜，每日与天光海色相对，梁启超心情极佳。同行者里除了张君劢怕晕船，一登舟就蒙头大睡，其他人的兴致都很高。

梁启超的日课如下：观日出，习法文，约一时许后，浏览日文书籍，两三天读完一本，午睡半小时后，与蒋百里下棋，每日两三局，傍晚打球戏，晚饭后谈文学书，中间仍时时温习法文。除此之外，他写了《世界和平与中国》等几篇文章。船上的日子异常宁静，但他相信，不同寻常的1919年已经走来。不久前传来的美国总统威尔逊发布的“十四点”谈话，让他时时沉浸在“公理战胜强权”的憧憬中。他还在船上写信给女儿令娴，兴致勃勃地谈及今后计划：

> 在欧拟勾留七八月，归途将取道巴尔干，入小亚细亚，访犹太、埃及遗迹，更在印度略盘桓，便到缅甸，携汝同归也。①

2月11日，梁启超一行抵达伦敦，与先行抵达的丁文江、徐新六二人会合。战后的伦敦，市容萧条，但见黄雾四塞，日色如血，一种“阴郁闭塞之气”，让他殊觉不适。他们住的虽然是一家上等的旅馆，条件也好不到哪里去。室内的暖气管关闭了，每个房间只给一斗多的碎煤取暖，电压很不稳，还经常断电，弄得一盏惨绿色的电灯，孤孤零零好像流萤自照。连火柴都是稀罕物事，很难找到，唯一的好处是多年的烟瘾给戒掉了。

有一日，梁启超和几个朋友在旅馆的大堂喝茶，邻座有一贵妇，气质非凡，他们不由多看几眼。只见那妇人，从项圈下面取出一个做工精巧的金盒，小心打开来，取出一小方块糖，连客也不让，劈了一半，放在自家茶碗里，剩下的那一半，仍旧珍珍重重地藏到项圈下面的金盒里。② 这一幕看得梁启超好半天都喘不过气来，他想，战争把这个城市给毁掉了，也把人的体面给毁掉了。

他们在伦敦只待了一个星期，然后就去了巴黎。此时，和会已经开了一个月，各国的政要们吵吵嚷嚷也都累了。由于法国总理克里孟梭被刺，住院治疗，美国总统威尔逊回国，尚未归来，英国首相劳合·乔治亦回英

---

① 梁启超，民国八年二月十一日（旧正月十一日）横滨丸中《与娴儿书》。

② 《饮冰室合集·专集》之二十三《伦敦初旅》。

国休假，三个决定和会命运的首脑人物都不在，和会也就没有什么事情可做了，梁启超于是决定乘着这个空当去法国战地旅游一番。

## “爱我者必将鄙我”

1919年1月11日，陆征祥乘坐的班轮抵达法国瑟堡，旋即坐火车赶往巴黎。次日凌晨4时许，火车抵达巴黎，中国派驻欧洲的公使们几乎都到场出席了欢迎仪式。随后，陆征祥一行前往大本营吕特蒂旅馆。

此时，距和会正式召开只有六天了。

北京政府共任命了五名全权代表，除了代表团团长陆征祥、南方军政府代表王正廷，还有驻美公使顾维钧、驻英公使施肇基、驻比利时公使魏宸组。当陆征祥还在赴欧途中时，其他几位公使也正奉召陆续赶往巴黎。五个席位参会是大国待遇，也是中国加入协约国参战前，英法等国的一项不成文承诺，但陆征祥还在途中时就有人告诉他，和会给中国的正式代表可能只有三席，这让他有一种隐约的不安。

一到巴黎他才发现不对劲，不只自己天真，自己背后的国家也太天真了，和会给中国代表的席位只有两个，直接给拉进了第三类国家。他试图通过外交努力争取多增加几个席位，起码可以进入第二类的国家，所谓“享有局部利益的交战国”，保留三个席位，但日本人已经抢先一步游说了各国。日本人的理由是，目下中国南北纷争未歇，给三个席位反而不好分配，索性只给两个，这样也省去了争端。获悉内情，陆总长真觉得比吃了一只苍蝇还难受。

其实他与日本人已经有过一次交锋了。日本为了吞下德国在山东的权利，开始是想把中国排挤在和会的大门外的。自诩东亚唯一文明国家的日本实在不愿意和中国坐在同一张谈判桌前。一次预备会议上，日方代表声言:中国未发一兵,宣而不战,应不下请帖,不为设座。他暗想,开战以来,日本军方除了把盘踞青岛的德军赶走、在地中海协助过英国对抗德国,不就是出动了一支不足百人的女护士组成的医疗队赴欧么?怎么搞得好像为协约国集团作出了多大的贡献似的?当场不客气地反驳说:本外长任内,准法使康悌照会,批准惠民公司华工出洋,欧战时在战线中之华工二十万人,掘战壕,搬子弹,制枪子,无论在前线、后方,华工均奋勇当先,中国何负协约?

五个内定的全权代表,都是职业外交官,都深知这次和会世人瞩目,很可能是自己职业外交生涯的最辉煌一页。那两个席位由谁去坐?代表团的讨论陷入了冷场。有人打破了沉默,说此事全凭陆总长决定好了。陆踌躇不决,情急之中想到一个应急办法:一是仍按原计划,呈请徐世昌大总统任命五人为全权代表,另一方面,规定给中国代表团两个席位,未规定须固定何人,索性五人轮递参加。众人皆称良策。

大会开幕在即,陆征祥将中国代表团的名单确定排序送交了秘书处。全权代表依次是陆征祥、王正廷、施肇基、顾维钧、魏宸组,其下是代表团成员,包括驻法公使胡惟德,驻丹麦公使颜惠庆,驻意公使王广圻、驻西班牙公使戴陈霖,驻荷兰公使唐在复、参事严鹤龄等,还有 17 位专家、5 位外籍顾问,加上行政技术人员,共计 62 人。在参会的二十七国中,论代表团的规模可排第八位。

这份名单于和会前一天也上报给了北京政府,谁也没有想到,节外生枝的事发生了,三天后,北京方面以大总统令发布的名单上,五个全权委员的次序作了新的调整,新名单的五人次序变成了:陆征祥、顾维钧、王正廷、施肇基、魏宸组。

北京方面的顾虑是,陆总长一向体弱,时常要去瑞士养病,这样一来,居次席代表地位的南方军政府代表王正廷就有可能掌握实权,故将王、顾、施三人的位序作了调整。

顾维钧敏感地意识到,这一次序变动可能会引发争议,故向陆总长建议,这一训令暂不公开为好,同时向北京方面力争按原序排名。但陆奉命唯谨,后来还是老老实实宣布了,此举果然引发轩然大波。五人中,顾维钧年龄最小资历最浅,只得表态说:“此次任命还是以我为第五为宜,在外交界,施博士资历比我深,魏公使年龄比我大,而且,魏在1912年曾任国务院秘书长,是我的顶头上司,我那时只是他手下的一名秘书。不管怎样,名次对我是毫无影响的,我将继续工作,一如既往。”

前方刚要接火,后院已乱成一团。当北京的大僚们暗自得意于这一妙着时,在巴黎的中国代表团已陷入了严重的内讧之中。代表团里支持陆征祥和同情王、施的分成了两派,终日吵嚷不止。这让生性怯懦的陆征祥感觉就像扔进了一只高速旋转的洗衣桶里,上下全由不得自己做主。

陆总长可怜的一点自信,在讨论成立国际联盟的一次会议上总算找回了一些。那一日,陆总长操着一口娴熟的法语,发言堪称精彩,激起了会场里稀稀落落的掌声。但他没有想到,一场阴谋已经悄然向他逼近。就在他陶醉于各国代表的一片赞扬声中之际,不远处的另一处会议室,英、法、美、意、日五大国组成的“十人会”上,日方代表牧野提出,日本将全盘继承德国在中国山东的权益。要不是一直抑制日本的美国人提出要听听中方代表的意见,中国代表团可能被卖了还懵懂不知。

按照北京政府的本意,山东问题是不拟在此次和会上提出的。就在欧战结束前一年,段祺瑞政府还向日本秘密借款两千万日元,签订了“山东问题换文”,因了这些不足为外人道的关节,两国都有默契,在原协议范围内解决山东的争端。北京方面想当然地认为,既然日本人一再宣称会把山东交还中国,那么他们必不会食言,就在陆征祥赴欧前,政府方面给他面授机宜,还是“且看日本有无提议,随机应付”数字。陆征祥记得很清楚,赴欧途中顺访日本,外相内田康哉是这样表态的,“俟与德国交涉清楚后,按照原议交还中国,请勿听德人或他方之撩拨,致生异议。”陆总长对日一向底气不足,这样漫答之,“两国原议自应按照办理,将来两国代表在会仍愿彼此遇事接洽。”

哪想到日本人的胆儿实在是太肥了,仗着与英、法等国有秘密交易,竟然遽尔发难,想要一口独吞中国山东。而中国代表团在亲英美的顾维钧的主导下,先前的几次团务会议上,已明确提出要废止“民四条约”,向德人直接索还山东。顾维钧还援引国际法的条文说,中日之间的所有各种条约换文，都是欧战时期的暂时办法，借着和会正可以尽行废去。当时陆总长看着顾维钧年轻而凛然的脸，心底下唯有苦笑，能一举收回山东固然是好，可是你哪知道彼时彼地的苦衷啊！眼下，一边是政府旨意，一边是民众意愿，身处夹缝的陆总长觉得自己又一次给扔进了旋转中的洗衣桶，无所适从。

对于1月27日日本人的仓猝发难，顾维钧在回忆录中说：当天中午，代表团像往常一样共进工作餐的时候，与他私交不错的美国国务院远东司司长威廉士跑过来先通知了他，并好心地让他们作好下午的论辩准备。这一消息对每个就餐者来说“不啻是一个晴天霹雳”。陆总长身体不好，上午会后没有用餐就回房休息了，顾维钧让代表团秘书长岳昭燏立即报告。不一会，岳垂头丧气地回来了，带来的回话是：“陆总长疾病缠身，无法赴会，让我们自己决定赴会及论辩人选。”

岳秘书长悄悄对顾维钧说，陆总长这么做，是为了“留有余地”。

于是出现了可笑的一幕。下午的论辩会谁去参加，四个全权代表全都推诿了一圈。顾提议按照原先的席次顺序，由王正廷、施肇基出席。施还在为席次的事生着闷气呐，拒绝了，推顾参加。王则说，如果不发言的话，他可以考虑参加。最后确定，王、顾出席，顾代表中国发言。陆逃席不去，这一临危卸责的态度使他后来饱受国人指责，也在以后的日子里饱受愧疚折磨。

当天下午是日方代表牧野显伸发言，中国代表的发言安排在第二日上午。傍晚五时，顾、王从会场出来，径向陆总长作了汇报，陆还让顾出面约请了美国代表团威廉士共进晚餐。听到日方要一口吃下山东，“交还中国一层，一字不提”，陆征祥才从先前的幻梦中惊醒过来。他终于明白，日方根本没有诚意，先前的虚情假意全是要流氓。但又如何应对？陆总长发给北京政府的电报中称，“苦无善策”。

五个全权代表中，顾维钧倡议收回山东最力。欧战尚未结束，他在驻美公使馆里就成立了一个小组，专门研究废除旧约和收回山东问题。他是最早抵达巴黎的代表之一，陆总长一到，他就递上过一份详细的和会提案，列在第一项的，就是“二十一条和山东问题”。但即使顾维钧早有应对之策，并在次日的大会上以他雄辩的口才有近乎明星般出彩的表现，也无法扭转代表团的被动局面。日本人受此挫折，日本驻北京公使小幡跑到外交部质问，抗议顾的发言是“漠视日本之体面”，北京方面竟然发表声明称，中日两国“正谋亲善”，要代表团在巴黎会场中勿再生误会。陆征祥在复电中说，小幡此举，是因为在和会现场相形见绌，才设法恫吓，他要求政府对之采取强硬立场：

> 但此事关系我国存亡，千钧一发，如再会稍有退让，则爱我者必将鄙我。即使幸安数月，恐不可思议之问题不久即将发生，务请持以决心。①

在接下来的中日论辩中，日方暗示，中日之间早有关于山东问题的秘密换文。代表团内部对这一密约大多不知情，身负总长之职的陆征祥一时成为众矢之的，逼着他把这些密约公开。可是中日两国政府当日有约，既是秘密换文，在日本公布之前，中方不得擅自公开。陆被逼得无法，决定不再为日本人背书，让岳秘书长把这些密约全都送交和会。他说：此事横竖不能向日本人讨好，现在会中协商各国均与我极表同情，若我不能坚持，半途软化，是人方欲助我，而我自己束缚，失国际上之自由，将来对于协商更有何面目请其援助，两害取其轻，终以送去为是。

但一些人总以为，陆总长先前是有意隐瞒，有亲日嫌疑，再加上他在日本访问时丢失装有秘密文件的公文箱一事早有风传，代表团内席次问题也议论丛生，他的威信已不像刚到巴黎时那样能服众了。

施肇基私下告诉颜惠庆，陆总长健康太差，他已致电大总统，让唐绍仪取代之。此时都在传说梁启超即将来巴黎，众人不明觉厉，连顾维钧都相信，梁是来取代陆的。一次讨论会上，本来是在说着如何对付日本人的，不知怎的话题就滑到了排名席次上去了。施肇基指责陆说假话，逼他拿出北京的训令来，否则就是借机打压。陆被逼不过，只得眼泪汪汪拿出

---

① 《秘笈录存》，天津市历史博物馆编，中国社会科学出版社1984年版。

电报了事。边上的顾维钧一见,连忙借口身体不佳离开了。果然王正廷来了个火上浇油,说这事一定是小顾在幕后操纵,想把自己的席次排到第二。颜惠庆虽不满施、王,觉得他们的斤斤计较真如妇人骂街一般,但也恨陆总长实在太过懦弱,简直是个扶不起的阿斗,觉得他的软弱是造成这一切的根源。①

尽管后来北京方面意识到,擅改排名是一着臭棋,还发来电报安慰说,“各员皆一时茂选,同受国家付托之重,自必一德一心,无分畦畛,应即照送会单开全权次序为准”,但隔阂既生,哪有那么容易弥合得了。顾维钧回忆,有一次开会,会议桌的布置一改常规,长桌上首的主席位上竟然放着两把椅子。顾维钧不解,问新任的施秘书长(岳秘书长已经因王正廷等人反对被撤换)这是什么意思。施告诉他,这是王正廷的私人秘书赵麟荪来通知的,理由是,王正廷代表南方,如同陆总长代表北方一样,既然地位相当,就应并排就座。

“这简直是一幅喜剧画面。”顾维钧说。

陆总长步入会场,看到这样的座位安排,皱了皱眉头,在左侧椅子上坐下。接着王正廷神色庄严地走进门来,在右侧座位上坐了下来。陆似乎吃了一惊,以至有片刻时间一语不发,王正廷抢先宣布开会,并声称要听取汇报。

> 会议进行中,王正廷得寸进尺把肘部向左侧挤去,每挤一次,陆总长便不得不挪让一次,直至最后离开桌子,坐到我这一边来了。但是,陆总长并未作声。显然,其余的人此时即使没有对王的丑态厌恶,也是深感不对头。②

顾维钧说,自己当时一言未发,一进按捺着没作汇报,但后来实在看不下去了,于是站起来,提醒大家注意座位不正常的变化,陆是外交总长,

---

① 上海档案馆编,《颜惠庆日记》第一卷。

② 《顾维钧回忆录》第一分册。

代表团团长，你们先搞清楚再来开会好不好。

一个外交总长的威势，都要下属替他去撑，也委实是够窝囊的了。陆总长陡然发现，自己就像堂吉诃德一样，带着代表团漂洋过海挺着长矛与敌人战斗，结果冲到对岸，敌人刚露了一下头，自己反倒成了代表团最大的敌人。处境难堪的陆征祥向北京方面致电辞职，未获准许，3 月 7 日那天，他瞅个空当，一个人跑到瑞士散心去了。

一个叫唐宝潮的代表团随员，于此间向段祺瑞、徐树铮拍发一则密电，称："陆使因各国颇难于应付，遽往瑞士，会事多由王使主持，陈友仁、郭泰祺、伍朝枢均在法，南北形势若变，恐南方或利王地位有所活动，乞预注意。"

徐树铮复电："随时留意，遇事赞襄顾使。"①

---

① 中国第二历史档案馆编:《中华民国史档案资料汇编》第三辑。

# 第二章
# 巴黎春天

## 暗 箭

1919 年 3 月 7 日，也是梁启超一行出发考察法国南部战场的日子。他们从巴黎出发，十天里，“从马仑河一带起，经凡尔登，入洛林州，再入亚尔萨士州，折到莱茵河右岸联军占领地，假道比利时，循谟士河，穿过兴登堡线一带，到梭阿桑”。

张君劢正在伦敦参加国际联盟研究会的活动，丁文江要去洛林州调查矿业，都无法分身，同行的是蒋百里、刘崇杰、杨维新、徐新六等人。

此行，法国政府对他们的招待可谓十分殷勤，不仅承担了所有费用，还派了两个政府随员一路安排食宿。这让梁启超很是过意不去，觉得一次私人访问搞得如此隆重，实在是太过优渥了。

三月中旬，他们回到巴黎，稍作休整后，又续游北部战地。反正自己是在野之身，于襄助鼓吹外，于和会实际进行，用不着过问（实际上也过问不了），尽可以优哉游哉，这次法国全境漫游，他们直到五月中旬才回到巴黎。沿途所见是战后遍体鳞伤的欧洲，过去的繁华已代之以一片荒烟蔓草，到处是阴森与凋敗，让他感慨刚刚结束的这场死伤三千多万人的战争，实在是文明之觞，“比起破坏的程度来，反觉得自然界的暴力，远不及人类，野蛮人的暴力，又远不及文明人哩。”考察结束，梁请军事专家蒋百里撰写了一篇《德国战败之诸因》，算是为从前他们所钦佩的德国撰写了一篇悼词。[1]

说是一介漫游之身，事实上，梁启超的目光始终没有离开过和会现场。他是中国代表团顾问，又是新成立的国民外交协会发起人，声望卓著，徐世昌总统亟盼着他的民间外交能奏奇效，代表团的一举一动，自然都牵动着他的视线。山东问题在和会上正式提出后，他即在巴黎报界为其举行的一次欢迎宴会上慷慨陈词："若有别一国要承袭德人在山东侵略主义的遗产，就为世界第二次大战之媒，这个便是和平之敌。"还致电总统府外事委员会事务长、好友林长民，对政府私下订约提出质疑："去年九月间，德军垂败，政府究用何意，乃于此时对日换文订约以自缚，此种密约，有背威尔逊十四条宗旨，可望取消，尚乞政府勿再授人口实。不然，千载一时良会，不啻为一二订约之人所败坏，实堪惋惜。"

矛头所指的"一二订约之人"，当指陆征祥无疑。他此行虽全以私人资格，但陆总长在日本闹的笑话已致舆论一片哗然，坊间传说他有可能"化私为公"出任代表团团长，也不是空穴来风。他嘴上说不想上位，但内心深处，也不能说没有这份热望。

四月底，他又有一电致国民外交协会，就青岛问题警告当局："对德国事，闻将以青岛直接交还，因日使力争，结果英、法为所动，吾若认此，不啻加绳自缚，请警告政府及国民严责各全权，万勿署名，以示决心。"和前电一样，这一消息经国内媒体《申报》等转载引发轩然大波。

陆征祥内外交困，屡请辞职，代表团如果真要临阵换帅，在巴黎的梁启超似乎真成了不二之选。然而就在此时，梁启超突然成了国内媒体的众矢之的，究其原因，是四月初的时候，王正廷打电报给上海各报界，说巴黎有华人逆谋助日，一时引发坊间纷纷猜测，矛头直指梁启超。

王正廷发给上海报界的电文称：

> 吾辈提议于和会者，主张废止二十一款及其他秘约不遗余力，推测日本之伎俩仅有二途：曰引诱，曰用武，然皆与正谊公道相违，必不

---

① 解玺璋：《梁启超传》，上海文化出版社2012年版。

出此。但吾国人中有因私利而让步者，其事与商人违法贩卖者无异，此实卖国之徒也。所望全国舆论对于卖国贼群起而攻之。然后我辈在此乃能有讨论取消该条件之余地。①

一旦祭起爱国主义这个法宝，则遇祖杀祖，遇佛杀佛，中国的舆情向来如此。王正廷的电文语辞含糊，卖国贼究系何人，也不明说，但暗中有一股力量，把火烧向梁启超。不久后，竟有上海商业公团联合会致电徐世昌大总统并国务院：

闻梁启超在欧干预和议，倾轧专使，难保不受某国运动。本商有鉴于此，特电巴黎公使转梁劝告，文曰"巴黎中国公使馆探送梁任公君(钧)鉴，我国之国际和会已派专使，为国人所公认。君出洋时声明私人资格不涉国事，乃中外各报登载，君在巴黎近颇活动，甚谓有为某国利用倾轧之说，明达如君，当不至此。惟人言可畏，难免嫌疑，为君计，请速离欧回国，方少辨明心迹，特此忠告，勿再留连"等语，即乞转致专使，注意大局，幸甚。

国民党与梁启超系多年冤家，借机发难，以国会全体成员的名义通电全国，宣布梁"卖国"罪状，要求北京政府将梁拿交法司。并议决，由广州军政府下令通缉梁，将其在籍财产没收，另由军政府要求驻法公使，将其引渡回国。

就连在纽约的徐志摩，也在当地的华文报纸上看到了诋毁梁的新闻，说是王正廷电阻任命梁任公为媾和委员，梁的家产已经充公云云。"嫉之者唱，而无知者和"，"广东人积怨于梁，污词殊不可听"。让稍知内情的徐志摩"一团闷气愤愤何似"。② 时隔不久，谣言的方向陡然拐了个弯，烧向了顾维钧，说丧妻不久的顾即将与曹汝霖的三女儿订婚，马上就要摇身一

① 蔡晓舟、杨景工编：《近代史资料专刊：五四爱国运动》，知识产权出版社 2013 年版。

② 《徐志摩一九一九年日记》"五月一日"条。

变成为亲日派了。谣言制造者大有不把一潭水搞浑誓不罢休的劲头。

此事过去许久，梁启超一提起还犹自忿忿。6月，他在前往伦敦途中与好友谈到这一令他蒙羞的事件：

> 制造谣言只此一处，即巴黎专使团中之一人是也，其人亦非必特有所恶于我，彼当三四月间兴高采烈，以为大功告成在即，欲攘他人之功，又恐功转为人所攘，故排亭林排象山；排亭林者，妒其辞令优美，骤得令名也；排象山者，因其为领袖，欲取而代之也。又恐象山去而别有人代之也，于是极力谋求其人，一纸电报，满城风雨，此种行为鬼蜮情状，从何说起。①

以“亭林”指顾维钧，以“象山”指陆征祥，梁启超终究没有说出那个“欲攘他人之功”者究系何人。或许是他宅心仁厚，或许是出于对王正廷人品的鄙夷，他连此人名字都不愿提及了。梁表示，于今事过境迁，清浊自分，自己也无须多加辩白了，“最可惜者，以极宝贵之光阴，日消磨于内讧中，中间险象环生，当局冥然罔觉，而旁观者又不能进一言，呜呼中国人此等性质，将何以自立于大地耶?”

他无法不悲观。那一支暗箭把他伤得着实不轻。

## 神话的破灭

3月下旬，陆征祥从瑞士回到巴黎。北京屡屡来电相催，说是“会务必速”，他都没有睬它。直到最后一封电报来，准许胡惟德、汪荣宝、颜惠庆、

① 梁启超1919年6月9日致梁仲策信，丁文江、赵丰田编《梁启超年谱长编》。

王广圻几个公使列席参与和会事宜,并明言赋予其自行决定团内一切事务的权力,他才回到大本营巴黎吕特蒂旅馆。[①]

幸好在他离会期间,几大巨头也都相继离会处理本务事务,和会在原地打转,未谈及敏感议题,也不算太误事。等到威尔逊总统返回和会,他意识到,山东问题马上就要摆上桌面了,加紧了与各国的周旋。然威尔逊回来后一副心不在焉的模样,英法决意扶日,意大利漠不关心,陆预感到,前景很是不妙。在发给北京政府的密电中,他忧心忡忡地说:

> 国际对我情形,今日更形畸曩……列强领袖参会访问接洽之艰难,各界人物对华议论观察之轻慢,种种情况,江河日下。关于我国山东问题,除某国(指美国)善意维持外,各国要人对我态度虽无不表示同情,然每以种种事实关系,口吻多欲吐而仍茹,总之,强权利己之见,决非公理正义所能摇,故协群力以进行,犹恐九鼎之难举。[②]

他似乎是从公理战胜强权的神话中清醒过来了。某一日,从威尔逊总统的驻地结束谈话,他都不记得是怎么回到旅馆的。总统那一席冠冕堂皇的话,使他对所谓大国主持公道彻底绝望了。然后到了四月的最后一天,他记忆中巴黎和会中最黑暗的一天,英、法、美三个大国如同谈一桩肮脏的生意一般决定了山东的命运。三国的最终裁决还处于秘而不宣阶段,传达给代表团的通告,大旨谓"山东统治权仍归中国,经济权归日本",也就是说,中德条约所规定的全部权利,全都交给了日本。

失望与愤怒笼罩了吕特蒂旅馆,陆征祥切实感受到了当年李鸿章签《马关条约》时的那种黑暗绝望的心理。还没从震惊中缓过神来的代表团连夜商议对策。有人提议仿照意大利的做法,退出和会,但意是强国,手中有牌,自可有恃无恐。他们除了抗议,也别无他途了。五个全权代表联

---

① 电文如是明确陆征祥作为代表团团长的职权:在未经讨论决定以前,除委员长得便宜行事外,在会人员概不得以个人名义对外擅行发表。《秘笈录存》,天津市历史博物馆编,中国社会科学出版社 1984 年版。

② 《秘笈录存》,天津市历史博物馆编,中国社会科学出版社 1984 年版。

名致电北京,称“力竭智穷,负国辱命”,请求集体辞职。这一请求自然被驳回了。

就这么败给日本人,实在是心有不甘。若是就此屈服,无保留在条约上签字,不只山东再无望收回,恐怕所有人都会背上千古骂名。可要是不签,就不能加入国际联盟,也就不能保证参战获得的部分优惠条件。陆征祥只觉得好像又回到了一九一五年签署“民四条约”前那段举棋不定的日子,不签,得罪列强,签吧,目前清议可畏,将来之公讼尤可畏。在北京还没有明确的指令前,他于忧虑重重中作出决定了“保留签字”的决定,也就是在条约内注明对山东问题条款不予承认的保留意见,有条件地签约。

北京方面同意了他们保留山东问题,以作将来挽救的建议。此时和会已近尾声,代表团的意见递了上去,却久无明确答复。5月14日,陆再次致电政府请示,“隐忍签字”能否实行也不确定,字里行间满是无奈:

> 会中处置,亦知不平。因而我不签字,舆论同情,即他国亦必有人声应。所恐列强执政之心理,未必与舆论相同。强权自有主张,舆论究无责任。动辄中国单独不签和约,难免不有破坏对德联合之嫌,将来影响所及,非祥所敢揣拟。因有隐忍签字,而将山东条款保留,并签字全权于赴会全权外,另派人员之计。惟保留一层,现虽声明在案,而签约时能否办到,遍探各处意见,均尝未敢断言,此层实费踌躇……究竟应否签约,倘签约中保留一层亦难如愿,则是否决计不签。时期日迫,关系至巨,闻见所及,合再沥陈。万祈迅即裁定,立速电示,俾有遵循,无任迫切。①

可是他背后的政府注定是靠不住的。北京的指示摇摆不定,先是同意“保留签字”,过不多久,又来电说,如果保留实难办到,只能签字。与各国的交涉也毫无进展,理由是,保留的先例不能开,要是各国纷纷援例办理,和会

---

① 王芸生:《六十年来中国与日本》第七卷,生活·读书·新知三联书店2005年版。

还叫和会吗？顾维钧曾如是记述五种让步方案节节败退的狼狈情形：

> 最初主张（将保留意见）注入约内，不允；改附约后，又不允；改在约外，又不允；改为仅用声明，不用保留字样，又不允；不得已，改为临时分函声明不能因签字而有妨将来之提请重议……完全被拒。[①]

签还是不签？签又如何签？五月底，代表团在驻地召开秘密会议，会上出现了两派截然对立的意见：胡惟德、王广圻主张忍辱签约，“签字一层，苟利于国家，毅然为之，不必为个人毁誉计”。王正廷、顾维钧、施肇基主张不保留决不签字，顾慷慨陈言：“日本志在侵略，不可不留意，山东形势关乎全国，较东三省利害尤巨。不签字则全国注意日本，民气一震，签字则国内将自相纷扰。”陆举棋不定，没有当场表态。

这是中国代表团在大本营的最后一次会议，不久后，公使们纷纷作鸟兽散。先是施肇基以陪同梁启超访英为名，返回伦敦，随后，公使们也都纷纷回了自己任所。只留下陆总长等几人在巴黎苦撑危局。北京传来的消息说，数万学生在街头游行，殴打了亲日的官员，这把怒火甚至蔓延到了南方的各大城市。学生们说，本来他们倾听威尔逊的话语，觉得像是先知的声音，没想到和会出卖了中国，他们寻找这个新纪元的黎明，可是中国没有太阳升起，甚至连国家的摇篮也给偷走了。警告信如雪片般飞向巴黎的代表团驻地，最多的一天，超过一千封，语辞最为严厉的是国民外交协会发来的，其辞云：公果敢签字，请公不必生还。[②]

巴黎潮湿的春天行将结束，心力交瘁的陆征祥只觉得从里到外都要霉烂了。他憋闷，盗汗，时常觉得透不过气来。六月初，他向总理钱能训发去一电，说去冬在奉天时的旧病复发，全身筋络时感酸痛，病根已深，请求开去外交总长一职。对于签字一节，他建议由驻法公使胡惟德完成。

北京照例不同意他辞职，理由说来可笑，钱内阁下台了，他的辞职报

---

① 《秘笈录存》，天津市历史博物馆编，中国社会科学出版社 1984 年版。
② 《文史资料选辑》第 2 辑，叶景莘《巴黎和会期间我国拒签和约运动的见闻》。

告没人批，只能维持现状。

不久，陆住进了法国圣克鲁德医院，声称医生意见，“现在不能用心，须将公事一切放下”。他再次提议：届时祥如果不能行动，拟即派顾使在会签约。

## 签字日

李麟玉是李叔同的胞侄，京师大学堂毕业后就前往巴黎留学，欧战结束时就已获得了化学工程师的资格。一九一九年一月，滞留巴黎的他在先贤祠旁的一个小餐馆偶遇了好友李宗侗。李宗侗是名臣李鸿藻的孙子，此时在巴黎大学求学。

两个年轻人在小餐馆里边吃边聊，谈到了不久将要召开的凡尔赛和会。两人都感到，有必要在留欧学生和华工中成立一个组织，以作中国代表团的声援，抑制日本在山东问题上的要挟。不久，这个叫“国际和平促进会”的组织在圣日尔曼大街拐角的一家旅馆底层挂牌了，成员还有王世杰、王凤仪、陈和铣、何鲁等一帮热血青年。

“少年中国学会”成员李璜，是一九一九年二月到巴黎的。他不是专为和会而来，但关于中日交涉的舆情汹汹，让这个巴黎大学的新生无法收心听课，索性抛书不读，整日沉浸在搜罗、研读巴黎各大小报纸的和会消息及幕后八卦。两个月后，他的好友周太玄也从上海来到巴黎。这个穷学生曾在上海的一些媒体干过，赴欧前与《申报》等签下一纸协议，以提供新闻稿件换取一份留学费用。周的法语很烂，只能央着李璜读报译与他听，他重新编纂再寄给国内京沪各报。看着生意不错，他们的组织“少中”也有在世界各地开设新闻分支机构的计划，两个年轻人一合计，就鼓捣出了一个“巴黎通信社”，每周一次向国内发稿，因着他们身处和会最前沿，这些新闻二道贩子的稿件，竟也在北京的《晨报》、上海的《申报》《新闻报》等各大媒体风行一时。

陆总长率领的中国代表团抵达巴黎后，与“国际和平促进会”的这群年轻人有过一次对话。地点是“促进会”派人去租的。那天，陆、王、顾、施、魏五位全权代表都到场了，一进场，就有人向他们发放了英法两种文字的请愿书。李麟玉作为主持人，说开会的目的就是如何收复山东主权，并要求代表们就此问题发表意见。

五个全权代表的脸色全都严肃得吓人，陆总长的讲话不着边际，让这些年轻人很不满意，其他几人又不表态，于是，里昂大学的学生何鲁走到主席台前要求发言。他一上来就指着陆征祥责问：“民四条约”是否在你任期内签的？陆苦笑，只得点头承认。何鲁同学的发言很激愤，还夹杂着一些骂人话。会议开了两个多小时，几乎每个同学都上去过了一把嘴瘾。最后，陆总长端起茶杯说，今天的话已谈好久，代表团还有好多事要赶回去处理，我很同意大家的意见，特敬大家一杯。说毕，不等李麟玉这个主持人说什么，就带着众人离开了。

因了这次不愉快的见面会，巴黎的留学生们对陆总长很有看法，说他“施展外交手腕”，态度不够诚恳。相比之下，他们觉得南方军政府代表王正廷就要可亲得多。李璜和周太玄苦于采访不到和会的第一手新闻，王正廷帮李璜弄到了一个代表团记者的名分，这样他就可以随时进入凡尔赛宫的和会现场，采访衣冠楚楚的政要们，并与各国记者交换情报。

有一次，李璜在和会现场碰到了《大公报》总编辑胡政之。胡大记者一直以为自己是采访巴黎和会惟一的中国记者，对这个年轻人能够混进会场的神通也表钦佩。他告诉李璜，目下有上千名新闻记者会集在巴黎，路透社的最多，用海底电缆拍发电报，速度着实惊人，美国和英国都有两百多人，意大利有一百多人，日本有三十余人，他认为，能够见证这般伟大的历史时刻，是每个新闻人的荣耀。

然而也正是这个无比乐观的胡大记者，获悉代表团内讧导致陆总长屡次请辞的消息后大感失望，在发往国内的电讯中激烈批评说：“中国人办事，两人共事必闹意见，三人共事必生党派，即如此次王专使（王正廷）

奉命来法,受政府之重托,为人民所瞩望,宜可私衷共济,为国家宣劳矣,乃暗潮迭起,卒令陆子欣不得已而出于辞职,斯真可为太息痛恨者。”①

有了李璜他们用十字码拍来的新闻稿,上海的《新闻报》竟至在这一年的四月半之后销路大增。四月三十日,三国会议刚作出把山东权益让给日本的秘密裁决,也是这个小通讯社把消息在第一时间传给了国内各报馆。李璜说,这一消息是王正廷告诉他的。王作为南方代表,一直受着北京方面的排挤和打压,他之所以第一时间传给媒体这一消息,就是要利用这次外交上的失败来打击北方政府。②

六月二十八日,是“凡尔赛和约”的签字日,之前一天,李璜就和几位同学分头去找代表团成员,要他们放弃签字。他们很不放心代表团的这些官老爷们,总怕他们偷偷跑去签字。这天一大早,“国际和平促进会”“巴黎通信社”的留学生们纠合了一大群华工和华侨,包围了代表团驻地吕特蒂旅馆。学生们吓唬说,如去签字,将对代表团不择手段。代表们表示:不去参加签字典礼。

但他们把旅馆找了个底儿朝天,也没有找到陆总长和顾维钧。这两人会不会偷跑去签字了呢?正议论纷纷的当儿,周太玄看到了人群中和他同船来法国的郑毓秀,郑在代表团里担任联络和翻译工作,在她的帮助下,他们打听到,陆总长在巴黎西郊布罗涅森林的圣克鲁德医院养病。

黄昏时分,四十余名华工、华侨、留学生手持棍棒赶到巴黎西郊,把这家医院包围了起来。李麟玉跑在当头,一个华工悄悄塞给他一把手枪。把枪揣在怀里,李麟玉陡地觉得胆壮了几分。

当他们布置停当,顾维钧和岳昭燏秘书长刚向陆总长汇报完工作往外走,岳秘书长走在前面。岳秘书长刚走下医院台阶,突然又脸色惊惶折返回来,跑进大楼,说在楼下花园遭到袭击,那里会聚了数百人,威胁说要杀了他,甚至有一个女生在大衣口袋里拿枪对准了他。

不一会,顾维钧下楼会见包围者们,告诉他们说,因为和会不同意对

---

① 胡政之:《和平会议之光景》,《大公报》1919年4月20日。

② 李璜:《学钝室回忆录》,台北传记文学出版社1973年版。

山东问题“保留”，代表团已决定不去和会签字。但包围者们还不肯散去，他们准备在楼下守一夜。

多年后，郑毓秀在美国见到顾维钧时说，自己参加了那天傍晚包围圣克鲁德医院的行动，当时她口袋里藏着一根树枝冒充手枪吓坏了岳先生。此是后话不提。

六月二十八日清晨，陆总长的汽车已经停在了医院大楼门口。包围者们推举李麟玉进楼，当面质问陆总长是否要去签字。陆说：“一定不签。”李麟玉不客气地说：“你要去签字，我裤袋里这支手枪也不能宽恕你！”说着，他拍了拍鼓出来的裤袋。事后他说，刚刚过去的一个晚上，他已经写好了一份自白书，如果陆总长真的要去签字，他预备打死陆后再去警察厅自首。

这一幕终究没有发生。当天下午三时许，凡尔赛宫方向传来消息说，签字仪式结束了，学生们才解除包围离开医院。

早在五月初，陆征祥在巴黎的寓所就被留学生和华工们包围过一次。当时数十人在窗外喊抗议，要求他拒签，口号声惊醒了病床上的培德夫人。

陆征祥对夫人说：“外面风声很紧，我是外交总长，我与你是否躲避一下，你看怎样？”

夫人不同意：“你不要避，你又不做坏事，他们要捉，你跟他们去，你不用躲，你是反对签字的，要捉我与你一起去。”①

现在和会结束了，中国代表团也拒签了。民意如此，夫复何言？他在巴黎的使命结束了，是功是罪，也只能任世人评说了。他自忖于心无愧。

这一次，他没有顺从北京。自从山东问题被提出，他一次次要总统府和国务院给个明确训令，北京却屡次推脱，电谕陆总长“审度情形，自酌办理”。直到和会结束前一天，北京的意见还是签字。28 日下午，北京的电报到了，说是同意拒签，而那时，和会上中国席位的两把椅子已经空了整

---

① 陈耀王、蔡胜平《张充仁与陆征祥的交往》，《世纪》2005 年第 3 期，转引自石建国《陆征祥传》，福建教育出版社 2015 年版。

整一个下午了。北京后来复电称，此前已有电谕拒绝签字。那么这个电报怎么不翼而飞了呢？是被谁压下了吗？陆征祥惟有苦笑。

外间有传闻说，陆总长一直摇摆不定，到最后一刻还想俯首遵从政府训令，是顾维钧等人力主不签字，王正廷多方奔走，方有了这样一个差强人意的结果。陆征祥也懒得去解释了。中国代表团集体缺席和会闭幕式以示抗议，是外交官们人格之胜利，却难掩外交失败之事实。败军之将，何敢言勇？他感到的只有耻辱。

四年前的“民四条约”，他已经签过一次死约了，这一次，虽然为收回山东做活了一个眼，但也是在死约边上堪堪走了一回，一个签过两次死约的人，是连上帝也不能宽恕的。内心里他早就把自己看成了一个罪人，只想着早日脱身。

但回国时在上海黄埔码头的一幕却让他惊讶万分。1920年1月17日，载着代表团一行的法国邮船“波多斯”号先在香港停靠，王正廷等离船赴广州，送别时他没有下船，香港商会安排的接风酒宴他也没去出席。内心巨大的耻辱使他羞见国人。几天后，船近吴淞口时，“波多斯”号拟在上海稍作停留后再北上。远远看到岸上聚集了数千人，法国船长慌了神，跑过来告诉陆总长小心提防。船驶近码头，可以看清岸上人手持的各种旗帜，上书“欢迎不签字之陆专使”，原来这些都是自发赶来欢迎代表团的，不签字的外交官们已经被国人视为了英雄。

在船上会见各界代表时，有人问政府会不会与日本直接谈判，陆答：“对于山东问题，我的主意早已拿定，我既拒绝签字，断不至再同日本直接谈判。诸君爱国热肠，我未回国以前已经听见，非常钦佩。以后我对于外交上一切，总以全国国民的意思为意思，请诸君时常赐函外交部，督促我，监督我，幸甚。”

晚十时，陆征祥等坐车到上海北站，他们将从这里坐火车前往北京。此时，前来欢送的民众已聚集上万人，军、警、政界还准备了三辆花车。有民众代表向代表团高呼：“欢迎不签字代表！”陆答：“不签字一事，我不知办得对否，因政府命我签字，我没有签。你们既然欢迎，我想大约没有错罢。”又有人高呼：“不跟日本直接谈判！”陆答：“这一点请各位放心，我既没有签字,即是拒绝谈判。”

沿途南京、济南各站,也都是鲜花和旌旗飞舞。直到火车驶进北京前门车站,也有上万人聚集迎接。这凯旋英雄般的待遇,让陆征祥等如芒刺在背。民众围住要他发表演说,他推托身体不适坐进了车内,一言不发就匆匆离去。

谒见大总统徐世昌毕,陆提出辞去总长职务,以谢国人。徐世昌着意挽留,只允休假半月。陆旅途劳顿,腰疾复发,又入医院,外交部关来的函件都原封不动退回。徐世昌见他心意已决,就告诉内阁:“陆子欣既决绝不干,不如直接换人。”

他只想着交割了事,早早退出公众视野,但山东事未了,一次次要他出来解释,多年后,他回忆说:

> 我到北京以后,山东人民,每日一队往见徐总统,言因陆签字,山东大受日本人的报复,苦不可言。总统府前,有号啕痛哭的,总统也无话可说,叫他们来找我。我答复:对山东人民所受的苦,我自觉抱歉。自问实在对不起山东人,并且也对不起政府;因为政府命我签字。不过当我回国时,各地都表示欢迎。我不签字,得罪山东人,签字,全国人受害,请诸位自加计较。诸位回去不必向人详说这一切,只说陆代表跟山东人一齐受苦。①

## 过时的勇士

公理战胜强权,已被证实是个谎言,还被无缘无故泼了一头脏水,梁

① 罗光:《陆征祥传》,台湾商务印书馆 1967 年版。

启超赴欧近半年的心境,失望、愤怒、委屈交错,真可谓是五味杂陈。和会的大幕尚未最后拉上,败局已然注定,他决定继续余下的考察行程,于 6 月 6 日离开巴黎前往伦敦。

行前,他以愤激的口吻写道:开始,自己还做着正义人道的好梦,到现在,梦却醒了。擦擦眼睛一看,这个和会从头到尾就是一个骗局,一百年前的维也纳会议,俄普奥几个大国鬼鬼祟祟地瓜分了小国利益,种下了 19 世纪的种种祸根,一百年后,又有个英法美三国同盟在那里造孽了:

> 维也纳会议后,大家都红头胀脸的来办法国革命的防堵,这回又有个俄国过激派供他们依样葫芦的材料。唉,天下事有那一件脱离得了因果关系?……
>
> 我在巴黎几个月,正是他们秘密造孽的时候,此时正不知道他葫芦里卖什么药,我们趁这个空游历战地去了,和会的结果,等他揭晓时候,再评判罢。①

代表团的专使们还在梦想以签字换取一张进入国联的门票,梁警告说:环顾宇内,就剩中国一块大肥肉,自然远客近邻,都在那里打我们的主意,若是自己站不起来,单想靠国际联盟作保镖,可是做梦哩。

在英国待了一个多月,差不多到处都跑遍了,剑桥、牛津,一场接一场的欢迎会和演讲会,谈笑往来皆是银行家、政治家。英国人还带他们去看了号称世界上最大的潜水艇。政府方面安排了一个随员一路照拂,其人曾在远东任领事,讲得一口好中文,一路安排也都极为周致,可见英国人办事之周全,远非生性疏懒的法人可比。7 月 14 日是法国国庆节,闻听这一天法国将在凯旋门举行阅兵典礼,梁启超一行又从伦敦返回巴黎看热闹。

此时的巴黎,所有人的注意力全都投射到了阅兵式上,除非预约,连旅馆都订不到床位了。幸亏梁启超他们刚到法国时,就在巴黎郊外的白

---

① 《饮冰室合集·专集》之二十三,《欧游心影录节录》。

鲁威预先租下了一处房子，那处房子距离巴黎坐火车只需二十分钟，他们准备就住到那里去。出发前，他给留守此处的蒋百里发了电报，可是不知是火车晚点还是电报滞误，蒋百里没有在火车站接到他们，他们只得花高价租了车，半夜淋着雨去找旅馆。他在给女儿的信中自我解嘲说，这是一个值得纪念的夜晚。

此后他们一路游玩了比利时、荷兰、瑞士和意大利，直到十月中旬，他们才拖着疲惫的身子回到巴黎附近白鲁威的寓所。此时的巴黎已是严冬季节，“天地肃杀之气，已是到处弥漫”，院中的秋海棠和野菊，早已萎黄凋谢。隔了窗子看去，那十余株苦栗树也都换作了铁灰色，惟有几片焦黄的枯叶，“还赖在那里挣他残命”。回想自六月初离开法国以来，足足四个多月，坐了几千里的铁路，游了二十几个名城，除伦敦外，却没有一处住过一周以上，真是走马看花，疲于奔命。现在，他是要好好静一静了。

> 我们同住的三五个人，就把白鲁威当作一个深山道院，巴黎是绝迹不去的，客人是一个不见的，镇日坐在一间开方丈把的屋子里头，傍着一个不生不灭的火炉，围着一张亦圆亦方的桌子，各人埋头埋脑做各自的功课。这便是我们这一冬的单调生活趣味，和上半年恰恰成个反比例了。我的功课中有一件，便是要做些文章，把这一年中所观察和所感想写出来。①

他在给女儿的信中说，回到白鲁威后，晚睡晚起的恶习全都改正了，游记的写作也颇顺利，已经写了六七万字。他计划在这里再住三个月，待书稿全部完成后再回国，但跟他一起出来的徐新六忽然接到家中电报，说是夫人病重催着回国。徐是他们中法语最好的，此人若一离开，行动会很不方便，于是几人一合计，也都决定收心回国了。梁启超本来还有往游波兰和奥地利的计划，看大家兴味索然，也就作罢。

1920 年 1 月 22 日，也正是陆征祥乘坐的“波多斯”到达上海的日子，

---

① 《饮冰室合集·专集》之二十三，《欧游心影录节录》。

梁启超一行从马赛乘坐法国邮轮回国。3月5日，船抵上海。

去欧一年，他的思想饱受刺激，也时作反省，只觉灵府深处似要刮起一场大的风暴，却又不知这场风暴会把他带往何处。其间的踌躇、徘徊与期待，旅途中他曾以特有的华丽文字告诉弟弟梁仲策："吾自觉吾之意境，日在酝酿发酵中，吾之灵府必将起一绝大之革命，惟革命产儿为何物，今尚在不可知之数耳。"①甫一回国，他感到这场灵府深处的革命终于要来了。

在上海，梁启超应吴淞中国公学之邀去作了一场演讲。校方请他去，是要他谈欧游心得，他通篇的演说，却大谈中国的各种好，总之一句话，政治、社会和文化制度，样样都是中国好，中国和欧洲，固有基础不同，"故中国不能效法欧洲"——何况目下的欧洲病得不轻。

梁举例说，譬如英国的代议制，乃世界一大潮流，为何在中国本该神圣的国会和议会沦为权贵们争权夺利的工具呢？那是因为人家有这个根底，"以固有阶级之少数优秀代表全体人民"，"至于中国则不然，自秦以来，久无阶级，故欲效法英、日，竟至失败，盖因社会根底完全不同故也。"再说到经济，梁认为，西方经济之发达，全由于资本主义，但战争的爆发，正说明资本主义"乃系一种不自然之状态，并非合理之组织，现在虽十分发达，然已将趋末路，且其积重难返，不能挽救，势必破裂"，"则中国学资本主义而未成，岂非天幸？"②

梁沾沾自喜地说，自从经历了这次欧游，他已经转变成了一个乐观主义者，"由消极变积极之动机，现已发端"。他像一个励志演说家一样，要求学生们"对于中国不必悲观"，要从"设法养成高尚人格"做起，"诸君当知中国前途绝对无悲观，中国固有之基础亦最合世界新潮，但求各人高尚其人格，励进前往可也"。演讲中他还提到了刚刚领导俄国十月革命的列宁，说以人格论，当以列宁为最，"其刻苦之精神，其忠于主义之精神，最足

① 丁文江、赵丰田：《梁启超年谱长编》。

② 《梁任公在中国公学演说》，民国九年三月十五日《申报》，丁文江、赵丰田：《梁启超年谱长编》。

以感化人，完全以人格感化全俄，故其主义能见实行。”

三月十九日，梁启超到京，向当道循例周旋，谒见徐世昌总统报告欧游经过，于二十四日坐火车返回天津。在给女儿梁令娴的信中，他说，“吾自欧游后，神气益发皇，决意在言论界有所积极主张”，因住在北方不太方便，计划两个月后南下，搬到上海附近居住。上层的政治活动，他已无意去做了，惟用全力从事于培植国民实际基础的教育和文化事业。其后的一年间，他发起中比公司，与同人承办中国公学，组织共学社，成立讲学社，邀请罗素来华讲学，肇因皆在于他自称的“灵府里的革命”。

他在巴黎时写了一半的《欧游心影录》，回国后因杂事缠身，已无法继续，但他还是整理了部分予以发表。他满心以为，这些带着他独特体认的文字，就像他以前那些锐利的文章一样，会在读者中不胫而走，起到匡正时弊的功效，引领中国走上一条中西互为调剂的道路。《清代学术概论》已经脱稿，《中国历史研究法》也由商务印书馆承印，在各高校和团体所作的最新讲演集，也将成书，这一些，于“培养新人才、宣传新文化、开拓新政治”（这也是他发起共学社的宗旨），都是大有补益之事。

曾让包括他自己在内的无数中国人歆羡不已的欧洲工业文明，已在自相残杀中毁于一旦，该是中华文明救世的时候了。他自信，自己还是一个思想界的勇士。

他不合时宜的忧患，首先招致了激进的社会主义者的批评。欧游归来，他在许多个场合推崇列宁之人格，推崇社会主义是现代最有价值之学说，但又认为“精神和方法不可并为一谈”，不赞成在中国搞社会主义。十月间，罗素来华，亦指出中国实业不发达，不存在阶级差别，故当务之急不是宣传和实施社会主义，而以兴办实业发展教育为要。他和张东荪都持此调。论战一番后，一班梦想着彻底根治社会不平等的早期马克思主义者就把他抛弃了。他们说，任公倒不如不去欧洲，去了一趟欧洲把脑子都搞浑了。

陈独秀这样反驳他：

由资本主义渐渐发展国民的经济及改良劳动者的境遇以达到社

会主义，这种方法在英、法、德、美文化已经开发、政治经济独立的国家或者可以这样办，像中国这样知识幼稚没有组织的民族，外国政治的经济的侵略又一天紧迫似一天，若不取急进的revolution（革命），时间上是否容我们渐进revolution呢？

五四后的一班新进少年，也不再把他放在眼里。梁感慨科学是有界限的，“欧洲人做了一场科学万能的大梦，到如今却叫起科学破产来”，呼吁倒不如从东方式的神秘主义中去找资源，这让高举着科学和民主旗帜的新文化诸子们情何以堪？中国的文化，甚至中国的文字，几千年来尽是吃人，都是要被抛弃的东西，怎么可以拿来作救世的灵丹？钱玄同说他“荒谬”，甚至好脾气的胡适之，也批评他妖言惑众，“替反科学的势力助长了不少威风”。到了三年后的“科玄论战”，一场把知识界的名宿、大佬、新锐全都席卷进去的混战，他和张君劢一起被批作了“玄学鬼”，几乎成了五四一代的公敌。

一个飞速变动的时代降临了，这个昔日的思想界勇士、青年导师，已经被他曾经呼唤的时代抛弃。

## 最后的救赎

卸任外交总长的陆征祥，在北京郊外买地造了一个墓园，去上海把父母的遗骸接来安葬，自己造了个守陵的小屋，在此度过了平静的1921年。在双亲墓前，他还请人铸了一个自己跪着的铜像。外人说他孝心至诚，而他自认罪愆深重，这一跪，也不知跪向父母还是跪向国人。

如果不出意外，他和夫人培德·博斐将要在这里安度余生了。在父母的墓边，他已经为自己和妻子建好了生圹。但妻子突然罹病，打乱了他的计划。

培德夫人患的是高血压和脑溢血。1922年春天，他听从医生的建议，陪同妻子前往瑞士卢加诺疗治。庞大的医疗支出使他不得不考虑出来重新担任公职，北京政府还算有情有义，把原驻瑞士公使支到日本去，把空出来的位置给了他。

夫人的高血压一直不退，医生只好定期抽血来降低血压。每次抽血，这个忠诚的丈夫必陪侍在侧，即使有贵客来访，也不例外。有一次，瑞士总统来看公使先生，正巧培德·博斐要抽血了，陆公使就说："总统先生，对不起，请您单独坐一会，我要到卧室内照料内人抽血了。"

为了留住妻子的生命，他还特意一个人跑到罗马去朝圣，请求教皇为妻子祝福。他觉得自己这一生，于妻子亏欠太多，当年从圣彼得堡回到北京，培德·博斐为了不给他添麻烦，长年闭门不出，以致北京的外交界都以为他的妻子长年在国外，有的干脆以为他是个王老五。当主治医生告诉他，夫人的病有可能不治时，他简直肠断心裂，自1899年与培德·博斐结为伉俪，他从来没有觉得像现在这样需要她。为了安慰妻子，他暗示说，如果妻子真的先他一步去世，他将听从许师教诲，进入隐修院，再不续娶。

养女莉莉的逃婚出走带来的心理动荡，让死神提前把这个女人带走了。他们结婚时，培德·博斐已经四十四岁，过了生育年龄，陆奉召回到北京后，他们在同仁堂孤儿院抱养了一个伶俐乖巧的女孩，取名莉莉。这个女孩自小就受到良好的教育，精通英语和法语，陆征祥夫妇走到哪就带到哪，疼爱得不行。赴欧参加巴黎和会，船票那么紧张，他们也带了莉莉和家庭教师同行。这次陪夫人去瑞士养病，这个宝贝女儿自然也一同前往。

此时的莉莉已经二十出头，正是一个女孩如花绽放的年龄，出落得楚楚动人。不久，女孩坠入了情网。她爱上的是驻瑞士公使馆的一个英俊小伙子，说起来此人也是外交世家出身，他的父亲就是陆征祥参加巴黎和会时的得力助手王广圻。不久，两个年轻人就订了婚。

或许是这一对年轻人太出色、他们的结合太顺利了，命运开始了对他们的捉弄，在这个未婚夫离开瑞士去其他国家工作期间，生性爱热闹的莉莉不甘寂寞，频繁出入各种社交场合，竟被一个风流倜傥的当地青年诱惑，不顾一切地爱上了他。这个青年是当地一个杂货店的小伙计，经常混迹于各种舞会，对他这样一个登徒子来说，搞定像莉莉这样的未经尘世的女孩子，真是易如反掌。可怜莉莉的那个未婚夫，一点也没有觉察到什么异常，依然一封接一封给未婚妻写火热的情书。

未婚夫见寄出的情书全都石沉大海，疑虑之下，请假来到伯尔尼。就在陆征祥陪着这个年轻人打纸牌的当儿，莉莉从外面回来了。她沉着脸，回房拿出订婚戒指和这个年轻人送的所有礼物，对他说：我以前不懂事，我和你订婚原来是一种错误，现在请你把这些都取回去，从今以后我们就只做普通朋友。

婚约解除了，这让一向重面子的陆征祥夫妇觉得特别难堪。他想过托人把莉莉带回原来的孤儿院，又觉不忍心。他还想过把女儿送到美国去读书，写信给驻美的施肇基托他照管，陆家退婚的事已经传遍了外交界，施肇基一口回绝了他的托付。无奈之下，夫妻俩只得加紧对莉莉的看管，不让她与那个小伙计见面。他们在莉莉的卧房门外贴了一张允许来访的客人名单，并告知门房，如果来访者不在名单上，就不准见面。他们满心以为，只消把莉莉软禁一段时间，等她平静下来就会回心转意，没想到一个深夜，这个内心激荡着爱情的姑娘竟然用棉被裹身，从三楼卧室的窗口跳下来逃走了，从此再无音讯。发生了这一变故，培德·博斐的血压更高了，她告诉丈夫，她似乎已经听到了天主呼唤的声音。

1926 年 4 月，陪伴他走过二十七年的培德·博斐去世，他辞去公职，送夫人灵柩回到比利时布鲁塞尔下葬。做完这一切，他觉得，自己的红尘生活也该结束了。某日，他登上阿尔卑斯山巅，远望日光下的雪光闪耀的群峰，忆及多年前许景澄说过的他将寄身修道院的话，心中忽有灵光一闪。他现在已无父、无师、无妻，孤零零一个人在大地上，只有一心靠自己，靠天主。从山上下来，他已然明白，自己的余生将如何度过。

他决定把自己献给上帝。妻子临终前跟他说，上帝将赦免所有人的罪孽，接引他们去往天国。他相信，热爱天主的妻子一定在那里等着他。

6月的一天,他来到比利时西北的古老城市布鲁日,在那个有着一千余年历史的本笃会的圣安德鲁隐修院做了一名修士。

在隐修院的圣堂里,为这个来自东方的修士举行了隆重的"更衣礼"。他穿着由颈及踵的长袍,颈后挂着一顶风帽,脸上标志性的上翘的菱角胡也剃去了。他不再叫陆征祥,他现在叫天士比德,也叫比德兄弟。这一刻,他相信在天上的妻子也看见了他。

"死亡把我们分离了,修会生活又使我们重新团圆。她监视我,我伴随她,也替她祈祷。她从上看我,我从下望她,我俩之间,绝无间隔。"

尘世间的那些"罪案",他还会时常满怀内疚想起。既然所有人都要赤条条走到上帝面前,那么所有的罪愆都是要清算的。民元前后,那一笔贻误国事的大账,前清老臣不能辞其咎,民国要人不能卸其责,即使升斗小民,也都有一份含懒自弃的责任要负。他说自己,"于此笔大账上欠负不轻,于前清账上、民国账上、国民分子的账上,都负有重大的欠缺",此番弃绝于俗世,栖身于异国他乡的隐修院中,就是希望以这最后的救赎,"减轻我一身对世界、对祖国、对民众之罪恶账目"。①

1931年夏天,许景澄遇难三十周年的忌日,这个被巨大的孤独包围的修士写下了一篇祭文,在回忆了许景澄多年前教他学外交礼仪的往事后,他说:"生我者父母,助我者吾妻,教育以栽成我者吾师也。今先后俱天国,而祥独存,岂不悲哉?虽然,祥以衰朽多病之体,自入院后,除朝夕诵经外,与拉丁文道德学哲学神学以及新旧圣书等,无不竭吾智能,以略探其精微。……九泉之下,吾师当闻之,当亦为之快慰。祥惟有永遵主命,日颂主名,以终吾年耳。"②

作为对他二十年苦修的褒奖,罗马教皇于1946年升任他为比利时刚城圣伯多禄修道院名誉院长。就任仪式上,有人从修道院旧址上取下一块基石送给他。他在答谢中说:"诸位先生,你们赠我一方石头,若使天主允许,我想亲自把石头带回东亚。"

---

① 《文史资料选编》第三十三辑,《陆征祥致刘符诚书信》。

② 徐一士:《一士类稿·一士谈荟》,书目文献出版社1983年版。

在中国建一个天主教隐修院成了他最后的梦想。这是因为他一直记着许景澄昔年在圣彼得堡对自己说过的话：欧洲的力量不在于它的威力，亦不在于它的科学，而在于它的宗教，等到有机会进入最古老的宗派，遵从教会的内心生活，从而掌握其中的奥秘，你要带回给中国。老人天真地以为，中国有了天主教隐修院，在文化上就与欧洲有了平等地位。在以法文写成的《人道主义的会合》里，他流露出了把东西方思想、伦理、精神汇合在一起，铸造成一股推动世界的新动力的想法，他认为，这股力量可以跨越一切障碍。

他的祖国此时已经陷入一场更大规模的战争，不同于以往的是，这是一场兄弟相残的内战，建造隐修院的事最后不了了之。三年后，一个奇寒无比的冬日，当众天神接迎他去往另一个世界时，东方世界还笼罩在弥漫的战火中。去世前几天，比德兄弟给他的同胞们留下了最后的遗言《致中国同胞书》。这是一封译成中文两百余字的短信，在信的最后，他说，西方所有的优点，不在各国自私自利的富强，而在基督的教义：

“基督的教义，乃天主的恩宠”。

# 第三章
# 南方和北方

## 两府大秘

火车驶进北京站，顾维钧看到月台上已有唐绍仪派来的三位秘书候着。这次从美国回国，他是转道欧洲，坐西伯利亚大铁路的火车，行李有好多件，三个年轻人大包小包提得颇为吃重。

马车驶到城东北角贵胄学堂里的国务院，一个秘书进去通报，不一会出来说，唐总理不在，到总统府去了。他被安顿到了东交民巷六国饭店住下。秘书临走时告诉他，待安排好拜见唐总理的日程，会第一时间通知他。

次日早晨，他得到通知，唐绍仪将在下午四点过来，带他一起去谒见袁世凯大总统。

他与唐绍仪相识于四年前，那一年（1908），唐绍仪以清廷特使名义访美，向美国政府部分退还庚子赔款一事致谢，同时肩负磋商东三省借款和谋求中美德三国结盟等使命，在一次使团招待在美留学生的宴会上，正在哥伦比亚大学攻读哲学博士学位的顾维钧被推举出来致答谢词。年轻人敏捷的思路与一口熟练的美式英语让唐绍仪大起惜才之心，得知他的字和自己一样都是“少川”，唐绍仪更是对之瞩目良久。此次顾维钧来北京，正是唐绍仪向袁世凯引荐回国效力的。唐绍仪是前辈，又是他的保荐人，按理是他先去拜访才对，没想到唐绍仪倒先过来看他了，这不免让他有些惶恐起来。

下午将近四点，还没有车子来接，他有点急了，下到大堂里。正向饭店经理打听怎么去国务院，有仆役来报，说唐总理已到饭店门口，他慌忙迎出去。唐绍仪在饭店客厅只停留了五分钟，说正要去见大总统，顺路也带他前去引见。于是他坐上唐的马车，一同前往总统府。

进入总统府时，他有意落后了唐绍仪两三步。走过长长的走廊时，他忽感异样，余光瞥见几个工作人员相互做怪脸，其中一个指着走过去的唐绍仪的影子低声说："看，今天总理又来欺负咱们总统啦。"

大总统袁世凯接见他们是在中南海内一间很宽大的办公室里。这是他第一次见到袁世凯。第一印象是，此人坚强、有魄力，谁一见着都会觉得这是一个野心勃勃、坚决果断的天生的领袖人物。

总统和总理颇为亲热，彼此称兄道弟。唐称袁"总统先生"，或者"老兄"，袁则称唐为"老弟"。这让熟悉美国式民主政制的顾维钧多少感到些不适。但一想到这两位大佬是多年搭档，早年还是拜把兄弟，他也就释然了。

唐绍仪说，这是奉总统之命刚从美国回来的顾维钧，法学和外交学的双料博士。顾维钧赶紧鞠躬致礼。袁浅浅还了一礼，示意他坐在办公桌对面。唐绍仪则落座在袁世凯右边的椅子上。接着他们开始谈事，也没有让眼前这个年轻人避开。顾维钧听得他们在谈的是委派何人担任直隶都督的事。他不了解这件事的来龙去脉，只是静静听着。其间，两人都激动了起来，大声争论着什么，也没有一个结果。那时候他们好像才发觉，办公室里还坐着这个沉默的年轻人。

最后在谈到顾维钧的使用问题时，他们又争开了。唐绍仪说，这个年轻人除了在总统府任职外，还须兼国务院的秘书。袁世凯听到这话，声调又高了上去，"我请顾先生来是你保荐的呀，应该在我这里做我的秘书，帮我的忙。"唐绍仪说："你这里事情不多，我想他可以两边跑。"

对于因自己引发的争执，顾维钧明白，总统和总理所发生的只是一点小小的并无恶意的争执。而且这故作的争执，好似在为刚才的不快加一点润滑剂。所以，他一直恭恭敬敬地保持着沉默。最后，总统同意了总理提出的让他“两头跑”的折衷办法，出任两府大秘，既担任袁世凯的英文秘书，也兼国务院秘书。

此时是1912年4月的北京，柳芽初绽，杨花不飞，空气尚有些凉意。清帝逊位已两月，南北和议甫成，新政府正百废待兴，剪发易服，即为其一端。刚到北京的顾维钧，灵敏的鼻子已经觉察着了民国的新气象。街市上的理发店、裁缝店乃至皮鞋匠，一下子生意红火得不得了。许多人不知道如何梳洗剪短的头发，索性剃成了光头，一眼望去，红尘通衢如同佛寺一般，也是民国一景。

但也有些男人仍梳长辫，颇有古风地躬身屈膝，相互致礼。女人大多穿过膝的大褂，上层人家的则穿旗袍，外套坎肩，肩下一排纽扣。饶是如此，还是有一些南方来的新派人士，穿着剪裁不十分标准的西服，在古都的市尘中出没。政府在街头贴出的公告，是新旧二历混用。这使他感到，这个国家就像日光照耀下的大屋，阴影部分的旧事物正逐渐退场，现代的新事物正在渐次变得明亮，呈现出从旧体制进入新纪元的过渡色。

这次会见后不久，顾维钧搬进了国务院去住，不几日，有正式命令下达，委任他和其他七人为总理秘书。他的同事几乎都是科举出身，年纪也要比他大许多，二十几岁刚从国外回来的留学生只他一人。民国刚成立，一切都在开张中，国务院的规章制度也还在拟订中，他的工作分工，上头说尚不是太清楚，大抵是负责总理与外国政府、友人和外国官方的一切来往函电。

工作很清闲，要处理的大多是总理与外国政府中友人的半官方或私人函件，一些年纪大的同事工作量却很大。他找唐总理说，有别的工作可以叫他来做，因为有的是时间。唐总理说：“别太顾虑你的工作，你只是刚刚开始官场生涯呢，除了办公室的事务，你更应该注意一些别的东西。”

别的什么东西？总理不明说，他也不好直接问。唐总理建议他，不妨多和年轻的同事出去走走，看看北京城，多了解了解北京的生活。

“曾广让管总务，可以安排车子。今天下午有一个聚会，我女儿宝玥也参加，你和他们一起去逛逛吧。”

下午的聚会大多是新政府里的一些年轻人和官员子弟。有些也和他一样，刚从美国或欧洲留学回来。开着车，逛了京城几处景点，最后还举行了野餐会。这是他第二次看见唐总理的女儿唐宝玥，有个漂亮的英文名字叫May。之前，他在总理府的时候偶然遇见过一次唐小姐，交谈过几句，感觉初见之下，色不甚美，但到底是受过西式教育的女子，气质优雅，落落大方，尤其是一笑起来，弯弯的嘴角上翘，有着说不出的明艳动人。

唐小姐没有长住北京，唐绍仪出任内阁总理后，出于安全方面的考虑，把家人安顿在天津的寓所里，她是特地过来看父亲的。唐绍仪忙于公务，抽不出时间来陪女儿，安排这次野餐会的目的，就是想找几个年轻人陪女儿逛逛北京城。唐宝玥要赶回天津的火车，野餐会开到中途，就被总理府的车子接走了。年轻人没来得及和她攀谈，不免有些怅怅。

不久后发生的一件事，似乎让他有些明白过来，唐总理提醒的“别的东西”是什么。

临时政府开张，度支吃紧，处处都要用钱，大家都兴兴头头想找点事来做，国务院里几个年轻人撺掇着成立一个委员会，发动各省爱国捐。

委员会负责起草征收爱国捐的法令并整理各省对此的意见和建议，初稿是年纪最大的秘书许宝蘅起草的，顾维钧也参与了。不久，各省都督的回文都到了，清一色都用电报拍来。最长的电文是直隶总督拍来的，五六千字，译码都花费了好半天。

直隶总督府就在天津，从天津写封信，迟至第二天就能收到，如派专人，当天傍晚就能到达北京。顾维钧想不明白，为什么非要选择这样的信息传递方式，花费那么多人力物力，效率也低下。

年长的同事指点他说：这样的事稀松平常得很，官场中，一般信件，不论事情多么重要，不像电报那样引人注意，所以为了提请对方重视，地方大员们的一般做法就是打电报。还有一个原因，拍官电，省方不用付现款，通常是记账，账逐年增加，从来无人催讨，因为电报局也是国家的。所以发报人和收报人就是隔一条马路又咋的，该拍电报还是拍电报。

初次接触官场，这样的小事已足以使刚从国外回来的年轻人惊讶。他想唐总理沉浮官场多年，他说得没错，官场另有奥秘。

时日一久，顾维钧发现北京并没有出现根本性的变化。首都的空气与前清并没有多大区别,总统府的秘书处以及总统身边的人,老同事、老朋友或者老搭档,在他看来都是旧派人物。他们穿着老式的服装,袖子长得把手遮起来,许多人还蓄着学究气的老长的指甲,以示斯文。他们也好像都是有学问的,其中有两个还是前清的状元。也有人上班来时穿上了西式的礼服,却因春寒未褪,里面穿上狐皮衬里,再罩以直条纹的呢裤子,头上配上一顶鸭舌帽,不伦不类得真让人别扭。公文呈式、来往函电也都是老一套,唯一变化的是称呼和日期。年轻人有一种格格不入的感觉,觉得自己走到哪都是个陌生人。

## 脆弱的内阁

武昌起义的枪声响起时,46 岁的广东香山人孙文正在美国科罗拉多州的一家中国餐馆打工为生。一接到武昌起义的电报,他即刻兼程回国。途中他在华盛顿、伦敦和巴黎小作停留,想筹措一些经费,却分文未获。中经香港,他于 12 月 25 日抵达上海,下榻爱俪园。几日后,前往南京途中,有人问他带回来多少粮饷和枪炮,孙笑着说:“余一钱不名也,只带得革命精神回来。”

12 月 29 日,革命军十七省代表在南京举行会议,进行临时总统选举,孙以 16 票当选(另 1 票为黄兴)。新年元旦,按旧历为清宣统三年十一月十三日,下午 5 时许,孙文在正副议长汤尔和、王宠惠的陪同下专车抵达南京,下榻宝华盦。夜十时许,南京前两江总督府,在数百位衣冠楚楚的男女观礼者的欢呼声中,孙文就临时总统职,宣告中华民国成立。[1] 其誓

① 陶菊隐:《北洋军阀统治时期史话(1895—1928)》第七章,海南出版社 2006 年版。

词曰：

倾覆满洲专制政府，巩固中华民国，图谋民生幸福。此国民之公意，文实遵之，以忠于国，为众服务。至专制政府既倒，国内无变乱，民国卓立于世界，为列邦公认，斯时文当解临时大总统之职，谨以此誓于国民。

武昌起义也给了袁世凯东山再起的机会。三年前，这个权倾一时的北洋大臣领直隶总督已被摄政王载沣强迫退休，开缺回籍。从刀口下侥幸捡得一命的袁世凯在老家河南项城赋闲，自诩“洹上钓叟”，以一副万事不挂心的逍遥者姿态保命，但他警觉的眼睛没有一刻合上过，并通过效忠于他的北洋六镇遥控着时局。武昌起义爆发，清廷诏授袁湖广总督，赴武汉节制各军，袁讨价还价，拿到了钦差大臣、节制陆海各军的大权，又拜命组阁，才准许北洋第一、二军开赴武汉前线。他知道大清气数已尽，而武昌的革命党人是棋局上的一个眼，他要做活这个眼，乘势抓权，然后逼宫受禅。故对革命党人的策略，是养而不剿，作为熟读历代谋略的政治强人，兔死狗烹的例子他见得太多了。

养敌自重，再挟清压孙，伺适当时机，通吃两家，这就是袁世凯的基本策略。这套把戏他玩得炉火纯青，不仅清廷中的寡妇孤儿、颟顸亲贵迅速就范，革命党阵营中也普遍有这么一种舆论，革命的成败关键，取决于袁的态度，如果硬逼着袁成了曾国藩或李鸿章，革命就没有多少希望。孙文就任临时总统之前，南方的革命军已与袁达成了一项默契，只要他正式宣布赞成共和，就可推举为临时总统。当其时也，南方北方，一直不雨不晴地谈着，北方的全权代表，是袁的老朋友兼老搭档、“总理大臣”唐绍仪，南方革命军全权代表是伍廷芳，一对老朋友。

和议地点，先是在汉口，后来迁到上海。伍廷芳提出和谈的前提是北方得先承认民主共和制。唐绍仪请示于袁，建议不宜拒绝南方的要求，袁出于借手革命军迫清帝退位的打算，同意了此项建议。但唐、伍达成的国民会议代表产生的方法，却引起了袁的不满。南方革命军占领的14省，北方清廷治下8省，每省各派代表3人，组成国民会议，14对8，袁认为不待国民会议召开就决定了北方处于绝对劣势。袁打电报声明此项协议无效，并撤了唐的全权代表。

2月12日，清帝发表退位诏，孙文随即履行他的诺言，向临时参议院提出辞职咨文，并推举袁继任。他的条件是，临时政府须设于南京，新总统须到南京受任，且需遵守临时约法。孙以临时政府的名义派出了蔡元培、汪精卫等五人为迎袁专使团，北上迎袁南下就职，但袁认为这是南方的调虎离山之计，他不想到南京来当个空头总统。当迎袁专使团到达北京时，北京城里发生了一场真假莫辨的兵变。据说袁的直属护卫队也参与了抢劫。专使团几个人商量了一下，担心袁一离开北方真的发生大规模的兵变，断送了共和事业，就不再坚持要袁南下。袁终于如愿在北京宣誓就职，随即孙中山正式宣布解除临时总统职务，临时参议院议决临时政府迁往北京，这就是所谓南北统一的实现。南北议和成文后，曾被派为北方总代表的唐绍仪出任民国第一任内阁总理。

唐德刚曾胪列袁政府及唐氏内阁最早的人事架构，并一一注明当事人年岁。年龄最大者袁世凯53岁，最小者宋教仁30岁，大多皆是四十左右的少壮派：

临时大总统：袁世凯，字慰亭，河南项城人，53岁；

副总统：黎元洪，字宋卿，湖北黄陂人，48岁；

国务总理：唐绍仪，字少川，广东香山人，52岁；

外交总长：陆征祥，字子欣，上海人，41岁；

内务总长：赵秉钧，字智庵，河南临汝人，53岁；

陆军总长：段祺瑞，字芝泉，安徽合肥人，47岁；

财政总长：熊希龄，字秉三，湖南凤凰人，42岁；

司法总长：王宠惠，字亮畴，广东东莞人，31岁；

教育总长：蔡元培，字孑民，浙江绍兴人，44岁；

农林总长：宋教仁，字遁初，湖南桃源人，30岁；

工商总长：陈其美，字英士，浙江吴兴人，36岁；

交通总长：施肇基，字植之，浙江钱塘人，35岁；

南京留守：黄兴，字克强，湖南善化人，36岁。

这些都是顾维钧来到北京之前发生的事，年轻人只知道民国出世是水到渠成瓜熟蒂落的事，哪知道还有那么多曲折？

新政府刚刚成立，名义上按共和体制基本原则进行改革，底下却是暗潮涌动。共和是新事，并无成例可循，领袖人物虽有良好愿望，但不知如何着手，也在暗中摸索。对于政府和南方革命产党之间的关系，大家也都在拭目以待。就在此时，先天孱弱的唐内阁倒台了。

唐绍仪早年是容闳率往美国的第三批留学幼童之一，1874年到美，入哥伦比亚大学读本科。这批最早的留学生是一锅夹生米饭，因保守势力的作梗，嫌这批留学生过于西化，学业未竟就被召回了国，回国后的境遇也普遍不太好。唐洞悉外务，精明强干，回国后逐渐成为时任军机大臣袁世凯的心腹，是这批留美学生中官运最好的。袁以"总理朝鲜通商事宜"的官衔驻扎汉城时，他即在当地担任海关和领事的职务，袁扶摇直上，1900年后，实授直隶总督，他也官至天津海关道，迨袁内任军机大臣，他便任邮传部左侍郎、兼署外务部右侍郎及会办税务大臣，集外交、铁路、电信、税务各种办事权于一身，成为京朝显宦。

据唐绍仪的下属说，唐是个美国通，洞悉外界事务，又自认为对于北方的政情了解颇深，跟袁的交情也不错，南方革命党人对他也颇信任，因此自以为在南北间可以起到一个桥梁作用，居间缓冲。政府由他组阁，自然不甘心只做袁的附庸。袁是武人出身，从驻朝鲜总理交涉通商事务衙门总办起家，创练新军，出任直隶总督，是个崇尚强权的实干家，和顽固的保守派相比，他有时看上去似乎也相当维新，甚至有些自由主义思想，但这些只是出于他一以贯之的实用主义，骨子里还是旧派人物那一套。这两个多年老兄弟同跻高位，又都系干练、个性坚强之人，一碰到具体事务，自不免意见相左，随时要发生冲突了。

有一位部长级的官员证实，唐开始组织内阁时，根据《临时约法》，内阁应向国会负责，袁却以一副老官僚的口气说："我们都系老朋友了，一切可以商量，总统内阁，相辅而行，不分彼此。”思想冲突既开，唐绍仪势难与袁一个鼻孔出气。袁的左右有对唐不满的，就挑拨说，唐与孙文是同乡，又走得近，挟南方革命党自重，似乎别有所图。唐开始以为袁不会被这些没见识的人蒙蔽，但有一次谈完了事，袁忽然很不耐烦地说，少川，我已经老了，你就来做总统吧。唐这才明白，老大真的对自己存有芥蒂了。

他那个内阁其实也是指挥不动的。内务总长赵秉钧直接听命于袁，很少出席国务会议，遇到重大问题都是直接向袁请示。财务总长熊希龄也不是善茬。孙文辞去临时总统职后，南京政府机关须迁移北上，又要大幅裁军，度支吃紧，唐南下接收时，除了携带四国银行团垫付的三千五百万两白银，又向比利时华比银行借了 100 万英镑作为遣散军队的费用。这本是内阁完全可以做主的事，却不料惹怒了企图垄断中国借款的四国银行团，也使袁唐关系更形恶化。熊希龄也在国务会议上跟他拍了桌子，责怪内阁总理不该侵犯他的职权。

顾维钧初到北京时，那天唐绍仪带着他第一次去见袁，他们争吵的直隶都督的任命问题，是直接导致唐内阁倒台的一道催命符。

直隶一向被认为是北京的命脉所系，再加直隶都督与中央关系密切，权重位尊，各方政治势力都盯得很紧。直隶咨议局推荐曾任广西巡抚的老同盟会员王芝祥将军出任直隶都督。唐绍仪曾请示袁世凯，后者口头同意。于是唐发电报让王芝祥北上就任。不料当王芝祥到京后，袁却改了主意，借口手下的直隶军人通电反对王芝祥任都督，拒绝委任。因直隶是袁的起家之地，他在小站练过新军不说，该省官员如海关、税务、盐务及地方道台、知县都是他的亲信，他不想在卧榻之旁来一个与南方革命党人走得过近的军人，想要另行委派一个心腹来担任这个要职。争吵越来越烈，竟至无法调和，于是未经国务院依法副署，袁就把王芝祥委任为南方宣慰使，打发到南京去了。这一下，不只唐绍仪面上无光，咨议局和《临时约法》也是形同虚设，民国政府法制可谓荡然无存，唐只得递上辞呈，总统也未感意外。

照例，总统应予以挽留，即便是惺惺作态，但袁连稍微的客气一下也没有，就好像他根本就没有收到唐的辞职书。6 月 15 日，唐未及辞呈批准就微服离京溜到了天津。有人责怪唐,“不忍小忿”,他也懒得解释什么。他实在是厌倦了这种争吵,伤了老兄弟多年感情不说,还于事无补。十几天后,已经到了6月27日,总统府的准辞电文才到天津,那时候唐绍仪已经做了十几天寓公了。他明白,他和袁,就此已经情断义绝。

总理出走,宋教仁、蔡元培等四个同盟会阁员也连带辞职。袁假意挽留:“我代表四万万人请诸位留任。”蔡元培代表阁员们回答:“我们也代表四万万人请总统准我们辞职。”

民国首任内阁不到三个月就骤然垮台,顾维钧沮丧莫名,也有些震惊。四十多年后,在纽约哥伦比亚大学向夏连荫小姐口述自己的一生时,他回忆曾和袁世凯在这年秋天有过一次谈话,斯时尘埃落定,由今视昔,过去身在局中时模糊着的历史面目全都清晰了起来,他得出的结论是:袁根本没有实现共和或民主的愿望,他根本不懂得共和国是个什么样子,也不知道共和国为什么一定比其他政体优越。他从未想把才能应用在治理国家使之走上民主化道路一方面。他就像一辆腐朽的老车,做了大总统不够,还要做皇帝,向着旧制度的辙道上快速滑过去,谁都拉不住。

> 我记得1912年秋天我和袁世凯有过一次谈话,那时我向他报告我和英国公使关于西藏问题的会谈情况。报告完毕后,我自然起立告辞。但他让我稍待,要和我谈话。他向我提的第一个总是中国怎样才能成为一个共和国,像中国这样的情况,实现共和意味着什么。我说,共和国源出于很久以前的罗马,罗马公民很重视他们的公共权利和选举产生的立法机关。罗马作为共和国存在的时间虽然不长,但这种思想在中世纪有所抬头,中产阶级在所谓自由城邦中兴起便是民主政治的先驱。自由城邦比较小,人口不多。然而,这种公民权利和政治自由的思想却在人们头脑中生了根。这种思想逐渐传播,在13世纪成为英国民主政治的基础。虽然英国表面上是君主立宪,但政事是民主的。这要追溯到13世纪的大宪章。此后,美国人(原为英国的移民)经历了几世纪的殖民统治之后,经过革命建立了共和国。他们容易取得成功,因为他们热爱自由,并具有以法律为依据的

权利与自由的观念。美国人的思想在欧洲、拉丁美洲广为传播，近年来又传播到亚洲。我接着说，诚如总统所说，中国情况大不相同，特别是国土这样大，人口这样多。不过，要教育人民认识民主政治的基本原则，也只是需要时间而已。

他问我共和的含义是什么。我说共和这个词的意思是公众的国家或民有的国家。但他认为中国的老百姓怎能明白这些道理，当中国女仆打扫屋子时，把脏物和脏土扫成堆倒在大街上，她所关心的是保持屋子的清洁，大街上脏不脏她不管。我说那是自然的，那是由于她们无知。但是，即便人民缺乏教育，他们也一定爱好自由，只是他们不知道如何去获得自由，那就应由政府制订法律、制度来推动民主制度的发展。他说那会需要多长时间，不会要几个世纪吗？我说时间是需要的，不过我想用不了那么久。我们的谈话就这样结束了。①

## 梅的故事

总理不辞而别，按官场惯例，顾维钧和其他七位秘书也一同辞去国务院职务。唐绍仪离开不久，他也坐上了开往天津的列车。

当年轻人叩开位于英租界的唐府大门，跟随仆役来到唐的眼前时，唐的心情一下子变得很复杂。他告诉年轻人，辞去国务院职务是可以的，因为秘书随总理同进退是文官条例中载明的，但没必要连总统府的职务也一并辞去。年轻人表示，总统府秘书之职，本是唐先生引荐，袁世凯不懂民主政治，自己也不想干下去了。

---

① 天津编译中心编:《顾维钧回忆录(缩编)》，中华书局 1997 年版。

唐绍仪安排顾维钧暂住在英租界维多利亚道的利顺德大饭店，此地离唐府近，每天过来吃饭也方便。接下来的几天中，顾维钧成了唐府的常客。他与唐绍仪算是哥大老校友，本来就不乏共同话题，唐沉浮官场数十年，虽然内阁倒台了，但一谈起时局，尤其是外交策略等问题就刹不住话题。唐家有重要的客人来访，这个年轻人也经常被邀请列席。

唐绍仪问年轻人有什么打算。顾说，此次去国八年，好久没见父母了，计划近期去上海看看父母，至于下步打算，他需要一些时间来考虑。唐说，走一趟也好，不过你还年轻，刚开始自己的事业，在总统府干下去也许是个很好的机会。他还说，总统府秘书长梁士诒先生几次来津带话说，总统希望你回去继续供职。

过了些日子，唐绍仪对他说，今天下午梁先生从北京来，你一起参加谈话吧。

顾维钧遵约来到唐府时，梁士诒已经在了。传说中有着财神诨名的梁先生是个举止文雅的中年人。寒暄坐定后，唐绍仪说的第一件事，是请梁先生把总统的传话告诉年轻人。

顾维钧推托说，自己在总统府的工作并不重要，回去不回去其实并不打紧。梁士诒说，我这次来，是专程奉袁总统之命召你回京，我还要请少川兄帮我一起来说服你。

唐绍仪说，我已经把梁先生的来意告诉他了。然后他对这个年轻人说：你从上海回来，应即回北京，你也许觉得工作过于清闲，其实，你的职位是在外交部。

本来，年轻人还在犹豫，听到唐绍仪这句话，他忽然心动了一动。他说，刚到北京时，外交次长颜惠庆博士的确曾邀请过自己进外交部，但当时身任两府秘书，就没有再谈下去。

唐绍仪一脸严肃地告诉他："那现在就定下来，你去外交部！外交部才是我们这样的人发挥所长、学以致用的地方。中国太弱小了，在国际社会处处受人欺凌。我希望你能在将来的国际舞台上为中国说话。"

前总理的这番话，让年轻人眼前似乎一下明亮起来。

在天津的这段日子，日后让顾维钧深感甜蜜难忘的是他在这里收获了初恋。当他走进唐府再次与唐小姐见面,面对着她笑吟吟的脸,他有一种直觉,似乎要与这个女孩发生些什么了。恍惚间,他甚至觉得,唐总理解散责任内阁返回津门,就是为了等待自己找上门去成就这段姻缘。但以他方正有余、俏皮不足的性格,马上又为自己的绮想感到了羞愧。

去上海的船票订好了,还剩两个多星期,等待航班的这些日子里,两个年轻人的感情迅速升温了。他现在叫唐小姐宝玥,更喜欢依着英文名字叫她,梅。唐绍仪本来就有心把这个青年才俊纳为东床快婿,见他们已燃出火花,于是顺水推舟,把女儿正式介绍给了他,尽可能地安排他们单独相处的时间。按照这个父亲周到细致的安排,年轻人和她的宝贝女儿总是下午出门,上滨江道购物,上天仙茶园喝茶,上权仙戏院看戏,要不就是在天津大街上压马路。

三个月前,顾刚回北京时,因其气度非凡、长相俊雅,就已深获政坛大腕们的青睐,唐绍仪就亲耳听袁大总统袁世凯和黎副总统说,嫁女就当嫁小顾这样的后生,袁大总统不好意思出面向自己的秘书介绍自己的女儿,还曾暗示唐绍仪去提亲。好在现在他与这个老兄弟生了龃龉,已经两掰,也就用不着顾忌总统先生会有什么想法了。

随着开船日子临近,唐绍仪已经暗中为女儿订好了船票。他知道,两个人的旅程更容易让爱情升温并发生质的飞跃。但他一直没有说出他的安排。直到快要动身了,才跟年轻人说,梅也要去上海看望她的姑母,她好久没去上海了,你是否愿意顺便陪她?顾是一个多么机灵的人,马上说,唐梅也去上海,这真太好了!我非常愿意陪她一起去!唐绍仪又补充一句,她将住在亲戚丛孟余家里。

于是他们同船去了上海。

多年以后,顾维钧这样回忆他的老岳丈在他们的婚姻中出演的角色:“按照他的授意,我俩总是下午出门,不是闲逛,就是买东西,喝茶。我是单身汉,虽然住在利顺德饭店,还是几乎成了唐家的常客;只要没有其他约会,我总是和他们家人一起吃午饭和晚饭。这时我和梅混得熟了。我要离津时,唐说梅要去上海看望她的姑母,她好久没去上海了,问我是否能顺便陪她去。我说那会使我感到很高兴。于是我们同船去沪,当然,我们更加熟稔了。”

说起来这已经是他的第二段婚姻了。他的第一个妻子张润娥，出身于上海一个中医世家，跟他家也是世交。双方父母做主，他十二岁那年就与小他两岁的女孩订了娃娃亲。十六岁他赴美留学，再也没与那女孩见过面。到他四年后在哥伦比亚大学读大三，接到父亲来信，敦促他火速回国，与张小姐完婚，了却父母最后一桩心愿。他父亲曾执掌上海财政，也算个新派人士，信里的语气也很温和。他接信后，却很觉茫然，他早把幼年订婚的事忘了个一干二净了，忆想起那个女孩，似乎也就是一个有着小而尖的脸庞、身材瘦小的女孩的影子。

让他回国去和这样一个相貌都记不全的女子去结婚（他都不知道她变成啥模样了），他觉得这是个天大的玩笑。他态度坚决地回绝了父亲，数通信函往返后，父子之间成了僵局。最后，他大哥出面来调停了。大哥说，父亲为了他的拒婚很失面子，十分伤心，又详述张小姐人品贤淑又聪明漂亮，是位好伴侣云云。他与大哥的感情一向很好，无奈只得同意假期回国探望双亲，但声明不结婚。父亲表示谅解，说“决不强迫”。

暑假，顾维钧回到上海家中，果不出所料，父母要他趁假期马上把婚事办了。小顾哪肯就范，犟脾气的老爷子竟然把自己关在屋子里，送去的饭菜全都原封不动地端了回来，发狠声说如果儿子不答应就绝食到底了。挨了一日，老爷子的房间里一点动静都没有了，家人怕出意外，由大哥带头破窗而入。老爷子一把眼泪一把鼻涕，说竭尽全力养育儿子给他以优良教育，却没想到儿子毫不理解心意，搞得他生趣全无。大哥也适时过来劝小弟，批评他思想太摩登了。顾维钧怕老爷子再做出什么吓人的举动来，只得答应“在形式上结婚”。老爷子闻言大喜，管他形式不形式，生米做成熟饭，儿子还不乖乖听他的？

拜了天地，行了大礼，没承想，到了晚上，新郎竟然失踪了！费尽周折把他给找了回来，还不愿意进新房，一家人连哄带吓，总算把他赶进了新房。到了就寝时间，新娘看他木头人一样毫无反应，羞涩地催他上床，他说，大床是专为张小姐而设，自己喜欢独睡。新娘见他如此，也就不再说什么，自去沙发睡了。如此相安无事了一段时间，外人皆不得知。小顾的如意打算是挨过了这个暑假，等到回到美国，这段形式上的婚姻也就自然不了了之了。可老爷子早就洞悉了他的心机，要他返回美国继续学业时，必须携妻子同行。小顾万般不肯，申辩无果，只得带了张小姐飞往美国。

美国毕竟不是老爷子能说了算的地方，一到那儿，他就借口学业紧张，把张小姐安顿在费城一个德国血统的老夫妇家，说是补习英文，其实是不想造成事实婚姻的局面。内容大于形式，形式上他已屈服，内容上再不可丢分。其间有过几次见面，所谈话题，就是他要与这女子协议离婚。张小姐的脾气也真是好，再加来到这里受了美式的教育，知道没有爱情的婚姻无异于共谋犯罪，开始还嘀咕一阵，“我们既是正式结过婚还有什么可说的?”后来看散局已定，也就一一顺从照办。顾维钧回国之前，他们已经办妥了离婚的所有法律文书，“以极友好的态度彼此分手了”。

时隔四年，顾维钧再次回到了上海。当初他自作主张与张小姐离婚，差点没把老爷子给气个半死。张小姐形只影单回到上海，顾老爷子觉得自己的脸面都给儿子丢光了，好长时间他都不敢出门，还对家人咆哮，要断了儿子的生活费。儿子从美国毕业回国，出任大总统和国务总理双料秘书的消息传来，他立马就把自己收拾齐整，去街上转悠了好大一圈，惟恐人家不知道他是顾大秘书他爹似的。此番儿子带了前总理的千金回家，且喜这唐小姐一点没有官小姐的脾气，举止大方，言语得体，一看就是好教养的人家出来的，他也就绕过那段节疤，欢天喜地地为儿子和准儿媳准备接风。

唐宝玥去上海姑母家，不过是他父亲的安排。等到顾维钧这边的事办妥，他们就一同回了天津。唐绍仪的运筹果然能够决胜千里，他们一回到天津就订婚了，并宣布明年 6 月 2 日将在上海举行婚礼。

转眼到了第二年 5 月，顾维钧请假从北京回上海，准备迎娶唐小姐。唐小姐也已到了上海，并按习俗，正式拜见了未来的公爹。正兴兴头头准备的当儿，未来岳父却突然发来一份电报。唐绍仪在电报中说，你们要结婚我很高兴，但问题是我自己也要结婚了，选定的日子也是 6 月 2 日，你们推后一两天吧。这电报让顾维钧啼笑皆非，连唐宝玥都不知道他父亲要结婚了。唐绍仪娶过几个女人，都先后过世了，没想到五十多岁了居然悄没声息地上演了一场黄昏恋。据说他的新女友是老朋友伍廷芳介绍的，是上海太古洋行买办的女儿吴维翘小姐，虽比唐小了 30 岁，却情投意合。既然老丈人也要结婚，那就自然不能在女儿的婚礼后操办，于是，经过一番紧急磋商，决定唐绍仪先在 6 月 2 日结婚，两天后再嫁女儿，至于婚礼的地点，干脆都订在了上海虹口花园。

唐家父女 3 天内相继大婚，这也是民国才有的胜景，这则上海滩上的奇闻甚至还上了当月的《纽约时报》：

> 上海(1913 年 7 月 18 日)讯，顾维钧与唐梅的婚礼于 6 月 12 日举行，顾维钧毕业于哥伦比亚大学，现在北京政府供职。唐梅是前民国总理、现广东参议员唐绍仪之女。婚礼以民间方式举行，曾两度出任驻美公使、后任南京军政府外交总长的伍廷芳担任主婚人。美丽的新娘头戴面纱，身穿白绸婚纱拖地长裙，在充当伴娘的表妹和 4 位花童簇拥下款款而行。新郎、耶鲁大学毕业的伴郎储宝森，以及新娘的父亲唐绍仪头戴高礼帽、身着传统的中式长袍紧随其后。婚礼上，伍廷芳博士宣读了由新郎、新娘和来宾签名的婚约，新郎为新娘戴上戒指，新郎新娘对拜，并一齐向来宾鞠躬敬礼。

顾维钧在口述自传中说："这就是我们结婚的始末，当时报纸上大加渲染，其实没什么神秘，也没有什么特殊，有的说，我是在华盛顿认识了梅的，那时她的姐姐嫁给了唐绍仪的好友——中国驻华盛顿公使张荫棠的儿子，而事实上唐梅那时并不在华盛顿。"

这是顾维钧一生中时常回忆的一段婚姻生活。唐梅虽没出过国，但因父亲是"海归"出身，自小所受也是西式教育，一口英语很是纯熟，再加性情温柔，自归顾维钧后，在一些公开场合的亮相，总能为夫君加分。1913 年袁世凯就职典礼结束后，外交部当晚曾举办了一场酒会，由外交总长孙宝琦署名，招待各国公使、各国银行团、商界、报界的领袖及其夫人，顾维钧偕妻出席，据当时的报道，在酒会后的舞会上，中国贵夫人中以顾夫人最出风头，堪称当时社交界之花。

他的老丈人唐绍仪虽已脱离北京政坛，但其多年来在政界蓄积的人脉还是助推了女婿的仕途。1915 年，大总统袁世凯终于垂青了老兄弟的这位东床快婿，委其出任驻美公使。二十七岁的顾维钧携妻同往，开始了他的职业外交官生涯。他们很快有了一个儿子（德昌），三年后又有了一个女儿（菊珍）。来自东方的公使夫人 May 小巧珑玲的身影，时常陪伴着夫君出没在华府的社交场。

然而一场突如其来的疫病摧折了这个年轻女人的生命。1918 年 10 月，唐宝玥代替夫君去费城出席一场外事活动（顾在华盛顿另有活动），返程途中染上西班牙流感，回到华盛顿就一病不起，那时他们的女儿还不满周岁。丧妻的顾维钧被一种巨大的宿命感攫住了，自己生命中的两个女人，前一个张小姐有名无实，他实感愧疚，这一位唐小姐有缘无福，半途撒手，更让他有撕心之痛，或许是因为在顺境中太久了，这毫无征兆的一击，让他的心里涌起了彻骨的悲哀，他想要带着一对儿女回国，向北京政府提出辞呈，但巴黎和会召开在即，外交部稍作安慰就给他下了新的任务，要他充任和会正式代表。国家多事之秋，一生襟抱初开，怎可轻易言退？他相信，自己一生的故事还刚拉开序幕。

## “双龙会”

当本文主人公顾维钧兴致勃勃来到北京、充任两府秘书的时候，刚刚卸职的中华民国第一任临时大总统孙文正在一场愉快的旅行中。

前大总统无官一身轻，带着儿子孙科、女儿孙畹和刚从美国归来的英文书记宋蔼龄一行数十人，正到处游历、讲演。他们的旅行从上海出发，后来应黎元洪副总统之邀，溯江而上，经南京、芜湖、安庆、九江而至汉口。旅途中，孙文一连讲演宴谈十余场，主人虽随地而换，而客人演说内容则一也。黎元洪是北洋派和同盟会之外的第三方势力，此时已被袁暗中拉拢。孙的演讲，黎副总统多半前往捧场，恭听之余，背后难免腹诽。其间，袁世凯曾派专使请他往北京一游，孙以思乡心切婉拒了。4 月中旬，离汉赴沪，月底，返广东香山老家，旋去香港。6 月底，正是唐内阁解散之时，孙文由港返沪。8 月，实现了他正式访问北京拜会袁世凯的计划。此前两个月，当他在内地旅行之际，同盟会的智囊人物、年少气盛的宋教仁从农林总长的位置离任后，正以他天才的组织能力扩大同盟会的基础，通吃南北各小党，另组国民党，以期实现政党内阁的政治梦想。有传言说，宋已是下届内阁总理的不二人选。

8 月 24 日，孙来到北京，袁大总统派出自己所乘的金漆朱轮双马车，饰以黄缎，到前门外相迎，沿街市民也都悬旗庆祝，那都是迎接一国之总统才有的排场。次日，国民党召开成立大会，孙出席大会并作主题演讲，并以绝对多数票当选理事长。孙坚辞不就，中央党部乃以宋教仁代理之。宋以而立之年充任当时中国第一大政党之党魁，其锋头之健正可谓一时无两。

孙、袁这次北京"双龙会"，实为两人一生中难得的一次蜜月期。袁本来还约了黄兴和黎元洪，想搞一次"四巨头"聚会探讨民国未来。黎因刚发生张振武案，搞得名声大臭，托故未至，黄对袁深具戒心，延迟了一个月方到北京，原定的四人会议变成了二人对谈。说来堪奇，孙到北京的目的，是想说服袁加入新成立的国民党，使之能够为党所用，遵守责任内阁制，限止其尚处于苗头状态的个人野心。他还天真地希望袁能够还都南京，从北方腐朽势力的包围中挣脱出来。为了表示诚意，孙自愿把党的领袖地位让出来，并说已与黄兴相约，放弃正式总统的竞选，以确保袁百分百当选，且当选后十年不变。

据参与会谈的总统府秘书长梁士诒回忆说：

> 先生留京约一月，与袁会晤共十三次，每次谈话时间自下午四时至晚十时或十二时，更有谈至次晨二时者。每次会晤，只先生与袁世凯、梁士诒三人，屏退侍从。所谈皆国家大事，中外情形，包括铁路、

实业、外交、军事各问题。表面甚为畅洽。先生察袁野心，然仍予推崇，以安其心。

民国初立，外界对这次孙袁会见实抱有莫大之希望，他们期待两巨头尽弃前嫌，取得谅解，共襄民国。民国就像个刚落地的娃，不足周岁，正需要强有力的保姆级的人物护持之，舍孙、袁谁堪当任重任？两巨头能够在一月之内约谈十三次，可见彼此都诚心推崇。袁乃标准旧人，治世能臣，做事稳健，是个实力崇拜派，然先天缺乏现代政治思想。孙周游世界，满脑袋理想欲施之于当下中国，苦于道不得行，却对袁抱以不切实际之幻想。经历、理念不同，有时难免鸡同鸭讲，徒费口舌。密谈中，孙诚心实意地建议袁练兵百万以强中国，他谈到“耕者有其田”的理想，又谈到以纸币代替硬币的币制改革。让孙稍感诧异的是，他每谈到一项主张，袁就叫一次好，就好像台下捧角儿一般。袁也谈到梁启超即将回国，希望孙不念旧恶给予效力民国的机会。孙也欣然接受了这个意见。

一日，孙到张家口眺望长城秋色并参观留美幼童詹天佑设计的京张铁路后，向袁表示，愿专任修路之责，十年之内把全国铁路延长至 20 万里。袁听了高兴得站起来大呼，“孙中山先生万岁”。孙也赫然站起，报之一声“大总统万岁”。这次会谈后不久，袁顺水推舟，以总统令发表“特授孙文以筹划全国铁路之全权”，委任孙为中国铁路总公司总理，月薪三万元，设总部于上海，并把当年慈禧太后回銮时所特制的豪华花车，拨给孙总理专用，以便孙总理巡视全国铁路现状，并饬令各地官员，孙总理到来时务必以最高规格接待。

舆论界都认为，两巨头的这次会面根本没谈成什么。谈了十几场，全是些婆婆妈妈的碎事。孙不知出于何种心理，不谈临时约法、尊重国会、责任内阁这些根本性的问题，也不谈政党、迁都，到末了，捞一个负责全国铁路发展总规划的“总理”来干，这行为比起先前的主张，近乎把自己给卖了。但来自南方的意见普遍认为，孙发此宏愿，乃是出自一位伟大爱国者的至诚之心，他领此新职的更大使命，是为即将开展的政治活动寻找一件合法化的外衣，以便在各地的巡视中扩大国民党的事业基地。至于袁派给他这个肥缺，说白了不过是为了把这个不安分子安顿下来，免得他继续革命或重新造反。

孙离开北京后，果然乘坐着袁大总统拨给他的豪华专车，率领他的信徒们到全国各地考察铁路去了。等到“二次革命”后孙、袁交恶，审计部门清查铁路总公司的账目，却发现孙规划中的 20 万里铁路一寸未建，而考察公款已花去百十万两。袁世凯给孙文取的“孙大炮”的诨名就这样不胫而走，意谓他只会吹牛不知办事，日后政府通缉孙文、黄兴、陈其美等乱党，说他们煽动叛乱破坏统一，给孙安上的另一个罪名是“贪赃枉法”。

然据当时的外交部次长颜惠庆回忆，孙、袁这次会晤还是谈到了一些正事，比如与俄国关系的处理问题。当时俄国正煽动外蒙独立，袁深知无力抵抗强邻，迫得与俄谈判，他征询孙的对俄意见。孙坚决主张对俄强硬政策，认为应拒绝俄的一切干涉，不与之签订任何条约，一俟国力强盛，则把俄势力驱逐于库伦之外。孙所说的，也是袁想做的，但武力不如人家，他想硬也硬不起来，此一问题也只得暂时搁置了起来。

孙文在北京居留的后半旬，黄兴终于从南京赶来了。他是克服对暗杀的恐惧来到北京的。他们一起参加了前清贝子溥伦在金鱼胡同那桐宅第的欢迎宴，据说这场宴会是由前清隆裕太后暗中安排的。来到北京的黄兴比孙文更热情，也更天真，他一见到袁就动员之加入国民党，并承诺推袁为党的领袖。袁不说加入，也不说不加入，转身把这件事当笑话说与杨度听：“皙子，你看我像个革命党的模样吗？”想想觉得好笑，又说：“假如他们不坚持责任内阁制，我可以做革命党，你也可以做得。”

黄兴拉袁的亲信赵秉钧入党，赵向袁暗下请示，袁同意其加入，充作内线。他动员杨度加入，后者正忙于研习如何做一个帝师，丝毫不感兴趣。最后，作为对孙总理伟大的铁路事业的支持，黄兴被总统委任为汉粤川铁路督办。众所周知，晚清名臣端方就是在这个位子上，被革命士兵砍了脑袋。

# 预谋杀人

当孙、黄二人在北京轮番向袁大总统作出不参选下届总统的承诺时，年轻的政治家宋教仁已先一步离开北京。

此前的国会选举中，宋亲为筹划，国民党大获全胜，但在袁的暗箱操作下，他出任内阁总理无望。于是年轻气盛的宋在完成这番建党伟业后，前往湖南桃源老家探视母亲。未几，他离开老家，经长沙、武汉东下，前往上海、杭州、南京等地旅行，兼作考察与讲演。其时国民党选战大胜，士气如虹，宋亦如一颗政治明星熠熠闪亮于民国政坛上空，每到一地讲演，都是观者如堵，人山人海。

大半年前，孙文作声势浩大的巡回讲演时，所谈主义和理想，不外平均地权、节制资本、练兵强国等老套路，宋氏讲演则散发着一股热烈的朝气，讨论政府得失，臧否当朝大佬，说至痛切处，丝毫不留情面，谈到责任内阁制，则逸兴飞扬。宋在这场旅行中所作每场讲演的主旨，就是要建立真正的政党内阁，总统不负责任，国会应先制宪，再依法选举总统。宋所鼓吹者，正是袁最为顾忌的，后者这般向杨度透露心事："皙子啊，我现在不怕国民党以暴力夺取政权，就怕他们以合法手段取得政权，把我摆在无权无用的位子上。"

一年前，清廷被迫起用"养疴"的袁世凯为湖广总督对付革命党人时，袁还以组织责任内阁为出山的条件之一，此时则畏内阁制为洪水猛兽，诚所谓此一时彼一时也，他不是现代政治家，"责任内阁"也者，是他手中的"器"，不是孜孜以求的"道"。

当宋教仁在南方巡回演讲、对现政府提出种种尖锐批评之际，党中同志已在隐隐为他的安全担心。众所周知，继唐内阁而起的陆征祥内阁垮台后，袁曾一度有意让宋组阁，因宋在各政党中树敌太多终未得行，乃以内务总长赵秉钧暂代。赵是特务头子，此人既视宋为头号政敌，宋的情势也实在堪危了。可是宋陶醉在政党内阁即将实现的激情中，对可能的危险只是一笑而罢。其实在早年的同盟会中，宋教仁和汪精卫一向是被视作亲袁派的，袁对这个个性倔强的青年政治家也是着意笼络，优礼备至。唐内阁解散时，宋有意回乡侍奉老母，袁曾提出送他五十万金，被宋婉拒，更早时，据说袁还曾送宋教仁一本某银行的空白支票簿，让宋自由支用，宋略支少许表示谢意后，就原簿奉还了。

1913年初春的一个晚上，宋教仁奉袁氏电召从上海启程乘夜车去北京。晚十时许，宋到上海闸北火车站，不一会，黄兴、陈其美、廖仲恺、于右任等一干党内同志也陆续抵达，为之送行。当其时也，孙文正在一大批从龙之士的簇拥下，东渡日本考察铁路，更深一层目的，或许在于联合日本抵制俄国把外蒙古分裂出去。宋教仁以代理理事长的身份负责党务，也是从者如云，此番他奉召北上，很多人揣测他即将担当大任，故此，送行者几乎拥满了整个月台。

正当宋教仁与诸多送行者话别之际，汽笛鸣响，发车的时间到了，宋施施然走向车厢，一手拉住护栏，一脚跨上车门。突然响起了一声沉闷的枪声，当众人惊愕枪声从何而来时，只见宋捂着右腰，歪倒在月台上。他的身体因极度的痛楚佝偻了起来。待众人反应过来，暗杀者——一个穿黑呢军装的矮小男子(事后证实此人叫武士英，是一个在上海滩流浪多年的失业军人)已经往人群中一钻，借着夜色掩护逃走无踪。宋教仁的身子无力地歪倒在月台上，他一手捂住像瀑布般喷出的血流，一手抱着于右任君的头，说："南北统一乃余之素志，诸友若因小故而相争必将误国也。"

那颗打入他腹下的子弹是有毒的。宋被就近护送到沪宁铁路医院救治时，一路上都在喊痛。有一会他昏迷了过去，他醒过来挣扎着说的一句话是：我这次北上的目的，是要竭力调和南北意见，以便集中全国力量一致对外。大概意识到自己快不行了，他环视众人，眼角流出了不舍的泪水，喘息着说：我还有很多事情要做，但我可能活不下去了，请你们快拿纸笔来代我写下遗电。

黄兴替他记录了写给袁的遗言，此信次日一早即发布在上海的《民立报》。信中，宋对袁至死都没有一丝疑心或怨言：

> 北京袁大总统鉴：仁本夜乘沪宁车赴京，敬谒钧座。10时45分在车站突被奸人自背后施枪弹，由腰上部入腹下部，势必至死。穷思仁自受教以来，即束身自爱，虽寡过之未获，从未结怨于私人。清政不良，起任改革，亦重人道，守公理，不敢有毫权之见存。今国基未固，民福不增，遽尔撒手，死有余恨。伏冀大总统开诚心，布公道，竭力保障民权；俾国家得确定不拔之宪法，则虽死之日，犹生之年。临死哀言，尚祈见纳。

挨到次日凌晨四时，宋教仁才在痛苦中合上双眼。这一日，上海的多家报纸在新闻栏中皆以重要位置，以"可骇之暗杀案"为题报道年轻的政治家、国民党领袖宋教仁在上海火车站遭暗杀身亡的消息。宋教仁躺在白色床单下的遗容灼伤了无数国人的眼睛。

这场震惊天下的暗杀事件发生于华界，破案的是租界巡捕房。刺客武士英被逮后，把所有杀人罪责都揽到自己身上，这个小个子的愣头青，还真有死士之风。但细心的捕房侦探还是循着蛛丝马迹找到了他背后的指使者，一个叫应桂馨的上海流氓。在搜查此人住宅时，查获了与内务部一个叫洪述祖的秘书的往来密电多起。洪是国务总理赵秉钧的机要秘书，他指示杀人，自然出于赵的授意。而据洪自夸，行动之前曾报告最高当局，袁总统甚表欣慰云云。但再要查下去，武士英被人在狱中毒杀灭口了。

事实的真相究竟如何呢？袁到底有没有杀宋？据袁世凯的次子袁寒云在《刺宋案真相》中说，袁实没杀宋。袁寒云说，宋教仁离沪赴京前，出席了陈英士、应桂馨作东的一场宴请。筵间，陈英士询其组阁之策，宋说，"惟大公无党耳。"陈闻言黯然，应桂馨当场变了脸色，厉言道："公直叛党矣，吾必有以报！"言毕就要拔枪，座客劝阻才罢。宋离席前说了一句："死无惧，志不可夺！"遂不欢而散。

袁寒云说，自从那次不愉快的宴会后，陈、应就开始筹谋去宋，“毁宋酬勋”，示好效忠北京方面，即他们的动机。畏惧被宋取而代之的国务总理赵秉钧，也假道洪述祖参与了其事。袁世凯闻听宋的死讯，深惜其才，挥泪不止，把这个新友比之于两年前惨遭不幸、被他推为“清臣第一”的老友端方，说：“前亡午桥，后亡遁初，予之大不幸也！”袁寒云劝父力白辩诬，袁说：“予代人受过多矣，从未辩。我虽不杀遁初，遁初亦由我而见杀，更何辩焉！”①

以常理揣度之，袁实没有必要杀助他组阁的宋教仁，即便真要杀之，亦可构陷一个罪名堂而皇之杀之，何必在招其北上的途中行卑鄙的暗杀手段？是以，袁世凯委屈地说，这般明着授人以柄，“虽愚夫不为也”。

后来事态的发展，已不是北方政府和南方都能控制的了。宋遇刺三天后，孙文从上海赶回上海，亲致挽宋联云：作民权保障，谁非后死者！为宪法流血，公真第一人！黄兴的挽词更是一口咬定老袁是凶手，把袁这些年弄权的丑事兜底儿都给晒了一遍：前年杀吴禄贞，去年杀张振武，今年又杀宋教仁；你说是应桂馨，他说是洪述祖，我说确是袁世凯。

孙文主张立刻兴兵讨袁，北方政府也不露声色调兵遣将，南北形势已如火药桶般一碰即炸。

没有确凿的证据表明袁是“宋案”的幕后指使者，后来曝光的证据也显示，袁没有直接手令或口令要把宋做掉。据曾任第一届国会参议院议长的张溥泉回忆，京师警察总监王治馨曾对他说：

> 洪述祖南行之先，见总统一次，说现在国事艰难，总统种种为难，不过二三人反对所致，如能设法剪除，岂不甚好。袁笑曰：“一面捣乱尚不了，况两面捣乱乎？”话止如此。宋遁初被难后，洪自南来，又见总统一次。总统问及遁初究系何人加害。洪曰：“这还是我们的人，替总统出力者。”袁有不豫色。洪见袁颜色不对，出总统府，即到内务

---

① 《袁寒云自述》第一编《辛丙秘苑·刺宋案真相》，安徽文艺出版社2013年版。

部告假，赴天津养病。[①]

与宋教仁有生死之谊的日本浪人北一辉，在宋被枪杀后组织了一个私人调查团，意欲查明宋教仁被刺之真相。经过几个月秘密调查后，他发现了宋案的一些蛛丝马迹，并渐抵真相，但未及他正式公布，即遭日本驻上海领事勒令返国三年。遂使宋案真相更加扑朔迷离。

历史学家唐德刚先生说，“宋案”的发生，乃是国人众目睽睽之下，人证、物证也都不缺，如能由法院作公开审判，则对草创时期的民国由专制向法制转型，实在是活生生的案例，会起到莫大之推动。如果宋教仁地下有灵，也肯定希望能如此。但不幸的是，最后舍法院不用，而使用枪杆，遂使在这历史的重要关隘，不进反退了。

国民党方面曾寻求过在法律框架内解决“宋案”的可能性，由江苏都督程德全向北京方面提出，建议组成特别法庭进行调查，推黄郛为主裁，王宠惠、伍廷芳为承审官。上海地方检察厅还向北京发了要赵秉钧到案对质的传票。赵施放烟幕弹，捏造了子虚乌有的“血光团”搞乱视线，逃过了上海方面的票传。而被拘押的凶手武士英的突然暴毙，更使此案显得扑朔迷离。宋案的法律解决之门一经堵塞，南北双方也只有刀枪上见高低了。

宋案的几个当事人最后都不得善终：应桂馨被一帮上海流氓劫出监狱，逃到青岛通电请袁“平反冤狱”，又公然跑到北京招摇，被袁派军政执法处侦探长雷震春暗杀于京津火车上。前国务总理赵秉钧已调任直隶都督，从天津打电话向袁抱怨，说应桂馨如此下场今后谁敢替总统办事，次年春天，他在天津寓所疑似食物中毒七窍流血而死。原内务部机要洪述祖化名张皎安，长期避居青岛，1917 年回上海途中被宋教仁之子宋振吕及秘书刘白扭送法院，1919 年 4 月以杀人罪被处绞刑。此是后话，不提。

---

① 《张溥泉先生回忆录、日记》。

# 外交部三等秘书

民初这一幕幕波诡云谲的政治大戏上演时，顾维钧正身处北京的风暴中心，充任外交部三等秘书。外交部的前身是前清外务部，更早是总理各国事务衙门。陆征祥在民国首任总理唐绍仪手下出任外交部长后，以西方模式改组了这个部门。

陆征祥出身于上海一个虔诚的基督徒家庭，前清时曾任驻俄大使许景澄的翻译和随从多年，精通俄语，还会一口流利的法语。改组之前的外交部，驻外公使不仅可以领到任期三年的全部薪俸，连使馆经费和下属职员的薪金都可全部提出，陆要求编制预算，报部审批后方可施行。他是一个勤勉的事务型官员，把驻外使馆和领事馆改为专业机构，明令从事外交的人员须是受过专门训练的职业外交官，使民国初年的外交部有了一个现代化的基础。据说当时到中央各部请托谋职者如过江之鲫，但在陆主持外交部期间，连袁世凯都没把手下或亲信安插进来。

岳父唐绍仪前总理的声望再加上自身的职业素养，顾维钧在外交部很快就获得了上司青睐。他在部里的主要工作是去东交民巷走访美使馆、英使馆、荷兰使馆等说英语国家的使节，负责与外国记者打交道，督促翻译科收集外电情报资料，同时他一双警觉的眼睛时时关注着变动的局势。孙文、黄兴先后来京商谈，国会大选国民党获胜，宋教仁南下宣传共和政府理念，这一连串的事后，他注意到北京政府与南方的关系更加紧张，一个显而易见的事实是，袁世凯在孙文离开北京后把自己的心腹安排在了上海和长江流域的各个重要位置上，如派郑汝成为上海镇守使，派陈楚仁任长江舰队司令驻扎江西庐山等。虽然北京一下子还没有大乱的迹象，但愈是平静，他愈是有一种风雨欲来的窒息感。

对于1913年3月宋教仁突遭暗杀后发生的一系列多米诺骨牌似的事件，顾维钧后来作如是回忆：

> 无论在北京，还是在长江流域和南方，矛盾和尖锐化表现在国民党最能干的有力人物之一宋教仁突遭暗杀。他才三十一岁，他的追随者拟拥戴他为下届国务总理。他辞去唐内阁的农林总长职务，离开北京，到南方开展宣传教育运动，想以共和政府的基本原则唤起民众。他在政坛上的突然消逝不仅使国民党，而且使全国人民也大为震惊。这件事无疑使国民党人感到愤怒。他们认识到和袁世凯已没有调和的余地。在长江流域和南方，大家议论纷纷，反袁的声浪日益高涨。终于在1913年7月从国民党都督统治下的南方各省发动了内战。

想一年之前，民国初立，清帝退位，正是旧中国之死，新中国之生。孙文兑现诺言，让位于袁，留美归来的唐绍仪筹组首届责任内阁，多好的一个开端。哪想才一年，宋遭横死，战端将开，政党内阁的设想转瞬成空，这莫不是新中国之死？从生到死，这才一年半旬啊。

此时，国民党内黄兴主和派的声音完全被孙文主导的主战的声音湮灭了。南北都铆足了劲准备抡起袖子大干一场。袁世凯把精锐第六师自直隶调至武汉，另调精锐从海道驰援上海，又挟国柄之威，发布大总统令免去了倾向国民党的南方三个都督的职位。皖督柏文蔚、粤督胡汉民乖乖去职，惟江西都督李烈钧自恃在江西地盘稳固，撤职后潜返湖口，纠集一帮心有不甘的党人，于7月12日在湖口要塞鸣炮布檄，公开起义讨袁，所谓的二次革命的第一枪就此打响。

这其实是进入民国后的第一场内战。南军的战斗力远不如训练有素的北洋六镇，斗志不齐，且武器、粮饷皆缺，与北军一交接，溃如退潮。湖口、南京很快不守，陈其美领导的上海战场，一帮乌合之众攻打数日，连个制造局大楼都拿不下来。在北军的凌厉攻势下，不出一月，南方革命军就全军覆灭。临时国会被解散，另起“约法会议”起草新宪法以取代唐内阁草拟的宪法。财务专家、新一任总理熊希龄组阁,国民党员已被尽数扫地出门。战火旋起旋灭,孙文带着助手们远走日本避难,宋教仁孜孜梦想的民主共和、政党内阁,在坚硬的现实面前终成泡影。

此后,进到年轻的外交部秘书眼里的种种世象,表明这个刚从帝制的黑暗中走出来的国家正被一股邪恶的力量左右着,笼罩着,重新滑入黑暗的泥淖中去的危险。顾维钧不无惊讶地发现,政府居然发布了"祭圣告令"等一套东西,重新恢复了前清时的祭孔大典和一年一度在天坛举行的祭天大典。新规章甚至还公布了与前清十分近似的衣冠、祭服和礼仪,恢复了卿、大夫这些已被抛弃的爵位,秘书改内史,御史台复活为肃政史和平政院,还有监、丞、郎、舍人等官职官阶,也皆古色古香。

祀天大典于 1914 年农历冬至日举行。典礼前三日,内务部就把斋戒牌呈献总统,并分发于各陪祭人员。陪祭人员已于先一日举行演礼。到了主祭日,自新华门到天坛,都用黄土铺设于途。在规定的警戒线内,几天前警察就挨家挨户通知民户禁止留宿亲友,每户须具十字连环切结,天坛周围,几千名荷枪实弹的士兵依次而立,连屋顶上都布置了岗哨。大总统经过时,有谁胆敢躲在窗后瞄上一眼,都难保不被爆头。钟鸣三下,大总统乘装甲汽车出总统府,在天坛门外换乘礼舆,那是一辆双套马的朱金轿车,四角垂以缨络,再在昭亨门外换乘竹椅至坛前。袁大总统上穿十二团大礼服,下着印有千水纹的紫缎裙,在两名高级随员的搀扶下缓步登上石阶,所异于前清皇帝祭天者,只是把祀天版上的"子臣"二字改成了"代表中华民国国民袁世凯"数字。陪祭人员所着,也都是寿服一般的宽袖服饰,外加紫缎裙。看着这幕闹剧,真让人有时光错乱之感。

北京城里都在传说,遥控复辟的是袁世凯的长子袁克定,一个曾经留学德国的年轻人。他想当太子都想疯了。聚集在他周围的是一帮逊清遗老和民国的失意政客。他们那个秘密小圈子的总部设在中南海一个叫瀛台的小岛上。十几年前,百日维新失败后的光绪皇帝曾在这里度过一段幽禁的时光,现在他们要在这里发动,把这个刚走上民治的国家重新拉回到帝制的旧辙上去。总统虽对儿子的活动佯作不知,但明眼人都看出来了,他们的活动是得到暗中襄助或授意的。不久,一个曾经游学东瀛的学者杨度纠集一帮从龙之臣公开发起了“筹安会”，声明要从学理的角度探讨君主政体与共和政体何者更适于时下中国之国情，复辟帝制的节奏明显加快了。

顾维钧毕竟是留学美国的新进分子，任职外交部期间与袁大公子那个小圈子保持着审慎的距离，不与他们产生任何瓜葛。当复辟运动渐臻高潮时，他已离开北京前往华盛顿出任驻美公使（时驻美公使施肇基调驻英国，外交部次长曹汝霖向袁推荐了顾）。

1915 年末，使馆接到外交部通告，以后使馆正式行文日期要注明洪宪元年，且对总统的呈文要采用奏折形式。顾终于明白，新皇登基将很快成为事实。本能的反感使他顶住外交部的压力，命秘书草拟复文，表示训令万难服从，因为政府方面从未发布过通告说要取消共和建立君主政体。奇怪的是电文发去毫无反应。几周后接到政府公报，发现使馆发给外交部的一份快电竟标注上了新的年号，并注以“启奏皇上”字样，真令他啼笑皆非。

二次革命南方军的遽然落败，袁世凯潜伏在心底里的帝王痴梦满血复活了，已经没有什么力量可以拉回他在独裁的道路上越滑越远。解散国民党、废止国会之后，“筹安会”策动的帝制风潮已激荡神州，一发难收，中央大佬、各省代表、前清名士、将军、文士、学人，一时排班劝进者不计凡几，更有公民请愿团之类的组织，如人力车夫请愿团、乞丐请愿团、妇女请愿团甚至妓女请愿团，一致向参政院请求立改国体，由共和改君主，拥戴袁大总统为中华帝国皇帝。当帝制如同一辆着了疯的马车全速奔跑时，袁世凯这位孤独的乘客却心事重重，他一次次地点刹车，却又贪恋无上权力的诱惑不愿下车。1915 年 12 月 13 日，袁正式接受拥戴，黄袍加身，做起了洪宪皇帝。旋即在一片倒戈声中，只做了 83 天皇帝就匆忙宣布下野，撤消帝制。

袁在 1916 年 6 月 6 日病死。他生于 1859 年，死年正好是虚龄 58 岁。据说他家族里的男人从没有活过 60 岁的。强人政治的时代结束了，即将登上舞台的都将是一帮庸人。当死亡将要收割走他的生命之际，他或许对劝进者们误导他走入帝制歧途会有深深的忏悔。现在万事瓦裂，回天乏力,唯一的补救,只有人死病断根,撤消帝制,不再让后人重蹈帝王旧梦。

对这个以悲剧收场的政治老人,顾维钧的感情是复杂的,他欣赏袁的精干、任事,更悲哀于袁身上的旧人习气,局限了其一生的事业。在回忆此间经过时,他归结于袁的"迷信":

> 民国初年我在北京时,就知道袁世凯并不赞成共和政体,而向往帝制。然而,尽管他的长子在积极奔走,当时他并不急于改朝换代。他同意恢复帝制的主要原因或许是出于迷信。袁家几代以来男子的寿命没有超过58岁的。那时袁正是五十出头。他个人、他的家族以及他的亲信都很怕袁58岁那一关。1915年9月将近袁的生日时,帝制的鼓吹者们利用他的迷信,为他祝寿劝进,得到他的全力支持。奇怪的是他被迫取消帝制以后不久便死去,那时他正好是58岁。

## "我的1919"

1919年的巴黎和会,让年轻的职业外交家顾维钧首次亮相于世人面前。

前一年冬天,德国外交大臣与法国元帅福煦在巴黎东北贡比涅森林的一列火车上正式签订了停战协议,兵连祸结的欧洲大战终幸结束,英、法、美、日、意等二十七国代表即聚集巴黎讨论战后问题。在这场战争中,中国加入协约国一方,出动十万余劳工,阵亡两千余,作为战胜国,收回被德国强占的山东半岛主权,取消日本强迫中国承认的"民四条约",自然是题中应有之义。不只国内民众作如是想,就连继任的总统徐世昌,也不无天真地以为，和会一开，“一切易生危险之要点”将全面解除，中国将与各战胜国享受实质性的平等地位，国际形势“将开一新纪元”。

停战后不久，北京太和殿举行了盛大的阅兵式，位于崇文门内大街、一向被视作耻辱的克林德碑也被移走了，国人普遍期望，国耻将随着这块石头牌坊而永远消失。

电影《我的1919》中，表现战后人们喜悦和幻想的是这样一个纪录片式的场景：西欧战场上，对峙双方丢弃手中的武器，爬出战壕，冲过开阔的阵地，互相紧紧拥抱在一起；然后镜头切换到巴黎街头，幸存归来的士兵们与他们的母亲、妻子、情人拥抱、亲吻，到处都是鲜花和热泪。一个老人（影片主角顾维钧）苍凉的嗓音作着这一切的旁白：“经过漫长的四年，人们终于等来了和平。只有经历过那场战争的人，才能感受和平真正的含义。”

顾维钧在华盛顿接到了要他担任和谈全权代表之一的任命。接到即赴巴黎的指令，他下意识的反应是不想离开华盛顿。因为接下来的几周里，要决定对德国及其盟国的和平条件，他自认为留在华盛顿更能发挥作用。因为他预感到，中国在和会上不能对英国和法国抱过高期望，能指望的只有美国的支持。另一个原因，当时的他还沉浸在丧妻的巨大悲痛中：

> 1918年10月，我妻病故。当时正在流行西班牙流感，她成了牺牲品。她的去世对我不仅是一重大损失，也是一可怕打击。她患病后仅几天便死去，留下两个孩子，一个一岁，一个两岁。据我回忆，那次流感相当可怖。西班牙武官在为日本武官送葬的四天之内亦死于同病。使馆内，三秘夫人和二秘之子也都在十天之内死去。妻子的死去打乱了我小家庭的安宁，而那两位职员的悲伤则使整个使馆的气氛极为消沉。

出于对日本政客的一贯警觉，接到新的任命，他于年底迅速动身前往巴黎预先开展工作。除他之外，北京政府任命的正式代表共有5人，分别是外交总长陆征祥、原国会副议院副议长南方政府代表王正廷、驻英公使施肇基、驻比公使魏宸组。驻德国大使颜惠庆原内定为正式代表，因考虑到南方政府的情绪，后改任代表团顾问，也从柏林兼程赶来。

顾在外交部时就对中日关系特加留意。袁任总统以来，深知国力脆弱，须与强邻亲睦，故特别重视外交上的人事关系。东方国家，人事关系最为重要，偶有误会，如人事配合得当，不难大事化小、小事化无。顾在外交部时，就亲见负责对日联络的参事、秘书与日方使馆人员酒食征逐，说起来也是弱国外交无可奈何之事，不如此又焉能诊得对方外交脉搏？1914 年欧战爆发，日本大隈重信内阁借口对德宣战，出动两万多日军于山东半岛北岸龙口登陆，南下青岛，逼迫袁政府签订“民四条约”，当时任大总统府机要兼外交部参事的顾参与了漫长的对日交涉，后因日人阻挠才不得不退出。到了美国之后，他在使馆里建立了一个专门研究日本问题的研究小组，他认为当下之势，要扼制日本野心，唯有联合美国。故此，起程去巴黎前，专程拜访了美国总统威尔逊。威尔逊许诺愿意支持和帮助中国，这让他对即将开幕的和会多了一份信心。

代表团刚到巴黎，就骤遇打击，即和会的席位分配问题。操纵和会的大国把参会各个国家划分为四等，一等的五个大国英美法意日可以有 5 席，其他国家分到 3 席，一些新成立的国家则只有 2 席，中国被划为最末一等，只有两个席位（五位代表可轮流出席）。所谓和会本就是列强们排排坐分蛋糕，这一歧视性的安排对抱有不切实际之幻想的中方代表尤其是陆征祥团长不啻是一盆兜头冷水。

1 月 27 日午间，代表团忽接到通知，由英美法意日五国组成的“十人会议”临时决定当日讨论山东问题，通知中方代表于下午作会上陈述。据顾日后回忆，这消息“不啻是一个晴天霹雳”，因在大会的议案中，山东问题并不占重要地位，代表团也未做好充分之应对。首席代表陆征祥称病卧床，好在顾素有准备，草拟了一份应对计划，最后决定由顾维钧、王正廷出席，顾作主题发言。

国家不幸，正是辩士纵横捭阖之时。顾在大会上作了一次缜密细致、畅快淋漓的精彩发言，从历史、经济、文化各方面说明了山东是中国不可分割的一部分，批驳日方要求，这半小时的慷慨陈辞，肯定是顾一生中最为华美的乐章之一。

顾在讲席上侃侃而谈，“三千六百万之山东人民，有史以来为中华民族，用中国语言，信奉中国宗教”，“胶州为中国北部之门户，亦为沿岸直达国都之最捷径路”，地理位置固属重要，“以文化言之，山东为孔孟降生，中国文化之发祥圣地”，“以经济言之，人口既已稠密，竟存已属不易”，“不容他国之侵入殖民”。他甚至把孔子比作耶稣，指出中国之不能放弃山东，就像西方不能失去耶路撒冷一样。“本全权代表绝对主张，大会应斟酌胶州租借地及其他权利之处置，尊重中国政治独立、领土完整之根本权利”，“若竟割让中国人天赋之权利以为酬报，由此再酿后日纷争之种子，不但中国之不幸，也是世界之不幸”。顾维钧凌厉的攻势下，日本代表牧野伸显男爵改了口风，说日本愿把山东交还中国，但须由德国交日本，再由日本交中国。顾说，归还手续能一步到位，何须分两步走？

顾走下演讲席，深受触动的美、英、法三国巨头——美国总统威尔逊、英国首相劳合·乔治和法国总理克里孟梭，即上前向他握手以示赞赏。当日巴黎坊间各报纸，头条都是顾年轻而帅气的大幅照片。但一场流光溢彩的辩论只能博取外界一时之同情，让中方暂时摆脱被动，却无改被强权所左右的结局。接下来，先是意大利在争吵中退出了和会，再是日本借机要挟，最后，据说是爆出了政府曾向日本秘密借款修建山东铁路一事，连美国也放弃了对中国的同情态度转而支持日本，和会最后一次会议上，对山东问题作出裁决，同意日本接管德国在山东的所有特权。

中方提出交涉，却一再被拒。保留签字不允，附在约后不允，约外声明又不允，只能无条件接受。首席代表陆征祥再次旧病骤发住进医院。不管他是不是真病，这个时候撂挑子肯定会让他在以后的日子里饱受良心的折磨。顾意识到，退无可退，只有拒签，他把这一想法汇报给陆征祥时，陆已经快被国内雪片般飞来的电报淹没窒息了：外交次长曹汝霖的房子被愤怒的学生烧了，他们还打了驻日公使章宗祥……

陆同意了他的建议。在代表团会议上，顾这般说服坚持签约的同僚：“日本志在侵略，不可不留意，山东形势关乎全国，较东三省利益尤巨，不签字则全国注意日本，民气一振，签字则国内将有自相纷扰。”

于是,1919年6月28日,当签约仪式在凡尔赛宫举行时,人们惊奇地发现:中国全权代表的两个座位,一直都是空椅子。中国用这种隐忍的方式在表达自己的愤怒。签约仪式的同时,顾乘坐汽车经过巴黎的街头。他在回忆录中这样写道:

汽车缓缓行驶在黎明的晨曦中,我觉得一切都是那样黯淡——那天色,那树影,那沉寂的街道。我想,这一天必将被视为一个悲惨的日子,留存于中国历史上。同时,我暗自想象着和会闭幕典礼的盛况,想象着当出席和会的代表们看到为中国全权代表留着的两把座椅上一直空荡无人时,将会怎样地惊异、激动。这对我、对代表团全体、对中国都是一个难忘的日子。中国的缺席必将使和会,使法国外交界,甚至使整个世界为之愕然,即使不是为之震动的话。

爱国主义电影《我的1919》为了突出顾维钧的正面形象,宣扬爱国激情,加入了爱国志士、北大教授肖克俭为国请命在凡尔赛广场自焚等桥段,并劈空杜撰了主人公在拒签后的一番慷慨陈辞。但陈道明沉稳、儒雅的风格和精湛的演技还是托住了整部戏,让年轻的外交家在半个多世纪宛若重生:

请允许我在正式发言之前,让大家看一样东西。

(掏出金表)

(牧野:我的,我的怀表……)

进入会场之前,牧野先生为了讨好我,争夺山东的特权,把这块金表送给了我。

(牧野:我抗议,这是盗窃,中国代表偷了我的怀表,这是公开的盗窃! 无耻! 极端的无耻!)

牧野男爵愤怒了,他真的愤怒了,姑且算是我偷了他的金表,那我倒想问问牧野男爵,你们日本,在全世界面前偷了整个山东省,山东省的三千六百万人们该不该愤怒,四万万中国人该不该愤怒! 我想请问日本的这个行为算不算是盗窃，是不是无耻啊，是不是极端的无耻！

山东是中国文化的摇篮，中国的圣者孔子和孟子就诞生在这片土地上，孔子，孔子犹如西方的耶稣，山东是中国的，无论从经济方面还是战略上，还有宗教文化，中国不能失去山东，就像西方不能失去耶路撒冷！

竭力争取而不得，乃以拒绝表达抗争的怒火。而这怒火焉知不会蔓延成一场真正意义上的变革的大火？顾维钧在晚年曾对记者谈及这次拒绝的意义：

至于巴黎和会，对我国运发生的影响，只是全凭各人主观之看法。当时在和会方面，我毅然拒绝签字，事前虽然各友邦代表团之敦劝，不为过甚，我仍以本国家立场，个人良心，始终不为所动。事后各友邦，均为我担心。因照他们之看法，我不签字，则和约上予我收回德国在华之租界，与德民财产及各国特权，我即不能收回。而对山东问题之将来，仍毫无把握。但自我观之，与其签字而设茧自缚，不如保留自由，设法谋补救之方。且山东问题经巴黎和会之一番辩论，全世界皆知其曲直所在。在我徐图补救之方，实属有利。同时我国内人民，对此问题，均抱一致看法：认为国际上对我太无公道，亦不得不追想到“天不侮人，人自侮之”的真言而激发，感到有团结自强之必要。此种感想，我国青年爱国分子，抱之更为深刻。五四运动，即其一端。①

巴黎和会悬而未决的山东问题，最终在1921年华盛顿会议上得到了解决。经过36轮谈判，日本无可奈何地一口口吐出了强占的山东权益，中日签署了《解决山东悬案条约》及附件。其中规定：日军撤出山东省，胶

---

① 袁道丰《顾维钧其人其事》，台湾商务印书馆1988年版。

州湾德国租借地和青岛海关的主权归还中国，胶济铁路由中国赎回。中方全权代表，仍是两年前参加巴黎和会的顾维钧、王正廷等。协议签订后，政府特派王正廷充任“接收胶澳督办公署”督办，与日方洽商、办理接收事宜。山东问题的解决，顾事后评价，“中国所获已超过百分之五十”，虽不圆满，亦诚可为民国外交史上一大胜利。

就在那次漫长的谈判中，他的第三任妻子黄蕙兰在代表团驻所分娩了。这是他们婚后的第一个孩子。但因为他在谈判桌前，赶来报喜信的人不敢进去打扰他。那人把他儿子出生的消息写在一张纸条上，从会议室的门缝底下塞了进去。这已经是两年后的事了。

然而，历史聚光灯打亮的永远只是舞台正中一处，那些暗角则时常被忽略。就这次巴黎和会中方派出的五人代表小组而言，首席代表临事退缩固然失分，诸公们为了席次排序而闹不愉快，以致“尽情倾轧”，也实在是徒惹人笑。精英尚且如此，况市井草根乎？据曾任代表团顾问的颜惠庆在自传中披露：

> 尚有一事，当时应加保留，今则不妨公开。此则代表团内重要代表的意见纷歧，自始即难望和衷共济。而首席代表缺乏整饬纪律能力，难使各代表谨遵命令。当时所面临的任务，何等艰巨。人人公忠体国，困心衡虑，通力合作，尚恐于事难济，何况党见深固，尽情倾轧，口舌争辩，虚耗光阴，无补实际。大敌当前，竟有人不惜运用阴谋，争取席次。此种行为，岂特令人齿冷，实为国事痛心。

颜氏英文自传脱稿于 1946 年，参加和会的当事人均健在，关于代表团各人的动态，他似不愿展开详述。

# 第四章
# 外交官的女人

## “王”的女儿

那一年黄蕙兰五岁，或者更大些，每到傍晚，她就站在府邸宽广的长廊上，等着看爸爸的马车飞驰过下面的山谷。据说爸爸在城里做着很大的生意。当进口的澳大利亚骏马拉着车跑过前门，一名马来仆人立即迎出去，捧着一只银盆，盆里放着一条花露水浸过的毛巾。女孩的爸爸穿着一条洁白的长裤和一件时髦西式白上衣，动作敏捷地跳下车来。他先用手巾擦擦脸和手，然后跳下马车，向女孩站着的长廊处走来。半个多世纪后出现在黄蕙兰记忆里的这些动作，显示着一个庞大的金钱帝国的男人才有的从容和淡定。

“我的父亲黄仲涵是东南亚最富有和最有权力的人。”她说。

这个年轻的父亲是一个偷渡客的儿子。他的父亲，也就是女孩的祖父，曾是一个太平军士兵，太平天国失败后侥幸逃脱，在厦门的一个港口坐上一艘平底船，那艘船开往赤道以南一个叫爪哇的岛屿。他在海上漂泊了几个月后，在一个叫三宝垅的海边城市上岸并定居下来，娶了一个当地少女为妻，学会了抽水烟、嚼槟榔叶包的烟草。据说他带来了太平天国的金子，但谁也没见过这些金子。他先在港口做苦力，也做过走街串巷的小货郎，然后货栈越开越大，到 1901 年黄蕙兰出生时，他已经挣下了将近 700 万美元的庞大资产。

也许是早年参加战争留下的心理创伤，这个发了财的老头变得特别惧怕死亡，渴望来生。给子女们的印象，他在世时好像一直在思考死亡的问题。光是建在市郊丘陵上的那个巨大的坟墓，就修修停停耗去了他二十五年时间。他还坚持多年的一件事是，每年除夕，他穿着完全中国式样的长袍马褂和长统靴，戴着带绒结的帽子，和他的爪哇老婆一起坐在红漆宝座上，接受子孙们的跪拜。这时候孙辈们总是能得到期待已久的礼物。

女孩和她的姐姐特别喜欢祖父送的从中国买来的绣花的绸衣服，还有色彩艳丽的百褶裙。她记得最深的一件事是，有一次，祖父把她抱到膝上，用马来语和她说话。他用筷子夹给她一口豆腐，她吐了出来，他又给她夹了一块猪肉，她吃了，老头摇摇头，对女孩的父亲说："她长大后，一定要嫁给一个能养得起她的丈夫，这样奢侈！"

老头子死之前已常常出现幻觉，分不清死人和活人。他会这样吩咐儿子："给你母亲打开门，你有没有听到门外她的木屐声？她要和我说话。"他的儿子按他的指示，在他的床边放一把椅子。老头会对着空椅子谈很久。谈累了，他就让儿子们再开门把他们的母亲送出去。儿子们试图用人参延长他的寿命。他严肃地说："没有用，你们母亲不耐烦了，我必须走了。"他最后留给儿子们的一句话是："我已准备好了，你们的母亲就在门外，让她进来吧。"

他的大儿子，也就是黄蕙兰的爸爸黄仲涵继承了父业，年纪轻轻就成了爪哇华侨首富。做儿子的以前很怕老子，老头一死，他第一时间就剪掉了父亲强要他留的长辫，并组织全家进行了一次欧洲旅行。

他投资经营糖业，成了全岛闻名的"糖王"，爪哇岛是荷兰殖民地，华人只能集中居住在中国城内，他竟然出高价雇佣一荷兰男爵做他的律师，并与荷兰总督、威廉女王驻爪哇的代表过从甚密，最后成为第一个在欧洲人居住区购置产业的中国人。他用花岗石建造了自己的别墅。他大把大把地赚钱，大手大脚花钱，平生所爱，也就吃、喝、结交黑社会和娶姨太太。据他的儿辈说他捐钱支持了辛亥革命，又支持了蔡锷在云南发起的讨袁战争，不知确否。

黄蕙兰在回忆她这位混世魔王般的父亲时说，"他一生都对女人和性有很大兴趣，他有十八个得到正式承认的姨太太，她们为他共生了四十二个孩子。”

这样的男人简直是一架性交机器！他皮肤黑黑的，喜欢穿白色衣服，深色的头发微带红色，就像一匹南方的种马，到处散发他的荷尔蒙。最荒唐的是他娶过一门三个女人，最先他娶的是一个姓江的寡妇，嫁过来时带着一个年约十岁的妹妹和三岁的女儿，到那个妹妹十五六岁，他娶了她，后来生下九个孩子，让那个江夫人做了管家婆之类的角色，后来，他又娶了江夫人带来的那个女儿，生下两个孩子。更喜剧性的事还在后头（那时糖王已去世多年），他最后一任姨太太的儿子在美国爱上了另一个姨太太的孙女儿。这两个年轻人虽不是一母所生，但男孩的父亲却是女孩的祖父。这样奇怪的一种关系到民政厅去登记，就是美国人也不能不吐血，最后这对年轻人跑到荷兰才把婚事给办了。

与他上过床的女人实在太多了，他都记不清有几位数了，有时不免会有一些女人带着面貌可疑的孩子，冒充是他的种，来诳他的钱。这时候，糖王就会蹲下身，仔细地察看带来的孩子的小拇指。他那个家族有小拇指弯曲的遗传，凡是小拇指不弯者，糖王就概不承认。

年轻时候，黄蕙兰经常会为父亲的杂交带来亲属关系混乱感到苦恼。她回忆自己婚后不久，有一次和丈夫一起从伦敦回北京，途中在槟城下船。忽然有两位姑娘拍她的肩膀，微笑着对她说：“我们是你妹妹哦。”她从没见过那两个姑娘，伸手一看，她们的小拇指果然是弯曲的。

奇怪的是，他最钟爱的女儿黄蕙兰的小拇指是不弯的，但糖王却认定，这女孩必是他自己亲生的。因为他坚信，他的大太太是绝对不会红杏出墙的。

黄蕙兰的母亲魏明娘，是爪哇中国城内第一号大美女，有着一双水灵灵的黑眼睛和细腻如白瓷的皮肤，十五岁就嫁给了糖王。她是糖王那十八个女人之外唯一明媒正娶的女人，是坐着红漆描金的轿子抬进他家门的，而那些女人却是像货品一样买来的。这决定了她们的地位和级别的天然不同。黄蕙兰记忆里的母亲，时常穿着绣花长袖红上衣和红缎裤子，再在外面罩上平金百褶裙，她的一头乌黑的长发总是在脑后梳着华丽的髻,插上镶有钻石和祖母绿的金簪子,看上去就像画中人一样美。

但她却是一个冰美人。她把性视作肮脏的事,认为那不过是坏女人引诱男人的伎俩。她没有为丈夫生下小拇指弯曲的儿子,生下了两个女儿——大女儿琮兰、小女儿蕙兰。而且在生下小女儿后与丈夫再也没有了性事。没有生下儿子的事实,使她不得不容忍丈夫到处寻花问柳,娶一个个姨太太。但她不允许她们住到家里来,以致城里到处都是糖王的行宫。当她带着一对女儿坐胶轮马车上街时,最恼怒的情形是看到丈夫和新娶的姨太太们坐在新买的黄铜车身的马车上,招摇过市。那时候她一口又细又白的牙齿都快要咬碎了,不消说,她恨死那个男人了。

有时候,丈夫会偷偷带宝贝小女儿去那些女人的住处,女人们给女孩做各种吃食,什么火腿汤面、白木耳汤、龙眼汤,回家途中父亲总是叮嘱女儿不可泄密,但有一次还是露了马脚,小女孩问她妈妈,为什么家里从来没有吃过火腿汤面和龙眼汤这么好吃的东西,她妈妈的眼里突然冒出了怒火,她指责丈夫,竟然下流到把她的孩子带给他那些下流女人看。

在黄蕙兰五六岁时的记忆中,她刚过三十岁的母亲有时穿着淡蓝色高领的绸衣服,带有精致花边的披肩,有时是一袭薄腊染纱笼,上面是紧身软纱短上衣,不管什么样的装束,这个孤独的女人总是戴着手镯,颈上围着钻石,发钗上也镶着红绿宝石。这个失去了性爱滋润的年轻女子对珠宝有了一种依赖,似乎不戴珠宝就没有安全感。

他钟爱正妻所出的这两个女孩,经常会过来和她们一起吃饭。他们家的厨房备有中欧两式,欧式厨房的总管曾经是荷兰总督的大厨。一家子人围在一起吃饭时,管家和六名穿着腊染纱笼、头上缠着三角形头巾的赤脚仆人站在一边侍候。这个饕餮者有着惊人的好胃口,是个标准的肉食者,最爱带血的澳洲生牛排和蜷曲在酱油姜汁里的小墨鱼,他大口咀嚼着,脸上的咬肌若隐或现,但在喂给小女儿吃时,他会细心地剥去上面的皮和刺。他平时不怎么管女儿,但有一年黄蕙兰生日时,他送给她项链上的钻石竟然重达80克拉,还给她请了一位英国马术教练,给她买了两匹赛马和一辆轻便马车。

女孩的姐姐琮兰结婚后,和丈夫简崇涵一起住到了伦敦,自那以后,他们一家经常往返欧洲。每一次去都是佣人、秘书、翻译一大帮人，再加成百件打包的行李，几乎要一个车队来装。那样子总归是有些乡气的，就像一个庞大的马戏团。当然更多时候是女孩和她母亲一道。她母亲那时候已经是个虔诚的佛教徒了，她与糖王的夫妻感情已经很淡漠了。她一直在暗中计划离开这个男人，当然不是离婚。1918 年初，终于女人狠下心来作出了决定，带着黄蕙兰离开爪哇远走伦敦，把这个花心男人永远丢给了他的姨太太们。几年后糖王猝死，她也不肯回来见最后一面。黄蕙兰在晚年回忆她父母之间的关系，说他们生肖相克，一个属虎，一个属龙，龙虎相斗几乎是命中注定。

可以想象这个十八岁的东方少女在伦敦社交场会受到何等追捧。她剪掉拖到足踝的长发，狂热地迷上了交际舞。那时的她，浑身珠光宝气，穿着出自名设计师之手的衣服，外披雪貂或紫貂长大衣。她奔走在伦敦、巴黎、华盛顿和纽约之间，能说法、英、荷等 6 种语言，深谙欧洲社交的习俗，年轻风流的伯爵们如狂蜂乱蝶追随左右。从她父亲那里源源而来的金钱就像舞会上的香槟酒一样绵绵不绝。“如果你能想象一位中国摩登女郎的模样，那就是我！”她这样说。

为了跑到更远的地方去跳舞，她买了一辆双重戴姆勒汽车，所幸 1918 年的伦敦交通还不拥挤，她很快就能歪歪斜斜地开着独自上路了。她经常开着车去 100 英里外参加周末舞会，通宵舞会后，再在晨曦中开车回家。她玩得太嗨，几乎来不及想恋爱的事，一些年轻人为讨她欢心，送她大盒的花、胸针、粉盒、鼻烟壶等玩意儿，她收下来，丝毫不理会这些礼物可能很不菲的价值。她有时会半真半假地对妈妈说，将来要和一个公爵结婚，这样就可以在信纸上公爵冠冕，并且戴上公爵夫人的宝冠。她妈妈对她总是放任的，可是别看她表面上的确够疯，实际上还是一个处女。她不喜欢肉体的亲热行为，而且她爸爸早就让她知道，男人开始一段婚姻，要的都是处女。

能说她情窦晚开吗？还是像她母亲明娘一样天然排斥性爱？不是的，她七岁那年有过一段初恋了。那是她和父母第一次乘轮船去欧洲途中，她狂热地爱上了同船的一个德国青年军官。那军官打扮十分漂亮，穿着白裤子和锃亮的马靴,戴着单眼镜,正符合一个小女孩对男性世界的想象。她常常在甲板上偷窥他,却从不敢让他看到自己。到这趟旅行结束,她都没有和这位帅气的军官说上一句话,但这场伟大的爱情在她幼小的心里保存了七年之久。

在她十五岁那年去新加坡旅行时,她再度陷入了爱情粉红色的迷雾。她狂热地爱上了赛马时结识的一个十九岁的男孩,一个姓邝的广东银行家的儿子,发誓非他不嫁。当妈妈暗示她还太小时,处于青春逆反期的女孩马上反唇相讥,你嫁给爸爸不也才十五岁么。蕙兰父亲雇佣的密探像影子一般追随着她。当父亲调查到小邝已婚并有了孩子时,立即警告女儿中止这种草率行为。一向如同仇寇的父母这回联手行动,关闭了她在外自租的房子,把她的马车和马运回爪哇,并给她预订了返程船票。邝公子的信函也被截获。女孩伤心了许久,随着一战的炮声响起,这段感情才戛然而止。

## 巴黎爱情故事

1919年春天,黄蕙兰陪同母亲去威尼斯旅行。她们白天坐着贡多拉游艇游览这座著名的水城,晚上出席上流社会的各种宴请和舞会。不消说,她又落入了当地年轻人疯狂的追逐中。她一边客气地拒绝,一边又沾沾自喜地享受着男友们的追逐,欲拒还迎。消磨了一段无聊的日子,一天,母亲突然跟她说要去巴黎了。黄蕙兰表示反对,说意大利还有好多地方没玩呢。她母亲只得说出了这么急着赶去巴黎的原因:巴黎有位先生在等她。

她好奇地问母亲,那是个什么样的男人?

母亲说,是你姐姐写信来催的,不知那先生姓甚名谁,只知道是中国政府派往巴黎参加一战后和谈的代表团成员，是一个年轻的鳏夫。

她姐姐的信中是这样说的："马上来！因为代表团很快就要走了。整个晚上，他不停地去看蕙兰的照片，我深信他爱上她了。如果他能娶她，那是多么好的机会啊！"

那个在巴黎急于与黄蕙兰见面的男人正是顾维钧，由驻美大使任上赴巴黎和会的中国政府五个全权代表之一。目下 32 岁，单身，他的妻子唐宝玥，上一年十月因流感新亡。

很快弄明白了事情原委。五人代表团在巴黎的几个月间，整天忙于会议和谈判，陪同他们前往的妻子们不会法语，深感寂寞，琮兰那时带着刚生下不久的女儿住在巴黎布尔多奈大街，就自告奋勇陪着夫人们观光购物。六月下旬，冗长的和会即将结束，代表团也准备启程回国，琮兰和丈夫简崇涵邀请代表团到家中做客。家宴间隙，顾维钧见主人家钢琴上有一帧黄蕙兰的照片，一见之下，颇觉惊艳，直露了愿意结交的想法。故此有了琮兰给母亲写信这一节。

二十岁的黄蕙兰对一个鳏夫怎会有兴趣，但碍于母亲和姐姐如此热心从中作伐，自己又对刚刚召开的巴黎和会有点好奇，就收拾行装，同意去跟这个男人见一面。

这是一场开端异常乏味的见面。地点是在黄蕙兰姐姐在巴黎的家中。出席的除了魏明娘和琮兰夫妇，还有陪着顾维钧来的代表团的一位官员。

黄蕙兰对这个第一次见面的男人，并无什么颖异的印象，只是觉得他 32 岁的年纪能当上驻美的中国公使，实在是够年轻。不过与追求自己的英国人和在威尼斯遇见的那些爱献殷勤的意大利小伙子比起来，他也没什么夺目之处。她记得他理着老式平头，衣着随便（后来才知道是在美国买的现成服装），跟追她的男朋友们常穿的那种面料和式样都十分考究的英式服饰相去甚远。女孩不懂政治为何物，对一战、和会、国际联盟统统一无所知，她只知道面前的这个男人不会跳舞，不会骑马，甚至连汽车也不会开，如此无趣的一个人，不免让她失望。

但她马上感受到了这个男人非等闲之辈，因为她开始觉着了被关爱。

一个细微的动作,甚至只消一个眼神,都让她觉得自己是晚宴的主角。这是一个男人的教养,也说明他心里有她。宴会进行一半,黄蕙兰便有点陶醉了。他们适时地溜号到他住处附近一条名为钟情路的马路上散步。当言及次日到枫丹白露去郊游时,这个男人马上用比英语还流利的法语对她说:“明天我来接你,坐我的车去。”

黄蕙兰的妈妈有一辆罗尔斯-罗伊斯牌轿车,她自己也有一辆小号的戴姆勒车,但次日早晨顾维钧来接她的是一辆由法国政府供给的享受外交特权牌照的车,并配有专职司机,这让女孩的虚荣心得到了极大的满足。再加上她听说就在他们见面前不久,他代表他的国家拒签凡赛和约时发表了一场措辞强硬的演说,她开始对这个男人高看一眼,觉得他是个要人。还有一次,他陪她去看歌剧,享用的是国事包厢。这让她寻思,她那个在爪哇的爸爸即使花再多的钱,也买不到这样的包厢和席位,这不免让她飘飘欲飞。

包扎漂亮的糖果礼盒和鲜花,不时从这个男人那儿飞来。有时他亲自送来,有时差人送来。最多的一天里,他会分几次登门造访,天晓得这个年轻的外交家哪里会有那么多闲暇的时间。有一次她在美容院修指甲,他竟然追到美容院门口来等她。随着和谈接近尾声,他也快要回美国去了,他的不露声色之下,却已经让人看出了他的焦急:他想马上娶她,越快越好。

年轻的外交家最后发动的爱情攻势,是许诺带她进入一个全新的生活世界,那个世界里有白金汉宫、爱丽舍宫和白宫。没有一个女孩奢望过会被邀请去那些金光闪闪的地方,即使她是一个公主。

“我到那些地方进行国事活动,我的妻子是和我一起受到邀请的。”

“可是你的妻子已经去世了。”

“是啊,而我有两个孩子需要一位母亲。”

黄蕙兰凝视着他:“你的意思是说你想娶我?”

顾维钧严肃地答道:“是的,我希望如此,我盼望你也愿意。”

让黄蕙兰在以后的日子里感到迷惑的是,他没有说爱她,一句也没有。而她被那些金光闪闪的皇宫和地名搞晕了,也没有一句问他爱不爱自己。她好像中了迷魂术似的，什么都不问个清楚就稀里胡涂答应了他。这让她在以后的几天里一直对自己生着闷气。倒是她母亲坚定地认为，顾维钧是一个再理想不过的女婿，而且与她女儿生肖也相合。这个与丈夫拧了大半辈子的女人，一直相信生肖八字真的会决定一个女人的婚后是不是幸福。还有她姐姐也来劝："蕙兰，你一定要嫁给顾维钧，别像我这样，找一个凡庸之辈做丈夫。"好像他们都认定了这个人是人中之龙。

唯一提出反对的是远在新加坡的孤独的父亲。他接到妻子发去的电报告知这门婚事，回电给女儿："你无须结婚，回来和我同住。"老头子总是这样，随着女儿们长大，他总是想牢牢地看管住她们不让那些可能出现的骗子得手。从前琮兰还没结婚时，他们一家去欧洲旅行，那时候未满十八岁的琮兰已经是一个引起冒险家们注意的美人儿了，每到一处总少不了情书、花束在等着她，每次就寝前，他总要察看女儿的床下或衣橱，察看有没有过于热情的追求者藏身里面。气得他妻子一个劲地要推他出去，说那都是你的下流想法。

母亲警告女儿，你如果回去，老头子那些恶毒的姨太太们就会把你毒死。用不着她这么吓唬，女儿也是不会答应父亲的无理要求的。当老头子收到女儿表示拒绝的电报，再次出动侦探，决心查明那个要把他的宝贝女儿带走的男人的一切。

侦探们从西方跑到东方，花去不少钱后终于查到了一个问题：这个姓顾的男子曾在上海和一个女子结婚又离婚了，而他刚刚死去的女人是他的第二个妻子，前国务总理唐绍仪先生的千金。老头子再次打来电报，责问他名义上的妻子：你在干傻事！如果把女儿嫁给顾维钧，她永远不能成为他的正室，因为他在中国已经有一房活着的妻子，你怎能如此对待蕙兰?!

但已经没有什么力量能阻止这个热心的准丈母娘兴兴头头地置办女儿的嫁妆，即使她丈夫威胁不来参加小女儿的婚礼，她也顾不得那么多了。她为女儿订购来一盒盒的亚麻布枕头罩，每一副都钉上玫瑰花形的金扣绊，每朵花的正中心都镶一粒钻石。她订购了六六三十六套银制餐桌器皿，全是沿口镶金的。水晶玻璃的香槟转酒瓶上装着金盖子，刀叉餐具也是金的。她托人从中国内地订做了金制的座位名片架，錾雕着中文的"顾"字，一面花纹是龙，代表男人，一面花纹是凤，代表她的宝贝女儿。新郎的大礼服早就量下尺寸让英国裁缝去定做了。最后，她还为小夫妻俩特订了一辆罗尔斯－罗伊斯牌轿车，因为她觉得公使夫人坐这样的车才合身份。反正这些账单都会送到她丈夫那儿去，她尽可以大手大脚去花。

按照最初的计划，婚礼将在布鲁塞尔中国使馆举行。婚前几天，顾维钧因忙于使馆事务没有出现，这让黄蕙兰深感委屈，觉得自己好像是闭着眼和一个男人结婚。"我并非真正了解他，他也不了解我。"她说。

婚礼如期在1920年10月2日举行，许多外交使节都来助兴，可说十分隆重。婚礼结束，他们来到新房，那是旅馆的一间大套房。黄蕙兰挑选了一件漂亮的晚装走进套房起居室，希望得到新郎的称赞。可是顾大使连头都没抬一下。他正在口述一份备忘录，四个秘书围着他在做记录。他新婚的妻子搬了一把椅子气鼓鼓地坐下，等到秘书们出去，他才看到新娘都委屈得要掉下泪了。

黄蕙兰这才知道，他们要连夜坐火车去日内瓦。国联有个大会第二天要在那儿召开，而她新婚的夫婿是中国代表团团长。或许他告诉过她这样的安排，是她忘记了，或许是他太忙了，都顾不上告诉她，一想到新婚之夜竟然要在火车上度过，这天的婚宴她也索然无味起来，都没吃多少。

妈妈和随身的马来女仆陪他们一起去了日内瓦。还有携带打字机、公文箱和大堆行李的使馆工作人员。他们夫妻俩乘的是一节用蓝色和金色装饰的专用卧车。她对新婚之夜的唯一记忆就是两人都非常疲倦，没说几句话就睡着了。她一直睡到第二天早上，醒来时火车已开到日内瓦近郊。她的丈夫已经穿戴整齐吃好早餐。他催她快一点收拾打扮，因为此时代表团的人都已经齐集在车站等候他们了。她赶紧穿好衣服，躲在不知谁递给她的一大捧玫瑰花后面下了车。

他们住在靠近日内瓦湖的一家旅馆里。秘书们簇拥着新婚夫婿出去开会了，只留下她的妈妈在这家旅馆里。"我们一起吃午饭，一起逛街买东西，就像根本没有结婚一样。"

妈妈和女儿一样不懂政治，但同样热爱大场面。每当她注视着她的新女婿气宇轩昂走在代表们中间，或乘坐插着中国国旗的轿车在日内瓦大街上驰过，她脸上的神情是如此兴奋而满足。在一些特殊场合为代表们的夫人备有专车时，蕙兰说，妈妈总是坐在她旁边，向大街上的人群点头弯腰致意，——“那神情活像一个王后”。

## 没有不散的筵席

他正式名片和请帖上的名字是顾维钧，英文名里最接近的是惠灵顿(Willington)，他和他年轻貌美的夫人在正式场合通常被这样介绍：维钧·惠灵顿·顾。

作为年轻的驻英大使的夫人(此时顾维钧已与原驻英大使施肇基对调，驻节伦敦)，她神话般光彩耀眼的生活展开了。她真的走进了这个男人曾许诺要带她进入的白金汉宫，她作为大使夫人陪同丈夫向英王乔治五世呈递国书。

顾在皇宫的一个房间谒见英王，她则是在另一个房间分别后向爱丽斯王妃和玛丽王后请安。王妃教给她如何请安的礼仪，并建议她买一副白羊羔手套。与玛丽王后的对话明显拘束了许多。王妃曾警告过她，王后问你，你再答话。这让她微感紧张。不过后来她丈夫和英王结束会见过来一起用茶了，谈话气氛就自如多了，他们还谈到了一些艺术品收藏方面的话题。她倒退着离开房间时还向王后行了三次刚学的请安礼。

走出皇宫，丈夫夸奖地说：“我们是配合得多好的一对儿呀!”

很多年后回忆起当时无心的一句话，她想的是，即使他们的婚姻在粉饰的外表下开始走向破裂时，他们还维持着配合了好多年。

最初的裂缝是不经意间的，只是事后看去，不安和危险早就潜伏在了那里。一次晚宴后，她在镜前卸妆，他盯着她。那不是一个丈夫对新婚妻子欣赏的目光，他好像在想着别的什么。当她摘下钻石耳环不经意地扔在梳妆台上，他起身走过去，他不是去拥抱她，而是拿起那对耳环。

他看着耳环而不是看着她，说："我曾送给你我仅有的力所能及的首饰，以我现在的地位，你戴的珠宝首饰一看就不是我送得起的，我希望你除了戴我送你的，别的什么都不要戴。"

她目瞪口呆。丈夫要她只戴他送得起的首饰，这种说法刺痛了她。她愣愣的，一时不知如何回话。

他还在说，希望她把妈妈订购的那辆豪车也退回去，因为以他目前的经济能力，他买不起一辆罗尔斯－罗伊司轿车。他的前任施肇基公使就要离开伦敦去美国，他准备买下前任的那辆英国汽车，价格不贵，以他的收入足以购置。施公使还答应附送一套司机制服。

她瞪着他："一辆旧车？还有一套旧司机制服？你别指望我去坐那辆破车。"

他依然不生气，说，"那你去坐那辆罗伊司吧，我要买下施公使的车来代步。"

她叫了起来："我和你结婚以前从来不懂政治，可是我并不傻。为什么我们不能坐爸爸花得起钱买给我们的好车？为什么别国的外交官可以在盛大集会中尽情装扮自己而我却要把我的珍宝弃置一边？"

她的丈夫不再说话。或许他像托尔斯泰小说中的男主角一样，正在逐步承认他娶了一个有个性的女人的事实。

还有一次小冲突，发生在他们刚到日内瓦不久，是由一次午宴时的礼仪而引发。顾让她把餐桌装饰一下。她很高兴丈夫终于有事情让自己去做。她特意穿上一袭紫色的长裙，还在餐桌中间放上一大束紫罗兰。当她看桌牌的时候，发现安排在自己身边的是两个不喜欢的客人，于是自作主张把他们调开了。当她安排好这一切准备换妆时，丈夫敲门了，接下来给她上了一堂外交礼仪课："蕙兰，这不是你的私人宴会，你是为中国国家款待客人，要按照他们的品级安排座次，这才符合礼仪，不致让我和客人都有失体面。"

但有时候他也默认了妻子大手大脚花钱。位于波特兰广场上的那家中国公使馆实在够寒酸,这幢曾经囚禁过民国临时大总统孙文的老房子都破败得成个文物了,做妻子的提出进行一次装修,购置一些英式老家具。他没有反对,只是提醒妻子,所有为使馆所做的一切都要归于国家,因为他供职的中国政府是不能偿还所花的费用的,以后离开时,为使馆买的新家具也不能带走。

她天真地说:"这没关系。我爸爸不会在意的,他永远不会缺这几千镑的。"

做丈夫的后来也承认,这一切花的都是她自己的钱。"她很帮忙,昔在巴黎时,帝俄时代的王公伯爵都逃亡法京,他们虽失政权,但在法国的高级社会里拥有势力。她最喜欢与他们结交,并以此自傲。在使馆里三日一大宴,四日一小宴招待他们。"

她爱跳舞,爱开高速车,在牌桌前坐一整夜下大赌注。她陪他出席各种宴会,不无虚荣地享受着远东最美珍珠的恭维。她最受不了的,是回到家后丈夫对自己的漠视。他的目光好像从来没有落到过她曼妙的身段上。他的时间被大大小小各种会填满了,一到家,又马上进入工作室,向秘书们口授演讲稿或起草向北京汇报的电稿。赴宴前她花了半天时间精心打扮好,满心想得到他的一句赞美,可他只是心不在焉地看她一眼而已。

一次外交活动后,一个素以花言巧语著称的法国佬钻到他们的车子里,坐在她与顾维钧的中间,伸手摸她膝盖,一面小声说着亲昵的话。她又怕又窘,用法语说,你住口,请不要这样,一边把求助的眼光投向坐在另一边的丈夫。可顾维钧只在考虑他自己的事,竟全然不知车厢里发生了什么。那一刻失望的潮水把她淹没了。

她从来没有否认过丈夫的才华,他在人群中的亲和力,还有对国家的忠诚。但她是一个女人呀,女人最受不了身边人的漠视。半个多世纪后,她已经是一位老祖母了,还会跟来访者这样谈到曾经是她丈夫的那个男人:"维钧很有才华,但他缺少温柔和亲切的天赋。他对我不是很亲热,而是常常心不在焉,有时令人讨厌。他最关心的是中国,为国家效命。他关心的是事件,不是个人。他是一位可敬的人,中国很需要的人,但不是我所要的丈夫。

“他娶妻子把她当作家庭中的一件装饰品，就像托尔斯泰一篇小说中的那位丈夫一样，把妻子当作家中的一把安乐椅。当这把椅子有了自己的思想和见解时，这位托尔斯泰笔下的主角就会感到厌烦和气愤了。”

1922 年秋天，她带着两岁的儿子跟随丈夫第一次踏上去中国之路。顾维钧在华盛顿会议后接到了出任外交总长的任命。虽说遥远的中国对她来说是一个谜，但她有一种直觉，她的丈夫必将在其中担当一个重要角色。这是一次漫长的航行，他们乘坐的凯尔伯号在新加坡有过一次短暂的停留。她的父亲接到电报一大早就穿着白色服装在码头迎接他的宝贝女儿。

她第一眼的感觉是父亲老了。曾经不可一世的糖王，因荷兰政府的重税，生意已大幅缩水，姨太太们的盘剥也使他的气色看上去有点憔悴。父亲这一生自己的孩子都多得数不过来，对她儿子没有表露出更多的兴趣，倒是对她带上船解闷的一对哈巴狗更感兴趣。终于她生命中的两个重要男人碰面了，他们一个给了她金钱，一个给了她令人羡慕的地位，但看起来他们谁也不喜欢谁。父女俩单独在一起的时候，她提醒父亲不要把女色和事业混在一起。父亲羞涩地告诉她，这很难，每天晚上他躺在床上抽烟的时候，那些女人就脱了衣裳上他身边来了。尽管父亲的钱现在都让他宠信的一个姨太太管起来了，送她上船的时候还是悄悄往她手提包里塞了一包零花钱，船开了后，她数了数，有五万美元之多。

在上海，她见到了婆婆，一个和蔼、古板的老太太。见到了大姑和两位妯娌。她被客气地称作“三太太”。她的法式连衣裙、烫得弯弯的发卷、踢得死狗的高跟鞋，引发了她们叽叽喳喳的议论。而她的丈夫，这时候已完全放松地坐上了麻将桌。到了晚上，临就寝了，她发现租下的这套房子没有自来水，没有卫生间，连床也是老式硬板的，一听到顾去北京期间，这里将是她临时的家，她不答应了。

“我很抱歉，我没法在这种条件下生活，我连一个晚上也不想住，我要带孩子出去找一家旅馆住。”

丈夫顾自躺下不理她了。他认为妻子是无理取闹，让他在老家人面前很没有面子。她带着儿子、保姆和女管家搬了出去，到老华懋饭店租了一个贵宾套房住下。她用不着伸手向丈夫要钱，父亲给她的五万美元足够付得起这笔房费。

大概七八个星期后，丈夫已在北京政府站稳脚跟，并找好了房子，派一位秘书来接她了。在上海的这些日子她是闷坏了，她嫌这里的建筑乡气，俚俗，但一到北京，进入城郭围绕着的景色壮丽的国都，看着雕饰华美的城门和高高耸立的箭楼，她完全被迷住了。相比之下，她住过的这些城市里，她觉得威尼斯是浪漫的，纽约是令人惊奇的，上海是丑陋的，而北京和巴黎则是无与伦比的。

她丈夫在北京找的是一座老宅，据说是吴三桂为他宠爱的女人陈圆圆所建的府邸，民初时是一位官员的私产，后来这位前政府高官失势下台，为了不被没收充公，把房子租借给了顾维钧。她一看到优雅的厅堂院落，长长的回廊，花园里的池塘花树、山石飞泉，喜欢得不得了。她对自己说，我的梦想实现了。

她想把这座府邸买下来，原主人出价十万元。远在新加坡的父亲帮她付清了这笔款项，她在房契上只写了丈夫的名字。她按着自己的设想进行了翻修改造，大小客厅、书房、装有冷热水的浴室，还有一个大跳舞厅，搬进了新买的精致家具，还新装了一套暖气系统，花去的钱比买房子的钱还要多。卢沟桥事变后日本人占领北平，把一个指挥部设在她家，在漂亮的庭园里养马喂驴，搞得污浊不堪，让她一想起来就心头恨恨，这已经是后话了。

这座房子让她在北京的生活很是适意。她开始喜欢精美的丝绸面料，穿着飘逸的绸夹衫和老式绣花的裙子从一个房间走到另一个房间。她在家里组织一场场盛大的舞会，应邀而来的都是各国政要和京城名媛，男宾们打着白领结，佩戴着勋章，女宾们戴着贵重的首饰。她开着从英国运来的外号水晶宫的罗尔斯－罗伊斯轿车，跑出去通宵达旦打牌。常常她回家时，疲惫不堪的丈夫早就鼾声连连了。这个女人真是被宠坏了，她是如此任性，不论她去哪里，四射的光芒总是让人不敢仰视，更不必说去阻拦她了。“我本身就是法律”，她说。她最夸耀的一件事是，曾短暂出任总统一职的曹锟被软禁在家的时候,她泰然自若地走进曹府,帮助她的夫人——她的一个牌友——偷偷运出首饰和私房钱。

她说她认识绰号满洲虎的张作霖。那是一个上唇留着浓密胡子的矮胖男人,喜欢吓唬女人,做派像旧日的皇帝一样。还在一次宴会上认识了总是穿着皱巴巴军服的冯玉祥。一个从黑龙江来的军阀打听到她喜欢赛马,送了八十匹矮种的军马来讨好她。还有那个来自山东的恶名昭彰的军阀张宗昌,在她面前竟然如同一只温顺的狮子,每次请她去做客,总要让厨房烹制鱼翅、燕窝,还要摆出一套价值数万美元的比利时造的水晶玻璃餐具,来显示他不俗的品位。后来张宗昌在火车站被刺杀,她还暗自伤心了一阵。

有时她也陪着张学良的年轻夫人乘坐大型福特飞机去上海购物,顺便在上海的夜总会寻欢作乐。上海的时髦女人们总是把她和少帅夫人当成是火星下凡的仙女,处处模仿她们的衣着打扮。在上海她们遇见过富可敌国的大亨维克多·沙逊爵士,此人身体已经垮了,却还假装拥翠偎红。还遇见过《纽约时报》的著名记者亨利·卢斯,她邀请他去北京的宅邸游玩。说来惊奇的是,她在上海最好的朋友居然是前总理唐绍仪的几个女儿,她丈夫前妻的几个妹妹。她对她们的印象很好,认为她们很有教养,聪颖活泼,虽然喜欢社交,但眼界很高,颇有所选择。

但她与丈夫之间越来越隔膜了,有时情形竟如陌人。顾对打牌、舞会这些东西统统不感兴趣,更不会主动问她去哪儿了。她也懒得说起。有时候他们两人都在上海,却我行我素,他和他家人住在老宅,她和女友们住在外面。有一次她听说他生病住院了,跑到医院去看他,他似乎很感激的样子,但过了两天再去医院看他,他住过的那间病房已经空了,他连通知她一声都嫌麻烦就顾自出院了。她不知道丈夫是不是还在跟别的女人悄悄来往。有时她从外地回来,似乎在起居室里发现了别的女人来过的蛛丝马迹,发丝啦,首饰啦,用过的化妆品啦,她也懒得去深究。有年长的妇女暗示说,这样抛下丈夫一出门就是数月实在不够聪明,她听过了照样我行我素。

夫妻情分寡淡如此,她只有把满怀付不出去的爱施放到小动物身上,在北京的几年，她最得意的事业是繁殖品种名贵的哈巴狗，多时达五十只，并专门雇佣两名仆人照料。她侍候它们真要比对自己的孩子还要好。她最宠爱的一只小狗，每次睡觉都要伴着一块石头，有一次那块石头不见了，小狗一夜不眠。她打发家中六位仆人屋里屋外找那块石头，遍寻不见。几天后，那块石头在地毯上莫名其妙地出现了，她以为是"精灵"再现。那只小狗死后，她把那块石头做了陪葬。

她这么高调、奢侈的生活，有段时间遭到了报纸的谴责。当这个女人知道用这么多钱养狗，可以养活三个村的老百姓时，她真的害怕了，陷入了深深的自责。她卖掉了所有宠物狗，只留了三只，用卖狗的费用在家附近办起一间施粥厂。她对小动物的热爱持续了终生，一直到晚年，她住在纽约，有一次歹徒入室抢走她五万美金的首饰，在歹徒捆绑封她的嘴时，她挣扎着哀求说："请别伤害我的狗！"

但在丈夫最危险的时候，她还是尽到了一个妻子的责任。1928年，蒋介石领导的国民革命军打到北京，暂摄内阁总理的顾维钧遭国民政府通缉，她搞来一套蓝布的农民服装和布鞋，掩护丈夫坐三等舱去了威海卫，再转船至加拿大，她自己带着孩子转道巴黎再与他会合。那一次，这个天不怕地不怕的女人真正感到了害怕。

他们一起走过了战争。战争一触即发之际，他们的婚姻已摇摇欲坠。战争反而挽救了婚姻，至少使之又延长了许多年。

德军占领巴黎的时候，身为大使的顾维钧跟随贝当元帅去了维希。她一个人住在巴黎，读小说，听法语广播。战时的分离使他们格外想念对方。她常常买了罐头，从巴黎坐火车或开那辆小型双排座别克车去给丈夫送吃的，因为维希的物质非常匮乏，那儿连茶叶、咖啡和肥皂都成了紧缺商品。她开车去的时候，别克车的后座上要放置足够往返的汽油，因此总是孤身上路。一年后，她丈夫调任驻英大使，他们到伦敦时，正逢德军对伦敦实施轰炸，每次袭击过后，整条街道都是飞扬的羽毛，都是从床垫子和鸭绒被里掉出来散落的。这个连鞋带都系不好的女人，申请加入了救护队，每天都去给医疗器械消毒，而她的丈夫正频繁地飞行于伦敦与重庆之间……

他们的缘分在1956年走到了尽头。自新婚之夜起，她就觉得这个男人不只是属于她的，当在离婚证书上签下自己名字时，她长舒了一口气。以往的日子里，她穿梭于一场场舞会、开派对、豪赌、长途旅行、开快车、养小动物、在酒会上大笑调情，原来都是为了掩饰不能完全拥有他内心里的空洞。

那一天起她用不着刻意伪装了。她想起很多年前一个叫郑天锡的朋友对她说的话："有一位很有学问的英国人曾经问过我，世界上最冷酷的一句话是什么，我想了一下，告诉他，天下没有不散的筵席。"回想起和这个男人共同生活的三十余年，她想这句话是够冷酷的。

当她晚年在纽约的寓所里回忆自己绚烂之后归于沉寂的一生，她一下想到了这个题目：《没有不散的筵席》。那时候，她曾经生活过的那个神话般光彩夺目的世界已经消失了。爸爸早几年去世了，他一手打造的庞大的财富帝国随之瓦解。她母亲留给她的那所在巴黎的房子先是被德国占据，又来又被法国人接管了。她在北京的豪华府邸和在上海投资的九栋房产被新中国接管了。她生活舞台上的大多数主要角色都已逝去，除了父亲母亲，还包括姐姐和她最喜爱的两个异母兄弟。还有当大使夫人时结交的一些亲密女友，好多也死了。还有父亲的姨太太们。这些女人总是在和她争夺父亲的爱，对她百般妒忌，以致她总以为是她们中的一个毒死了爸爸。

而她还活着。她觉得，每一天都是恩赐，太珍贵了，不能浪费在争吵和仇恨上。中国方面曾邀请她回去住。她不感兴趣。她倒是很想有一天能够回北京去看看那栋她和丈夫共同生活了许多年的旧居，但她不喜欢他们穿的单调的棉布衣服。不用化妆品和香水，没有酒会和盛馔，不让她享受女人喜爱的这些东西，她觉得回去就是折磨。

她老了。看书读信要戴老花眼。患了关节滑囊炎，曾经柔软的身段不再利索。东西放错地方就再也找不到。但夜深人静时，回想在巴黎与这个男人初见时的情形、他们在布鲁塞尔的婚礼的场景，却在记忆中越来越鲜亮。那时她多年轻啊，十九岁，正是天天晚上抱着蓓蕾睡的年龄，戴着钻石花冠，轻盈得像一只鸟儿。那时的他也多么英挺，穿着西式常服或者外交官的礼服，腰挂佩剑，胸前挂着勋章，把她的手轻轻放在臂弯上……她和这个曾经是丈夫的男人的最后一面，是在姐姐琮兰的葬礼上。他看上去身体还不错，但老了很多。她知道那时候他已经有新的女人了。她很感谢他顾及自己的体面，没有带那个女人来。

她还是对这个男人充满了感恩，感激她带给自己地位，带给她一个女人梦寐以求的幻境般的人生体验。尽管夫妻生活到了后半场，他的一些举动，尤其是与其他女性的交往，曾经使她蒙羞，甚至愤怒，但现在一切都过去了。过去了，她心里头唯有他的好。她对来访者，对儿辈们，提到曾是自己丈夫的这个男人的语气是平和的，有怨气，而无恶语。她赞赏他的教养，说他温文尔雅又无比耐心，对自己的国家充满着自我牺牲精神。她说自己这一生都是顾维钧夫人，是他的孩子的母亲。而对那个半途杀出夺走她丈夫的那个女人，她连名字都没有提起。

## "爱的花"

黄蕙兰至死都不愿提及的那个女人叫严幼韵，复旦大学商科毕业，上海时尚新女性，南京路上著名绸缎庄"老九章"之后人。二十多年前，她们曾经是朋友。

咸丰初年，一个表字筱舫的年轻人从慈溪费市乡下来到宁波城，在鼓楼前恒兴钱铺当学徒。他的父亲是一个功力深厚的乡村诗人兼画家，尤善一手芦雁画。小严来到府城，做学徒之余，也常吟几句诗，画几笔画。不久，他供职的钱庄倒闭，杭州信源银楼来宁波催款，办事的看他机灵，就把他带到了杭州。这家银楼的真正老板，乃是鼎鼎大名的红顶商人胡雪岩，他相中了这个后生厚道又勤快，委他出任银楼文书。小严受此知遇之恩，尽展家传本事，画了一幅芦雁扇诗赠与胡雪岩，且在上面题写了一首抒发志向的七言诗歌。一个学徒出身的年轻人竟有如此本领，胡雪岩又惊又喜，对之着意栽培，几年后一纸荐书把他推到了李鸿章跟前。

此人即严幼韵的祖父，日后东南沿海最富有的大商人之一严信厚。

关于严信厚刚入李鸿章幕下时的行迹，《上海县志》有载："严信厚……由贡生入李鸿章幕，随苏军攻复湖州，鸿章督师'剿捻'委驻沪襄办，转运饷械。晋豫荐饥，又檄令往来津沪筹办赈抚。"

严氏家族的发迹，与帝国晚期的一宗特殊商品——盐——大有干系。按照历史学家马克？科尔兰斯基的说法，盐业经销在中国一向是政府垄断的，但中国幅员辽阔，政府无法控制所有的生产、交易和运输环节，因此政府会授权一些商界精英将盐从产地运出，然后对运输和销售环节进行征税，以达到国家垄断的目的。这些商界精英由此积聚起了大量财富，而且他们多是家族企业。严信厚入李鸿章幕下时，正值同治中兴开局，曾、左、李等一班地方大僚兴兴头头办洋务，对他这样一个精明强干的人自然要委以重任。李中堂亲委其为长芦盐业督销，署理天津盐务帮办。后来他又在天津东门里自设盐号，完成最初的资本积累后，即在上海、宁波及内地多个城市投资创办了大量实业，还创办了连锁钱庄"源丰润"票号。1897 年，他得到最显赫的官商盛宣怀之助，成为当时中国最大的银行——中国通商银行的首任总董。同时在他名下，还有一家药厂、一家保险公司、一家陶瓷厂，天津最大的金店"物华楼"、上海南京路上的高档绸缎庄"老九章"也都是他的产业。

严幼韵的父亲是独子，承续了其父的生意，格局虽小了许多，但在上海还是有两家票号和一些不动产的收入，还担任多个公司的董事。他刚继承家业时，正逢辛亥前的骚动岁月，连锁钱庄接连倒闭，为了保住家族财产，他一个白净富态的公子哥脱胎换骨成了一个清癯的中年人。到他快四十岁时，家业又重新发达了，最鼎盛时，严家在上海宅邸的院墙绵延静安寺一带的半个街区和地丰路的整个街区，还有一个印度门房和一个警察站岗。

20 岁前严幼韵基本上生活在北方，1925 年南迁上海前，她已经在天津一所教会学校读了六年书。那所学校留给她的记忆只有冰冷冷的校规，当然还有 Juliana 这个英文名。20 岁，她回到上海，成了沪江大学的一名新生。大三时她转到了复旦大学商科，理由竟然是舍监的管理太严厉了。即入复旦大学念商科，这样一个富家女，又正当好年华，相貌姣好，自然很受男生瞩目。她从静安寺的家中来校上课，都有自家轿车接送，车牌号 84 号，一些男生就将英语 Eighty Four 念成沪语的“爱的花”。严幼韵学会了开车，常常是司机坐在旁边，她自己驾着车一路开过来。据说很多男生守在校门口，就为一睹“爱的花”芳容。

顾维钧六百万字的口述回忆录，唐德刚是最早的访谈记录人，他认为，顾维钧这样的留美派，大多都不过是技术官僚——“翻烂顾氏的公私文件，我总认为威灵顿顾只是个‘技术官僚’‘博士帮首’和‘黄面皮的洋员’，他一直只是在替老板干活而已”。他的另一感觉没有明说，即顾在日常生活中的严肃有余、生趣不足。这部可称是中国最长的回忆录里，顾氏所述，大抵都是政治家的事，个人生活隐而不彰，反倒是他第三、第四任夫人的回忆录里，保存了一些鲜活的生活印记。

黄蕙兰说她经常会做一些很灵验的梦。她说她曾经梦见坐在一个漂亮花园的门口，突然一个火球从楼梯上滚下，火球没有烫着她，径直向着几条大狗卧着的花园滚去。第二天一早她刚和丈夫说起这个梦，顾告诉她，他要奉召回台湾了。这是 1956 年的事，顾维钧还在“驻美国大使”任上。果然不久顾被召回，结束了大使任职。黄蕙兰后来说，她梦见那个火球其实是个预兆，顾在劫难逃，而她自己，因为花园里卧着的几条大狗——她认为那代表着她善良忠诚的朋友们，终于免遭不测。这一年，他们 36 年的婚姻走到了尽头，这个数字，恰好与其母当年给她陪嫁的三十六套镶金餐具等同，在她这个灵异爱好者看来，也是命数。

“爱的花”最初嫁的是杨光泩，一个来自湖州吴兴丝绸商人的后代，也是一名外交官。杨的祖父是十九世纪末到上海开丝行的，家境颇殷实，1920 年，杨从清华学校毕业后获庚款资助赴美留学，正是顾维钧和黄蕙兰结婚那一年。四年后，他获得了普林斯顿大学的国际法和政治学博士学位，旋即归国，短暂受聘于母校清华后进入外交界，出任南京国民政府外交部情报司副司长一职。

据严幼韵回忆，杨与她结识是有一次她在路上驾车，杨一路尾随，然后在大华饭店的一次舞会上他们得以正式认识。后来她才知道，杨是为了追求她才在上海最时髦的大华饭店安排了这场下午茶舞会。到底是搞情报的，能把马路上追女孩子也安排得如此滴水不漏。在这之前，她一直受着一个足球运动员的狂热追求而不为所动。随后，她迅速陷入了与杨的热恋，年轻的外交官瘦而笔挺的身材，再加西式绅士般温文尔雅的追求，让一个小女生毫无招架之功。1929年他们的婚礼在时常去跳舞的大华饭店举行，主婚人是时任外交部长王正廷。据说几个月前，蒋介石先生和宋美龄小姐大婚的典礼也是在这里举行的。

在他们短暂的蜜月旅行后，杨光泩接到了驻欧洲特派员的新任命，级别相当于外交部一秘。他有时候在伦敦领事馆工作，有时候在日内瓦，担任联大的中国新闻官。他们的第一个孩子就是在日内瓦出生的。顾维钧来日内瓦出席联大会议，顾、杨两家就是在那时候开始了交往。据严幼韵回忆，顾经常和其他两个中国代表一起来她家打麻将，“我怀疑这些资深牌友是被我们家的晚餐吸引来的，因为我总能请到厨艺精湛的厨师。”

他们还一起去摩纳哥的蒙特卡洛海滩度假。一大群人分乘几辆车，严和家人一辆，“顾博士”——她那时这样叫他——和上海结识的一位姓张的先生的太太共乘一辆，“我现在还记得驾车跟在顾博士的豪华轿车后面，看见张太太的大帽子在微风中摇曳，顾太太和她的京巴狗后来赶去与我们会合。”

顾维钧任驻法国大使期间，杨光泩一家也到了巴黎。杨的新职务是驻欧洲新闻局负责人，直接受顾的领导。即将爆发的大战让男人们忧心忡忡，女人们的目光还留连在香榭丽舍大街的香水和手包上。“我每周去伊丽莎白·雅顿做一次头发，每两周去做一次石蜡浴。我经常在那里看到温莎公爵在等公爵夫人。”

1938年，杨光泩得到了一个升职的机会，本来是提名他去东欧某个小国当领事的，但财政部长孔祥熙坚请让他改任菲律宾。因为那边有许多有钱的华裔，他希望杨到了那里以后，能够为国内即将全面展开的抗战募集款项。这年11月，杨以驻菲律宾总领事的身份前往马尼拉。他的妻子带着三个女儿(蕾孟、雪兰和茜恩)从巴黎赶去与他会合。

高大的凤凰树上怒放的花朵,棕榈树上绽出的蝴蝶兰嫩芽,还有刚刚结果的香蕉树,东南亚新异的这一切,让女人一下子感觉进入了一个花的海洋。尽管高达46摄氏度的高温简直要让人窒息,但社交生活还是在有条不紊地展开。杨光泩的不凡的组织才干体现了出来,几年间他为国民政府募集到了1200万比索(约合600万美元)的捐款,他的妻子则和当地妇女们一起制作医疗包和士兵的冬衣。如果不是日本人把战火烧向南洋,他们一家子的生活会很幸福。

珍珠港事件爆发次日,日军就开始轰炸马尼拉。尽管这座城市作出了不抵抗即将到来的日军的保证,轰炸并没有停止。满大街都是飞驰的车辆和撤退的士兵。美军还炸掉了大片汽油库,一时间浓烟蔽日。丈夫在后院挖了一个防空洞,放进去许多罐头食品和药品。他和领事馆同事一起,开始有计划地销毁文件、银行账户和捐款人的名单。杨光泩与美军司令麦克阿瑟关系甚好,两人常在一起打高尔夫球,麦克阿瑟撤离前,曾问杨光泩愿否和美军一起撤退,杨以护侨有责拒绝了美国佬的好意。

日军占领马尼拉的次日,杨光泩和领馆的七位外交官遭到逮捕。他的二女儿如是回忆他被日本人带走的那个早晨:"日本人来逮捕爸爸的时候我们正在吃早饭。酒店的舞厅正对着马尼拉海湾,被改造成了餐厅,我记得士兵腿上都缠着帆布绑腿,就像我因为得了脓包病而缠上的绷带一样。我还想他们是不是得了脓包病。士兵们很有礼貌,整个过程平静、迅速。爸爸跟士兵们上楼拿了一小包衣服。他肯定已经做好了准备。"

杨光泩被拘之初,关在市中心的医院,后来被转到城外的度假地洛思巴菲奥斯,接着又被送往爱特诺学院关押。他年轻的妻子带着三个女儿去探视过几次。到后来,日方再也不让见了,她多次交涉也无用。几个月后,她辗转拿到了丈夫的眼镜、手表和一绺头发,尽管意识到丈夫可能不在人世了,她还是盼望着奇迹出现。因为不断有传言说有人在这个或那个地方见过他们。

她的大女儿如是回忆最后一次去见父亲:"爸爸被抓走之后我们被允许看了他几次,妈妈给他送去了衣服和食物。有一次他想要跟我严肃地谈一谈，告诉我必须要快快长大，照顾好妈妈。我无法忍受这些话，挣脱他跑回妈妈身边。他肯定知道将要发生些什么，我明白他在跟我诀别。这是我最后一次见到他。我一直很后悔自己当时的行为。”

丈夫们失踪后，其他中国外交官的家眷陆续投奔而来，女人孩子加起来二十六人，在一座破败的三层楼房里度过了战时的四年。她们在大楼内部建造了一个个迷宫般的藏身之处以躲开日本兵的搜捕，尤其是屋顶之下、天花板之上那个可以沿着绳梯上下的空间更见巧心。她们都学会了听到防空警报后卧倒在远离窗子的地方，学会在在花园里挖防空洞并在里面度过了许多时光。

半个多世纪后，年逾百岁的严幼韵在自传《My Story》中如是回顾这段日子："现在回头想想，我们当时的确非常勇敢。我们不知道自己的丈夫生死如何，又很担忧我们的孩子；我们自己的命运也完全茫然不可知。但我们做到了直面生活，勇往直前。”

1945年春，美军轰炸马尼拉。日本人疯狂抵抗了一阵，枪击任何移动的目标，然后顺着大路悄悄撤退了。美军进入菲律宾，逃跑的麦克阿瑟将军又回来了。麦克阿瑟夫人和刚刚被解放的国民政府顾问端纳先生亲自安排了船只送她去美国。抵达旧金山后，严幼韵才从接待她的美国务院官员口中，正式获知丈夫已被日军杀害的消息。尽管早有心理准备，她还是感到了绝望和愤怒。那可是有《日内瓦公约》保护的外交官啊。至此，早年名动上海滩的“爱的花”，已被战争摧残得憔悴满面。

轮船停靠在西海岸的加利福尼亚州圣佩德罗，她在洛杉矶短暂停留后坐火车前往旧金山。在这里，宋子文和顾维钧率领的中国代表团正和五十多个国家的代表一起庆祝欧战胜利。有一个晚上，她的二女儿得了急病，她只得打电话给顾维钧，顾和他的朋友们马上赶到，把孩子送到医院，实施了急阑尾切除手术。严幼韵护照到期，顾还以大使身份亲自为她向外交部申请延长。

严幼韵来到纽约，经老友介绍进入联合国做了一名礼宾官，其时顾维钧任“驻美大使”，且与黄蕙兰正处于冷战状态，华盛顿、纽约近在咫尺，顾、严交往渐频，顾大使不时驱车前去约会。妻子知悉内情，嫉妒且恨，却又无可奈何：

> 维钧每个星期要到纽约去度周末。从星期五一直待到下个星期二，与他那位在联合国工作的女相好相会。他带着她去波多黎各。有一回他被召回台湾也带上她。有人寄给我一张他起下飞机时的报纸照片。照片上，他独自走在前面，他那位女朋友挽着他私人秘书的胳膊跟在后面。

照黄蕙兰不无醋意的说法，三十年代杨光泩在巴黎使馆任职时，顾维钧就已经与他部下的漂亮妻子眉目传情，她甚至说杨那时候就已经被戴了绿帽(cuckold)。那时候，丈夫的风流韵事伤透了她的心，她曾在日记上这样吐露："这位风流大使又像个夜行人一样溜出去会他的女相好了。"

在她看来，严改嫁顾维钧，不过是昔日巴黎旧情死灰复燃。然而对严幼韵来说，三十年代在欧洲被正式引见给她丈夫的顶头上司，并不是她第一次见到顾维钧，早在她还是十几岁的小姑娘时她就见过他，那时候她还在天津中西女中读书，在一次被同学强拉去的派对上，远远看见过他。那时的顾，刚刚回国升任外交总长，尽管光彩逼人，但在一个小女生的眼里，毕竟已经是大叔范了，她对之不感兴趣，更不会想到，这个被人群包围着的男人会成为和她共同生活最长的男人。

1956 年，顾维钧辞去"驻美大使"职务，同年内与黄蕙兰仳离。三年后，他与严幼韵在墨西哥城正式登记结婚。此前，顾已在海牙国际法庭工作了两年。严幼韵的自传《My Story》中抄录了那时候婚前顾写给她的情诗：

> 夜夜深情思爱人，朝朝无缄独自闷。千种缘由莫能解，万里聊航一日程。

这一年，新郎梅开四度，71 岁。新娘 54 岁。

严的女儿们还记得刚结婚时继父的模样，瘦，而且严肃，一望令人生畏，在家吃饭也像参加宴会一样正式，有仆人专门站在身后服侍，随时递上一块餐布。她们不明白，母亲为什么要找这么无趣的一个人来做伴。但不久后，七十多岁的继父竟然跟着她们去学滑雪了。

顾的前妻在美国听到了他结婚的消息，那时她正带着两只形影不离的宠物狗住在纽约的寓所里：

> 顾维钧把另一个女人带到墨西哥，并在当地中国使馆做了介绍，以后居然在众人面前把她当作夫人。但我认为这个女人是冒牌货。我才是顾维钧夫人，他孩子的母亲。

第二年，顾维钧继已故的徐谟被选为设在海牙的国际法院大法官。第四任太太对他说，若黄蕙兰知道你会荣膺国际大法官，肯定不会和你离婚的，因为黄蕙兰除了想当顾大使夫人外，自是也想当顾大法官夫人的。顾笑笑，不说什么。有些话真与女人说不清的，一说即错。

从海牙返回纽约，他们住到了公园大道1185号的一栋公寓里。至此，职业生涯带来的漂泊无定的日子终于结束了。他们生活的世界里那些曾经重要的人和事都已随风逝去，现在留下他们相依为命。眼前还有好长的路要走，他们不知道哪一天谁先撒手，但无论命运之神要先带走谁，他们都认为自己会毫不犹豫地跟上去。

尤其对顾维钧而言，这半个多世纪来，命运的传送带上，他先后经过四个女子：张小姐与他有名无实，唐小姐福祚浅薄，第三个女人黄蕙兰给他带来了金钱却又个性张扬，临老到来的第四个女人，给了他大河入海时的开阔、恬淡和终将到来的宁静。

他就像命运之海上的一条船，停靠的各个码头都给了他想要的东西。作为公众眼里一个成功的男人，女人们塑造了他。而他也给这些女人们以短暂的地位与荣耀。大时代里人与人的遇合，就像乱流奔涌中的小船，爱过了，挥挥手，又是一程，尘世间的爱，大抵如此。

感谢上帝，他们又一起生活了26年。

# 尾　声

1938年9月30日，唐绍仪在上海寓所被一个上门谈价的古董商人用斧头劈中脑袋身亡。据闻此古董商系军统人员乔装，这场暗杀行动由戴笠直接指挥。

1985年11月14日，顾维钧在纽约寓所无疾而终。他的第四任妻子如是记述他的离世："维钧平静地离去了。那是深夜，维钧边在我的浴缸里洗澡，边和我讨论第二天邀请哪些客人来打麻将。我问了他一个问题，没有听到回答，走进浴室发现他蜷缩在浴垫上，好像睡熟了。"

之前，顾维钧应母校哥伦比亚大学之邀参加"中国口述历史计划"，完成现代中国最长的一部回忆录《顾维钧回忆录》，历史学家唐德刚曾部分参与此项口述史计划。

黄蕙兰晚年隐居在纽约曼哈顿，靠父亲留给她的50万美金的利息养老。1993年12月辞世。

2015年5月，严幼韵的口述自传《My story》在中国内地推出简体中文版《一百零九个春天：我的故事》。时年，她109岁。

# 卷三

## 酒旗风暖少年狂

# 第一章
# 暗杀时代

## 密　谋

本文故事开始的1905年，按干支纪年为乙巳年，属蛇。新世纪的最初十年，犹如一幕大戏，至此正好演到居半，正派反派，主角配角，尽是龙踞蛇蟠的一时之豪，就是那些暂时跑龙套的，台下作看客的，也都不安于一时之运命，或拿血一拼，或拿命作豪奢一赌，于那酱紫色的历史天鹅绒大幕后，演绎着幽暗曲折的传奇。

是年1月，俄国发生以“流血星期日”为序幕的革命，黑海舰队战列舰“波将金”号哗变。在远东的冰天雪地中，驻守旅顺的俄军在付出上万人的伤亡代价后向日方投降。落入亚欧两个强国夹缝间的老大帝国，既要防虎，又要防狼，发愤图强当成朝野共识。年初，东京中国留学生集会，吁请清廷立宪。清廷在迂延不决中也有行动，先是废除了凌迟、枭首、戮尸三项非人道的重刑，再是下诏废除延续千余年的科举制度，并谋划派大臣出洋考察各国政治，北洋六镇新军亦于年中全部练成。4月，年仅二十岁的革命党人邹容在保释出狱前一日，瘐死于上海租界华德路西牢，一时引发物议汹汹。到年底，曾参加拒俄义勇队的留日学生陈天华在东京大森海湾蹈海自绝，留下万言绝命书，以期唤起同胞，“去绝非行，共讲爱国”。邹、陈二士，以一身死，作警世洪钟，唤醒百千猛士，皆有古义士之风，从长沙数万人公祭陈天华的规模来看，已然让整个民族热血沸腾。这一年也是清末的暗杀年，处处杀机四伏，血案频传，2 月，有湖北省反清革命小团体“科学补习所”成员王汉谋刺钦差大臣铁良未遂案，至 9 月，乃有哄传一时的“刺杀出洋五大臣”案。

故事的开始是在这年 7 月，安徽芜湖科学图书社逼仄溽热的小楼上，三个年轻人正在密谋一场狙击行动。此三人都是剪掉辫子披着头发的青年，安庆人陈独秀，小字孟侠的桐城人、直隶高等学堂学生吴樾，来自江苏丹徒一个世代书香家族的赵声(字伯先)。朝廷 7 月 16 日发布诏书，着辅国公载泽、兵部侍郎徐世昌、户部侍郎戴鸿慈、湖南巡抚端方、商部右丞绍英等五大臣考察西洋政治，以为立宪预备，但在身为党人的他们看来，这是一场彻头彻尾的骗局，要揭穿之，唯有迎头狙击。

三人密计中，赵声抢着要北上从事这必死的任务。赵声曾入江南陆师学堂学习军事，自负一身武艺，尤擅左手枪法，年少时在家乡为人鸣不平，曾入狱砸械，是个胡天胡地的主。吴樾也毫不相让，争执中，吴樾说了一段话，可谓在革命史上影响十分深远。吴问:“合一生拼与艰难缔造，孰为易?”赵声答:“自然是前者易，而后者难。”吴说:“然则，我为易，留其难以待君。”

于是，狙击方案就这么定下了，由吴樾北上执行任务。三人分别时，如两千年前燕太子丹在易水畔送荆轲赴秦的情境再现——“临歧置酒，相与慷慨悲歌，以壮其行。”①

今人余世存编的《非常道》，把与吴樾争北上任务的记为陈独秀，中有“陈独秀 20 岁时，与革命党人吴樾相争刺杀满清五大臣，竟至于扭作一团、满地打滚，疲甚”等语，后又云“后吴引弹于专列，就义，重伤清二臣，时年 26 岁”，不知典出何处。此则轶事对陈独秀的年龄记述是有误的，吴樾 1878 年生人，陈独秀小一岁，为 1879 年生人。吴行刺时 27 岁，陈是年 26 岁，而非 20 岁。

吴樾自告奋勇领受这一任务，固然出于其抱有的必死之心，也是考虑

---

① 赵启录《赵声革命事迹》，《辛亥革命回忆录(四)》，文史资料出版社 1961 年版。

到他有直隶高等学堂学生身份作掩护。这个出身于桐城一个清寒的读书人家庭的年轻人，好古文，向往古时侠风，他原字孟霞，自作主张改作孟侠，从改名的那一刻起，他的人生楷模就是春秋时轻死生、重然诺的侠客，在石破天惊的一击中，让生命如流星划过黑暗的天幕。

# 狙　击

三年前，北上投靠族人吴汝纶。堂叔是桐城派文章大家，曾做过几任州官，退出政坛后在保定任莲池书院山长，后又任京师大学堂总教习，在当地颇有影响力，经他推荐吴樾考入推行新式教育的高等学堂就读，却不知道吴樾已经秘密加入“北方暗杀团”，并任支部长。

这个暗杀团是由留日学生发起的拒俄义勇队（被取缔后更名军国民教育会）衍生出来的，后来同盟会的两大班底，湖南黄兴、刘揆一等发起的“华兴会”，上海陶成章、蔡元培等发起的“军国民教育会暗杀团”（光复会的前身），皆是其同志。加入这个秘密组织，身份须严格甄别，其成员皆有徽章以供识别联络。徽章为圆形镍制，一面为轩辕黄帝头像，一面镌刻誓词。组织聘有俄、日教官教习格斗、爆破、刺杀军械等各项技能，其宗旨为力图民族解放、光复汉室，纲领有三，一起义，二暴动，三暗杀。在北方暗杀团名单上排名靠前的有：叶赫那拉氏，满洲亲贵铁良、载湉、奕劻诸人，封疆大吏袁世凯、张之洞、岑春煊等。

1905 年前后的清廷政局复杂而微妙，中枢清流派、地方重臣派、满洲少壮派，还有袁世凯的北洋派，都在想方设法扩充实力，非个中人难以洞悉其秘。然在吴樾这样的革命党人看来，管你改良还是立宪，皆是朝廷鹰犬。他说宁愿吾国民为懵懵不醒之国民，也不愿吾国民为半梦半醒之奴隶，因为懵懵不醒之人一旦猛醒，皆会复九世之仇，光复汉室，而半梦半醒之奴隶，名义上立宪保国，实际上不过是清廷奴才。他早就想玩一票大的，以革命的恐怖手段达到“杀一儆百、杀十儆千”之目的。

五大臣出场之前，吴樾盯上的是铁良。铁良，满洲镶白旗人，荣禄幕僚出身，曾以兵部侍郎的身份赴日本考察军事，时为襄办练兵大臣，入值军机处，是满人少壮派的领袖。此人对汉人极为警惕和仇视，电告日本方面只许清国汉族留学生学警察，不许他们学军事，就是他干的；搜刮东南各省财富，私自提取上海江海关数十万两银子，编练京师八旗防备汉人，也是他干的。名义上，此人是襄助袁世凯训练新军，实际上几乎是袁的克星。

吴樾早就想入京刺杀铁良。他预测，如果一击成功，朝廷必将对汉人大行压制，满汉冲突会愈加剧烈，革命就会愈有希望（“逆贼铁良一杀，而载振、良弼辈必起而大行压制之手段，将不尽灭我汉族而不甘心焉！噫！此其幸事乎？抑其不幸事乎？吾敢断言曰：‘幸事，幸事！’”）。但没等他动手，湖北一个叫王汉的革命党人提前发动了。1 月，铁良以钦差大臣身份南下，巡查各省军事财政，“科学补习所”成员王汉决定在其返京途中发动攻击。他约了同伴准备在汉口大智门车站动手，但他们赶到火车站时，火车已经开走。王汉便带着那把没来得及打响的手枪，只身前往火车北上必经的河南彰德潜伏。几日后，铁良一行乘车到达彰德时，王汉早已携枪候于站内，但因他缺乏枪械训练，举枪对准铁良时，竟然连发不中。追捕中，王汉自忖不能得免，留下遗书和手枪，于道旁投井自杀。

晚清的这些革命党刺客，未经专门暗杀训练，热血上头，仓促上阵，论身手几乎都是蹩脚的。比王汉更为不堪的是一个叫万福华的杀手，一年前在上海英租界四马路的金谷香菜馆行刺前广西巡抚王之春，屡扣扳机，却不闻枪响，原来他从好友刘师培那里借来的那把枪，撞针早已朽坏。他们只得眼睁睁地看着目标大摇大摆在眼前消失。也正因为那把枪没打响，万被逮后，只被判了 10 年徒刑。

吴樾听到王汉在彰德谋刺铁良不成的消息，不免有些失落，因为自己的暗杀计划不得不告夭折了，但对王汉舍身成仁的勇气，他还是相当敬佩的。他说，万、王二子事迹，非勉他人，乃勉我尔。尽管再向铁良动手已经不可能，但身为革命党人，全天下的满人自然都是他的敌人，“手提三尺剑，割尽满人头”，满人的头又岂是割得尽的？现在轮到自己上场了，可千万别再闹前两位的笑话了，踩点、枪械、炸弹，每一个细节都要考虑周到，暗杀的预案，自然也是制订得越周详越好。

吴樾挑选了两个好友，作他这场暗杀行动的掩护和助手，此两人一个叫张容，一个叫孙岳，年龄相当，都是志在反清的热血青年。张容是他高等学堂的同学，祖籍山东，客籍辽东，祖上为汉军旗人，世代为努尔哈赤守陵，饶有家资。他本名张焕容，因读了邹容宣传革命的小册子《革命军》，改单名为容，以示追随。此人精于刀术，据说寻常三五人难以近身。那个孙岳，就是日后参加领导过滦州起义、曾任国民军副总司令兼第三军军长、直隶督办兼省长的那位，他是北方同盟会早期成员，早年因击杀地痞入五台山剃度，此前不久，披着袈裟投考保定北洋武备学堂，以优等生成绩入选炮科。正值学堂假期，三人小组于这年夏天秘密潜入北京。

吴樾是徽人，以前往来京城必下榻桐城会馆，此次行动为保密计，需另择客栈。当时北京城住店有一惯例，店家为结账方便，以及为店客和访友之间容易查询探访，须将住店客人姓名写在一长方形小木牌上，俗称水牌，公开挂在柜台后面的墙上。若用“安徽吴越”的名字挂出，容易暴露身份不说，事后还会牵连同乡。三人一商量，孙岳选择了一家来京时常住的旅店，位于距正阳门火车站不远的廊房头条一带，以“高阳孙岳”的名字挂牌。选择这家旅店，除了离火车站近，还有一个原因是附近有好几家绸庄布店，便于采购行动时的服装。

吴樾决定以炸弹实施暗杀。此次狙击目标共五人，自己单枪匹马，若用手枪，肯定不能把他们一一干掉。炸弹就不一样了，只要一击得手，巨大的威力足以把他们全都送上西天。正好一个叫杨笃生的同志从上海来京，此人系前国子监生，日本早稻田大学毕业，曾与黄克强、宋教仁等谋划在长沙起事，精于炸弹制造，吴樾就向他学习炸弹爆破技术。杨笃生告诉他，制造炸弹的技术有两种，一是银药法，即以水银置弹内，抛掷时炸裂，但水银易与硝酸发生反应，使用时极不安全，故不用；另一种是用普通炸药置弹内，用导火线引发。但问题出来了，刺杀机会稍纵即逝，哪容导火线慢腾腾烧过去？后来他们研发出了撞针式法，即炸弹抛掷出去一落地，就以撞针激发爆炸。两人跑到僻静的西山八大处多次练习，手法渐熟，有一次爆炸的声浪引来了巡山清兵盘查，多赖他们机智应对，从容逃脱了。

现在万事俱备，只待探得五大臣离京时间就可动手。等待似乎把时间成倍拉长了，在客栈那些不眠的夜里，吴樾写下十三篇文章编成《暗杀时代》一书。序言里说，“排满之道有二，一曰暗杀，一曰革命，暗杀虽个人而可为，革命非群力即不效。今日之时代，非革命之时代，实暗杀之时代也。”他指出，革命年代往往从暗杀年代进化而来，暗杀为因，革命为果，欲得他年之果，必种今日之因。他认为自己的暗杀是在唤起革命，即便身死，也是引发革命狂飙的一粒火种，“以复仇为援兵，则愈杀愈仇，愈仇愈杀，仇杀相寻，势不至革命而不已。予愿死后，化一我为千万我，前者仆而后者继，不杀不休，不尽不止，则予之死为有济也！”“我同志诸君，勿趋前，勿步后，勿涉猎，勿趔趄。时哉不可失，时乎不再来。手提三尺剑，割尽满人头！此日，正其时也！”

在写给未婚妻的两封诀别信里，他跟那个远在桐城的姑娘讨论了一番死生大义，要她克制一己之痛苦，多向法国罗兰夫人学习，“奴隶以生，何如不奴隶而死”，信中还有“吾之意欲子他年与吾并立铜像耳”的豪迈之语，似乎革命年代已经呼之欲出了。未婚妻亦赋诗三绝，以壮其行。

暗杀哪容得如此沸沸扬扬，事先张扬。他还与堂姐介绍认识的南方女侠秋瑾一起前往前门火车站踩点。后来秋瑾女士先回南方筹备大通学堂的事，他写好了一纸遗嘱交给她，中有“不成功，便成仁”等语。他还写了万言《意见书》，誊清后交给同学张啸岑一份，郑重嘱咐张，他若离开人世，万一无法发表，“便交湖南杨笃生先生，或者安庆陈仲甫先生”。

不几日廷旨下，八月廿六日（按西历为 9 月 24 日），著辅国公载泽、兵部侍郎徐世昌、户部侍郎戴鸿慈、湖南巡抚端方、商部右丞绍英等五大臣启程出洋考察。此前一日，吴樾已从杨笃生处得知这一消息，是夜，他与张容、孙岳等设宴招待各方友人，席间慷慨悲歌，言谈举止颇为出格，大有壮士一去不复返之悲恸，有人不解，问这酒是为什么而喝，三人笑笑，皆不答。

是日清晨，三人离开旅店，直奔正阳门火车站。着便装的孙岳和张容在通往月台处望风，吴樾则怀揣炸弹，一身学堂操衣打扮，待机往里运动。站内早已戒备森严，铁路局预备的专车一共五节，前面两节供随员乘坐，第三节是五大臣的花车，第四节仆役所乘，最后一节装行李。原定发车时间是上午十点，八点刚过，送行的人陆续到达。五大臣中首先到的是徐世昌，接着是绍英、端方、戴鸿慈，最后到的是载泽。

吴樾的这身打扮果然混不进去，情急之下，他们去客栈附近的绸布庄购买了一套仆役的衣服，蓝布薄棉袍，皂靴，无花陵的红缨帽，让吴樾赶紧换上。趁着站内乱糟糟的当儿，吴樾混入随从的队伍进入车站上了第四列车。张容在他身后，因送站的人多，被挤隔到了远处。

在试图由第四列车厢进入中间花车五大臣包厢的时候，一个警觉的卫兵把吴樾拦下了。盘问中，吴樾答是载泽的随从。他的一口安徽话让卫兵愈发起疑。正纠缠间，又上来几个兵卒。吴樾趁机冲进花车。当他准备引爆红布包着的炸弹掷向五大臣时，火车汽笛长鸣一声，随即，火车头后退与车厢接驳，因惯性驱动，引起车厢剧烈震动，他手中的炸弹竟被震落，瞬间引发爆炸。

砰的一声巨响，第三节花车车厢顶上顿时被炸出一个大洞，硝烟中，到处是飞溅的碎木片、鲜血、断肢，哗啦啦地落将下来。徐世昌因前有仆人挡着，只是前额轻伤，顶戴花翎皆被削去。绍英受伤较重，载泽用一只受伤的血手，摸着自己的脖子问："我的脑袋呢？"

吴樾当场殉节，孙岳和张容站在月台进口处，距离较远，加之杨笃生掩护，趁着混乱逃脱了。①

当日除了绍英被送往医院外，其他几位大臣当即商定"改期缓行"。次日，戴、徐、端三位早起进宫，戴鸿慈当日记曰："八时，蒙召见。……余

① 此处有关暗杀现场的叙述，参酌了吴樾在直隶高等学堂的同学汤谪青的回忆文章《读章士钊书吴樾狙击五大臣事后》、绍英的儿子马士良的回忆文章《记五大臣出洋事》，见《北京文史资料》第6辑。

与徐、端两大臣各据所见奏对。皇太后垂廑听纳，复慨然于办事之难，凄然泪下。”

几日后，法国画刊“L'illustration”刊出五大臣遭袭击照片三幅，包括暗杀现场被炸毁的车厢，杀手满身血污被炸身亡的纪实照片。京师全城戒严，慈禧一面下令追查，一面传旨为防亡命之徒携炸弹潜入，将颐和园围墙再增三尺有余，并在园内各紧要处架设电话，增派军警昼夜巡逻。

引爆者炸裂胸腹，手足皆断，自躯干以下被炸得七零八落，当场身死，所幸者面部尚可辨认。警察部门把死者头部用药水封存，拍成照片，行文至各省，让知情者辨认。更派出各路便衣侦探，到客栈、会馆、庙宇等旅客逗留之处暗访。但由于刺杀者在行动之前制定了周密计划，留下线索极少，以至于事发很长一段时间，此案一直未能侦破，更无人因此案遭受牵连。

且说吴樾在直隶高等学堂有一同学，见他开学多日未归，结合其他端倪，开始怀疑刺客是吴樾。查办本案的官员问有何物证，此同学披露了一个细节，吴樾的一只脚，有六只脚趾。官府马上调看现场残肢，这才锁定凶手身份，确系直隶高等学堂的学生吴某。但也有一说，吴樾先前下榻的桐城会馆，有个小女孩认出他是在会馆住过的桐城吴公子，前去报官邀赏，遂使真相大白。不管如何，死者的身份不再是个秘密。

此案经办人员顺藤摸瓜，找到了吴樾等三人曾下榻的客栈。尽管吴樾行动前为防拖累他人，曾置一信于枕下，声明此次行动与会馆众人无关，但还是有好多无辜者遭到逮捕。桐城人金寿民任保定莲池书院讲习时，是吴樾的担保人。吴樾出事后，金受牵连入狱。其妻郝漱玉曾任直隶女学堂总教习，后经日本女学生出面，请日本驻华使馆斡旋，慈禧下懿旨：“金寿民马虎成性，不堪录用，驱逐回籍。”金寿民遂与妻子郝漱玉回老家，留住了性命。此是闲话不提。

袁世凯亲自侦办此案，表示要将涉案的贼臣乱党尽数抓捕归案，但吴樾是直隶高等学堂的学生，正好归袁管辖，这岂不是自打巴掌？要不要将吴樾的真实身份披露，查办本案的官员犯了难，为了不让袁难堪，他们冥思苦想出一个办法，给案卷中吴樾本名的“越”字，加一“木”字旁，以示戴木为枷,“吴越”就这样成了“吴樾”。倪嗣冲查办后向袁世凯禀报,“据云现在诸生并无与吴樾亲故知交……至监督以下各员,于吴樾在堂之日,未能事先察觉,实因该故犯貌似安分并无异常盲动……知人实难,其情可原。”

正在安徽公学教书的陈独秀从报上得知北京火车站爆炸案的消息,第一时间想到了吴樾。他用隐语写信给哥哥的小舅子,时在直隶高等学堂读书的张啸岑:“北京店事,想是吴先生主持开张,关于吴兄一切,务速详告。”

不几日,张啸岑回信到,寄来了吴樾的两部遗著,《暗杀时代自序》和《意见书》,并说吴樾赴难前,曾留有遗言,若遇难,将上述书稿转交杨笃生或陈仲甫。陈独秀将《意见书》节录刊载于自己主编的《安徽俗话报》,后来他将两部书稿并部分烈士遗物寄往上海,蔡元培在吴樾追悼会上提到了此事,说:烈士死难后,有陈君寄一皮包至上海,内有西式外套一件,此系烈士之遗物,当时系赠杨君,以为纪念云云。

1911 年初春,陈独秀在杭州写下六首回忆同道和朋友的诗作,第一首写的就是六年前那场未遂的刺杀案:

伯先京口夸醇酒,孟侠龙眠有老亲;
仗剑远游千里外,碎身直捣虎狼秦。

——《存殁六绝句·之一》

龙眠是桐城西北名山,与舒城、六安接壤,此处借指吴樾老家安徽枞阳。“碎身直捣虎狼秦”,这是一个刺客为另一个刺客写下的悼词,在他看来,吴樾就是刺秦的荆轲,是一个“有道德、有诚意、有牺牲的精神”的君子,一个“由纯粹之爱国心而主张革命”的人。

# 第二章 江湖故事

## 设　局

趁着正阳门车站爆炸案后的混乱，吴樾的两个帮手张容和孙岳仓惶出京。孙岳悄没声息回到保定武备学堂潜伏下来，毕业后任北洋陆军第三镇炮兵排长，后升任第九标第三营管带，并秘密加入同盟会，成为该会北方支部的负责人之一。张容的经历，则要曲折得多。

行刺失败后，张容不敢再回直隶高等学堂，流窜了一段时日，竟然栽在一个叫杨以德的探员手里。这杨以德原系天津老龙头火车站的司事，职掌剪票，因此练就一门过目不忘的本事，凭这本事进了探访局当差。事发那天，杨探员也在车站附近负责安保，张容等三人的异常举动自然也没能逃脱他的眼睛。张容漏网逃脱，东游西荡，还不知自己已被盯梢。

因张容长得五大三粗，杨探员也不敢轻易动手。等张容投宿一家僻静的客栈，熟睡后，杨探员合数人之力，才把他拿获。在狱中，张容除坦承与吴樾认识之外，一字不招，乃被判入狱。

台湾作家张大春《丁连山生死流亡》一文，给出了张容的最后结局：

> 张容入狱没多久，凭靠着江湖人物官宝森的帮忙，得以越狱。官宝森拉大师兄丁连山一起劫了狱，还筹措了一笔旅费给张容，让他去日本。张容被拘时，官府也给他的名字戴了枷，以为反叛者的印记，

案卷上登记为“张榕”。出狱后他不以为耻，反而正式改为此名，可见其性情豪迈。张榕（下面我们就这样叫他吧）在东京结交了不少浪人，还成了新创的同盟会之一员。武昌首义后不久，他回到东北，发起“奉天联合急进会”，成为方面人物。为什么不去南方而选择回东北呢，一则他在东北有根基，他的祖上曾是在长白山下守皇陵的；二则，有一种观点认为，革命党人总成不了事，原因乃在于南方的五岭之气尚未结成一龙脉，不如在努尔哈赤发迹之老巢发动，直捣黄龙，革命或朝夕可成。

当时关外与南方革命团体得以桴鼓相应的组织和势力都不大，新军之中只有两号主要人物，一是吴禄贞，一是蓝天蔚。这两人一个被袁世凯收买亲兵暗杀，一个被张作霖拔掉了兵权。张作霖时受东三省总督赵尔巽倚仗，授与奉天城防司令和剿匪司令之职，军权到手之后，必须找一个对象来立威，便想到了不安分的张榕。此人顶着个“行刺五大臣”与“同盟会同志”的头衔，又传说在东京击败过日本黑龙会的浪人，身手不凡，拿之祭刀，肯定效果非凡。但他又不敢明枪执火撄革命党人之逆鳞，所以只好策划暗杀。

东三省咨议局副局长袁金铠向张作霖报告，张榕在运动东三省独立。张作霖反问道：“那他怎么不来运动我呢？”袁金铠吓了一跳，踌躇起来，以为张作霖也要变节。岂料他这是故弄狡狯，随即道：“要是让他来拉拔拉拔我，你看他会有何手段？”

1912 年 1 月 23 日，张作霖设下了一个局，他让袁金铠在奉天城最好的饭店德义楼饭庄摆下一饭局，假作有意“因势利导，策动东三省独立”，邀张榕赴席。席间忽然声称，另有紧急公事，必须先走。张作霖离去未及转瞬，两个枪手随即冲进来，把张榕打成了马蜂窝。当场遇袭殒命的还有张榕的两个同志。从那一夜以后，张作霖展开了多次暗杀行动，对象是“急进会”的同党，一个又一个“剪了辫子的可疑人物”。张榕这个名字很快就淹没在一连串的屠杀血案的底层。

# 报　仇

但是同为同盟会员、当年营救过他一回的宫宝森却极不甘心。日后，宫宝森在一封给他女儿宫若梅的家书里写道："而忆昔所以念兹在兹者，岂其革命耶？毋乃报仇而已矣。十年磨剑，以为一快可图，殊不知犹溷落贼之圈套耳！"此处所称之"贼"，当指张作霖。革命家谋革命，江湖儿女图报仇，殊途不同归。

这个故事的余绪已被王家卫演绎成了电影《一代宗师》，与张榕等一干革命党人已无多大无涉，包括宫宝森、丁连山等江湖人物的出处，也被剪得七零八落，但王氏电影流光溢彩的镜头，还是把接下来的另一半故事讲得风生水起。

宫宝森想为张榕报仇，张作霖也无时不刻想把张榕的同党一网打尽。时间到了1915年，为支持袁世凯洪宪帝制，张作霖急于肃清当年"急进会"的残兵游勇，他想了一个引蛇出洞之计。

当时奉天城里关着一个精神失常的日本浪人，此人名叫薄无鬼，原来是来华襄助革命的，民国成立，没人搭理他了，就发了疯，常在大街上拔刀乱砍。张作霖把这人放了出来，在奉天街头闹事挑衅，砍杀了数人。张作霖的如意算盘是把这个浪人当作诱钓金鳌的香饵，前来阻止薄无鬼杀人的，必是党人无疑，一露头就可予以剿杀。

果然有人上钩了，此人就是宫宝森。为不让这个浪人泄露更多革命党人信息，宫宝森决定诛杀之，师兄丁连山虽然一直反对师弟与革命党有干系，但眼见此人在大街滥杀无辜，也就同意了。

台湾小说家张大春自称觅得了丁连山的回忆录《归藏琐记》，在这本回忆录中，如是描绘薄无鬼的出场：

乙卯春，奉天大雪，忽而市井传言，狱中逃出一人，即薄无鬼也。一身簇新武士直裰，上衣交领右衽，三角广袖，胸前系宽带子，绿颜色晶亮好看。下袴似裙，有水云褶缝，十分熠耀。此外，尚有外布衣及大纹，大纹据说乃是家族纹章，似花瓣，于前胸作装饰，缘以菊坠。短刀斜插腰际，长刀在手，若新发于硎，似是初添购的。

这个观察是细致的，不但浪人手上的长刀是新的，连整个的服饰行头，都是张作霖的险诈安排，就是要拿此人诱饵，钓出潜藏不露的革命党人。

宫宝森本想自己出手诛杀此人，丁连山问他：杀人逃刑、被杀送命，与独撑门派将一门武艺发扬光大，哪个容易，哪个更难？宫宝森说，当然是杀人、被杀来得容易，撑持、掌理一门户来得难。丁连山说，那好，我做前面这件容易的，更难的就交给你了。于是，这个八卦门高手，“刻直趋通衢，攫薄无鬼襟而掌杀之”。

“孰易孰难”那两句，与科学图书社楼上吴樾与赵声、陈独秀三人的诀别之词何其相似乃尔！却不知是江湖抄袭革命，还是革命模仿江湖党人，最大可能还是纯属巧合。张大春说，丁连山杀人之后亡命天涯，逃到佛山隐姓埋名，做了金楼的一个厨工。

《一代宗师》开头，王庆祥饰演的八卦门掌门宫羽田(原型即为宫宝森)率领众弟子南下广东，在佛山金楼的引退仪式上意欲将掌门人大位传与南派武术大家，借由推动南北武术融合，谋求武林同道支持南京政府。哪料到南方武林人士各种不服。其间，宫宝森喝到一碗肉汤，知道那是多年未见的大师兄手艺，于是大事也顾不上谈了，直接往后厨寻去，果然见到了鬼魅一般隐迹于庖厨的丁连山。他与赵本山饰演的师兄在后厨展开一段对话，方知当年上当的底蕴。

丁连山在《归藏琐记·金楼之会》里记录了师兄弟在庖厨里的这段对话：“我别无长言，仅对宝田道：‘彼日出手杀薄无鬼，我便堕入了鬼道。此后你我便有如衣服，尔为一表，我为一里，尽管彼此相依，却也两不相侔。然南北议和之事，切记不宜横柴入灶、操之过急，你也要学会反穿皮袄！’”

这是一句歇后语，反穿皮袄，意即“装羊”（谐“佯”）。意即以武术同道为号召，为民国效力这样的事，并没有你想的那么简单，很可能在革命的号令下反被利用，满心期待落入虚妄，倒不如反穿皮袄“装羊”，顺势而行，而不要“横柴入灶”强行推进。从后来的故事来看，宫宝森听了师兄的话，并未强行推进南北武林融合，才避免了武术界相互倾轧的悲剧。

师兄弟在厨灶间说着话呢，外面动起了手来，原来南方武师根本不相信宫宝森说的什么联合，反疑心是北派武师并吞他们的一个阴谋，三言两语不合，宫宝森的弟子马三就与对方以“封门会手”的方式一决高下。马三武功端的厉害，一动手就占尽上风，却没想到，惊动了隔壁烟馆的一个年轻人。此人是当地一个药材商的儿子，平日里不问商贾，只知弄枪使棒，他派人将比武现场情形实时报告，只是“默拳”，也就是在心里默默演练交手实况，听到某一招式时，一时技痒，跑到金楼要求当面交手。他一出手，不仅打败马三，还伤及了宫宝森，后来倒是意外地败给了宫宝森的女儿宫若梅。

此人本名叶继问，后来去中间继字，改单名为叶问。

话说又过十多年，大江大海，江山易帜，丁连山逃亡到香港，在这里遇见了已然开宗立派的后生。彼时此君已过中年，丁连山也已是个老人了。他对这个年轻人说出了心头遗憾：“天不欲武学昌明，才不叫我晚生二十年，或不教汝早生二十年！”两个宗师级的人物，居然没能凑对搏上一搏，此恨何极！

电影中，叶问是为寻宫家六十四手而从佛山到香港，片中丁连山有台词说，一门之中，有人做面子，就得有人做里子，面子请人吃一支烟，里子就得杀一个人。意思是说师弟宫宝森是八卦门的面子，而他杀人付出了毕生代价，成为一个鬼漂泊江湖数十年，实在是做“里子”的一生。“里子”做惯了，他也有参悟，那就是不争，不争门户，不争心气，也不争政治。电影里，叶问听了这席话顿悟，从此只把毕生所学倾授众生，于是有了后来的咏春之盛，成为一代宗师。

但我查遍了坊间各种书目，也没发现张大春所说丁连山的回忆录《归藏琐记》。按理说，这样一个武林成名人物的回忆录，又事涉众多民国人物，不应该湮没无闻。忽地想到，大春先生是小说家，小说如稗草，无中生有、捕风捉影正是小说家本事，莫非这家伙是顽心发作，把我们都耍了？一念至此，遍身冷汗。

# 第三章
# 暴力救国

## 炸弹与毒药

1905年那个溽热而危险的夏天，陈、吴、赵三人密谋的这场暗杀行动，最终以两个月后吴樾在北京正阳门外车站自炸身死而草草收场。吴樾甘愿以一死保全陈、赵，自是看重此二同志的革命才干，不让他们去涉险。但论加入暗杀组织的时间，陈独秀的资历还要老得多。

距此一年前，陈独秀还在芜湖办《安徽俗话报》的时候，就应章士钊的邀请，秘密赴过一次上海。在英租界新闻路余庆里，他见到了军国民教育暗杀团的骨干杨笃生、陶成章等，令他惊异的是，其中一位居然是进士出身、点过翰林院庶吉士的上海爱国女学校长蔡元培。蔡是光绪十八年(1892))进士，被房师翁同龢称作“年少通经，文极古藻”的“隽材”，此时已是一个坚定的革命党人。在一个神秘的仪式上，陈独秀宣誓加入了这个暗杀组织，天天和他们一起试验炸弹。他滞留上海的一个多月里，销路看涨的报纸只得停刊了，他跟胆小的合伙人汪孟邹撒了个谎，说自己是在和章士钊等洽谈报纸印刷的事。

在这里他还认识了黄兴、赵声、徐锡麟、秋瑾等党人。黄兴常穿着一双皮底鞋，走起来橐橐作响。赵声穿着一套武官的行头，一来就与徐锡麟谈捐官、做官的事，两人就好像一对官迷。秋瑾的服装举止，完全是个日本女学生的模样，鞠躬礼十分到家。陈独秀后来如是回忆他和蔡元培这一段共事经历:“我初次和蔡先生共事,是在清朝光绪末年,那时杨笃生、何海樵、章行严等,在上海发起一个学习炸药以图暗杀的组织。行严写信召我,我由安徽一到上海便加入了这个组织,住在上海月余,天天从杨笃生、钟宪鬯试验炸药,这时孑民先生也常常来试验室练习、聚谈。”

日后的学界泰斗,竟是暴力救国的始作俑者,说来堪奇,其实也是时风使然。热衷政治暗杀,以为炸弹手枪可以救国,实是清末至民国一大景观。蔡元培是革命党人何海樵介绍加入暗杀团的。何海樵从日本带了六个杀手潜回北京,准备行刺慈禧,但等到经费用完也没有找到下手的机会,于是不得已南下上海活动,发展了蔡元培等。据蔡自述,加入时要举行类似会党的“歃血为盟”的仪式:“设黄帝位,写誓言若干纸,如人数,各签名每纸上,宰一鸡沥血于纸,跪而宣誓,并和鸡血于酒而饮之。其誓言则每人各藏一纸。”

在试验炸弹前,蔡元培更看重的是毒药,因其易于制作,又隐蔽携带,只要有机会接近目标,就能不露声色除去之。致命毒师蔡元培本人并不懂毒药调制之法,于是他把爱国女校的化学教师钟宪鬯、俞子夷也吸收进了暗杀团,所需器材由当时上海唯一的理化器材供应机构科学仪器馆供应。俞子夷配制出了氰酸,为了试验其药效,蔡元培让工友弄来一只猫,强迫灌下几滴,猫即中毒而死。但蔡元培认为液体毒药固然药效强,却易被发觉,不如固体粉末佳,于是又从日本购入一批药物学、生药学书籍,继续试验。因进展缓慢,他还异想天开地想用催眠术作辅助暗杀的手段,催着陶成章翻译了好几种催眠术的书。等到他领导的研究小组研发出体积小、威力大的炸药,他又以为由女子去实施暗杀比男子更隐蔽些,也更容易接近目标,因此在女校特别注重化学课的讲授,并暗暗物色对象,以便培养暗杀种子。

前面说到,万福华在上海英租界四马路某餐馆行刺前广西巡抚王之春那一节,就是发生在这个时候。万福华事败入狱,章士钊曾到监狱探望,章结束探访出来,没发觉有暗探一路尾随,终于导致暗杀团在新闻路余庆里的秘密驻地被查抄。蔡元培和其他一些侥幸漏网的革命党人暂时躲藏起来,他短暂的刺客经历也就告结束了。

但暗杀的种子既已在革命党人心里着了床，不会那么轻易被抠去。1907年，有徐锡麟在安庆刺杀安徽巡抚恩铭一案，随后牵连出已经回到绍兴的秋瑾被捕。徐一度被恩铭所赏识，委任其为安庆巡警学堂会办。但是徐认为，恩铭的赏识是私人的，杀死恩铭则是为民族国家大义。徐被恩铭的卫队剖心下酒，一同被难的还有巡警学堂数十名学生。到1910年，乃有汪精卫图谋刺杀小皇帝的父亲、摄政王载沣一案。汪精卫邀集同伙，扛了个四十磅之重的炸弹，在载沣上朝必经的银锭桥下埋设时被发现报官，好在清廷为示宽宏，没有处死这个蹩脚的刺客，只把他判无期徒刑了事。“慷慨歌燕市，从容作楚囚。引刀成一快，不负少年头”，汪的这首五言绝句，为他在民国新立后捞足了政治资本，这已是后话了。

## 狭义的革命

进入新世纪的第一个十年，是清廷日薄西山的十年，平心而论，也是努力加大与现代世界对接的十年。被论家称作“改革运动宪章”的光绪二十六年十二月十日(1901年1月29日)上谕，虽未提新政二字，其真实含义已近似新的政治体制，包括教育、军事、警务、监狱、法律、司法和立宪政府，可知从体制到思想层面，老大帝国已在孕育一场从传统到现代的“静悄悄的革命”：

> 著军机大臣、大学士、六部九卿、出使各国大臣、各省督抚，各就现在情弊，参酌中西政治，举凡朝章、国政、吏治、民生、学校、科举、军制、财政，当因当革，当省当并，如何而国势始兴，如何而人才始盛，如何而度支始裕，如何而武备始精，各举所知，各抒所见，通两个月内翻条议以闻。

1905年提上议事日程的立宪考察，不管清廷是出于被迫还是主动寻求，都是顺应朝议民情的一项举措。外派大臣原拟四位，载泽、戴鸿慈、徐世昌和端方，满汉各二，有王公、有廷臣、有疆吏，结构均衡。后又下谕旨加派商部右丞绍英，可见其立宪预备之慎重。据1905年创刊的革命派杂志《醒狮》刊登宋教仁《清太后之宪政谈》的文章披露："今日满政府有立宪之议，有某大臣谒见西太后，西太后语曰：'立宪一事，可使我满洲朝基础永久确固，而在外革命党，亦可因此消灭。候调查结局后，若果无碍，则必决意实行'云云。"这是上层真实心态的流露，即既不了解立宪为何物，也不拒绝立宪，这就给了革命党人指清廷立宪为假立宪的口实，这一年创刊的《民报》便有这样的表述："假考察政治之名，以掩天下之耳目"。

立宪之声愈益高涨，几乎已成时代主潮，且舆论已有效带动朝廷，吴樾又为何冒死北上、以暗杀手段阻挠五大臣这一先进之举？实是因立宪派与革命派互为仇家，积怨已深，凡是有益于清廷延长国祚的，必成革命党人的肉中刺，必欲拔之而后快。对此，吴樾在《意见书》《暗杀时代》里已表露无遗，他认为立宪不过是康、梁保皇党人为重返权力中枢打出的一张牌，"立宪之声嚣然遍天下，以诖误国民者，实保皇会人为之倡。宗旨暧昧，手段卑劣。进则不能为祖国洗濯仇耻，退亦不得满洲信任"，清廷支持立宪，不过是欺骗民意，阻止汉旗复兴，"以欲增重于汉人奴隶之义务，以巩固其万世不替之皇基"，所以自己哪怕舍身成仁，也要力阻之：

> 越生平既自认为中华革命男子，决不甘为拜服异种非驴非马之立宪国民也，故宁牺牲一己肉体，以剪除此考求宪政之五大臣。

是以，北京爆炸案不久，当时吴樾的身份尚未查出，上海的《申报》就已分析指出，这是立宪派的天敌革命党人干的，其目的不外乎火中取栗、乱中举旗："揆度情形，必出于反对立宪党者所为无疑，而反对立宪党又非出于旧党而必出于新党中之激烈者无疑。夫新党中之反对立宪党，非所谓革命排满党而谁哉？彼党之主义，在于颠覆满洲政府，故日夜伺中国内乱之起，有间可乘则举革命之旗以起事，其宗旨与立宪如水火之不相入。”

南方立宪派领袖张謇在其自订年谱中愤然说，自古以来，参与革命者有圣贤、权奸、盗贼，革命党人被种族主义鼓动，逆势而动，全无理智，这样以“革命”自诩者差不多就是一群盗贼：

> 政府遣五大臣考察欧洲各国宪法，临行炸弹发于车站……是时革命之说盛矣，事变亦屡见。余以为革命有圣贤、权奸、盗贼之异。圣贤旷世不可得，权奸今亦无其人，盗贼为之，则六朝五代可鉴。而今世尤有外交之关系，与昔不同，不若立宪，可以安上全下，国犹可国。然革命者仇视立宪甚，此殆种族之说为之也。

百日维新后流亡日本的梁启超，在 1904 年 4 月发表的《中国历史上革命之研究》中提到了革命的广义与狭义之分：“革命主义有广狭，其最广义，则社会上一切无形有形之事物，所生之大变动，皆是也；其次广义，则政治上之异动与前此划然成一新时代者，无论以平和得之(以铁血得之)皆是也；其狭义，则专以兵力向于中央政府者是也。吾中国数千年来，惟有狭义的革命。”

一群激进少年，总以为一个新中国必从血浴中出之，他们抱定炸弹救国的宗旨，而采取此行动，正印正了任公此论。

就像当时有报章所指出，值此二千余年专制中国长梦将醒之际，清廷有立宪之议，如以超越种族之立场观之，实对中国前途大有裨益。于是出现了这一吊诡情形，政府愈要摧锄革命，革命反成燎原之势，党人愈要阻挠新政，立宪反而刻不缓行，此间消长盈虚，正见出新世纪第一个十年情势之复杂。

爆炸案发生月余后，清廷把耽搁了的立宪考察重新提了上来，新公布的考察名单，载泽、端方、戴鸿慈不变，改派尚其亨和李盛铎代替另有新任的徐世昌和受伤的绍英，仍然是五大臣出洋的阵容。12 月 7 日，戴鸿慈、端方率先出京。11 日，载泽、尚其亨、李盛铎一路也离开京城。两支人马先后到达上海。戴、端一行由日本取道太平洋而赴美，载泽一路，首站考察就是日本,因年底事务剧繁,延至次年元月正式动身。

1923年,已成中共领袖的陈独秀对二十年前的那个暗杀时代作过一段反思,认为暗杀只是一种“个人浪漫的奇迹”,不是科学的革命运动。科学的革命运动,“必须是民众的、阶级的、社会的”:

> 暗杀者之理想,只看见个人,不看见社会与阶级,暗杀所得之结果,不但不能建设社会的善、阶级的善,去掉社会的恶、阶级的恶,而且引导群众心理,以为个人的力量可以造成社会的善、阶级的善,可以造成社会的恶、阶级的恶,可以去掉社会的恶、阶级的恶,此种个人的倾向,足以使群众之社会观念、阶级觉悟日就湮灭。(《论暗杀暴动及不合作》)

## 生机断绝

“二次革命”甫一发生,袁世凯就免去了南方三个不听话的都督,皖督柏文蔚赫然在列。时任都督府秘书长的陈独秀,身处乱军阵中,为驻防军人龚振鹏所捕,差点被绑缚枪决,面对行刑队的枪口,陈仍不改色,顿脚大吼:“要枪决,就快点罢。”幸有一相熟的旅长带兵来救,才捡得一命,仓皇逃到上海。

袁世凯委亲信倪嗣冲为新任皖督兼民政长,倪一到任,就发布通告缉拿革命党人,陈独秀名列“要犯”第一。军警前往他安庆老家查抄,他的两个儿子延年、乔年闻风逃到安庆渌水乡老家的陈家剖屋躲避,他的一个侄子被抓走,嗣父陈衍庶(字昔凡,一个曾在东北担任州官的清末官员)收藏多年的字画也都给抄走了。

陈家是在陈独秀的嗣父陈衍庶手上真正发达的。这位嗣父由举人而知县、知府，官运财运一路亨通。日俄战争时，马匹是紧俏物资，他以官府的名义抽取的牲品税大都装入自家腰包，获银万两，在辽宁和安徽置了上千亩地，还在北京琉璃厂开有一家古玩铺。位于安庆城的陈家大洋房，气派非凡，五进三院，门楼足有丈宽。致仕后的陈衍庶寄情书翰古玩，独钟清初"四王"中的王石谷，据陈独秀自称，他家藏和见过的王画，不下二百件。陈独秀日后一手内劲外秀的汉隶和小篆，就是来自嗣父的影响和这些家藏的熏染。陈后来成为一个革命者，他的反传统观念中，或多或少也有一种仇父情结，连带着这位嗣父喜欢的东西他都要去反，包括王石谷的画，以至日后说出这样的话来，"若想中国画改良，首先要革王画的命。"

陈独秀过继给无后的叔父做嗣子，本应是这庞大家产的唯一继承人，但 1913 年是陈家的灾年，就在倪嗣冲派军警抄家之前，陈衍庶与英商的一桩大买卖失利，一病不起，陈家的家业已经败得差不多了。这次查抄给本就在走下坡路的陈家以致命打击，陈独秀在上海闻听此事，恨恨不已："以我之气，恨不得食其人。"

逃到上海，生计当成最大问题。陈独秀说，"此时全国人民，除官吏兵匪侦探外，无不重足而立。生机断绝，不独党人为然也。"没有任何生活来源的陈独秀，不仅要自己糊嘴，还要养活妻儿。到过他家的人描述说，逼仄的房间里，窗棂和床架之间的绳子上挂满了刚晾上去的尿片，其困窘可想而知。

他最初的设想是卖文为生，可是微薄的稿酬收入哪能支持得了一家开销，他又想投身书业，以编辑为生。他写信给日本的章士钊，请他介绍一个编辑教科书的工作，还动手编辑了一部《新体英文教科书》，写了一部文字学著作《字义类例》，交由亚东图书馆出版。

第一本的销路没有预想中好，第二本又是冷门的学术书，更是乏人问津，用他自己的话来说，"近日书业，销路不及去年十分之一，故已搁笔，静待饿死而已。"实在没办法了，他还打算学世界语，以作日后谋生之计，甚至还羡慕起了独身生活的好，说出"以吾国今日经济状态，宜盛行独身主义"这样的混话来。

# 头发的故事

1914 年夏天，陈独秀东渡去了日本。他在雅典娜法语学校学法文，同时帮章士钊编辑一本政论性杂志《甲寅杂志》。照后来的学生傅斯年的说法，那时的他穷得只有一件汗衫，且常不换洗，其中有无数虱子生活。

这是他一生中最后一次去日本。从 1901 年首次赴日迄今，十三年间，陈独秀曾五赴日本，世纪之初汹涌的留日潮于他身上可见一痕。

就像有史家所指出的，百日维新后有过一个中日关系史上的“黄金十年”，一方面，甲午战败使中国知识阶层开始怀着一种复杂的心情向日本学习，另一方面，日本为了阻止俄国和其他西方列强的推进，也在积极实施“联英联中，抗俄德而图自保”的政策，因此出现了中日关系史上最具戏剧性的一幕，革命派、立宪派、保皇党人都以日本为大本营招兵买马，中国知识精英尤其是大量留学生蜂拥日本，出现了“世界历史上第一次以现代化为定向的真正大规模的知识分子的移民潮”。①

陈独秀首次赴日的 1901 年前后，在日留学生不足两百人，到他第三次赴日的 1906 年，已约万人。到他第五次赴日的 1914 年，累计已有约三万名学生到过日本，其成员组成也是五花八门；有京师大学堂的毕业生，各类专业学堂的高才生，脱离私塾大门的旧书生，有官绅子弟，也有新军士兵，这些人有的可以讲流利的日语，用日文写作，有的则连一个日本假

---

① [美]任达《新政革命与日本》，第 48 页，李仲贤译，江苏人民出版社 2006 年版。该书同时指出，戊戌政变中受害的“六君子”之一、御史杨深秀 1898 年 6 月 1 日的奏折《游学日本章程》，在中国学生大规模涌向日本学习的大潮中有着里程碑式的意义。奏折建议总理衙门挑选合格学生，经由日本驻华公使协助赴日留学，“中华欲留学易成，必自日本始，政俗、文字同，则学之易；舟车、饮食贱，则费无多。”

名都不会发音。

在作于三十年代的一篇简短自传《实庵自传》中，陈独秀曾回忆他十八岁那年秋天去南京参加江南乡试的经历。本来，对于他这样一个已经取得初级功名的年轻人来说，参加乡试、会试等不同级别的国考是踏入帝国官场的晋身正途，但逼仄的贡院场屋里那三场九天的考试成了他人生初年一段很不堪的记忆。奇热的天气、散发着奇臭的矮屋、形同疯癫的考生，使他在以后的日子里一回想起来就有一种欲呕的心情。他说他"看待了一两个钟头"，由此联想到了连带自己在内的所有考生的怪现状。"由那些怪现状联想到这班动物得了志，国家和人民要如何遭殃，因此又联想到国家一切制度恐怕都有如此这般的毛病"，这种种联想的结果，是他感觉到，"梁启超那班人在《时务报》上说的话是有些道理的呀"，这次失败的考试带来的冲击，成了他"由选学妖孽转变到康梁派之最大动机"。

他的由康梁派转向革命派，当是发生在最初两次赴日期间。由维新而转向排满革命，启发民智唤起爱国精神，这也是世纪之交大多革命党人走过的心路轨迹。

1901 年，陈独秀首次到日本自费留学时，加入了一个叫励志社的留学生组织，起初，这是个以联络感情策励志节为宗旨、不涉政治的团体，随着留学生思想的分野，分成了两派，"一派主和平，以邀求清政府立宪为目的，后遂演成为立宪党……一派主激烈，以推倒清政府、建立共和民国为目的，后遂演成为排满党，又曰革命党。"①激进派视稳健派如仇寇，时常詈骂为清廷走狗，这个基于脆弱友情的组织很快就瓦解了。

1902 年秋天，陈独秀第二次赴日在成城学校（东京士官学校的预科）学习陆军时，和刘季平（外号刘三）、潘赞化等加入以民族主义为宗旨的青年会，可视为转向革命派的标志。次年春天的一个晚上，他和张继、邹容等五人闯入学监姚煜的居室，强行为之剪辫。中国传统语境中，割发如同斩首，非有大恨不至于此，据章士钊记载，这一幕细节为"由张继抱腰，邹容捧头，陈独秀挥剪"，其间固然可以见出这班少年野性难驯，也未始不可

---

① 陶成章《浙案纪略》，《辛亥革命（三）》。

以看作激进思想浪潮的一个象征。当时在东京弘文学堂日语速成班的浙江学生周树人听闻此事，十多年后还把它写进了小说《头发的故事》里：

> 我出去留学，便剪掉了辫子，这并没有别的奥妙，只为他太不便当罢了。不料有几位辫子盘在头顶上的同学们便很厌恶我；监督也大怒，说要停了我的官费，送回中国去。不几天，这位监督却自己被人剪去辫子逃走了。去剪的人们里面，一个便是做《革命军》的邹容，这人也因此不能再留学，回到上海来，后来死在西牢里。

受到羞辱的姚煜前往教育部交涉，日方迫于压力，把陈、张、邹三人遣返回国。邹容旋即刊布在日期间写就的反清小册子《革命军》。此后更有章太炎、章士钊等在《苏报》力推，短短数月间，行销上百万册。激荡排满浪潮，奠定革命之思想基础，此书作者——二十岁就在狱中去世的邹容居功至伟。此后不足十年，乃有武昌首义、民国初创、清帝逊位，此是后话不提。

> 扫除数千年种种之专制政体，脱去数千年种种之奴隶性质，诛绝五百万有奇披毛戴角之满洲种，洗尽二百六十年惨烈虐酷之大耻辱，使中国大陆成干净土……伟大绝伦之一目的，曰“革命”。巍巍哉，革命也！皇皇哉，革命也！

陈独秀的一生道路，似乎也在1903年这一剪中选定了，毕其一生，他要剪去的就是国人灵魂中的“辫子”。

# 第四章 冰炭两重天

## 三　郎

陈独秀被遣返回国半年后，他在“青年会”的朋友苏曼殊也回国了。小名“三郎”的苏曼殊，父亲是横滨英商茶行的买办，生母是日本人，私生混血儿的身份一直使他落落寡合，十六岁就跑到广州蒲涧寺削发为僧。他是因加入“拒俄义勇队”被监护人——也是他表哥——林紫垣断绝了经济资助，才不得不辍学回国的。

据同学和好友冯自由回忆，这个表哥对他很是苛刻，每月只助十元供上学，这点钱只能让他住最低劣的“下宿屋”，吃掺了石灰的米饭，为了节省火油费，晚上竟不点灯。为了发泄不满，在回国途中的博爱丸上，他给表兄寄出了一份伪遗书，谎称自己投海自尽了。

不知他表哥收到这封恶作剧的信会是什么心情，反正不久就传来了这个少年还活着的消息。穿着一袭破旧布衲的苏曼殊，登岸后先赴苏州，在吴中公学担任了一段时间的教职，同事中有日后的鸳鸯蝴蝶派作家包天笑等。在苏州待了不到一个月，他又跑到上海，去了一家报馆做翻译。

当时纷纭一时的《苏报》案刚刚尘埃落定。章太炎和邹容被判入狱，《苏报》主笔章士钊在官场有力人物的奥援下，免予追究，他很快找到了新的投资人，创办了这张《国民日日报》。此报既是为接替被查封的《苏报》而生，其排满革命的主张愈加迫切，做法上也更加隐蔽些。就拿报纸日期来说，先用黄帝纪元的纪年办法，后又改用中历干支纪年，反正就是想方设法逃避使用本朝年号，为了不被朝廷追责，一些时评文章也大多署化名。

陈独秀和章士钊负责这张报纸的编辑事务，据章士钊日后回忆，在英租界昌寿里偏楼的报馆办公地点，他和陈独秀常常干到次日凌晨。两人足不出户，头面不洗，因没有多余的换洗衣服，连洗衣都省去了。有一天早晨，章看到陈的竹布蓝衫外套及衬衣领口布满了点点白色之物，多得不可胜数，细视且做蠕动状，章大骇，问：仲甫，此是何物？独秀徐徐自视，答曰：虱耳。

刚到上海的苏曼殊和陈独秀、章士钊、何梅士等租屋同住，他和陈同居一室。苏曼殊的英语授于西班牙籍老师罗弼·庄湘，远比汉语讲得利索。这样一个汉文功底奇差的一个人，平仄和押韵都不懂，忽一日发兴要作诗，就磨着比自己大五岁的陈独秀教。他说在日本的时候曾想跟太炎先生学诗，太炎先生嫌自己底子太差不愿意收。陈独秀对小学和音韵学都有兴趣，也就很尽心地教，和尚作了诗要他改，他也很负责地拿去改了。和尚的诗艺突飞猛进，他的诗掺杂在陈独秀的诗作中，竟至很难分辨出来。

他的两首处女作以“苏非非”的笔名发表在陈独秀编辑的版面上。“蹈海鲁连不帝秦”“易水萧萧人去也”等句，以春秋游侠自任，可见此人胸中奇气。他在日本时的同学冯自由，见他这么一个“性质鲁钝、文理欠通”的家伙一开笔写诗就卓然成家，以为他必有非常之遇，实不知是陈独秀唤醒了此人沉睡的天才，使他成为一个超绝的诗人。① 学诗、画画之外，他还在翻译法国作家嚣俄（Hugo，今译雨果）的《悲惨世界》，经陈独秀润饰后以《惨社会》为题连载在供职的这家报纸上。但这个翻译家实在太随心所欲了，他对原著的不忠实就像一个花心的丈夫，常常丢开原作乱添乱造，译着译着就会凭空添进去几个原著中没有的故事，借此对社会现状作露骨的讽刺和影射，根本谈不上“信”，以至读者都搞不清他到底是在译书还

---

① 见冯自由《苏曼殊之真面目》，《革命逸史》第一集，125 页。新星出版社 2009 年版。

是著书了。

这段快意的日子并不长，两个月后，这张报纸就因党人内讧、经费不继停刊了。陈独秀由上海潜回安庆，找几个同人办起了另一张报纸《安徽俗话报》，不久迁到芜湖，因为此地有一个叫汪孟邹的朋友创办了科学图书社，以经营教科书等新书报为业，便于发行。陈独秀支付了一笔伙食费，寄宿在科学图书社二楼的一间小屋里。本文开篇说到 1905 年夏天他和吴樾等三人密谋暗杀五大臣，就是在这间小屋里。这是一幢砖木结构的二层楼房，二楼堆放杂物并兼作宿舍，光线晦暗，一踩上松朽的楼板就橐橐作响，所幸临街开着一扇小窗，屋顶还有一片亮瓦，看人不至于眼鼻不分。陈独秀就是在这间逼仄的小屋里编报、卷封、付邮，收到上海印好寄来的报纸时再一一分发。

汪孟邹的侄子汪原放根据乃父的回忆，曾如是叙述陈独秀刚来此地时的情形：一位剪掉辫子披着头发的 25 岁的青年，背着包袱，拿着把雨伞，来到科学图书社，汪孟邹跟他说：我这里每天吃两顿稀粥，清苦得很。陈听后平淡地回答：就吃两顿稀粥好。

生活虽然困顿，但墙上一幅此人自题的笔走龙蛇的铭联还是泄露了他不凡的胸次，写的是“推倒一时豪杰，扩拓万古心胸”，据说此联并非陈独秀完全自撰，是从南宋陈亮的一句“推倒一世之智勇，开拓万古之心胸”化用而来。实际上在当时年轻的崇拜者眼里，这个为人痛快爽直的长发青年简直就是“南宋陈同甫（陈亮字同甫）再世”（邓以蛰语）。

报纸办不下去，连载也告中断，苏曼殊早就吵着要离开上海。开始陈独秀还不许他走，某一日，陈有事外出，苏曼殊约了何梅士一同去看戏，刚到戏馆门口，苏说忘记带钱了，要回宿舍一趟去取，何在戏院门口等了老半天也不见他回来，就返回寓所，发现苏的行李铺盖都不见了，案头一封告别信，草草几言，说他不辞而别的苦衷。陈独秀知道此事后说：原来他恐怕我不放他走，所以趁我出去的机会，特此把梅士骗到戏馆里。①

---

① 柳亚子《记陈仲甫先生关于苏曼殊的谈话》，见《苏曼殊年谱及其他》，上海科学技术文献出版社 2014 年版。

这一别，他们要数载后才得再见。

## 情　僧

离开上海的苏曼殊先去湖南。闲云野鹤一般游了湘江，参拜了衡山，在雨华庵一个老僧处谈禅说经，盘桓多日后，于这年十二月中旬去了香港。经日本大同学校的同学冯自由介绍，他在中国日报社一个叫陈少白的朋友处住了几日，年底又前往广东惠州，在一处破庙拜一老尚为师，重新落发为僧。一个偶然的机会，他窃取了已故师兄遗凡（法名“博经”）在广州雷峰海云寺的度牒，从此便以度牒上所称“新会慧龙寺赞初长老弟子博经”自称，正式以法号“曼殊”招摇于世，原名“元瑛”反倒不大用了。取得了这一合法身份后，这个不安分的和尚又步行至广州，再转乘轮船至香港，回到了他曾经借住的陈少白处。听说保皇党首领康有为也在香港，他突然有了一个冲动，购买了一支手枪准备去暗杀，幸被陈少白力阻，这一可笑的计划才没有实施。

春天，苏曼殊去了南洋，历游暹罗、锡兰，学习梵文。到了夏天，他摇身一变成了长沙实业学堂的一名图画教员（也有一说是舍监），与张继、杨笃生等成了同事。因他个子瘦小，常被调皮的学生侮弄，常背人兀坐，歌哭无常，常被人讥作神经病发作。

此时的湖南暗流涌动，打着兴办实业幌子的华兴公司（即华兴会）正在预谋一场起义。主事者黄兴、刘揆一决定在11月的某一日即慈禧太后70寿辰那天，全省文武官员齐集省城万寿宫五皇殿行礼时发动。先用预先埋设的炸弹把这些大官们送上西天，而后以城中新军、武备学堂学生和巡防营为策应，城外哥老会分兵五路响应攻打，待拿下长沙、占领两湖后举兵北伐。但这一军事计划在9月初的时候就告泄密。

事涉当时长沙城内的一个著名学者，从国子监祭酒任上致仕，人称葵园先生的王先谦。王的一个门徒无意间从一个华兴会员的口中得知了这一天大消息，告知乃师，一向视党人如仇寇的王急报巡抚陆元鼎，官府立即着手戒备，并出动差弁缉拿城中首事乱党。黄兴、刘揆一、宋教仁、陈天华等或避走上海，或东渡日本，起义宣告流产。在这乱糟糟的情势下苏曼殊也离开了长沙，此后一年他云游何处，记载阙如。

大约是1906年初，时在芜湖办学的陈独秀奔走沪、皖两地，某一日，他在上海一家小酒馆和朋友吃饭，忽见一个和尚闯将进来，"却是曼殊来也！"直觉告诉陈，他这个小弟比之两年多前变了许多："此时他僧装而吃酒吃肉，我们劝他改穿西装，他紧执地不肯。但隔了几时，即又自动的改了。问他什么缘故？他说'吃花酒不方便呀'！此时的曼殊，一切颇和几年前不同，几年前说话很少，几乎不大开口，而此时却会高谈阔论起来。几年前除了我们以外没有朋友，而此时朋友却很多，不但有男朋友，并且有女朋友了。"①原来，他那个沉默寡言爱害羞的小兄弟已经成了个风流小和尚了。

实际上，过去的一年里，苏曼殊与陈独秀是通过音讯的。几个月前，他曾在杭州寄了一幅双僧图给陈独秀。1905年秋天离开长沙后，苏曼殊先在上海过了一段花天酒地的日子，然后一个人跑到了西湖边，挂单在雷峰塔下的白云禅院，用熟悉他的朋友的话来说，"后脚还扎在上海的女间，前脚却已踏进了杭州的寺庙"。某一夜，他与僧友一同泛舟游西湖，看到月色皎洁，佛塔如剑直指夜空，一时兴起，画下了一幅《拏舟金牛湖图》(金牛湖即西湖，相传汉代有金牛现于湖中故名)。画中一僧望月吹笛，一僧横篙击水，趁兴画毕，他在画末自题"乙巳拏舟牛湖寄作仲子"。若说那个吹笛僧是他自身，那个身弯如弓的横篙僧就是陈独秀了。

他是以这幅双僧图卷召唤他的朋友一起遁入空门吗？对于急切用世的陈独秀来说这当然不现实，他只是借此表达对朋友的思念。此画曾入一个叫蔡哲夫的藏家之手，他在题跋中记录了这年秋天与苏曼殊在孤山

---

① 柳亚子《记陈仲甫先生关于苏曼殊的谈话》。

脚下的一次偶遇：

> 乙巳之秋，著书被议，避地如孤山。一日，过灵隐岩前，见一祝发少年，石栏危坐，外虽云衲，内衣毳织贯头，眉宇间悲壮之气逼人。余以为必奇士，大有不得已而为之也。今读斯图(指《拏舟金牛湖图，寄似仲子》)，知曼殊是岁亦客西湖，因语曼殊，遂知当日所见，固曼殊也。①

是什么让一个原本木讷的青年在短短两年里变得如此放浪形骸？唯有爱情那神妙的力量。陈、章不知，他们的小弟早非吴下阿蒙，而是个经常出入歌场妓院的欢场常客了。就在陈独秀与之重逢之前半年，流寓南京在陆军小学任英语教员的苏曼殊已经被他的同事戏称为“多情种”了。他结识秦淮河歌伎金凤并陷入了一场不可救药的热恋之中。他为之情意殷殷，神魂颠倒，为她写了好多缠绵悱恻的情诗。后来此女从良，他不能再明着去找她，还集了李商隐的诗句相送：收将凤纸写想思，莫道人间总不知；尽日伤心人不见，莫愁还自有愁时。刘三说他多情种没错，此人一面钟情世间女子，一面又囿于和尚身份，临阵时常作退缩，佛理与爱情，正是他胸中交战的冰与炭。他的多情与寡情，陈独秀等一干好友不久就会领略着了。

这次酒楼重逢后，苏曼殊跟着陈独秀去了芜湖，在皖江中学任教员。到了皖江中学他才知道，自己竟然与名满天下的古文经学大师刘师培(字申叔)成了同事。刘来自扬州一个书香世家，17 岁中秀才，18 岁中乡试，精研家传《左传》《周礼》，尤擅小学、训诂，文必称六朝，虽然年岁和苏曼殊一般大(苏、刘都生于 1884 年)，但其经文学问，却巍然已为大宗，自在上海结识章太炎(字枚叔)后，改名光汉，一起鼓吹革命，人皆合称章、刘为“海内二叔”。此次他是因在供职的《警钟日报》公开辱骂德国官员遭官府通缉，化名“金少甫”，先在浙江平湖大侠敖嘉熊家匿居了一阵子，再携妻子避居芜湖的。苏曼殊后来才知道，刘师培潜来芜湖之前，已由蔡元培介

① 马以君笺注：《燕子龛诗笺注》，第 5 页，四川人民出版社 1983 年版。

绍成为光复会的秘密会员了。

皖江中学宁静的表面之下狂澜深藏，刘、苏到来之前，陈独秀与体育教员柏文蔚已在关帝庙前歃血为盟，依照上海的暗杀会成立了“岳王会”。刘师培一边教书，一边也没闲着，襄助陈独秀、柏文蔚等发展党人。只是他入光复会时蔡元培等“以皖省革命事相嘱”，他自居资历，时常要摆出上级的谱，而陈独秀的行事风格是向来不依别人的，这给他们的友情蒙上了一层不快的阴影。

值得附提一笔的是，刘师培的妻子何班（日后改名何震）也是一个奇女子。她出身江苏仪征名门，是一个老孝廉的女儿，能诗善画，人也长得眉眼活泛，饶有姿色。她和刘师培算是表兄妹，婚前非常羞涩，连大门都不迈出的，婚后跟着刘师培到上海入爱国女校读书后简直换了一个人，把俄国虚无党女杰苏菲亚、法国大革命时期的政治家罗兰夫人作为人生楷模，时时效仿。①

苏曼殊到芜湖不久，马上就觉得了这女子的爽利、能干，和风风火火的办事劲头。几次单独接触，生性敏感的他还捕捉到了这个女子不时扫来的热辣辣的眼风。他有些担心，不知自己能否把持住，生怕闹出绯闻对不住朋友。幸亏学期结束在即，陈独秀邀他暑期同往日本，他悬紧的心才放了下来，但隐隐也有些失落。

## 才如江海命如丝

苏曼殊是想趁这个暑假去日本寻找他的生身之母。前面说到苏曼殊

---

① 梅鹤孙《青溪旧屋仪征刘氏五世小记》记何震：“幼年在家，秉承闺训甚严，不见生人，结婚后忽然思想大为解放，以后就与舅氏（指刘师培）每出必同行了。”上海古籍出版社 2004 年版。

是个混血私生子，他的浪荡父亲苏杰生从广东香山跑到横滨，多年打拼挣下了一块很大的产业，娶了一个叫河合仙的日本女子为妾，但苏曼殊的生母不是这个女人，他是苏杰生与这个女子的妹妹河合若子私通生下的。可能是出于对姐姐的愧疚，这个女人生下苏曼殊三个月后就离开了苏家，所以六岁之前苏曼殊一直是由义母河合仙抚养，六岁后再跟随嫡母黄氏回广东原籍。

从他懂事起，无日不刻都在想念这个未曾见过的女人。他十五岁开始来日本进横滨大同学校读书，就是存了寻找母亲的念头。但这么多年来去中土、东瀛，他始终没有打探到生身之母的消息。一种说法是她已经死了，还有一种说法是她后来嫁给了一个海军军官，时常随舰出海。他相信，只要自己坚持找下去，总会有与这个女人见面的一天。

此时，这个二十三岁的青年正迷上诗歌翻译，对十九世纪浪漫主义诗人拜伦尤为倾心。在他看来，拜伦生长于繁华、富庶的生活，从英国跑到希腊，帮助那里为自由而奋斗的爱国者，一生痴结于恋爱与自由，是一个"热情真诚的自由信仰者"，①一个坦白而高尚的精神战士，可称他的异域知己。他说，拜伦的诗像是某种后劲绵长又有奋激性的醇酒，喝得愈多，愈觉得有甜蜜的魔力，觉得它们通篇都充满了神秘、美魔与真实。他曾经在月夜泛舟游湖时，对着月光和湖水大声背诵拜伦的《哀希腊》等名篇，诵至动情处大哭，以至船夫都以为他精神病发作。②

此次赴日途中，行箧中有他喜欢的多部西文诗集，是他以前的西班牙籍英文教师罗弼·庄湘的女儿雪鸿所赠。其中一册《拜伦集》，卷首还有一首他的七绝题诗。舟中无事，海风竟日吹拂，正适于重读那些暴风雨般的诗句。船抵岸，已译就拜伦长诗《大海》等数篇。几年后，他把船上译诗的经历移花接木般地写进了小说《断鸿零雁记》中：

船行可五昼夜，经太平洋，斯时风日晴美，余徘徊于舵楼之上，茫

---

① 《潮音自序》，见《苏曼殊全集》第1册，当代中国出版社2007年版。

② 飞锡《潮音跋》，《苏曼殊全集》第4册。

> 茫天海，渺渺余怀。即检罗弼大家所贻书籍，中有莎士比亚、拜伦及室梨(今译雪莱)全集。余尝谓拜伦犹中土李白，天才也，莎士比亚犹中土杜甫，仙才也，室梨犹中土李贺，鬼才也。乃先展拜伦诗，诵《哈洛尔游草》，至末篇，有《大海》六章，遂叹曰：雄浑奇伟，今古诗人，无其匹矣！濡笔乃为汉文如下。……余既译拜伦诗竟，循环诵读，时新月在天，渔灯三五，清风徐来，旷哉观也！①

同船的陈独秀自然也没有闲着，和尚译了诗，要他修改润色，也惹得他手痒，以同样的五言古风译出了拜伦的《留别雅典女郎四首》。那时他还不叫独秀，朋友们都叫他仲甫、由已，或者官名乾生，在译作上署名时，他借用了老家安庆的一座山名，自况"盛唐山民"(日后他易名"独秀"，也是借用了老家的另一座山，独秀山)。在船上他们还就英译古诗进行了长时间讨论。

苏曼殊说，诗歌之美在乎气体，也就是诗句所传达出的特有气息，但译事固难，他时常为译得不称其意而苦恼，常常为安妥一个词，他都要在甲板上徘徊老半天。陈独秀也有同感，"畏友仲子尝论，'不知心恨谁'句，英译微嫌薄弱，衲谓弟以此土人译作英语，恐弥不逮，是犹倭人之汉译，其蹇涩殊出意表也。"②当他们像一对晋宋时代的苦吟诗人一样对着大海斟酌诗句时，实际上是在融通原文之后，反复吟哦，再赋予一种典雅工整的格律形式，这是一种改写，更是一种二度创作，绵延百余年的西诗汉译就在这两个年轻人手中滥觞了。③

就在他们海上翻译拜伦诗作的第二年，周树人在东京写就名篇《摩罗诗力说》，把拜伦作为摩罗诗派的首选人物，作为破中国之萧条的"先觉之

---

① 《苏曼殊全集》第3册。

② 苏曼殊《拜伦诗选》自序。

③ 苏曼殊的《拜伦诗选》1906年译成，1908年出版。另据1934年上海华成书局出版的《曼殊大师诗文集》称，《拜伦诗选》发刊于民元六年，出版于日本东京三秀舍。陈独秀译的《留别雅典女郎四章》，据苏曼殊《文学因缘自序》："则故友译自 Byron 集中。"

声”。一个时代最早的觉悟者们为了寻找精神出路，树立精神战士之楷模，已经自觉地“别求新声于异邦”了。

> 今索诸中国，为精神之战士者安在？有作至诚之声，致吾人于善美刚健者乎？有作温煦之声，援吾人出于荒寒者乎？

这次短暂的寻母还是像以往一样没有结果，暑假快结束了，在须磨海岸送日本友人水野氏后，苏曼殊就和陈独秀、邓以蛰同船回国了。尽管没找到母亲，和尚却没有丝毫不快，相反，他神情欢愉，眼睛潮亮，时刻流露出沉浸于爱情中的年轻人才会有的那种没心没肺。果然，旅行中途他就按捺不住向两位旅伴说起了在日本与女友相处情意缠绵事，陈独秀与邓以蛰皆说不信，激之爆出更多猛料。苏曼殊果然沉不住气，取出女人发饰等信物给两友验看，二人传看后，苏曼殊忽将这些情物抛向海中，转身痛哭。陈独秀见他忽悲忽喜，像是触动无限心事，也有些讪讪，他脑海中春雷般滚过的是一句话：丹顿拜伦是我师，才如江海命如丝。这谶语般的两句诗，他预感到在他们身上都要应验。

转眼到了1907年初，“苏报案”三年狱满跑到东京的章太炎向刘师培夫妇发出赴日邀请，刘师培见国内文网日紧，个人行动常被监视，于是决定偕妻东渡。

他们启行的日子是旧历正月初一，同船赴日的还有她妻子的表弟汪公权，一个貌似朴实，实则心机颇深的年轻人。刚从温州云游回来的苏曼殊也应邀与他们一同赴日。后来发生的事证明，他这一仓促决定是个错误。

# 第五章
## 革命夫妻

### 经学家的火药味

就在刘师培夫妇赴日不久前,《民报》一周年的纪念会上,章太炎有演说云:“以前的革命,俗称强盗结义,现在的革命,俗称秀才造反。”对古侠之风的向往,加上东瀛武士道风的渲染、法国革命的启迪和俄国无政府主义者的刺激,使当时的留学生中普遍弥漫着流血革命的热切渴望。

刘师培抵达东京,正值清廷要求引渡孙逸仙一案发生之时。日方拒绝了清廷要求,又不愿开罪南方革命党人,乃由内田良平出面资助孙五千元(后又有一商人资助一万元),政府发驱逐令催孙离境。刘师培与章太炎、宋教仁、胡汉民等一同出席了在赤坂三河屋的饯行宴会,宋教仁有日记载是日情形:

(2月25日下午)三时,至孙逸仙寓。四时,同逸仙、章枚叔、刘申叔、鲁夕卿、胡展堂等至赤坂三河屋。时内田偕宫崎、清藤、和田诸氏等已至。坐良久,遂各一席,有艺妓七八人,轮流奉酒。又良久,歌舞并作,约三四出讫。诸人不觉皆醉,余亦带醉意矣。夜九时始罢。①

① 《宋教仁日记》,中华书局2014年版。

除了孙逸仙、宋教仁两位大佬，刘师培在东京结识的革命党人还有黄兴、陶成章等，他参加同盟会东京本部的工作，还很快成为了章太炎主编的《民报》主要作者之一。首次亮相于《民报》的《普告汉人》，他署的是"韦裔"这个典出于《左传》的奇怪笔名。尽管署名佶屈聱牙，火力却十分猛烈。他指出，排满并不是革命的最终目的，"就种界而言，则满族之君为异族；就政界而言，则满族之君为暴主。今日之讨满，乃种族革命与政治革命并行者也。"当这些充满火药味的言论在东京传播时，国内南方革命党人正在广东等地发动一场场注定以失败告终的起义，他以写作呼应并抚慰着国内的革命。

当此时也，《民报》正与立宪派主办的《新民丛报》大打笔仗，所争论者，是革命与立宪到底何种适合当下之中国。流亡东京已近十载的梁启超对这个摇摇欲坠的政权还抱有不切实际之幻想，他为清廷背书，抛出"满洲本为明朝藩属，中国亡于满洲绝非亡国"之说，试图调和满汉矛盾，以达其君主立宪之主旨，被汪精卫斥为"无耻"，撰文在《民报》反驳之。但汪读书不多，征引不当，反授对方以口实。刘师培见革命派落了下风，旋即施展他经学家的看家本领，博引史册，洋洋洒洒，写下万字长文《辨满人非中国之臣民》，指出梁启超"中国不亡"论之谬："明之边境，以辽东都司所辖为界，建州三卫属于奴尔干都司，远在辽东边外，则建州为外夷。建州既为外夷，则满洲初起之地，当明时仅为羁縻卫，明人视之若敌国，未曾入中国统治范围。不独非领土，亦且非明被保护地，则满洲非汉族同国之人，不言而喻矣。"

此文一出，在东京留学生中不胫而走，被视作"有功民族革命之作"，连章太炎也暗自叹服，说："申叔此作，虽康圣人亦不敢著一词，况梁卓如、徐佛苏辈乎？"①

刘师培接下来在《民报》上接连发表的几篇文章，思想上似乎走得更远。《悲佃篇》主张，"尽破贵贱之级，没豪富之田，以土地为国民所共有"，并将革命的希望寄托在农民身上。另一篇《人类均力说》甚至提出"共产

---

① 《青溪旧屋仪征刘氏五世小记》，上海古籍出版社2004年版。

主义”一说，说要“扫荡权力，不设政府，以田为公共之物，以资本为社会公产，使人人做工，人人劳动”。

他那个美丽而不安分的妻子，风头丝毫不逊须眉，和丈夫翩然东来不久，她就和一帮女界精英发起“女子复权会”，成了一位高举女权旗帜的妇女解放运动者。她仿效秋瑾女士在上海办《中国女报》，办起了《天义》报，对男权社会展开犀利批判，“男子者，女子之大敌”，《女子宣布书》就是这样向男权世界宣战的。一时间，她几乎比丈夫更引人瞩目。

她还成为了无政府主义和社会主义的信徒，宣称“女界”革命应视为“阶级”革命、“经济”革命的根本与前提，只有将妇女革命与经济、种族等革命并行，才能真正消灭人类社会存在的一切不平等。为了表示自己已获新生，她把父母姓并重，改自己的名字“何班”为“何殷震”，也称“何震”，小字志剑。很快，她出格的言行真要把东京的留学生们“震”住了。

这对风头正健的革命夫妇迷上在当时最为时尚的无政府主义和社会主义学说，主要是因为与日本社会党人北辉次郎、和田三郎等人的交往。他们经常参加日人幸德秋水发起的座谈会，以游山玩水的名义，去东京郊外的一些地方秘密开会。据一个叫陶铸的老同盟会员回忆，刘师培的姻弟汪公权也常参加他们的活动。

相比之下，刘师培更醉心于社会主义，何震倾向于无政府主义多一点，她的并不正宗的女权主义有着许多无政府主义的调调。这乃是因为，她婚后不久在上海爱国女学读书时就开始接触了无政府主义思想。当时她与一个叫林宗素的女报人走动颇勤，引以为闺蜜，曾有诗赠之：“献身甘作苏菲亚，爱国群推玛丽侬（即罗兰夫人），言念神州诸女杰，何时杯酒饮黄龙。”（《赠侯官林宗素女士》）可见其早年志向。林宗素读到那首赠诗后也大起知己之心，为之附识称：何女士为刘申叔先生夫人，结婚才逾月，先生于吾国学界为有数之人物，其夫人学问宗旨，足以称之，吾为吾国女界贺！吾为刘先生贺！[1]

何震称，她和姐妹们发起“女子复权会”这个组织，其宗旨只为“破尽

① 万仕国《刘师培年谱》，广陵书社 2003 年版。

女子对于世界之天职,力挽数千载重男轻女之风”。对于女界的办法,她主张一是以暴力强制男子,二是干涉甘受压抑之女子,对于男权社会,一则以暴力破坏社会,二则反对主治者及资本家。她要求妇女姐妹们讲求“道德、耐苦、冒险、知耻、贵公、正身”,以五个“不得”洁身自好:不得尊信政府,不得服从男子驱使,不得降身为妾,不得以数女事一男,不得以初婚之女为男子之继室。并言明,加入复权会的女性享有之权利有三:“凡已嫁之后受男子之压制者可告本会为之复仇,凡因抗抵男权及尽力社会而死者本会为之表章,凡因抵抗男权及效力社会而罹危险者有受本会救济及保护之权利。”①

和妻子一样,新学说、新名词也把刘师培这个旧经学大师迷住了,他就像一个用功的好学生,对之心骛神往,每每学至夜深犹不肯上床休息,他有着肺结核病灶的身体越发孱弱了,精气愈益疲乏,但他自己丝毫也没有觉察。

他和好友张继等发起“社会主义讲习会”,在妻子主办的倡言男女平等的《天义》报上,他打出了《社会主义讲习会广告》,声称,“近世以来,社会主义盛行于西欧,蔓延于日本,而中国学者则鲜闻其说”,究其原因,就是因为虽有志之士也只知提倡民族主义,而不计民生之休戚,这样的光复大业,即使成功,也只是以暴易暴,他发起“社会主义讲习会”的目的,就是要研究问题,梳理各种学术和主义,“参互考核,发扬光大,以饷我国民”。然究其思想根本,还是纯然无政府主义的底色。在某次讲习会中,他就是这般宣布:“吾辈之宗旨,不仅以实行社会主义为止,乃以无政府为目的者也。”在他看来,上古之时,人生而平等,人类的一切不平等,都在于有君长、有政府,他希望清政府颠覆后,即推行无政府,决不欲排满之后再另立一新政府。

一段时间,刘氏夫妇位于东京小石川区久坚町二十七番瑜伽师地的《天义》报社成了“社会主义讲习会”和无政府主义者的大本营。讲习会定期召开,刘师培和张继轮流主持,某次,刘、张和幸德秋水相继发言后,何震上台

① 《女子复权会简章》。

作演说，这一演说经她表弟汪公权记录，在《天义》报发表，大意谓：

她对于时下流行的这个学术那个主义，均表示怀疑，只信奉无政府主义，她创办《天义》报的目的，也是一面倡言男女平等，一面倡言无政府主义。无政府主义的目的，就在于创造一个平等的没有特权阶层的社会，男女平等，正是社会平等之一端，女子争平等权利，也是抵抗特权之一端，这正是她信奉的女权主义与无政府主义契合之处。而后她语锋一转，力主通过暗杀来达到无政府主义：无政府主义不应是一句空谈，尤重实行。现世界无政府党，以俄国为最盛。俄国无政府党，其进步分三时期：一为言论时代，二为运动时代，三为暗杀时代。今中国欲实行无政府，于以上三事，均宜同时并做。即使同志无多，亦可依个人意志而行，以实行暗杀。盖今日欲行无政府革命，必以暗杀为首务也。①

陈独秀开始时留在芜湖，没有和他们一同出国，但他和党人们的秘密活动早已被官府盯上了，有朋友传信说，安徽巡抚恩铭将要对他们动手，陈独秀闻警，慌忙出逃，也于1907年初到了日本，在东京的一所语言学校学习英文。这样他又可以和苏曼殊共同研读喜欢的欧洲文学了。好友邓以蛰记录了1907年春天他们共学的一段故事：

> 陈仲甫沉酣于他的拜轮与雪梨的全集，和尚终日无衣衫出门，吃着睡着，哼他的以龚定庵为蓝本的七言绝句（他当时所出的《文学因缘》《潮音》中翻译诸作，凡是五七言古体，不是章太炎修改的，便是仲甫所作，和尚只会绝句）。我弟兄两人凑兴的事也不少。若独秀仿效（希望仲甫兄见到勿生气）或尝试拜轮式的浪漫生活，到得他本性太强，仿效不易，格格不入的时候，他老是愤慨多怒。直接当其冲的人固是别人别姓，但形诸文字的是封封给我们两兄弟的信。②

陈独秀刚到东京时，正是何氏夫妇风头最劲的当儿，他们合开的夫妻

---

① 《天义》刊载汪公权《社会主义讲习会第一次开会纪事》。

② 邓以蛰《癸酉行笥杂记》。

档，一个学问博识淹通，一个美艳不可方物，且都是东京城里后起的革命新秀，有"老革命家"章太炎为之站台撑腰。连周作人都说对申叔"神交已久"，虽无缘得识，托一个叫陶望潮的朋友给《天义》报投寄过好些诗文。在东京，陈独秀与何氏夫妇的唯一交集是一同参与了"亚洲和亲会"的发起。但不久后这个有国际背景的组织就解散了。

## 二叔交恶

苏曼殊到东京后，先和章太炎一起住在《民报》社，到七八月间搬出来和刘师培夫妇同住。东京的革命声浪甚嚣尘上，他反倒成了一个革命的零余者，终日作诗、画画、恋爱，研究古音韵，编译《梵文典》，做一些革命同志看来很是无用的事。①

但他似乎认定这些无用的事反倒更能救治自己的灵魂，尤其是与一个叫花雪南的歌伎花的恋爱，把他的诗情再一次点燃了。章、刘等人纠合印度、越南、朝鲜的一批革命者发起亚洲民族解放统一战线的"亚洲和亲会"，他的名字虽然忝列发起人中，究其心情，也是无可无不可的。夏天，他和留学东京的周树人频频见面，筹备发起一本《新生》杂志，无果，他的《文学因缘》第一卷却出乎意料顺利地印行了。那时，他的梦想是建一个梵文图书馆。三年前游历锡兰学习梵文的经历使他确信，梵文是世界上最美丽的文字，"八转十罗，微妙瑰琦"，简直如天书一般美妙，世上各种语言，若以文词简丽、表情达意论之，首推梵文，汉文次之，英语、法语、西班

① 来东京五个月后，苏曼殊在给朋友刘三的信中说："嗣于元旦日同少甫、少甫夫人航海而东，今住东京已阅五月，日间舍学梵文、学画外无他事。丁未年六月二八日于日本。"

牙语等“欧洲番书”，更是要等而下之了。

其间，他还一个人跑出去继续寻找生身之母。他这般孱弱的体质，自然跑不多远，倒是在义母河合仙那里小住了一段时间。小说《断鸿零雁记》叙述主人公“三郎”到日本，乳母怜惜他身体消瘦，“忽仰首，且抚余肩，曰：‘伤哉！不图三郎羸瘠至于斯极！’”当是实情。

与何震有过接触的同时代人，都对她旺盛的精力嗟叹不已，她小小的身量就像一只红泥火炉，总是向周围辐射着热力。整日忙于宣传女界革命的她，竟然还有闲情跟着苏曼殊学画。她拜苏为师，自称女弟子。苏曼殊有时称她“剑妹”，她丈夫听见也不以为忤。“剑妹”看老师案头的画稿越来越厚，帮他辑了一本《曼殊画谱》，为示推重，还请了章太炎题跋，准备和他的另一部著作《梵文典》一同付印。她自己还特地为画谱撰文推介，说：“（曼殊）所作之画，则大抵以心造境，于神韵为尤长。”

令人吃惊的是，苏曼殊的养母河合仙也被她拉来为这本画谱作序，序文有说，“吾儿……早岁出家，不相见者十余年，弹指吾儿年二十四矣。去夏始得卷单来东省会，适余居乡，缘悭不遇，今夏重来，余白发垂垂老矣。”读来真有大不堪于其中。苏曼殊还以养母的口吻写了一首题画诗：“月离中天云逐风，雁影凄凉落照中；我望东海寄归信，儿到灵山第几重？”（《代河合母氏题〈曼殊画谱〉》）

这个泼辣、美艳的女子后来背上“淫悍”的恶名，并非因为她那些出格的女权主义言论，而是因男女情事。男权世界何其坚固，这些来自女界的零星反击挠痒痒还差不多，还可作为革命事业之余遣性悦情的谈资呐。她成为愤怒声讨的对象，乃是因为她有了一位情人，此人即她的表弟汪公权。

刘师培自小身体孱弱，肺结核长年不愈，后来与之同在北京大学国文系任文科教授的周作人描绘过他的形象，说他身体瘦弱，说话声音低微，“完全是个病夫模样”。[1] 这样一个病恹恹的丈夫，偏偏有着这样一个美

[1] “后来他来到北大，同在国文系里任课，可是一直没有见过面：总计只有一次，即是上面所说的文科教授会里，远远的望见他，那时大约他的肺病已经很是严重，所以身体瘦弱，简单的说了几句话，声音也很低微，完全是个病夫模样。”周作人《知堂回想录》第四卷《北大感旧录》，群众出版社 1999 年版。

妇,他能让他那个喜欢奢侈浮华的女人满足吗?可是革命夫妻的风头委实太健,没有谁敢在这个女人面前自讨没趣。这就好比丛林中一只美丽的尤物,人人皆可以欣赏其迷人风姿和毒蛇般的妖媚,一旦尤物归于任何一人,必遭群起而攻之了。

1908年4月的东京,留学生中传得最为沸沸扬扬的就是章枚叔和刘申叔"海内二叔"翻脸绝交。章、刘都是学问家而兼革命家,学术志趣相投,革命之途上也正携手合作,好端端的怎么会撕破了脸面?说起来还是刘师培的太太何震的事。有段时间,章太炎从民报社搬出来,住在刘家,一次无意间,撞破了刘太太与汪公权的私情,便私下告诉了刘师培,刘的母亲也听见了,非但不信,反大骂章造谣,离间人家骨肉,刘也竭力回护妻子。此事一经散布开来,不仅何震、汪公权恨之切齿,刘师培也觉大丢面子,与这个他一向尊敬的兄长绝了交。

在对汪、何私情的处置上,章太炎还是过于迂直、天真了些,在把此事捅给刘师培之前,他怎么就不考虑一下身为丈夫的刘师培的尴尬处境和能不能接受这个残酷事实?他怎么就不知道,他捅了这个娄子对这个戴绿帽的男人的伤害可能更大?他恼怒何震这个放荡女人毁掉了他和刘的友情,却又总是应对失措。周作人在回忆文章中,曾经言及章太炎当时在东京国学讲习会,课间与学生拆字游戏放松心情,讥笑何震之"震"为"云雨到辰时",自然还是调笑何、汪情事以泄愤。

他割舍不断的还是对刘师培的那份情谊。距此事发生两个月后,他写信给另一位经学大师孙诒让,请他以父执辈的身份出面,劝说刘师培重归旧好,"弗争意气","与麟戮力支持残局"。他在信中说,"仪征刘生",素治古文《春秋》,与麟同术,情好无间,只可惜太过年少气盛,被别有用心的人一鼓动,就完全失去了理智判断,先前还请过几个人为之讲解,可是因为学术不如刘,都没能斡旋成功。他相信以孙诒让一代经学大师的身份出面劝和,刘必定要买账。

此时的孙诒让已经在病床上躺卧好久了,章太炎性急乱投医,反过来也可见出他对刘师培的不舍。可惜孙收到此信十余天后就撒手尘寰,连拆阅的机会都没有,更谈不上为他们说合了。

刘的外甥梅鹤孙在为其舅写的传记中，只字不提何、汪暧昧情事，只说章太炎住在刘家时，行为怪诞，“囚首垢面”，衣服一个月也洗不了一回，还在袖子里养着一只小松鼠，搞得屋子里到处都是果壳、干肉，招来无数虫子，又夜半喝斥使女，一会高歌一会号哭，就像害了精神病一般。何震有洁癖，实在忍受不了，就不让他住了。后来在刘母李氏的干预下，才不得不让章继续住下去，但章和女主人的芥蒂是种下了。“乃未久，以论学及政见不同，闻其中有奸人播弄，遂略有龃龉”。

梅鹤孙此说，把章、刘交恶，归之于学术声名之争，再加“奸人”从中播弄，对刘、何贤夫妻形象有所回护，自是为了不扬家丑。但平心而论，章、刘的关系由情同手足而发生如此逆转，学术之争怕也是一个原因，章作为古文经学大师成名更早，向来目无余子，刘在古文经学上是后起之秀，却也卓然成家，且年少气盛。但这种学术纷争对两人友情不可能产生如此大的伤害，梅鹤孙说，先是“有不良分子造为诽谤”，再有舅母何震“加以饰词”，遂至刘“引为大恨，遂向太炎绝交”，“太炎百计修好，舅氏都是置之不理，有信亦不复的。”①

章太炎还在为友情的脆弱黯然神伤，一个可悲的真相是，几个月前，他一向视同手足的刘师培已经向两江总督端方输诚，成了清廷潜伏在东京的秘密线人。

## 阴谋与友情

1907年10月间，刘师培夫妇有过一次短暂的返国，一为探亲，一为筹集款项，以弥补旅日期间的巨额开销和办报费用。其间，章太炎与先行抵

① 梅鹤孙《青溪旧屋仪征刘氏五世小记》，上海古籍出版社2004年版。

达上海的何震有过数封信函往来。信上所谈,是章所托的一件私事。

"民国元勋"章太炎,革命意志可谓坚定矣,然其心中也有块软肋,同盟会内意见总不统一,孙文又时常排挤之,他时常有扔下这边的一切前往印度研究佛经的念头。西天万里,关键还是路费。这次何震回国,他得悉何的一个兄长与湖广总督张之洞女婿是朋友,想通过这层关系从张那里运动到一笔路费。因他自己与张之洞也算有旧,1898 年曾短期出任张的幕僚。钱的事情还没着落,他已预先通知苏曼殊,约他届时同去印度,就好像何震铁定能帮他搞到那笔钱似的。①

路费的事还没着落,11 月初,刘师培回国了。何震也由扬州返回上海与之会合。他们在上海张园和一帮文友相会,诗酒征逐,拟发起一文学团体(即日后之南社),然而融融泄泄的表面之下,真相说来堪惊。刘师培此番回国,其真实意图乃是与两江总督端方秘密接洽。

自从这年 7 月徐锡麟在安庆枪杀安徽巡抚恩铭,清廷大僚肃亲王善耆、铁良、端方等已加强了对革命党人的戒备,他们趁同盟会内部矛盾不断,加紧施展金钱政策瓦解之。先是,肃亲王罗致了一个叫程家柽的安徽籍前革命党人跑到东京,声称愿意贡献万金,供同盟会本部使用,没有任何附加条件,被刘揆一等人拒绝了。端方也频频向东京派遣侦探,挟金钱、官位这些利器,收买革命党人中的意志薄弱者。

此时的刘师培正立于危崖而不自知。随着革命理论家的名头日隆,他的权欲也在急剧膨胀,他曾想援引日人,改组同盟会,由自己出任总干事一职,因同盟会庶务干事刘揆一的反对,他的计划流产了。他与章太炎、陶成章等革命党人的政见分歧也在不断加深。革命之于刘师培这样敏感、多疑的旧式文人,就像一场热病,来时容易去时快,他甚至产生出革命不如维新、维新不如守旧的念头来,他与昔日同志的分道扬镳是势所必然的了,只消前面有人一拉,或背后有人轻轻一推。

他妻子的情人汪公权,就是那个在背后轻轻一推的人。种种迹象表

---

① 1907 年 11 月 28 日,苏曼殊由上海寄信刘三,称:"前太炎有信来,命曼随行,南入印度。现路费未足,未能犹豫定行期。"

明，此人是清廷打入革命党内的密探，负有瓦解同盟会组织、拉党人下水之职责。而章太炎为了去印度学梵文一次次托何震运动路费，也在客观上加速了他们向清廷靠拢。而最终选择投靠端方，照梅鹤孙的说法，也是种种外力促成：

> 端方为两江总督，李瑞清为两江师范学堂监督。这时要开办历史、地理选科，为全国高等教育的先河，必需请硕学高名的人担任教授。访得上海学通中西的姚文栋先生之子姚明辉，夙承家学，聘为教授。惟历史一门，仍乏通才。有人建议延聘舅氏。但李瑞清以舅氏名挂党籍，不敢专主。一日，谒端方于宝华庵，端方因得到海内止存三本的《西岳华山碑》，宝爱异常，逐在署内辟一精舍，名宝华庵。公余常与一班文学名流在庵内读碑谈艺。李瑞清先商之丹阳陈庆年。陈字善余，是一个博学多识的人，与端方契洽。时在督署为首席幕僚，言听计从。他本与舅氏有旧，听了极为赞成，力任进言。次日即与端方谈到："仪征刘氏，三世传经，家学渊源，为嘉、道以来江淮间第一。他本人又是英年博学。虽为革命党人，近年已不谈种族革命，他若能来，实为上选。"端遂嘱江宁藩司樊云门具函礼聘，由李、陈电约返国。舅氏尚在考虑。这时舅母何震久厌居东，听小人之言，适符她的名利思想，以为能与官场联系，自然另有出路，遂极力怂恿，加以要挟。舅氏是个疏于世故的人，听她的话，不能坚定立场，权其得失，就贸然返国。①

何震还是有点活动能力的，1908年1月，章太炎在东京收到了她从国内汇出的第一笔款项。章去信"六弟"(指何震)，"家款近已汇到"，"六弟为我尽力，切至周详，感甚"，并嘱注意保密。去西天需要一笔足额的资金，这点钱远远不够，正当章在东京望眼欲穿盼着能干的"六弟"再寄钱来时，却做梦也没有想到，刘师培已与时任两江总督接上了头，并上了一封输诚的信。回

---

① 梅鹤孙《青溪旧屋仪征刘氏五世小记》，上海古籍出版社2004年版。

想起三年前，刘第一次投书署理湖广总督的端方时，一副义正词严的语气，劝其"舍逆归顺"，这一百八十度的戏剧性转弯更让人啼笑皆非。

将近万言的《上端方书》是一封悔过书，也是一封表衷心书。刘师培以他先前写作革命策论的激烈沉痛语气，回顾了自己身不由己被民族主义潮流裹挟的经历。他首先为自己当年的无知告罪，"年未逾冠，不察其诬"，以致被革命党人的排满宣传所惑，"至沪以后，革命党人以师培稍娴文墨，每有撰述，恒令属草，然仅言论狂悖，未尝见之行事也"，加入暗杀会是蔡元培的逼迫，加入同盟会是蔡和黄兴的"诱胁"，也只是较多耳闻了党人密谋，"实未敢公为叛逆之举"。而后他笔转一转，大谈现在的觉悟，"东渡以后，察其隐情，遂大悟往日革命之非"。

在刘师培的三寸笔管下，所谓革命，不过是下层民众打着造反的旗号敛财糊口，希冀成功之后跻身显贵、改变命运，它天生有着强烈的破坏性和非理性。曾与他有过一宴之交的革命领袖孙文，在他笔下是一个"贪淫性成，不知道德为何物"的不学之徒和投机分子。"下劣者则假革命之名，敛财以糊口"。他认为要救民于水火，就要把革命消弭在萌芽状态。这甚至比实行宪政来得更迫切，因为宪政这个东西——他对曾经考察过西方政制的"午帅"称——中国的国体和西欧、日本不同，西欧和日本由封建制度引入宪政，几乎没什么障碍，而中国自战国以后，封建之制早就被大一统的帝国所代替，陷入了朝代更替的怪圈，每到朝代末叶，民穷财尽，豪杰蜂起，一派乱象，他认为国家治理得好不好，就看民之苦乐，而民之苦乐，又要看民境之富贫，当今之世，一切的根本，乃在于消灭贫困，因为贫困会搞乱人的思想，使得排满革命之说乘间而入。

他开出的重视民生、讲求实效、发展农业、培养民气等戡乱药方不过老调重弹，想必端方这样的能臣也不会太感兴趣，信后附上的"弭乱之策十条"，方见出此人才干、城府，皆非常人所及。"十条"中的前两条，主要是对付革命党的思想基础民族主义，他表示，自己以后的写作、讲演，都将以反对民族主义为职志，至于宣扬民族主义最力的《民报》，他透露说，主事者章炳麟已辞编辑，待他"再加以运动"，数月之内，便可令其停刊。

关于革命党人在国内的势力，他说，"以两广为最盛，其次湖南、浙江、山西”。两广之事他未能一一尽知，浙江、山西之事，他在东京都已摸得清清楚楚，如果大吏能听他之言早作预防，两省可保不会出大的乱子。关于革命党人在东京的活动情况，“惟张继、陶成章、谷斯盛、刘揆一、宋教仁，稍有势力”，根据各人所长和所短，他为端方一一开出对付法子：

> 张（继）于内地党羽甚稀，惟居日本久，工于演说，以盛气凌人。今岁东京留日学生之嚣张，彼一人为主动。今拟诱之赴欧洲，盖彼既去东京，则留学生嚣张之气可以骤减。
>
> 陶（成章）为浙人，运动会党，百折不挠，全浙会党，均为彼用。谷（斯盛）为晋人（谷如墉之子），所行略与陶近，势力遍于晋省，惟作事颇持重，故未骤发。此二人作事，师培均能深晰，若在东京，于浙晋之举动，可了如指掌，必可破其隐谋。
>
> 至于刘（揆一）宋（教仁）二人，刘之势力在两湖会匪，宋之势力在东三省马贼，然近今均无大举动，如有举动，亦可暗侦。……①

他还举报说，革命党人的炸弹一向是从日本炮厂私人定购，近来从长崎聘请了一个俄国工程师，还没人正式学会，一个广东姓李的师傅能自行制造，有六七个留学生跟着他在学习制弹技术。如果这些人有什么动静，他愿意及时提供消息。孙文、黄兴这些“渠魁”，一旦侦知他们潜入腹地的消息，他表示也会即行报告，“否则二三年之内，亦可设法毙之”。他建议对付革命党人，只宜用“解散之策”，如果对所有自托革命者的小喽罗都严加捕获，只会使他们的革命之心愈加坚固，于国家前途至为不利。

这封洋洋万言的投诚书的最后，他也没忘章太炎的请托之事。他惟恐端方不知“余杭章炳麟”何许人也，信里先对章太炎的学术成就大大美言一番，说他少治经学，尤深于《春秋》《左传》，又精通小学、训诂，旁及诸子百家，可说是朴学大师段玉裁、王念孙的当代传人。只是因为少年时代读多了荒诞不经的野史，以致成为民族主义的信徒，因《苏报》案入上海西

---

① 刘师培《上端方书》，万仕国编著：《刘师培年谱》，144页，广陵书社2003年版。

狱三年。他为章太炎声辩说，章在狱中时天天阅读佛典，已经摒弃了早年的民族主义立场，出狱后就想入山为僧，以毕余年，他后来东渡日本编辑《民报》，都是出于革命党人的逼迫。而且据他观察，章居东京的一年多来，也都是抑郁不得志，被孙文排斥在同盟会的核心圈外，所作文词，均言佛理，或考古制，无一篇言及排满革命，偶尔作几场演说，也都系党人逼迫，言不由衷居多。

> ……(章)今拟往印度为僧，兼求中土未译之经，惟经费拮据，未克骤行。倘明公赦其既往之愆，开以自新之路，助以薄款，按月支给，则国学得一保存之人，而革命党中亦失一绩学工文之士。而彼苦身励行，重于言诺，往印以后，决不至有负于明公。惟此事宜露于外，则革命党人或对彼潜加暗害，所谓以爱之者害之也。《论语》有言，君子成人之美，尚祈明公之力践此言也。①

他知道，这封信一送出去自己与革命党人算是两掰了，如果消息外露，自己身家性命都要堪虞，因此在信中他一再请求端方替他保密，让他自由往来东京、上海间，待机而动，"则一二载之内，必可弭革命之焰，以抒国家之虞"。如果就此不再出国，久居省垣，人是安全了，但自己的效忠之心起不到更好的效果。

输诚的结果，是端方给了他们夫妻一笔钱，让他们在东京又生活了将近一年。对于他提出的"按月支给"章太炎路费一事，端方也同意了。他写信把这个好消息告诉了章太炎，不说自己已投身官府，只说何震的兄长通过长崎的一位领事说动了两江总督端方，端方同意出这笔钱。章太炎的反应还算机警，接信后，他表示对"按月支款"一说"万难允从"。一年不过千余两银子(说不定只有几百两呐)，都不敷用的，搞这么复杂真的好吗？再者，如果摊年过久，端方离任后，这笔钱管谁去要？他在信中告诉刘师培，如果可以转圜，就让他们先付三分之二，二分之一也成，如果实在

---

① 刘师培《上端方书》，万仕国编著《刘师培年谱》，140—145，广陵书社2003年版。

办不下来，此事就到此为止。

或许在他看来，一次性获得某项资助与按月领取是性质完全不同的，前者尚可称是友情赞助，即使曝光也无伤人格，后者则近同卖身投靠甘为差役。一生精研文字的刘师培难道分不清其中细微的区别吗？他之所以建议“按月支给”，实则一开始就存了拉章太炎下水的心。

## 革命家被污名

1908年2月初，刘师培和何震回到东京，执行其对端方许诺的潜伏任务。夫妻俩若无其事地继续编辑《天义》报，张罗“社会主义讲习会”。3月出版的《天义》报甚至刊出了《共产党宣言》的一部分和刘师培撰写的序文，称《宣言》的精要是“则在万国劳民团结，以行阶级斗争，固不易之说也”。

东京的革命党人任谁也不会想到，这对革命夫妻已蜕变为清廷暗探，还时常与他们商榷主义，探讨革命。直至两个月后，直到章太炎偶然撞破何震与汪公权情事，导致章、刘交恶，事情真相才如冰山一角逐渐显露。

兄弟阋于墙，总是女人冲在最前面。自认为受了伤害的何震完全被仇恨点燃了，恼怒于章太炎揭破自己情事，何震决定先把章搞臭。章太炎写给他们夫妇的五封涉嫌向清廷运动求款的信件，被她详加批注后，用“针笔板照像法”影印寄往美国、巴黎和香港的华人报纸，迅速见诸报端，成为章“以万金出卖革命”的铁证。她还写信给章太炎的老对头、在巴黎主编《新世纪》的吴稚晖，揭发章和清廷之间不可告人的关系，控告章“不克枚举”之劣迹：早年入张之洞幕，供其役使；庚子年，偕保皇党上书李鸿章；又多次致书张之洞、刘坤一等大僚和江南道员俞明震，请求清廷变法；去年（1907年）还通过暗探程家柽之手收受了铁良的二百金贿赂，又上书张之洞，“与伸旧谊，逢迎其国学，末言若助以巨金，则彼于政治问题，不复闻问，并谢辞《民报》编辑”云云。

何震言之凿凿，所有证言都有当事人，所有文稿，也都有白字黑字为证。这封信对章“暧昧之历史”的揭发几同人身攻击：如说章幼儿时患“羊疯疾”，跌落门牙两颗，又说他参加县试时，“其疾大作”，连考试都没有考完，后来纳粟为国子生等等。

漩涡中的另一要角汪公权，对章更是恨之入骨。章太炎的学生汪东，章、刘发生争吵那天去刘家劝说，他描绘的汪公权完全一副市井无赖相：

“我那天正去看太炎先生，被刘母遮住了诉一顿冤（那时我尚未做太炎学生）。汪公权满脸凶气，眼睛里都是红丝，跳出跳进，嚷着我们白刀子进去红刀子出来。我简直不懂他说的什么。恰巧刘揆一也在那里（刘可能是去调解这件事的），便同我一道出来，摇头冷笑道：这种江湖上的下流口吻，他拿来吓谁？”（汪东《同盟会和〈民报〉片断回忆》）

一时间，革命理论家章太炎声名大损，到处都哄传他为“内奸”“侦探”、清廷“特派员”，虽有陶成章等为之辩诬，“彼居东京，每日讲学，所出入者止学堂，何有官场特派员？”被蒙蔽的朋友学生还是避之惟恐不及，连素以忠厚闻名的蔡元培在与朋友的信中都说，“枚叔末路如此，可叹可怜！”但他也认为刘师培做得太过火了，“然申叔亦太不留余地”，只会“贻反对党骇笑”，让朋友们找机会去劝劝刘师培。①

章太炎现在总算知道了，爱和仇恨，都会让女人充满邪乎的力量。在何震的凌厉攻击面前，他节节败退。他现在是百口莫辩，虽说托人运动筹款一事与革命活动无关，且最后未成现实，算不得出卖革命，但想要出家去印度学梵文一事，毕竟是革命立场不够坚定，再加吴稚晖之流抓住这几封信大做文章，党内同志的内耗更形加大。

为了坐实章太炎筹款赴印的事实，何震又使出一厉害杀着，5 月 24 日上海《神州日报》刊载了一篇托名章炳麟的“启事”，称“立宪、革命，两难成就，遗弃世事，不撄尘网，固夙志所存也”，“本日即延高僧剃度，超出凡尘”，“嗣后闭门却扫，研精释典”。章得知后非常气愤，6 月 10 日在《民报》发文称，这

① 孙常炜编：《蔡元培先生全集·遗墨》。

则启事是冒名伪造的，自己的一方私章，不久前刚刚被“侦探”窃去：

仆于阳历五月二十四日，赴云南独立大会，时本社人员亦俱往赴。仆归后即不见印章一方，篆书“章炳麟印”，知是侦探乘间窃去。以后得仆书者，当审视笔迹，方可作准。其印章“章”字上画厥者，可信为真，完具者即非真印也。章炳麟白。

让章太炎措手不及的事还在后头。这年 10 月，清廷特使、奉天巡抚唐绍仪赴美途中短期访问日本，传达了要求封禁《民报》等反清报刊的正式照会。清方为此出让的利益包括间岛（中国延吉一带）的领土、抚顺、烟台的煤矿和新法铁路（新奉到法库门）。交易一达成，东京警署即借口《民报》刊载的一篇文章《革命之心理》涉嫌鼓吹暗杀、破坏治安，对这家报纸进行封杀。章太炎不干了，《民报》开办两年，反清革命的办报宗旨是早经日本外务省批准了的，取缔有何法律依据？但警署明确告诉他，此事有关外交，跟法律没关系。章激动地骂，你们的政府是娼妓吗？娼妓才这么言而无信三心二意！

不服输的章向地方法院发起了三场诉讼，虽以败诉告终，然其在法庭上的反诘几令对方无言以对：

我语裁判长，扰乱治安，必有实证，我买手枪，我蓄刺客，或可谓扰乱治安，一笔一墨，几句文字，如何扰乱？厅长无言。

我语裁判长，我之文字，或煽动人，或摇惑人，使生事端，害及地方，或可谓扰乱治安。若二三文人，假一题目，互相研究，满纸空言，何以谓之扰乱治安？厅长无言。

我语裁判长，我言革命，我革中国之命，非革贵国之命。我之文字，即鼓动人，即煽惑人，煽惑中国人，非煽惑日本人，鼓动中国人，非鼓动日本人，与贵国之秩序何与？厅长无言。

我语裁判长，言论自由，出版自由，文明国法律皆然，贵国亦然，我何罪？厅长无言。

> 我语裁判长，我言革命，我本国不讳言革命，汤、武革命，应天顺人，我国圣人之言也。故我国法律，造反有罪，革命无罪，我何罪。厅长无言。①

最后法院宣判《民报》“停止其发卖颁布”，并处罚金一百一十五元。章拒交罚金，被判罚服劳役一百一十五天，朋友们花钱把他赎了出来。刘氏夫妇在《天义》之后开办的《衡报》，境遇也好不了多少，警署以发行手续不全为由传唤了刘，要求他们交足保证金。为筹集这笔款子，何震还单独秘密回国一趟。但警署给他们开了一个恶意的玩笑，他们交齐保证金办妥手续没几天，他们的报纸也被查禁了。

接着便发生了这一年有名的“毒茶案”，有人潜入章的寓所，在茶中下毒，想要谋害章。事情经调查很快有了结果，最大的嫌疑人是汪公权。《东京日日新闻》有报道称：“深受在我国的清国革命党人领袖器重的汪公权，最近被怀疑为清政府收买而遭同党排斥。汪忍不住不满，已有企图下毒以复仇的言论。而且，若使革命党人在中国遭毒害，则人人皆知汪有下毒的意图。所以这次事件很可能是汪心机一转的结果，汪有重要嫌疑。但事实真相目前还无法判断。”

此事一出，东京留学生界一片哗然，有关何震与汪公权偷情的细节更是被添油加醋放大了，看到在东京再难立足，于是他们准备回国了。

## 告密者

1908 年 11 月初，何震只身取道神户先行回国。

---

① 《章太炎先生答问》，见汤志钧编《章太炎年谱长编》，中华书局 1979 年版。

从日本警方的监视报告可知，刘师培先是偕同其妻自神户出发，于 11 月 2 日下午 3 时 40 四十分于门司换乘长崎列车，晚八时通过佐贺车站，车上“除刘光汉外，清国男子一名，著和服者二名，同乘二等列车，著玄色护士服清国女子一名，同在二等车厢”。晚十时五十一分抵达长崎，刘和几个男子皆已不见，出站只有这个女子。该洋装女子因至长崎已夜深，因问投宿何处，乃语言不通，仅可笔谈，在广马场町四海楼住过一宿后，乘“春日丸”号轮船前往上海。

监视报告随后称，约一周后，刘师培奉老母从新桥出发回国：“刘母七日后取出家财，同日午后六时自新桥赴上海”。警方分析道：“清国革命党员、社会主义者刘光汉，以其所营之《衡报》被迫停刊，知其在日本已发展无望，拟远行欧洲或印度，与彼地同志者商议再发行一大机关报，以成其素志。”①

日本警厅的情报收集可谓事靡巨细，但他们对刘师培的下步计划只是以革命党人的常理揣度，不知其已暗中变节，他才不会再去欧洲或印度呢。

刘师培一回国，即发布声明告诉海内外同志，说他遭日本政府迫害，拟在上海秘密办报。捞一把政治资本以待下步行动，这正是他的当下之计。可能是何震的日夜嗾说起了作用，他把自己在东京的尴尬归咎于章太炎，回到上海后又再度致函黄兴（黄当时暂摄同盟会），附上章托其运动赴印度学佛路费的五封信的影印件，检举章太炎曾答应两江总督端方，只要给二万元，便可舍弃革命宣传，赴印度出家。据说黄兴收到信后只是一笑置之。

申叔抵沪时，且遗书黄廑午、林广尘、汤公介等，诋毁章枚叔曾致函端午桥，由刘妻何震转交，要挟巨款二万，即舍革命而不言，往印度为僧以终其身云。内并付章氏关于此事之手书真迹照片。廑午一笑

① 万仕国编著：《刘师培年谱》卷二，广陵书社 2003 年版 。

置之。[①]

此时已没有什么力量可以把往另一个方向越滑越远的刘师培拉回来了。为了早日立功，趁着行迹未露，他先后告密于南北洋。[②] 北洋袁世凯置之不理，南洋端方则根据他提供的情报密侦党人。逃亡中的革命党人陶成章成了他纳投名状的首选目标。陶成章因徐锡麟案遭通缉，看风声渐歇计划从南洋归国，打听到这一消息，刘就像一只猎犬一般，带着两江督标中军官米占元成天在码头上侦查，"久之不得，意甚焦灼"。

此事不成，接着发生了"天保客栈"案。这年底，陈其美、王金发、张恭等浙江十一府革命党人聚集上海马霍路德福里天保客栈，密谋起事，来自金华的张恭因所带盘缠不多，刘极力拉拢，套得了机密，向端方告密，于是趁党人开会之际，端方命上海道向租界当局交涉，即派警吏查抄党人机关。陈其美等人见风声不对，易装逃脱，只张恭一人被捕，解送南京，起义计划不得不紧急叫停。

此事发生后不久，刘师培夫妇回扬州小住，不久又若无其事返回上海。张恭被捕引起了上海革命党人的警觉，他们断定内部有告密者。王金发率人经一段时间暗访，终于查实刘师培、汪公权有重大嫌疑。随后，汪公权被王金发暗杀于上海。王金发还持枪找到刘师培，责骂他变节卖友，要将之处死，刘跪地求命，指天划地发誓，一定以自己一命保全张恭，王金发才放过了他。

冯自由在《革命逸史》中写道："王金发侦知为光汉所为，怒挟枪访之，责其变节卖友，将处以死刑。光汉跪地乞命，谓必以一己生命，保全张恭。恭因得移禁上元狱，幸不死。光汉由是不敢再至上海。汪公权以为无虞，仍时至上海侦探党人举动，卒为王金发枪毙示儆。闻者快之。案发后，王金发偕其友一人，亡命香港，访冯自由求庇。冯乃匿之于湾仔东海旁街七

---

① 曼华《同盟会时代民报始末记》

② 冯自由《革命逸史·第二集》，《记刘光汉变节始末》称："戊申(1908)冬，光汉偕妻何震，汪公权归上海，亟欲立功自见。"

十六号四楼自宅。”①

事迹败露，刘师培在上海再难容身，便跑到南京，正式入了端方幕。革命已成往事，戡乱也太过血腥，他一头扎进了古纸堆里，以声韵、小学、考证筑一个城，把自己困在城里，不闻外界喧嚣。他还有一项工作是为雅好文艺的端方考订金石书画，同时兼任两江师范学堂教习。

1909 年 6 月，端方由两江总督任上迁任直隶总督兼北洋大臣，上海报纸披露的端方随员名单中，刘师培大名历历在焉，“海内外同志”才算是看清了他改换门庭。章太炎闻知朋友失足消息，痛心不已，写了一封信给他，希望他能远离官场，专心学术，不要再铤而走险。“与君学术素同，盖乃长载一遇。中以小衅，翦为仇雠，岂君本怀?”刘师培得书后，不知是出于愧疚还是存心大路朝天各走一边了，片字未复。

## 悔与耻

发生于 1908 年前后的刘氏夫妇变节一案，诚可谓民元前革命军中一大伤心事。此事沸沸扬扬，革命党人殊伤元气。蔡元培在与吴稚晖的书信中谈及此事，自认与刘“交契颇久”，“其人确是老实，确是书呆”，然走到如今这步，除了外界嗾使，也有三种病态人格之促成，一是“好胜”，一是“多疑”，一是“好用权术”。

他说，像刘申叔这样一个书呆子气较重的人，玩弄权术正是用其所短，到末了受满人端方指挥，沦为侦探，真是可悲也欤。“然何以变而一至于此!”他惊异于人性的叵测，但宽厚的天性又使他希望这一切不是真的，“或者彼将为徐锡麟第二乎?”当年徐锡麟在安庆被巡抚恩铭厚待有加，党

① 冯自由《革命逸史·第二集》,《记刘光汉变节始末》。

人都以为他投靠清廷，后来之事，大出意外，蔡元培认为现在谈论刘的变节也是同样，未到盖棺论定时，什么变数都有可能发生。

但刘师培不是徐锡麟这样的烈士，蔡元培寄希望于他的演出惊天逆转一幕，注定不会发生。

嗣后，刘师培把自己绑在了帝国这辆朽坏的马车上，也绑在了赏识他的端方的车辕上。随端方北上后，刘任直隶督辕文案、学部咨议官等职，端方在慈禧太后灵柩安放仪式上让人拍照触怒隆裕太后，被斥为"恣意任性，不知大体"遭削职，他也去职寓居天津专事著述。其间，他与何震生下的一女因病夭折，他至为悲伤，除了偶尔陪同端方饮酒，几乎闭户不出。但到1911年初清廷起复端方为督办粤汉、川汉铁路大臣时，他把老母送归扬州，和妻子何震一起又随端方去了四川。他预感此行生死未卜，行至武汉时让何震一个人回了北京。

他的预感应验了，四川局势很快失控，强行把铁路收归国有的政策激起了川湘鄂保路运动。当11月底的某一日，端方率湖北新军第八镇第十六协第三十一标及三十二标一部，经宜昌入川至资州时，被哗变的部下杀死，刘师培也被资州军政分府拘押，时刻有被革命军砍头的危险。刘被拘时，外界不知他生死下落，他的朋友兼敌人章太炎以"民国元老"之尊发表宣言，提出不应拘执党派之见而杀刘师培，又说"申叔若死，我岂能独生?"①

当民国初立，章太炎、蔡元培又在南京联名在报上刊登寻找刘师培的

---

① 《宣言》云："昔姚广孝语成祖云，'城下之日，弗杀方孝孺，杀孝孺，则读书种子绝矣'。当今文化陵迟，宿学凋丧，一二通博之材，如刘光汉辈，虽负小疵，不应深论。若拘执党见，思复前仇，杀一人无益于中国，而文学自此扫地，使禹域沦为夷裔，谁之责耶?"刘氏弟子刘文典在《回忆章太炎先生》一文中也提到了曾请章向四川都督尹昌衡打听消息的事：章先生不久也就回国，住在上海哈同花园里。我因为太忙，只去看过一次，是为刘先生的事。那时候，申叔先生正在端方的幕府里。端方被杀后，刘先生下落不明。我怕刘先生有危险，求章先生打电报给四川都督尹昌衡。章先生不待我说，慨然说道：我早有电报，并把电稿给我看。我记得电文上有这样几句话：姚广孝劝阻明成祖，殿下入京，勿杀方孝孺，杀方孝孺，则读书种子绝矣。又说：申叔若死，我岂能独生?

告示，并电请临时政府设法保护刘的性命。孙中山即电资州军政分府，命将刘师培释放，并派人护送来京。① 后来听到刘师培在川蜀性命无虞，一直关注此事的陈独秀曾有一评："读书之人，权为稻粱而已。"

重获自由的刘师培没有去南京，或许是羞见先前的革命同志，他选择了在成都隐迹埋名，讲授《左传》《说文》，复与谢无量、廖平、吴虞等发起四川国学会。后与南下寻夫的何震一道北上山西。

此前，何震已由一个叫南桂馨的朋友介绍入阎锡山家任家庭教师。刘师培到太原后出任山西都督府顾问，夫妻俩虽寄人篱下，却也衣食无忧。不久，阎锡山把他荐举入京，由袁克定引荐给袁世凯，先是担任公府咨议，后任教育部编审、参政院参政。为迎合袁的帝制梦，他又一次介入政治，与孙毓筠、胡瑛、李燮和、杨度、严复等筹组鼓吹复辟的筹安会，上书劝进，成为"洪宪六君子"之一，一篇《君政复古论》让他出尽风头。等到闹剧终场，北京政府下令通缉帝制祸首，刘也在被通缉之列，又一次成为丧家之犬，逃往天津租界躲避风头。后由李经羲以"人才难得"为由予以保免，终在 1917 年应北京大学校长蔡元培之聘，任北京大学文科教授。

在北大执教两年后的 1919 年秋天，刘师培在北京和平医院过完了他善变的一生，终年 36 岁，临终遗言"以入政界为悔，以坏祖先清德为耻"，也不能说是真的悔了。据说夺走他生命的是从少年时代起就折磨他的肺结核病。

对其由革命斗士而清廷督抚幕僚、再而帝制拥护者的摇摆一生，蔡元培说："向使君委身学术，不为外缘所扰，以康强其身，而尽瘁于著述，其所成就宁可限量？惜哉！"（《刘申叔事略》）一片惋惜之情溢于言表。时任北京大学文科学长陈独秀主持了他的丧事，并引康有为诗作悼文："曲径危桥都历遍，出来依旧一吟身。"

---

① 章太炎、蔡元培联名刊登《求刘申叔通信》云："刘申叔学问渊博，通知古今。前为宵人所误，陷入樊笼。今者民国维新，所望国学深湛之士，提倡素风，保载绝学，而申叔消息杳然，死生难测。如身在地方，尚望先通一信于国粹学报馆，以慰同人眷念。章太炎、蔡元培同白。"

# 家有艳妻

时人把刘师培的变节，大多视作何震与汪公权联手挟持所致。在他们看来，刘的堕落正是从其妻何震的堕落开始。这个虚荣的女人经不起金钱名利的诱惑，也经不起汪公权的色诱，是她的落水直接导致了刘师培的变节。

陶成章事后述及刘师培的叛变，就说他是因何震和汪公权"入于侦探一流"而被拖下水的，"其妻何震及汪公权日夜怂恿光汉入官场，光汉外恨党人，内惧艳妻，渐动其心"。一句"内惧艳妻"，对刘的贪欢溺色满是不屑。冯自由写于三十年代末至四十年代的《革命逸史》，谈到刘氏变节时多引用陶成章原话，一提到何震更是鄙夷异常，如说到他们回国秘密投靠端方后，品行更形不端，"何、汪不独从此入于侦探一流，且形同夫妇，宣言公夫公妻不讳。"另一个党人刘成禺，更是把何震描述为一个常作河东狮吼的女子，"通文翰而淫悍，能制其夫"。

这些有意无意替刘师培洗地的文字背后，一个风流成性而又奢侈浮华的世俗女子形象已是呼之欲出。然则，大时代里一个男人政治上接二连三趋附的责任，难道竟要一个小女人来负吗？

现在所能见到的有关何震生平的材料极少，且大多附录于刘师培生平之中，较为可靠且为后人多加引用的，是蔡元培《刘君申叔事略》中的一段话：

> ……二十，赴京会试，归途，滞上海，晤章君炳麟及其他爱国学社诸同志，遂赞成革命，时民国纪元前九年也。归娶，旋偕其妻何班至上海，何班进爱国女学肄业……前五年，亡命日本，何班偕往，改名

震。时为民报撰文，与炳麟甚相得。夏，君创天义报。秋，与张君继设社会主义讲习会。前四年，又创衡报。此两报皆言社会主义与无政府主义者也。是年，君忽与炳麟龃龉，有小人乘间运动何震，劫持君为端方用。

由此记述可见，她是江苏仪征名门何承霖的女儿，与刘师培结婚是在民国前九年(1903)左右，时刘师培二十岁，何震应与之年纪仿佛，或小一两岁。虽属包办婚姻，但这对小夫妻看起来感情不错，刘也很爱他妻子。婚后不久就一起到了上海，何入爱国女学读书，刘师培则于此前已与章太炎等人订交。1907年初，何震和丈夫双双亡命日本，办报、集会，倡言女界革命和无政府主义，到年底回国转而投靠清廷成为“女侦探”，她一生中最为光华灼灼的，也就是在东京的这一年多时间。

蔡元培文中没有提她的暧昧情事，自是出于天性厚道，但“有小人乘间运动何震，劫持君为端方用”一句，还是别有所指，此“小人”者，当指和他们同在日本的表弟汪公权无疑。这个女人一生运势急转而下，直至以凄凉终局，皆在于那个与她有了床笫之欢的男人是个“小人”，甚或是清廷早就暗暗布置在他们夫妻身边的一枚棋子。

从现存刘师培的照片来看，其人乃一手无缚鸡之力之羸弱书生，终日埋头学术，“短视口吃”，敏感、多疑(章太炎说他性格“靡怯”)，却又好胜心强，蔡元培批评他的那些人格缺陷，当是一个肺结核患者的典型症状，这样的畸形人格，激进起来如狂飙突进，消沉起来又万事瓦裂无一可为，所赖尚有学术一脉，维系其精神生命。一个天生书斋型的学者，忽然成了一个鼓吹革命最劲者，也是生逢乱世，造化弄人，革命浪潮中他的激情能维系多少长度都是堪虞的。

相比于病树一般的他，刚到东京的何震当如一株春花。花开缤纷，热辣而又恣肆，有“艳妻”之名，可见其风姿之美，章太炎的学生汪东说，“何既好名，而又多欲”，爱慕虚荣当是小女人天性，说她“多欲”，也是男人世界对性的一种臆测吧，所谓酸葡萄心理，大抵如此。

这样一个魅力女子“闺门不谨”，与汪公权有染，或许是她对丈夫的爱已不再保鲜,以致汪乘隙而入。但如果汪清廷密探的身份能够坐实,着意勾引,那么她其实也是个受害者。她是被汪所魅惑,也是屈从于自身的欲望,她犯的是一个不甘寂寞的女子都会犯的错误。

汪公权的结局是被王金发刺杀,所谓“大憝元恶,罪有攸归”,王金发的这一锄奸行动,当时也是大快人心的。关于汪的行迹,很少有专文述及,曾与刘师培在北大同事的周作人,对何、汪情事,也只是辗转听说,但他确曾是在1908年夏天见过汪的:

> 关于刘申叔及其夫人何震,最初因为苏曼殊寄居他们的家里,所以传有许多快事,由龚未生转给我们听;民国以后则由钱玄同所讲,及申叔死后,复由其弟子刘叔雅讲了些,但叔雅口多微词,似乎不好据为典要,因此便把传闻的故事都不著录了。只是汪公权的事却不妨提一提,因为那是我们直接见到的。在戊申(1908)年夏天,我们开始学俄文的时候,当初是鲁迅、许季茀、陈子英、陶望潮和我五个人,经望潮介绍刘申叔的一个亲戚来参加,这人便是汪公权。我们也不知道他的底细,上课时匆匆遇见,也没有谈过什么,只见他全副和服,似乎很朴实,可是俄语却学的不大好,往往连发音都不能读,似乎他回去一点都不预备似的。后来这一班散了伙,也就走散了事;但是同盟会中间似乎对于刘申叔一伙很有怀疑,不久听说汪公权归国,在上海什么地方被人所暗杀了。①

刘师培的叛变失节,并非他的同时代人所说的被“劫持”,他是被自己炽盛的名利心蛊惑着走入人生岔道的。作为扬州一个经史世家的后代,他8岁学《周易》,12岁读毕四书五经,19岁高中科甲(刘是癸卯科的举人),虽参加会试不第,他的内心一直是有翰林梦的。外甥梅鹤孙说他“学问文章,闳通淹雄,固为学者所交推,但文人习气,不免急功近利”,②也不

① 周作人《知堂回想录》,《北大感旧录(二)》,431页,群众出版社1999年版。

② 《青溪旧屋仪征刘氏五世小记》。

算讳过之言。他在上海投书端方时，何震随行，汪公权在东京，何、汪的暧昧事还没被撞破，“小人乘间运动”更无从谈起。况且，从他把何震创办的《天义》报由宣扬女权一变而为宣扬无政府主义来看，他与何震之间的关系大多由他主导，更多时候何震只是他的一个影子。① 其人一再变节，正验证了近代学人在传统与现代冲突之间的左摇右摆、难得定心，这一代学人的人生之曲折、悲凉，也大抵由此而起。

但何震确实也不是一盏省油的灯，这样一个受过新式教育、倡言女权“翩然高举不可一世”（柳亚子《〈神州女报〉叙》）的新女性，当她沉浮翻滚于清末民初这个乱世红尘，身处种种莫名其妙的思想和主义的漩涡，产生种种不切实际之愿望也是意料中事，她的红杏出墙，她的甘于依附她曾经反抗的旧制度，都可作如此想。或许，以一个女人的虚荣视之，她期望中的丈夫亦应是出人头地的，起码不应该只是一个皓首穷经的学者。② 短暂的婚外情并没有对她与丈夫的关系构成致命伤害，从刘师培从章太炎那里得悉她和汪的暧昧事后的反应来看，刘的倾心袒护，乃至不惜兄弟一怒为红颜，刘心里还是深爱她的，起码是想继续维持这段婚姻的。而以后的艰难时世里，她与丈夫一路追随，间关相从，及至从太原到成都千里寻夫，也都见出乱世儿女的一份夫妻人伦真情。

刘师培死后，据说何震曾到北大校门伏地痛哭。若此说为真，可知其

---

① 中国现代文学馆的刘慧英女士，从《天义》这一历史文本寻找何震一生痕迹，有文《从女权主义到无政府主义：何震的隐现与〈天义〉的变迁》，对《天义》由最初的一份以讨论妇女问题为宗旨的刊物转向宣扬无政府主义考证颇为精严，指出《天义》转向的主要原因，就是刘师培对这本刊物越来越多的介入。

② 《青溪旧屋仪征刘氏五世小记》：“加以妗氏时常怂恿，以为在教育界当教授是没有出路的，国内政治已到如蜩发螗的趋势，学者不研究政治是行不通的，种种论调，时加浸润。况杨度、孙少侯又是好友，所以就被列名筹安会。”刘成禺曾有诗讽刘氏夫妇：“千枝灯帽白如霜，郎照归朝妾倚廊；叫起守关银甲队，令人夫婿有辉光。”并说诗中所写，是刘师培担任袁政府参议时日暮归家的体面场面：“所居衚衕，楼馆壮丽，军士数十人握枪环守之，师培每归，车抵衕口，军士举枪呼刘参政归。自衕口及于大门，声相接。妇何震乃凭栏逆之，日以为常。”民初诗人濮伯欣也有一诗描绘此景，讥讽刘氏夫妻的爱慕虚荣：“门前灯火白如霜，散会归来便举枪；赫奕庭阶今圣上，凄凉池馆旧端方。”

内心深处的惶恐无依。关于她的最终归宿，一种不确定的说法是她疯了，后来死于幽闭和疯狂。

也有人说她削发为尼，法名小器，与青灯古佛为伴，后来就不知所终了。①

一个新星般曾经风光无限的新女性，就这样突然消失于民元前的天空中。

① 事见刘曾富《亡侄师培墓志铭》："已配何氏，为余女夫扬子增生何家辂胞妹。艰难中，间关相从，武昌戎马，保其先著稿本，奋丛崎岖，寻夫蜀道。今者蓼室哀鸣，苦空彻悟，爰访名山，将为比丘终焉。"

# 第六章
# 无量春愁

## 百助眉史

章太炎与刘师培交恶，只是苦了夹在中间的苏曼殊。

本来，他和章太炎一起住在刘家，对于从小没有享受过多少人伦之欢的他来说，这日常的温暖与慰藉比什么都重要。章搬出去住后，刘氏夫妇迁怒于他，他大受刺激，某个晚上突然惊起，竟然一丝不挂闯入刘氏夫妇的房间，指着洋油灯大骂，可见其心情之压抑。后来搬出来住到友人处躲清静，一次身体不适，诊治出得了肝病，常去横滨医院诊疗，也无多大起色。

病中形只影单，只觉此处已是世界尽头，抑郁中，写信给国内的刘三诉苦，说自己"飘泊无以为计"，想回国一趟又缺盘缠，"故只可沿门托钵"。①

这年秋天，苏曼殊回了一趟国，在西湖白云庵小住了一阵。此庵位于西湖雷峰塔西面的漪园，住持智亮与徒弟意周都同情革命，早就成了光复会和同盟会浙江分会的一处秘密据点。苏曼殊住在庵里南楼，白天睡觉，

---

① "盖近日心绪乱甚，太、少两公(指章、刘)又有龃龉之事，而少公举家迁怒于余。余现已迁出，飘泊无以为计，欲返粤一转，奈无资斧何！故只可沿门托钵。"1908年5月7日苏曼殊致刘三信。

到晚来披着短褂子，赤足拖着木屐到处游走，有时要游荡到天亮才回。

意周和尚记他小住于此的情形说："苏曼殊真是个怪人，来去无踪，他来是突然来，去是悄然去。你们吃饭的时候，他坐下来，吃完了顾自走开。他的手头似乎常常很窘，老是向庵里借钱，把钱汇到上海一个妓院中去。过不了多天，便有人从上海带来许多外国糖果和纸烟，于是他就不想吃饭了。独个儿躲在楼上吃糖、抽烟。"据说他吃的糖叫"摩尔登糖"，他喜欢的小说《茶花女》里的女主常嗜此糖，最多他一天可以吃上三袋。（柳亚子有文记之他的这一嗜好："君工愁善病，顾健饮啖，日食三袋，谓是茶花女酷嗜之物。余尝以芋头饼二十枚饷之，一夕都尽，明日腹痛弗能起。"）

混乱的生活使他患了痢疾，搬出白云庵到韬光庵住了一阵，好友刘三来陪，身体将养得好些了，又去杭州、南京、上海兜了一大圈，大概是觉得心情舒畅多了，他又于第二年初春去了日本。

这一回他与也在东京的陈独秀、章士钊（一说另一人为邓仲纯）合租一处，地点是神田猿东町二丁目一番地清寿馆一小屋。照章士钊的说法，这一时期是革命党人的"分途实行期"，有人搞暴动，有人搞暗杀，他们三人则在埋头苦学，他的两个舍友，陈在苦攻英语，苏则苦研佛理，再兼作诗绘画。"曼殊向仲甫学字学诗文，所以曼殊的字很像仲甫，曼殊的诗，不仅像，好多是仲甫做的或改的，而仲甫向曼殊学英文、梵文，每天都呀也呀的。"①

陈独秀日后在南京狱中回忆三人共处一室的情形，说某日三人断炊，叫苏曼殊拿几件衣服去当铺当点钱来买吃食，他与章士钊在家等着，哪知苏一去不返，等到半夜，他俩不耐饥饿都睡了，半夜苏才回来，还挟着一本书，他俩问，钱呢？买了什么吃的？苏说，这本书我遍寻不得，今天在夜市翻着了。他俩说：你这疯和尚！你忘记了我们正饿着肚子？苏说，我还不是一样，你们起来看看这本书就不饿了。气得他俩连骂：死和尚，疯和尚。

但按照陈独秀的说法，章士钊与他俩还是不同，不爱文艺而致力于政法，是个十足的官迷。陈还说，章偷偷与一个日本军官妻子搞婚外恋，那

---

① 《何之瑜致胡适》，《胡适来往书信选》。

大佐侦知消息后写信要与章决斗，他们三人商议后叫章连夜逃走了，不然也没有日后段执政司法总长和教育总长了。

“两叔”翻脸成仇的事，留在他心里的阴影不会那么快退去，有时候也会与两个舍友说起。众人当他痴玩，其实他心里也是明镜似的，陈独秀说：

> 至于人情世故方面，曼殊实在也是十分透彻，不过他不肯随时俯仰，只装点作癫癫疯疯的样子……章太炎做的文章上，几乎形容他是一个傻子，其实他住在日本的时候太炎和刘申叔冲突的原因，他完全是明白的。好在他们都当他是傻子，什么事都不去回避他，而他也一声不响只偷偷地跑来告诉我。照这样看起来，当曼殊作傻事的人，他们还在上曼殊的大当呢。①

1909年春天，苏曼殊陷入了与艺伎百助眉史的疯狂恋爱。在以苏曼殊为原型的小说《三生花草》里，我曾如是描绘他与这个女子的相遇：

> 她身穿和服，恬静秀丽，头发高高束起，梳成两个粉红色的莲花同心结，垂着两条绛红色的丝带。她的眉毛是精心修剪过的，她的脸上只是淡淡的着了点色。天色渐渐暗去，侍仆进来点了支烛，三个人里我坐得离她最近，可以清楚地看到烛光照着她的脸上浅淡的绒毛。在我们要求下，她调好了筝，手指轻拨，一串清冷的筝乐水珠般在室内四溅开来。烛光无风自动，她的影子也在轻轻晃动。我一眼不眨地看着她，她的脸，她的手指，我从来没有这么近地盯着一个女性看过。我的心好像也被一双素手轻轻弹拨着，近几日身体里面压着的东西突然轻云一般散去，筝乐流淌，在我空空的身体里撞来撞去，我的身体变得很轻很轻，好像被什么带着一样向高处飞升。

---

① 柳亚子《记陈仲甫先生关于苏曼殊的谈话》，《苏曼殊年谱及其他》，上海科学技术文献出版社2014年版。

初遇那一刻的灵魂出窍，自然动用了小说笔法，但以之摹写苏曼殊与这个调筝女子的相识情状，大致还是确切的。他们的相识，大抵是在东京街头的一家清酒馆里，或者是一场小型的音乐会上，时间当在 1909 年春天。这个在苏曼殊看来“妙婉无伦”的东方女子，她弹奏的筝乐曲调悠扬悲戚，触动曼殊愁肠，两人迅速陷入了热恋。苏曼殊绘有她抚筝的一帧小像，印成明信片分赠友人，还为之写下了数首缠绵悱恻的诗歌。如“淡扫蛾眉朝画师，同心华髻结青丝”等句，是说此女天生丽质，但欢愉背面总是心智的悲凉，偷尝唇露后收拾心境，还是“无量春愁无量恨”了！

但这个女子作出要嫁给他的表示时，苏曼殊退缩了。情与禅的纠结总是让他陷入选择的痛苦，他欣欣然地走向她们，又总是伤心离开，“雨笠烟蓑归去也，与人无爱亦无嗔”，佛说原来怨是亲啊，爱到极处，嗔即是爱，怨即是亲，离言说相，离名说相，人到多情情转薄的个中三味，也只有这个世间少有的多情人方能真正体认的了。

他开始暴食，像一个任性的孩子一样作践自己身体，大啖甜食，抽烟，还狂吃冰块，最多的一天吃了五六斤冰。肚痛得连夜要上医院，第二天又复饮冰如故。[①] 百助眉史成了他隐含的倾诉对象，那年春夏，他一口气写下了十首自叙身世的《本事诗》。

“乌舍凌波肌似雪，亲持红叶索题诗；还卿一钵无情泪，恨不相逢未剃时”，“九年面壁成空相，持锡归来悔晤卿；我本负人今已矣，任他人作乐中筝。”和尚喷薄的诗情惊呆了东京的留学生们，时人叹为“风华靡丽”，说读之有落叶哀蝉之气息，又说如在灵明镜中，内有无限江山，出神入化，一时间，陈独秀、高天梅、蔡哲夫皆有诗和之。

① 章太炎《曼殊遗画弁言》记载，苏曼殊在日本“一日饮冰五六斤，比晚不能动，人以为死，视之犹有气，明日复饮冰如故。”陈独秀也说：“曼殊的贪吃，人家也都引为笑柄，其实是他的自杀政策。他眼见举世污浊，厌恶的心肠很热烈，但又找不到其他出路，于是便乱吃乱喝起来，以求速死。”柳亚子《记陈仲甫先生关于苏曼殊的谈话》，见《苏曼殊年谱及其他》。

他还把百助眉史化作“静子”写入自叙传小说《断鸿零雁记》里，[①]只有周作人看出来了，他的爱情和诗歌，都是在梦里，这是一个抱着梦的花蕾不愿醒来的男人：“我疑心老和尚只是患着单思病，他怀抱着一个永远的幻梦，见了百助、静子等活人的时候，硬把这个幻梦罩在她们身上。”

外界的革命轰轰烈烈，他那个袈裟与樱瓣的梦是越做越深了，困在情与禅的罗网里挣脱不出，便只有逃跑一路，《本事诗》里已流露出归国的念头。这年秋天，他自江户返上海。要埋葬一段恋情，他的方式是与更多的女人逢场作戏。手上有了几个钱，他就呼朋唤友去吃花酒。上海欢场行规，行酒时若叫小姐，需先写个局牌，写上被叫女子的名字，落款写叫局者的名字，再呼堂倌送去，他的落款总是“和尚”，可见放浪形骸。虽周旋于各色女子，他却自称“早证法身，三戒俱足”，从不与她们中的任一个上床。有时招了女伎，瞪目凝视，久无一言，随即让她们回去，以致上海花界都知有这么一个贾宝玉般的疯和尚。上海的女校书中，他最欣赏一个叫花雪南的，此人性情柔曼，寡言少语，与他却最为相契，苏曼殊这样告以他的爱情观，“爱情者，灵魂之空气也，灵魂得爱情而永在，无异躯体恃空气而生存”，“互爱而不及乱”才是男女相处真境界，他表示自己追逐的不是肉体的快乐，而是一段精神之爱。

秋天去西湖边的白云庵，却遭遇了一场惊险。有一个来自四川的革命党人叫雷铁崖的，因在上海遭通缉，经胡适介绍，也落发为僧寄居白云庵，此时“天宝栈事件”刚发，刘师培夫妇变节的事才暴露，雷便认定了苏曼殊与刘是一丘之貉，也是清廷密探，写了一封恐吓信，要他即刻离寺，警告他若再敢与刘、何二人沆瀣一气，便要采取暴力手段。苏吓得不轻，不及辩解，仓皇跑到上海。此事后来经章太炎和好友刘三辩诬，雷铁崖也郑

---

① 但也有一种说法，“静子”是另一个为苏曼殊蹈海殉情的日本女子，是他的姨表姐，苏曼殊的好友张卓身《曼殊上人轶事》中说：“曼殊高尚敏慧，素为其姨母所钟爱。有姨表姐静子，幼时与曼殊同游，两小无猜。其后姨母欲为撮合，静子亦以情志相契，终身默许，非曼殊不嫁。姨母乃以钻戒赠曼殊，永留纪念，不啻为订婚之礼物。无如曼殊访道名山，年年作客，萍踪无定，又以梵行清净，未便论娶，以至婚事延期，蹉跎复蹉跎，而静子竟以积愁成疾，郁郁逝世。”

重道歉了，但他心里还是深感憋屈。[①]

深秋，苏曼殊经香港前往新加坡，碰巧与准备回西班牙定居的罗弼庄湘父女同船。罗弼是他早年的英语教师，曾有意把女儿雪鸿嫁给他。这个西班牙姑娘还是不能忘情，这让刚从一场苦恋中挣脱出来的他有一种内心被撕裂的痛苦。船到新加坡，分手在即，雪鸿特意给苏曼殊送来一束曼陀罗花，还有一本《拜伦诗集》，诗集扉页中还夹了一张自己的照片。他在诗集扉页题了一首诗，“秋风海上已黄昏，独向遗编吊拜轮。词客飘蓬君与我，可能异域为招魂”，说是吊拜轮，其实也是吊他自己。

日后他在给友人高天梅的信中坦露对这个女子的爱慕：“南渡舟中遇西班牙才女罗弼氏，即赠我西诗数册。每于椰风椰雨之际，挑灯披卷，且思罗子，不能忘弭也。”还把此节写进了小说《断鸿零雁记》里去：“女公子曳蔚蓝文裙以出，颇有愁容，于余前，殷殷握余手，亲持紫罗兰花及含羞草一束、英文书籍数种见贻，余拜而受之。”

此行他是发愿去佛的故乡印度一饮恒河之水。可是途中总惹情事，他自感六根不净，愧对佛祖，结果半途而废，在爪哇的一所华文学校做起了教员。

由调筝女百助引发的十首《本事诗》，陈独秀都有和诗。他的十首和诗，混杂在苏曼殊的一大堆手抄诗稿中，1973 年才由文芷从苏曼殊的好友蔡哲夫家发现，署名“仲”。苏诗是爱情煎熬中的泣血之作，陈诗步其原韵唱和，是对他的理解和劝勉。苏曼殊向陈独秀学字学诗，许多诗作都是经陈修改润饰，陈的和诗，苏曼殊也悉心保存，这两组《本事诗》，已然你中有我，我中有你。

陈独秀写作这一组和诗的热情，已经超越了两个男人寻常的友谊，“相逢不及相思好，万镜妍于未到时”，他有如此激烈的共鸣，乃是因他自己也陷入了一场恋爱。

---

① 此后刘三有诗安慰苏曼殊：“流转成空相，张皇有怨辞。干卿源底事，翻笑黠成痴。”章太炎也有文《书苏元瑛事》替苏澄清与刘师培的关系。

# 湖上狂郎

这是一场不伦之恋,因为他爱上的是自己的妻妹。

陈独秀的原配高晓岚,小名大众,大他三岁,是安庆一个将军的女儿。这位清军安庆营统领与他嗣父为同科举人。他们的婚礼在1896年举行,时年陈18岁。时人都很看好这桩门当户对的婚姻。这位将军原配夫人夭亡后,又娶一妇,生有一女名君曼,乳名小众。

高晓岚虽有一个做将军的父亲,却没正经读过书,目不识丁,后辈记忆中,这是个面容清秀的女子,裹着一双小脚,总是穿着老蓝布做成的长长的大褂子,宽大的裤脚管用细绳子扎得紧紧的,很少穿稍许鲜艳点的衣服。据说她自嫁到陈家几乎就没出过夫家大门。他与陈独秀生下了三个儿子两个女儿(长子延年,次子乔年,三子松年,一女玉莹,另一女早夭),但夫妻俩几乎没什么交流。陈婚后东奔西走,常年不着家,有时长住日本大半年不归,说是奔走革命,泰半也是与此女感情淡泊所致。陈独秀的朋友潘赞化说,陈东渡留学时,“欲借其夫人十两重金镯作为游资,坚决不肯,时常吵口”,①可知他们的不睦也是由来已久。

妻子不认字,与娘家的通信,都是丈夫陈独秀代笔,娘家识字的人也少,回信的事就交给了她同父异母的妹妹高君曼。到高君曼去北京女子师范学校读书时,姐夫就和小姨妹单独通起了信。有一个革命党人姐夫在那个年头绝对是一件非常值得夸耀的事,这个小妹对大她十岁的姐夫早就由崇拜而生欢喜。1909年冬,高君曼回安庆过年,住到了姐姐家里,

① 潘赞化:《我所知道的安庆两个小英雄故事略述》,《安徽革命史研究资料》第1辑。

一个是北京求学的新女性，一个是奔走东京的革命党人，两人感情迅速升温，不久就有了逾矩的第一次。

此事一经公开，可想而知在省城里掀起的轩然大波。嗣父骂他大逆不道，败坏家风，扬言要与他断绝关系，高家也认为两女同嫁一夫是桩丑事。忍受不了种种指责，陈独秀索性带着高君曼去了杭州。① 当他们离开安庆老家时，他的正式妻子高晓岚已经有了几个月身孕。这将是他和她的最后一个孩子，自此以后他们姻缘已尽，只是名义上夫妻了。这个孤苦的女人，还要在陈家大屋里默默度过她没有爱情的二十年。

1910 年春天的杭州，成了这对新人的蜜月地。经朋友刘三介绍，陈独秀在浙江陆军小学当历史、地理教员。此时的他一派天真烂漫，按捺不住要把新娶娇妻的消息告诉所有朋友，得知苏曼殊在南洋教书，也得意地写信去夸示一番："公远处南天，有奇遇否？有丽遇否？仲现任陆军小学堂历史地理教员之务，虽用度不丰，然'侵晨不报当关客，新得佳人字莫愁'，公其有诗贺我乎？"

陆军小学派给他的课不多，得了空他就携新妇和刘三、沈尹默、马一浮、谢无量等一帮朋友游湖、作诗。沈尹默是后来举荐他入北大的有力人物，那时还叫沈君默，陈独秀第一次与之见面就说他诗作得好，却字俗入骨，沈也不恼，反而更用心地去临汉碑，说是要消去俗气。刘三的诗作得不好，却为人任侠仗义，也是个好玩伴。

西湖山水，一年四季氤氲着的都是爱情的气息。他和朋友们游灵隐，品虎跑甘泉，寻幽韬光竹径，踏雪登临吴山，兴致上来了，还和朋友去闹市酒家喝酒，醉眼惺忪中，一边吟诵着"若问狂郎生活意，解归每见月沉楼"，

---

① 陈独秀的女儿陈子美在 2002 年 4 月的一次访问中说到父亲陈独秀和母亲高君曼的结合："她（高晓岚）同一般农村妇女一样，不识字。因同娘家相距较远，不能常回去，便时常托丈夫代笔，给娘家写信。娘家人也多不识字，便由她同父异母的妹妹代为回信。一来一往，陈独秀看这位小姨子字写得娟秀，文笔也还通顺，两人便直接通起信来。姐姐怕丈夫在外面招花惹草，便默认了妹妹同丈夫的书信往来。后来，两人见了面，姐夫便偕小姨子去杭州同居，姐姐大怒，父亲也很生气。"王凌云《对陈独秀之女的一次访问》，载《百年潮》2014 年第 12 期。

一边哈哈大笑。游西湖孤山放鹤亭,想着周灵王时王子晋骑鹤升天的传说,满脑子念兹在兹的革命念头也都让位给成仙的渴望了。

垂柳飞花村路香,酒旗风暖少年狂。
桥头日系青骢马,惆怅当年萧九娘。

——《灵隐寺前》

他想象自己就是那个骑着青骢马的男子,奔驰在花香四溢的村路上,外界的所有烦恼和诱惑统统都消失了,心头只有爱着的那个女子。如果不是辛亥年的武昌枪响惊醒了他,他可能还要长久地沉湎在西湖山水间,继续他酒家醉月、桥头系马的狂浪生活,做那只"飘摇湖海间"的孤鹤。

本有冲天志,飘摇湖海间。
偶然憩城邦,犹自绝追攀。
寒人背人瘦,孤云共往还。
道逢王子晋,早晚向三山。

——《咏鹤》

# 第七章 青春底色

## “爱国适以误国”

民国临时政府成立，各省纷纷光复，新任皖督孙毓筠向在杭州教书的陈独秀发去了一份电报，邀他出任都督府秘书长。1912 年 1 月，陈独秀携高君曼离杭，转道上海回安庆。在上海，有数名军官在酒家聚谈战事，一旁劝酒的苏州女郎用温软的吴语说：“不要战，脑袋要紧。”此话哄传上海各报，陈独秀客途中看到，哈哈大笑。

革命遽尔成功，共和已成现实，陈独秀回乡的心境，杜子美的“漫卷诗书喜欲狂”庶几近之。但他出了名的急性子总要得罪人，他与这位喜抽大烟的孙都督相处并不愉快。到孙前往北京出任袁政府高级顾问，柏文蔚接任皖督，南北陡成水火，新生的民国已是乱象纷生。

从二次革命失败避居上海再东渡日本，一直到 1915 年夏天回国创办《青年》杂志，此三年是陈的精神苦闷期，很多时候，他是一个灰头土脸拙于谋生的革命者，行动上无从把握情势，思想上仍不脱党人思维。

东京襄助章士钊编辑《甲寅》期间发表的《爱国心与自觉心》，当是他走出这段精神蛰伏期的一个重要标志。这篇长达四千言的文章，他着力探讨的一个问题是什么是真正的爱国。答案是，一个保障人民权利的国家是值得去爱的，而一个戕害民众权利的国家则是不值得爱的（“盖保民之国家，爱之宜也，残民之国家，爱之也何居”）。不知国家的目的而爱之，不知国家之情势而爱之，这是愚昧，“爱国适以误国”。

十年前，他剖析中国何以衰败，批评国人“只知道有家，不知道有国”，何以十年之后思想有此逆转？对袁政府的失望是其一，更重要的是法国革命“主权在民”的思想此时已渐入人心。陈独秀日后有《法兰西人与近代文明》一文，说近代三大发明，人权说、进化论、社会主义，都是因法国革命传入，“世界而无法兰西，今日之黑暗不识仍居何等”。此时的他，实已由革命党人而一转为民主主义者，把个人权利作为了衡量好制度与坏制度的首要标准。

说亡国“无所惜”，甚至说在殖民统治下做一个亡国奴都要比在这样的国家做一个国民好，这奇骇之论招至诘问叱责，被骂“狂徒”，也实在是陈在当时的中国走得太远了。时在早稻田大学政治本科读书的河北人李大钊读过此文，也觉陈的观点于国于民都无可为，过于灰色消极了，委婉地批评说，“文中厌世之辞嫌其太多，自觉之义嫌其太少”，希望作者“奋生花之笔，扬木铎之声”，不要让这些消极的宿命论把自己给困住了。

## 青年礼赞

陈独秀最后一次去东京时，丢下高君曼和两个孩子在上海，托亚东图书馆经理汪孟邹代为照顾。清苦的生活让高君曼患了肺炎，又有咯血，汪见其病情一时难以恢复，写信给陈，促其归国。在接风宴席上，陈告诉汪孟邹，他要办一本杂志来革中国人思想的命了，中国的政治革命，须从思想革命开始，而要改变思想，使共和名副其实，那就只有办杂志一途。

另外他透露，还有一个现实的考虑，办杂志可以养活家人。他信誓旦旦地表示，只要有个十年八年的工夫，这本杂志一定会发生很大影响。但汪孟邹因亚东生意清淡，经费周转困难，再加无法预料这本杂志前景如何，就推荐了朋友的群益书社去做发行，商议首期编辑费加稿费共两百元。

1915 年 9 月 15 日，陈独秀主撰的《青年杂志》在上海创刊。对于一个困顿之家来说，这是一项能解燃眉之急的生计，每月两百元的稿费进账可使之慢慢恢复元气。而对一个时代来说，它是思想狂飙的一个先声，即将掀动的新文化大潮里，一个时代的青春底色将尽数涂在以它为首的诸多刊物上。这都是陈、汪在谋事之初都不曾想到的。若早知这本杂志日后走红，汪孟邹怎会把到手的发行权拱手相让呢。

创刊之初，有人写信给陈独秀，要他对筹安会的变更国体问题发言，尽管陈对筹安会的一帮书生素无好感，但出于谨慎，也出于对此前政治革命的检讨，他表示，“改造青年之思想，辅导青年之修养”是他作为办刊人的天职，此刊的定位是以思想启蒙唤起国民独立人格，不涉时政。两年后，胡适返美归来，也决心二十年不谈政治，与陈此时念头，可谓不谋而合。

杂志开篇《敬告青年》，即已昭示办刊人把希望寄托于更为年轻的一代：“国势陵夷，道衰学弊，后来责任，端在青年，本志之作，盖欲与青年诸君商榷将来所以修身治国之道。”

这一年陈独秀三十六岁，时常穿着一件蜡黄西装，条子绒线背心，戴着一顶帽檐下卷的帽子匆匆赶路，奔走在印刷厂和书社之间。诗人徐志摩日后曾在亚东图书馆楼上遇见过他，第一眼的感觉是像一个捕房的“三等侦探”，这个人的相貌就像他的个性一般奇异：发际甚高，几在顶中，前额似斜坡，鼻梁峻直，岐如眉脊，线条分明。

> 青年如初春，如朝日，如百卉之萌动，如利刃之新发于硎，人生最可宝贵之时期也。青年之于社会，犹如新鲜活泼细胞之在人身。新陈代谢，陈腐朽败者无时不在天然淘汰之途……①

---

① 陈独秀《敬告青年》，《青年杂志》第 1 卷第 1 号。收入《独秀文存》，安徽人民出版社 1987 年版。是集最早于 1922 年由上海亚东图书馆出版，收录作者于民国十年(1921)之前发表于《新青年》的作品，分论文、随感录、通信三卷，至 1927 年，共印行两万九千部。

后来的五四青年正是从人皆可诵的此篇中，初识“科学与人权”并重，方能走出蒙昧时代。政治、法律、伦理、学术、风俗，乃至日常一言一行，凡违反科学与民主的，那便是“诳人之事”，即使是“祖宗之所遗留，圣贤之所垂教，政府之所提倡，社会之所崇尚，皆一文不值也”。陈并以进化论的观点论证道，一个社会若遵循新陈代谢之道，便会进步，如果陈腐朽败者充塞于道，就会走向衰亡。他呼唤青年“自觉其新鲜活泼之价值与责任”，“奋其智能，力排陈腐朽败者以去”。

什么是“新鲜活泼”的，什么又是“陈腐朽败”、须从大脑里驱逐出去的呢？陈独秀提出六项标准以供抉择：自主的而非奴隶的，进步的而非保守的，进取的而非退隐的，世界的而非锁国的，实利的而非虚文的，科学的而非想象的。六大抉择中，又以脱离奴隶之羁绊、养成独立平等之人格为首要。因为人的一切操行、一切权利、一切信仰，唯有听命于各自固有之智能，断无盲从隶属他人之理。他提醒青年们警惕人性中的奴性：“轻刑薄赋，奴隶之幸福也；称颂功德，奴隶之文章也；拜爵赐第，奴隶之光荣也；丰碑高墓，奴隶之纪念物也”。

此文如同混沌时代里的一道闪电，它惊醒的是一个时代的青年，它播下的叛逆种子将会生根、发芽。它也让半世奔波的安庆陈仲甫不再籍籍无名。

办刊收入使他们一家的生活境遇有了改善，陈把他的两个儿子延年、乔年叫到上海，以尽父亲之职。两兄弟白天在外工作，谋生活自给，晚上就睡在亚东图书馆店堂的地板上，食则夸饼，饮则自来水，冬仍衣袷，夏不张盖，因为缺少营养都颜色焦枯。父亲这般狠心，两个前妻的儿子跟他感情都不太好。高君曼是他们的姨妈，也是继母，看到孩子这般受苦，曾流涕不已，托潘赞化向陈独秀说情，让两个孩子在家里食宿。但陈固执地认为，青年就是要多一些世上的历练，他这样告诉潘赞化：“妇人之仁，徒贼子弟，虽是善意，反生恶果。少年人生，叫他自创前途可也。”

以致日后，儿子给父亲写信，都称“独秀同志”而不以父子相称。

# 学问家与革命家

汪孟邹没有接手杂志发行，却向陈独秀推荐了绩溪老乡——在哥伦比亚大学读博士的胡适为杂志撰稿人。陈独秀在东京编《甲寅》时曾收读过胡适来信，谈西方文化输入，印象中是非常明达的一个君子，当下就让汪给胡适寄几本杂志，代为约稿。

可能是他没有言明稿酬几何，大洋彼岸胡适的反应有些冷淡。以后每出一期杂志，他都要去问汪孟邹，你的美国老乡有文来吗？

1916 年 2 月 3 日，胡适兴致大好，给哈佛读书的梅光迪写了一封讨论时代的文学之病的信件后，又给尚未谋面的陈独秀写了一信。这封信所谈主要是翻译。陈独秀推崇法国作家左拉，倡导回到写实主义，却又不知从何着手，胡适告诉他，今日欲为祖国造新文学，宜从输入欧著入手，使国中人士有所取法，有所观摩，然后乃有自己创造之新文学。但他又表示，译事谨严，如果译不得法，就会让原著大打折扣，与其译而失真，不如不译。① 胡适光说不练，迟迟没有译稿寄回，陈独秀又是个出了名的急性子，逼得作中间人的汪孟邹一次次发邮件："陈君盼吾兄文字有如大旱之望云霓。"

这年 5 月，在写给母亲的信中，胡适谈及回国的打算，"上海有友人办一报，欲适为寄稿，适已允之，尚未与言定每月付笔资若干"，"虽力不能多酬笔资，然亦不致令我白做文字也"。他表示会拿文章稿酬补贴家用。

他给陈独秀寄出了第一篇译作《决斗》，等到刊登出来已是半年后了，

---

① 《与梅觐庄论文学改良》，《论译书寄陈独秀》，《胡适留学日记》（下），卷十二，268、269 页，安徽教育出版社 1999 年版。

而且杂志也改名叫《新青年》了。陈独秀写了一封信给他，为迟到的刊发表示愧疚，解释说是因为“战事”导致的延刊多日。他希望胡适多译类似的“短篇名著”，“以为改良文学之先导”，至于文章稿酬事，他一字未提。停刊半年，他自己都成了个穷光蛋了。

尽管稿费迟迟不来，但这并不妨碍胡适继续给陈独秀写信。8 月 21 日，读到杂志上陈独秀给谢无量的旧体诗写的按语，推为“希世之音”，抬到杜甫的高度，他就觉得有话要说。一边呼唤文学变迁，一边恭维这些“死文学”，你陈仲甫这也太自我矛盾了吧？他把前日写给朱经农信中谈到的几个要点，归结为“八事”，抄了一份给陈独秀，信末又说，“足下洞晓世界文学之趋势，又有文学改革之宏愿”云云，批评的意思是很明显的了。

> 新文学之要点，约有八事：
> (一)不用典。
> (二)不用陈套语。
> (三)不讲对仗。
> (四)不避俗字俗语。(不嫌以白话作诗词)
> (五)须讲求文法。
> ——以上为形式的方面。
> (六)不作无病之呻吟。
> (七)不摹仿古人。
> (八)须言之有物。
> ——以上为精神(内容)的方面。①

胡适在日记里说，尽管有那么多人反对他作白话诗，但白话乃是他一个人的实验室，他不想强拉人入伙，当然若有人愿意和他同道，他也无不欢迎。为了表示自己与南社人作诗的陈言腐语的区别，两天后他还真的作了一回实验，写下一首不无戏谑意味的《窗上有所见口占》：

---

① 《胡适留学日记》(下)，卷十四，391，392 页，安徽教育出版社 1999 年版。

两个黄蝴蝶，双双飞上天。不知为什么，一个忽飞还。剩下那一个，孤单怪可怜；也无心上天，天上太孤单。

按照胡适自己的说法，文学革命的开端是1915年的夏天，他和一些留美学生开始着意于中国文字的改革。不知是何事触动，他这样一个对文字运用自如的人，竟然觉得古文已成“死文字”，而常常生出“逼上梁山”之感：“文学的生命全靠能用一个时代的活的工具来表现一个朝代的情感与思想。工具僵化了，必须另换新的，活的，这就是文学革命。”①同一时期送梅光迪往哈佛的诗中，已有“新潮之来不可止，文学革命其时矣”之句。

作为一个从小读着《新民丛报》、深受梁启超思想影响的青年学子，胡适完全服膺梁氏把文艺（小说）作为“新民”亦即改造国民性的手段。欲新一国之精神，必新一国之文学，欲新一国之文学，必新一国之语言，这当是民元初年知识界之共识。文言和白话的分野，其流弊不只在于一个人的思维与日常语言的脱节，更在于人为地制造了自视为社会精英的“我们”与底层的“他们”的不平等，这怎么看都是有违现代社会伦理的，有着两千年绵长传统的古文被列为首个打倒目标，也真是劫数难逃。

但一生奉行宽恕体谅和容忍之道的胡适，怎么也不像个能够揭起造反大旗的人。他自己曾说“头脑太细密的人，顾前顾后，顾此顾彼”，决不配作革命家，这“头脑细密、顾前顾后”八字，活脱脱就是他的自况。罗志田先生分析胡适一生行事轨迹，说他纠缠于“成圣”与“率性”，性格中常有反叛的一面，提倡怀疑，喜欢立异，“旁枝逸出”的胆子比大多数人还要大，且由于从小养成的防卫心态，遇压力就反弹，压力越大，反弹越强，这些个性上相互纠葛的“两难之局”，在他身上竟能杂糅，发难搞革命也就不足为怪了。② 但他终究是个头脑太过细密的人，又要自我保护，又要提防着守

---

① 胡适：《逼上梁山》，收入曹伯言选编《胡适自传》，黄山书社1986年版。

② 罗志田：《再造文明的尝试：胡适传，(1891—1929)》，124页，中华书局2006年版。

旧派来攻击，所以写好文章寄给陈独秀时，又是“改良”又是“刍议”，一副探讨学问的架势，按照胡适的保守估计，白话文运动“总得有二十五至三十年的长期斗争”方能成功。

若按照胡适的路径设计，文学革命尚未开张就要变成一场改良了。然而，幸运的是他这篇文章的第一读者是远比他激进得多的陈独秀。就以刚刚过去的清末革命而言，陈热切置身其中，胡一直只是个同情者，至多也是个间接参与者，陈身上不容人反对和冒犯的革命性，比胡不知要强多少倍。接读胡适此文后不久，陈写下著名的《文学革命论》，说“文学革命之气运，酝酿已非一日”，而“吾友胡适”，正是首举义旗的急先锋，“余甘冒全国学究之敌，高张‘文学革命军’大旗，以为吾友之声援，旗上大书特书吾革命军三大主义。曰，推倒雕琢的阿谀的贵族文学，建立平易的抒情的国民文学；曰，推倒陈腐的铺张的古典文学，建立新鲜的立诚的写实文学；曰，推倒迂晦的艰涩的山林文学，建立明了的通俗的社会文学”。[1]

从“新文学八事”到“三大主义”，自是激进了许多。把前后七子、桐城派、西江派等等一古脑儿扫入“十八妖魔”，陈独秀在走的似乎是一条故意激进之路，而不是四平八稳，调和折衷。日后，这两人一个成为中国自由主义知识分子代表，一个成为政党创始人，学问家与革命家，在此已见分野。

对陈独秀来说，文学革命是他所关怀的更大的“气运”的一部分，它不过是更广泛的伦理道德革命的一个先声。在秉持进化文学观的胡适这里也同样，一个崭新世纪的情感思想，他相信必得要有一个新的形式，而这就是白话文。陈、胡的这一协作，由文学革命破题，揭开的是五四新文化运动的帷幕。而这种协作，很大程度上得力于他们性情和态度上激进与稳重的互补。[2] 胡适晚年就这般说，自己的态度太和平持重了，“若没有陈独秀‘必不容反对者有讨论之余地’的精神，文学革命的运动决不能引起

---

① 《文学革命论》，《独秀文存》95 页。

② 如余英时指出，“胡适对中西学术思想的大关键处所见较陈独秀为亲切”，陈独秀则“观察力敏锐，很快地便把捉到了中国现代化的重点所在”，故能提出“民主”与“科学”的口号。余英时《中国近代思想史上的胡适》，联经出版事业公司 1984 年版。

那样大的注意。”

这一革命的成果，是素称落后的北洋政府教育部于1920年便明令全国小学三年内全部使用白话教材。

因陈独秀把胡适推许为“首举义旗之急先锋”，时人皆把胡适看作了文学革命的先驱者，尚未回国，这个年轻人已暴得大名。但胡适自己也承认，陈独秀和《新青年》给了他“缓步徐行”的文学演进的历程上，猛力加了一鞭，“这一鞭就把人们的眼珠子打出火来了”。“从前他们可以不睬《水浒传》，可以不睬《红楼梦》，现在他们可不能不睬《新青年》了。”

当文学革命刚在《新青年》上爆出零星火点的1916年秋天，这本杂志的影响还只在上海周边，它的发行力最多时也不到一千册。在北京，还几乎没有人听说过这本杂志。要让一个时代的青年像阅读《天演论》和《饮冰室文集》一样阅读这本杂志，还需要更大的契机。

机会说来就来了。

# 第八章
# 北大之父

## 柏林归来

南方的学生和革命党人纷纷拥向日本时，未来的北大之父蔡元培选择了前往欧洲。这一年，他三十九岁。

不久前，他在绍兴老家接到了北京朋友的来信，说政府要派翰林院编检出国留学，要他作速前往北京登记。但这年冬天他到了北京才知道，因为志愿留学的编检人数太少，政府已经取消了此项计划。其间家中数次来电相招，要他回去处理。到家才知道，其实也没什么大事，家人是听到一些不利于革命党人的传说，让他南下避祸。

在老家过完旧历新年再度北上，他找了京师大学堂译学馆的一份差事做，其间打听到一个消息，孙宝琦将派任驻德公使，不日赴欧。他请人关说，争取到了使馆职员的一个职位。1906 年 5 月，他跟随孙宝琦由西伯利亚铁路赴德。名义上他是孙公使的随员，实际上不任事，惜才的孙宝琦还为他争取到了每月三十元的补助经费。同时他还与商务印书馆商定，在海外编撰教科书，赚得一份报酬以供家用。

到了柏林，国内传来了安徽巡警学堂徐锡麟刺杀恩铭的消息，还有秋瑾在绍兴遇害等事。延期送达的上海报纸上登载了徐锡麟就义前与审讯官员的一段对话。问官说，汝受孙文指使吗？徐答：我运动革命，已二十年，还要受别人指使吗？孙宝琦读到这里，有点寒心，强作解嘲语说，革命党真是大言不惭。蔡元培看到这两位同志的结局，也是暗自心惊。

蔡元培在柏林学习德语，一年后，转入莱比锡大学，学习哲学、美学、实验心理学。这是一座有着五百年历史的大学，一个半世纪前，德国文学巨擘歌德就是在这里写下了众口相诵的抒情诗和戏剧。四年中，他遍历欧洲境内，从意大利边境、法国南方到瑞士，除了领略其风土之美，尤喜考察美术馆、博物馆。他的一个直观感受是，越是冷的地方，越是清洁，城市景观如此，人的精神也如此。作为伦理学的一项实践，这期间他还成了一个素食主义者。

蔡在欧洲的几年间，国内革命党人与清廷的对峙已至白热化，差不多年年都有惊人的大事发生，起义的火星旋灭旋起。1907 年 12 月，有孙文袭取镇南关之役。1908 年 3 月，有广西边境的钦廉之役，稍后，又有云南河口之役。1910 年，又有熊成基谋刺海军大臣载洵、萨镇冰案和汪精卫谋刺摄政王载沣案，这些革命党人发动的起义和暗杀虽被扑灭或未能成功，却已极大动摇了帝国的根基，呈现出一派乱世之兆。而 1908 年秋天光绪皇帝和慈禧太后的相继去世、年仅三岁的宣统帝爱新觉罗·溥仪即位，更是让人觉得延续三百年的帝祚将尽，大清快要完了。蔡去国经年，虽身为革命党人——离国前一年，他由何海樵介绍加入了同盟会并任上海支部负责人——但毕竟远离现场，他对于国内政局胶着状态之下的暗潮已不如在国内时敏感，他觉得大清要完，但百足之虫死而不僵，大厦的轰然倒坍不会那么快到来。

辛亥年元旦这天，他还在优哉游哉前往莱比锡附近城镇参观尼采等名人曾经就读的学校，观看古墓碑、宗教画、木刻、塑像。稍后，国内有温生才刺杀广州将军孚琦、黄花岗七十二烈士殉难等事，传到他耳里也是很迟的事了，毕竟时空暌隔，如同另一个星球般遥远，也只是揪心复忧心而已。

德国大学的暑假很长，迟至 10 月初，蔡的暑假还没有过完，而中学已开课，蔡应几个朋友之邀，去一家私立中学游玩。就是在那家学校订阅的德语报纸上，蔡看到了武汉起义的消息。有一朋友问他，这一次的革命，是否可以成功？蔡答，必可成功，因为革命党预备已很久了。话是这么说，他心里是没一点底的，以为武昌的事又是随风而逝的一点火星。直到吴稚晖写来一封信，详告武昌方面发生的一切，并说这或许是一大转机，我辈当尽力促成云云，他才明白国内的政局似乎真的是要大变了。

他回到柏林，从报上密切关注着国内局势，天天往同学会跑，热烈谈论着各省响应的消息。同学会的桌上本来有两面小龙旗，他们把它扯破了，代以两面五色旗。某日，使馆一位秘书跑来，一副很得意的样子说，袁宫保出来了，革命军势孤了！被他们斥作放屁，并狠狠打了一个耳光。留学生们期盼革命成功之急切，可以想见。就这么在柏林度过了难挨的一个月光景，按到陈英士从上海打来的电报，蔡就从西伯利亚铁路回国了。

他先到上海，然后作为十七省代表之一前往南京，参与推举中华民国临时大总统。蔡前往南京前，曾与章太炎见面。章跟他有一个约定，如果推举孙文为临时大总统，我浙人最好不加入。蔡元培答应了，但到了南京拗不过孙大总统再三恳请，他还是出任了临时政府教育总长一职。章太炎扣下他的行李，不让他背约去上任，经章的弟子们再三苦劝，章太炎才放他前往南京。

## 专使北上

武人政治，以实力论英雄，鉴于袁世凯手握重兵足以颠覆清廷，也足以冲击新生的共和政体，临时政府成立时，南方的革命党人就要求孙文发表一个声明，若袁果能让清廷退位，即把大总统一位让于袁。1912 年 2 月 12 日，清帝发布退位诏，孙即辞总统推袁继任，但袁根本就不想来南京就任，迭电催促，殊无来意，于是蔡元培领到了一个“倒霉的差使”，和汪精卫、宋教仁、唐绍仪、钮惕生等五人组成“迎袁专使团”前往北京。

这个使团加上工作人员共有三十余人，包定的是招商局的“新裕”号轮船。船中皆是同志，又对新生的共和政体充满乐观，船上谈的最多的就是迁都。他们满心以为，只要到了北京，铁定能把袁世凯拉到南京来。只有宋教仁一人对迁都南京的主张不同意，因为南迁之后就不能控制蒙古。宋口才颇佳，议论起来激情逸飞，众人对他不苟同的精神也是很敬佩。

船近天津港，遇海上大雾，无法靠岸，停泊了数日，船上人自发组成了两个团体，都是旨在改良道德、纯净社会的。同船同志都觉得革命成功了，以后各位都要由野而朝，不免沾染官场习气，因此建议以不嫖、不赌、不娶妾、不吸烟、不饮酒、不食肉来约束自己，提倡一种清净而恬淡的美德，蔡元培和汪精卫、李石曾、吴稚晖是倡议者，把这个团体命名为“六不会”，另一个“社会改良会”是由留美的唐绍仪发起，也是讲求移风易俗的。

惯于玩弄权术的袁世凯大大耍了他们一把。袁把这南来迎接他的三十余人安排进了梅酢胡同的法政学堂住下，好吃好喝伺候着，一边信誓旦旦地说他也一心想摆脱北京这个臭虫窝，只要段祺瑞愿意负责北边的军事，他随时可以束装南下，一边授意驻防北京的第三师发动了一场兵变。枪声就响在专使团驻地附近，一行人仓皇逾墙而出，搬到了六国饭店，在爆竹般的枪声中度过胆战心惊的一夜。

孙宝琦一大早过来了，他告诉惊魂未定的蔡元培等人：昨夜我正在总统处，总统闻兵变，即传令须切实保护梅酢胡同，并说，人家不带一兵，坦然而来，我们不能保护，怎样对得住？后来兵变闹得凶起来，左右请总统下地下密室，总统初不允，我等苦劝之，彼遂进密室，而我亦暂避六国饭店来了。蔡等将信将疑，也不知他此番话是真是假。

坊间议论纷纷，袁尚未离京，就已闹成这个样子，若真南下，那还不知道会酿出什么乱子来呢！专使团只得把此间情形报告南京，反复磋商后，袁终于如愿在北京就大总统职。唐绍仪组织的首任内阁中，蔡仍为教育总长。

内阁总理唐绍仪身为新进的同盟会员，一面要忍受南方革命党人的诘责，一面又受不了袁揽权无度，只给他一个空头名分。以他与袁共事多年的经验，他知道袁对一个人有疑忌了，不管有无交情，必置之死地而后快，于是偷偷跑到天津，再电请辞职。蔡与唐绍仪并无私交，但看到政府中分裂成两派，互相牵掣，南方系又没有实力与袁抗衡，提出“吾党同志全体去职”，以免与一个恶政府背上骂名，同归于尽。他与宋教仁等的连带辞职，自然被袁派人士看作“拆台”，虚文挽留一番，也就任他们南去了。

宋教仁为了责任内阁的政治理想在南方到处演说之际，蔡元培已经预感到，政治上的纠纷方兴未艾，远不是他一介书生可以挽救，索性一走了之，便又去了德国。

他执掌教育部时间虽短，但所做的几件事，还是于日后的中国影响甚大。一是停止祭孔，“毁孔子庙罢其祀”，铲断帝制回潮的根源，二是整顿大学，废去经科，提出大学为研究学理的所在，须偏重文理两科。清季学部的宗旨原为：忠君、尊孔、尚公、尚武、尚实，蔡认为忠君与共和政体不合，尊孔与信仰自由相背，把教育宗旨修改为有着现代意味的另五项：军国民教育、实利主义、公民道德、世界观、美育。

他说，之所以提出世界观，其实这是一个哲学问题，他意在兼采秦诸子、印度哲学及欧洲哲学，以打破两千年来墨守孔学的旧习。提出美学，因为美是具有普遍性、超越性的东西，可以破除偏见，破除生死利害的顾忌，适可以用来代替宗教，涵养德性。而公民道德的标准，实出于他所醉心的法国革命时代的自由、平等、博爱三项。现代性初露之际，还须用旧时光的古义证明之，这正是蔡元培一代先觉者的语境，他从古典资源里引用出仁、义、恕三字证实说：“自由者，富贵不能淫，贫贱不能移，威武不能屈是也，古者盖谓之义；平等者，己所不欲勿施于人是也，古者盖谓之恕；友爱者，己欲立而立人，己欲达而达人是也，古者盖谓之仁。”

宋教仁案后，同盟会改组的国民党与袁世凯决裂，其间，蔡元培曾短期回国。南方各省的仓猝反抗在北军大兵压阵下很快雪消冰澌，二次革命失败，蔡于 1913 年秋又偕夫人黄振玉赴欧洲。他再次出现于国人视野，已是三年后了，教育部迭次去电，敦促他回国出任北京大学校长。

# 新灵魂,新启示

1916年6月6日,袁世凯去世,消息次日传至美国,在哥伦比亚大学留学的胡适说,“此间华人,真有手舞足蹈之概”。[1] 在胡适看来,袁氏之罪,在于阻止中国二十年之进步,中国至少有四个机会,在袁的手上失去:戊戌,庚子,辛亥壬子间,二次革命后。二十年来之精神、财力、人力,都消耗于互相打消之内讧,都是袁一手造成。

袁世凯的去世,使北京出现了一段短暂的权力真空,随后,黎元洪继任大总统,北洋系领袖段祺瑞出任内阁总理,新一届政府名义上承认了民元约法,并重开了被袁世凯解散的国会,二次革命后被迫靠边的一些元老级人物又重返政治中心。

1916年夏天,就在国会重开后不久,一些浙江籍议员致电在法国的蔡元培,说要推举他为浙江督军。蔡婉拒了这一提议。此时的他迭经民初以来的种种风潮,已成为政治上的一个温和派,他的思想已走出革命,转向以通过教育提高道德来改革社会。此时原北大校长胡仁源即将卸任,一些旧交和了解蔡的学者向教育部建议由他接任此职。他们相信蔡作为一个教育家的资质是无可挑剔的。而此时的教育总长,正是蔡任总长时的副手范源廉。他让政府首脑认识到,如能召来蔡这位名重一时的人文主义学者,必将对这座学府乃至中国的教育产生极大影响,得到黎元洪的批准后,他给身在巴黎的蔡元培发去一封电报:

国事渐平,教育宜急。现在首都最高学府,尤赖大贤主宰,师表

---

① 《胡适留学日记(下)》,卷十三,《死矣袁世凯》。

群伦。海内人士咸表景仰。用特专电敦请我公担任北京大学校长一席,务祈鉴允,早日归国,以慰瞻望。

蔡元培先到上海,汪精卫、吴稚晖等朋友多劝说他不要轻易去就职,因为北大太腐败,去了整顿不好,反而损了自己清誉。而且为北京政府工作有背叛革命之嫌疑。据蔡的一份自述《我在教育界的经历》称,那时北大学生,是从京师大学堂老爷式学生嬗继下来,初办时所收学生,都是京官,学生都被称作老爷,而监督和教员都被称作中堂或大人,科举虽然废除有十个年头了,但这所学校还是有着很浓重的科举时代遗留的劣习,学生进校的目的,也都是希望毕业后有个好出路,堪称是未来官僚的摇篮,懒散学生的天堂。① 当时的北大学生顾颉刚也曾回忆,那时的北大是一所很陈旧的学校,一切保存着前清大学堂的形式,有钱的学生天天逛妓院、打牌、听戏,校中有舍监也从不干涉,以致京城欢场中称"两院一堂"是最好的主顾("两院"指参议院、众议院,一堂指京师大学堂)。学生与校方的接洽与沟通,也是须写呈文,校方批了揭在牌上,仿佛一座旧衙门。但也有一些人建议他不要放过为改革效力的机会,前往北京就任。当蔡确信执掌北大不会让他卷入政治的漩涡,他决定赴任了。多年后他回忆这段历史时说:我不入地狱,谁入地狱?

1917 年 1 月 4 日,一辆陈旧的马车载着蔡元培驰进了北京大学。校工杂役们和学生代表在门口列队,恭敬地向这位将要领导这座最高学府的人行礼。蔡一反以前历任校长的目中无人、不予理睬的惯例,郑重其事地向校工们回鞠了一躬,这使得校工和学生们大为惊讶。这么一个身份尊贵的人向卑微的仆役表示敬意是极不寻常的。这正是蔡元培想要告诉世人的:这所学府的一切都将发生改变。

蔡元培不喜坐轿或坐人力车,因为他觉得这是对人力的剥削,他到京后第一次出门拜客去孙宝琦那里,是徒步去的,孙送他出门时见门前并无车辆,说,你不可再徒行了。蔡诺诺,可是第二次来时又如此。孙送了一

---

① 蔡元培:《我在北京大学的经历》,原载《东方杂志》1934 年第三十一卷第一号。

辆新马车给他,还派人把自己常御的马送去。可是蔡后来上班常坐的还是一辆车身斑驳的马车,由一匹有气无办的马拉着去学校。

几天后,蔡元培发布就职演说,在这所沉闷的学府再次激起了热议。他的演说阐述了他的愿景,扩大了他在1912年任教育总长时就有的一些想法。他说,“大学者,研究高深学问者也”,外人每每指摘本校腐败,是因为学生都有做官发财的思想,因做官心热,对于教员,则不问学问之浅深,惟问其官阶大小,官阶大者,特别受欢迎,因为毕业后可以受到提携,如果真要做官发财,北京有不少专门学校,又何必来这里上大学?“大学学生,当以研究学术为天职,不当以大学为升官发财之阶梯”。

他认为,一个人只有抵制做官发财的诱惑,追求沉思的生活,才能学会敬人、爱人,过堂堂正正的生活,才能成为道德卓绝的人,北大作为中国仅有的国立大学,他希望本校学生在这些方面为全国作出表率。罗家伦的说法可以代表当时北大青年的真实想法,他说蔡校长改革大学的呼声,“震开了当年北京八表同昏的乌烟瘴气,不但给了北京大学一个新灵魂,而且给全国青年一个新启示”。

## 独秀出山

正式就任前,蔡元培曾去拜访老友、北京医学专科学校校长汤尔和,询问北大情形。汤尔和是杭州人,早年留学日本学习陆军,与革命党人多有往来,后留学德国获医学博士学位,是当时北京学界一位颇有声望的人物。

汤说:“文科预科的情形,可问沈尹默君,理工科的情形,可问夏浮缆君。”又说:“文科学长如未定,可请陈仲甫君,陈君现改名独秀,主编《新青年》杂志,确可为青年的指导者。”说话间,汤尔和取出十余本《新青年》杂志交给蔡元培。

蔡元培自是知道陈仲甫此人，十几年前他在上海组织反清秘密组织暗杀团时，陈曾经从安徽芜湖赶来，盘桓多日。尤令他印象深刻的是，后来他与刘师培在上海一起办《警钟日报》时，一向自视甚高的刘曾对他说：有一种在芜湖发行之白话报，发起若干人，都因困苦及危险而散去了，陈仲甫一人又支持了好几个月。去国三年，国内知识界的情形他已不甚了了，《新青年》这本杂志连听也没听说过，此番听了汤尔和力荐，又读了《新青年》上的文章，他已生佩服，尤喜此人大胆敢言、思维出新，他已决意聘任陈独秀为北京大学文科学长。

说来也是机缘凑巧，这段时间陈独秀正在北京。1916 年 11 月，他和亚东图书馆经理汪孟邹为募集出版资金来到北京。某一日，陈在琉璃厂附近遇到了在北大教书的老朋友沈尹默，1909 年他携高君曼同寓杭州时，曾与沈尹默、刘三在西湖边度过一段轻松愉快的时光，此番重遇，大感欣悦，分手时，沈问了他住的旅馆地址，告他暂时不要离开北京，过些天再去拜访。

沈尹默在汤尔和面前谈起陈独秀，说，如见蔡校长，可引荐陈君。他不知道，汤已把陈独秀推荐给“蔡校长”，蔡也已属意于陈。1916 年 12 月 26 日，黎元洪发布总统令，正式任命蔡元培为北大校长。当天上午，蔡元培便到中西旅馆走访陈独秀，劝说陈到北大就任文科学长。关于这段历史，与陈独秀同住的汪孟邹在日记中曾写道：“十二月二十六日，早九时，蔡孑民先生来访仲甫，道貌温言，令人起敬，吾国惟一之人物也。”他又记述道，他们住在北京的这段时期，“蔡先生差不多天天要来看仲甫，有时来得很早，我们还没有起来。他招呼茶房，不要叫醒，只要拿凳子给他坐在房门口等候。”

陈独秀开始并不想来京，他说自己要回上海去办《新青年》。蔡让他把《新青年》也搬到北京来办。可能是蔡的求贤若渴感动了他，也可能他意识到这本杂志如果继续在上海办也不可能有多大起色——在 1916 年的大部分时间里，杂志都处于停刊状态，每期发行量不超过一千册——他答应了蔡让他来北大的请求。当然还有现实生计的考量，他来北大执教可以有每月 200 元的固定收入，在当时这不算是一笔小数字。[①] 他约定试着干三个月，干不下去就回上海。

1917 年 1 月，北大张贴第三号《布告》称："本校文科学长夏锡祺已辞职，兹奉令派陈独秀为北京大学文科学长。"

他和高君曼迁往北京，住进了东池子箭杆胡同 9 号的一座小四合院。与前妻的两个儿子乔年和松年留在上海震旦大学读书，亚东图书馆经理汪孟邹从他的稿费里按月支付给每人每月五元的生活费。

当他作出前往北京的决定之际，正是与在美国的胡适热烈讨论文学革命的时候，在他心目中，比自己年轻许多的胡适（胡适时年 26 岁）是这个职位更理想的人选。他写信告诉胡适：

> （蔡）力约弟为文科学长，弟荐足下以代，此时无人，弟暂充之。孑民先生盼足下早日回国，即不愿任学长，校中哲学、文学教授俱乏上选，足下来此亦可担任。

同年 7 月，胡适回国，先到上海，然后回绩溪老家探亲访旧，看望未婚妻江冬秀，9 月到北大就任哲学和英文教授。但他初到北大开讲并没有一鸣惊人，一些老教授和自恃学问好的学生很是看不起他。胡适给一年级新生讲中国哲学史，发下去的讲义名为《中国哲学史大纲》，教三年级中国哲学史的陈汉章（他是经学大师俞曲园的弟子）拿到这份讲义，在课堂上"笑不可抑"，说："我说胡适不通，果然不通，只看他的讲义的名字就知道他不通。哲学史就是哲学的大纲，现在又有哲学史大纲，岂不成为大纲的大纲？不通之至。"[②]

但在傅斯年、顾颉刚等学生的有力支持下，这个二十七岁的年轻人还是站稳了脚跟，并很快打开了局面，一边与沈尹默、马幼渔、刘半农等以新

---

① 当时北京初小教师的月薪是 24 元，高小教师则是 32 元。《北京大学文科一览》（民国七年度），北京大学档案馆藏，转引自[美]魏定熙著，《权力源自地位：北京大学、知识分子与中国政治文化，1898—1929》，135 页，江苏人民出版社 2015 年版。

② 冯友兰：《五四前的北大和五四后的清华》，《文史资料选辑》第 34 辑，4 页。

方法整理国故，一边襄助蔡元培整顿英文系。

在蔡元培看来，陈独秀引入的这个新盟友是个“旧学深邃”之人。陈独秀还邀请了他的老朋友，在参议院任职并继续主编《甲寅》的章士钊出任哲学教授兼图书馆主任。后来，章推荐了他在日本时结识的李大钊，一个长得“像文士，也像官吏，又有些像商人”（鲁迅语）的河北乐亭人接任图书馆主任一职。“头大，眼有芒角，生气勃勃”（周作人语）的刘半农，则是陈独秀上海办刊时的旧识，一个才子佳人派作家。还有一个旧人，曾经投入端方幕下的经学大师刘师培，此时体虚身弱，生计维艰，欲进北大执教，蔡、陈不计前嫌，也向他伸出了援助之手。

## 休休有容

在蔡元培之前，革命元老、经学大师章太炎的门生马幼渔、朱希祖、沈兼士、黄侃等已陆续聘为北大教授，并在与守旧的桐城派的较量中占据了学术主流地位。章太炎门风谨严，他这些年轻的弟子把经典的语言文字作为安身立命之所，对中国传统普遍持有一种开放的胸襟，吸纳了校园里众多优秀的学生。

在袁世凯去世之前，章太炎因反对帝制一直被软禁在北京，社会对他的关注也无形中提升了他的弟子们的声望。蔡到任后引进的章门弟子，还有教育部佥事、第一科科长周树人，周树人又介绍来他的二弟周作人。“蓄浓髯，戴大绒帽，披马夫式大衣，俨然一俄国英雄”（刘半农语）的周作人被安排进入国史编纂处工作。鼓吹文学革命的陈、胡两员大将和钱玄同、刘半农等，与占据学术领导权的章氏门生形成了一种开放的竞争关系。

放大历史的视野来看，所有人都是他处身时代的牺牲。这一方面是时代变化太快，另一方面也是人的局限性所致。章太炎这一代知识分子曾经引导人们走入启蒙运动的门槛，但他们中的大多数不能够也没有能力继续前行，进入一个陌生、孤寂、疑虑的世界，事实上民元之后他们就与继起一代的反传统主义者分道扬镳了。但蔡元培还是给了这些前驱者以足够的尊重，就像周作人所说，北大同人眼里的“蔡校长”是个古今中外派，蔡领导下的北大容纳了各种各样的学术派别。就以文科而论，一边是胡适之、陈独秀、钱玄同提倡白话文学，一边是刘师培、黄侃竭力维护文言文学。而且刚开始的时候，崇拜刘师培、黄侃这些文化保守主义者的学生一点也不比崇拜新文化领袖的人少，黄侃斥骂钱玄同“八部书外尽狗屁”赢得了一片附和之声。

先生们之间的争斗自然也会把学生给牵涉进去，后来加入新潮社的杨振声如是回忆学生们之间“幼稚而又露骨的斗争”：“有人在灯窗下把鼻子贴在《文选》上看李善的小字注，同时就有人在窗外高歌拜伦的诗。在屋子的一角上，有人在摇头晃脑，抑扬顿挫地念着桐城派古文，在另一角上是几个人在讨论着娜拉走出傀儡之家以后，她的生活怎么办？念古文的人对讨论者表示憎恶的神色，讨论者对念古文的人投以鄙视的眼光。”这样一个五色缤纷的环境里，学生们也有无所适从的疑虑，有人公开表露，是读书不忘救国还是救国不忘读书？是应到图书馆、实验室去呢还是到民间去？当真谈主义的是鹦鹉和留声机，谈问题的才是博士？①

年过四十后的蔡元培已活出了自己的真实，这个前清时代的革命元老已日趋稳健温和，成了一个坚定的自由主义教育家，他迷人的个性就像梁漱溟说的，“坦率真诚，休休有容”。他坚持认为，要培植健全的人格就得经过这样一个思想的熔炉，年轻人就得经由多种学说和思想的洗礼，在多次碰壁和无所适从之后再来选定目标和道路。学校每一学科的教员，即使主张不同，只要言之成理、持之有故，都是可以并存的，不同主张的教员，应允许其自由讲学，让学生自由鉴别和选择，蔡认为这一思想自由、兼

---

① 杨振声：《回忆五四》，川岛《五四记忆》，中国社会科学院近代史研究所编《五四运动回忆录》，上册，148，149，323 页。

容并包的办学理念应是世界各大学的通例。所以他像支持《新青年》一样支持一份通篇没有标点的校内杂志《国故》月刊，聚集在这本杂志旗下的除了刘师培、黄侃，还有梁漱溟、陈汉章、辜鸿铭、马叙伦这些著名的文化保守主义者。这并不是说蔡在新与旧的文化交锋中没有立场，他只是借此表达他的包容态度。

有过一场广受时人关注的公开辩论，辩论的一方是蔡元培，另一方是曾任本校教席、译介过《巴黎茶花女遗事》等百余部西洋小说的翻译家林纾，字琴南。林琴南曾是一个先行者，他的译作称之风靡一个时代毫不为过，但近代中国知识人的宿命在于，以激进的反姿态亮相后，总是以或隐或显的返归传统终局，他的思想维新之后就再也没有进步，成了一个时代的牺牲。林纾曾经站在桐城派古文的立场，指责章太炎是个不讲意境义法的庸妄之徒，看到陈独秀一班人鼓噪文学革命提倡白话文学，他给蔡校长写了一封信，称如果尽废古书，用土语为文字，那么京城里的引车卖浆之徒说的话，全都是有文法的了，京津一些底层的贩夫走卒，也都可以被你蔡校长聘为教授了。①

蔡在答复中申张了他思想自由、兼容并包的主张：北大对于教员的选择，是以学术造诣为主，例如民国是排斥复辟主义的，本校教员中有拖着长辫坚持复辟论的，但其讲授的是英国文学，与政治无涉，就听之，有筹安会发起人，民元以后是被看作罪人的，但其讲授的是古典文学，与政治无涉，也听之。再如教员中有纳妾、狎妓、赌博等事，蔡认为只要他不荒废功课，不诱使学生与之堕落，也不应太多干涉，因为人才难得，如果求全责备的话，学校就成立不起来了，而且更重要的是，“公私之间，自有天然界限”，一个现代社会，必须给个人私域以足够的空间。

这已经是大家都熟知的故事梗概：1917 年蔡元培来到后的北大再也不是从前的北大了。袁时代残留的京师大学堂的气息似乎消失于一夜之间，中国最高学府的学生们开始以一种开放的心态浸淫于各种思想之中，在可以预见的未来，这一股新的力量将在中国的政治文化生活中扮演举

---

① 林纾：《答大学堂校长蔡鹤卿太史书》。

足轻重的角色。诚如蔡元培所说:北大的整顿,自文科起,陈独秀任文科学长以后,文学革命、思想自由的风气,遂大流行。

北大学生罗家伦回忆起那个年代时说,他们在校园里争论不休,到处都充满着学术自由的空气,“大家都是取一种处士横议的态度”。他们经常聚合的场所一处是汉花园北大一院二层楼的国文教员休息室,来讨论的学生以南方籍的居多,称作群言堂,一处是一层楼的图书馆主任室,以李大钊为中心,以北方籍学生居多,称作饱无堂。罗家伦说这两个地方无师生之别,也没有客气及礼节那一套,到来就辩,相互诘难,讨论时也没有时间观念,有时候从饱无堂出来,走到群言堂,或者从群言堂出来走到饱无堂再继续讨论,一直到尽兴为止,“当时的文学革命可以说是从这两个地方讨论出来的,对于旧社会制度和旧思想的抨击也产生于这两个地方”。① 学生们对这两处聚合地点的命名不无戏谑,但他们的话语里尽是那个时代的躁动不安与政治激情。

这个自由空间的取得,堪称时代的奇迹,要之还在于北洋政府对文化的放任态度。北洋武夫当国,许多政要其实涵养不错,再不行也要讲个江湖义气,虽眼界不高,却也不怎么胡来。政府的出版和审查机构的理念,基本上还停留在文学移风易俗的层次上,只管制有伤风化的淫秽书籍,再加上高层正忙于内斗,什么新文学与旧文学,武夫们根本无暇顾及。

民初知识分子普遍有一种过于放大的精英意识,以为只要集聚起数十个社会精英和意见领袖,就能够改变社会,因此在蔡元培领导下的北大,这些具有进步思想的教授们相互间有一种强烈的团体认同感。的确,他们年龄相仿,大多留过洋,大多都来自南方,在政治、学术和私事方面容易有共同话题发生共鸣。据 1918 年初的一份统计,当时北大共有 90 名教授(另有 94 名讲师,9 名助教),平均年龄不超过 35 岁(而本科学生的平均年龄不到 24 岁),一个年代的激荡风气正由这班少年们策动并推波助澜。

蔡元培、陈独秀、胡适都是卯年生人,肖兔,蔡丁卯年,陈己卯年,胡辛卯年,蔡大陈一轮,陈又大胡一轮,除这三位外,朱希祖、刘复、刘文典也是

---

① 罗家伦:《蔡元培时代的北京大学与五四运动》。

卯年生人，蔡校长之外的这几个还被戏称为“两个老兔子和三个小兔子”，不只因为他们都是兔年出生，也是因为他们的同志情谊。这些教授们，“卯字号名人”，在这座学府里日常相处的情形，就如刚进北大的周作人所观察到、后来在《知堂回想录》里专章记述的那样：

> 那时是民国六年(1917 年)的秋天，距我刚到北京才只有五六个月，所以北大的情形还是像当初一个样子……进门以后，往北一带靠西边的围墙有若干间独立的房子，当时便是讲堂，进去往东是教员的休息室……许多名人每日都在这里聚集，如钱玄同、朱希祖、刘文黄，以及胡适博士，还有谈红楼故事的人所常谈起的，三沈二马诸公——但其时实在还只有沈尹默与马裕藻而已。

## “正义的火气”

蔡元培改革大学，由聘请籍籍无名的陈独秀任文科学长破题，自是希望后者在新旧文化之争中起到急先锋的作用，他欣赏的是陈独秀身上的革命气味。

同时代和后世人眼里的蔡元培形象，知恕，能容人，性情温和冲淡，从无疾言厉色，似乎一个深谙中庸之道的老好人，但蔡的同乡兼学生蒋梦麟早就看出，蔡混合型的人格里还是有一种早年身为激进主义者带来的坚硬、执拗与反叛，“故先生之中庸，是白刃可蹈之中庸，而非无举刺之中庸”。陈、胡一班新文化人带着“正义的火气”(胡适语)，反孔教，反礼法，反国粹，反一切的旧制度，摧枯拉朽，绝不宽容姑息，这正是他所希望看到的，在蔡的启蒙路径设计中，这并不是出于简单的新即是善、旧即是恶的价值评判标准，而是用一种激烈的方式迫使那个时代的知识分子对中国传统作一全面的清理与反思，那就是，在一个变化了的世界上，中国如何找到自己的位置，如何才能更好地重建社会政治秩序和思想规范。他希望新派和旧派都能来面对这个问题。

新派人士早就给了一个答案，那就是德莫克拉西(Democracy)和赛因斯(Science)——科学与民主——陈独秀所称的“德先生”与“赛先生”。《新青年》编辑部自迁来北京的1917年起，每期发行量从不足千份跃升到每期一万五六千份，并由陈独秀独力编辑变成了一本胡适、李大钊、钱玄同、沈尹默、高一涵等共同参与的同仁刊物。这班新派人士都是旧学深邃之士，不是不知绵延两千余年的古文之美，之所以坚持文学革命，是因为他们把文学革命视作更广泛的伦理道德革命的第一步，陈独秀表示，他的舞台不只是区区一北大，他的新文学主张，“百家平等，不尚一尊”也好，“提倡通俗国民文学”也好，都不只是在大学文科学长的职位上讲讲的，他誓将此二义遍播国中。如果破坏旧伦理、旧艺术、旧宗教、旧文学、旧政治，算是罪案的话，他对于这几条罪案直认不讳，既然德、赛两先生可以把西洋人从黑暗中救出，引到光明世界，他认定这两位先生也可以救治中国政治上、道德学术上、思想上一切的黑暗，若是因为拥护这两位先生，受到政府压迫和社会攻击笑骂，哪怕是断头流血，他也不会推辞。

《本志罪案答辩书》的陈述理直气壮：

> 本志同人本来无罪，只因为拥护那德莫克拉西(Democracy)和赛因斯(Science)两位先生，才犯了这几条滔天的大罪。要拥护那德先生，便不得不反对孔教、礼法、贞节、旧伦理、旧政治；要拥护那赛先生，得不反对旧艺术、旧宗教；要拥护德先生又要拥护赛先生，便不得不反对国粹和旧文学。大家平心细想，本志除了拥护德、赛两先生之外，还有别项罪案没有呢？若是没有，请你们不要专门非难本志，要有气力，有胆量来反对德、赛两先生，才算是好汉，才算是根本的办法。

民初的国民意识，只知回不去帝制，并无多少自主意识，轮番上场的君主立宪、三民主义、无政府主义、空想社会主义、达尔文进化论，让贫瘠的思想界在众声喧哗中也找不出更好的药方，尊孔仍是主流的声音。陈独秀等新文化领袖们喊出打倒孔家店，实则是对孔子学说有可能滑入帝王学的一种警惕。

李大钊认为孔子思想是专制的一种遗产，在现代社会里用古老的思想作支撑会出现问题，“孔子者，历代帝王专制之护符也，宪法者，现代国民自由之证券也，专制不能容于自由，即孔子不当存于宪法”(《孔子和宪法》)。陈独秀也认为孔教的长幼尊卑之道，恰与人人平等的法的精神相悖，有可能走向人性相反的一面。他以经济学的角度论证孔子学说在当下的无力之感：现代生活，以经济为命脉。而个人独立主义，乃为经济学生产之大则，其影响遂及于伦理学。故现代伦理学之个人人格独立，与经济学上之个人财产独立，互相证明，其说遂至不可摇动，社会风纪、物质文明，也因此大进。而中土儒者，以纲常立教，为人子为人妻者，既失个人独立之人格，复无个人独立之财产，孔子之道已然成为真理发见最大的障碍。①

以传统伦理视之，他们是叛世者。但深研传统者知道，检视传统正是为了去开创一个新的思想和精神秩序。由是视之，他们是从传统的灰烬中起来创世的一批人。

## 一个天才小说家的诞生

文学革命倡导有日，但就像周作人当年所哂笑的，陈独秀、胡适等探

---

① 陈独秀：《孔子之道与现代生活》，《独秀文存》，80 页，安徽人民出版社 1987 年版。

讨文学主张时往返的信函用的都是古文。没有好的文本支撑的文学运动终究少了说服力。于是有了1918年小说《狂人日记》在《新青年》的登场，那个小说诡异的开篇预示着中国文学的一个重要时刻的降临：

> 今天晚上,很好的月光。
>
> 我不见他,已是三十多年;今天见了,精神分外爽快。才知道以前的三十年,全是发昏;然而须十分小心。不然,那赵家的狗,何以看我两眼呢?
>
> 我怕的有理。

这是一个借由一个觉醒了的狂人的眼睛揭示中国社会之黑暗的小说,所谓主人公的“狂”,实际的寓意是他觉醒了,发现这个世界里倒是那些自以为“正常”的人都出了毛病。这个有着黑暗与狂想气质的小说作者是教育部佥事、第一科科长周树人,蔡元培早年的一个僚属,时年37岁。蔡在教育部只待了三个月就辞职了,周树人一直留部做着一名低级官员,负责图书馆和博物馆方面的工作,业余埋头于古书抄写和校订工作。

自从1902年矿务学堂毕业后作为江南督练所派遣的公派生东渡留学,周树人在日本度过了将近八年的青春时光,在仙台医学专门学校读书时发生的“幻灯事件”——即在医专教室的幻灯上看到日俄战争中被当作俄国侦探处死的同胞使他受伤颇深,促使了他从学医向文艺的转变,因为他认为文艺就是用来改变人的精神的。据那个时代他最亲密的友人许寿裳回忆,他在日本期间最经常和朋友们讨论的问题是:怎样才是理想的人性?中国国民性中最缺乏的是什么?它的病根何在?周树人(从此以后他要叫鲁迅了)在写出这个小说之前,已回国度过了九年苦闷、失意的时光,用他自己的话来说,他在东京时代刚开始从事文学时的偶像是尼采式的超人,但这几年在国内,看着民元时的还显光明的天空一天天坏下去,被寂寞的悲哀缠绕着,早就看清了自己“决不是一个振臂一呼应者云集的英雄”。如果不是钱玄同找上门来要他的小说,他可能还在宣武门外的“S会馆”(绍兴会馆)抄古碑呢。

“客中少有人来，古碑中也遇不到什么问题和主义，而我的生命却居然暗暗的消去了，这也就是我唯一的愿望。”这愿望，简直就是等死的心。婚姻的不如意，再加上肺结核久治不愈，他真的以为自己是活不久的。他取笔名唐俟，号“俟堂”，不过是躺着等死的谐音。

用他自己十五年后的话来说，开始的时候他对《新青年》上提倡的文学革命并没有怎样的热情。民元以来经过了那么多事，看来看去，就不由得怀疑起来，于是失望，甚至颓唐，“绝望之为虚妄，正与希望相同”。

可是老朋友“金心异”——林纾小说《荆生》里用来影射钱玄同的一个人物——有一天找上门来了，责问他抄这些古碑有什么用，要他“可以做点文章”。他说，他明白这些做些《新青年》的人是感到寂寞了，因为不特没有人来赞同，并且也没有人来反对，而寂寞这东西，就像大毒蛇，它缠着人的灵魂，一天天大起来，是要缠死人的呀。他记下了那个夏夜在槐树下的屋子里与约稿人的一段著名对话：

> “假如一间铁屋子，是绝无窗户而万难破毁的，里面有许多熟睡的人们，不久都要闷死了，然而是从昏睡入死灭，并不感到就死的悲哀。现在你大嚷起来，惊起了较为清醒的几个人，使这不幸的少数者来受无可挽救的临终的苦楚，你倒以为对得起他们么？”
>
> “然而几个人既然起来，你不能说决没有毁坏这铁屋的希望。”（《呐喊》自序）

他实在是绝望得太久了。这绝望是政治上的扑空所致，从民元后进入教育部，总以为中国的将来很有希望，可是气候渐渐坏下去，坏而又坏，遂成今日之情形，所以有了另一重更深的绝望，对国民旧有的“坏根性”的绝望。事实的情形就像他在给日后的伴侣许广平的信中说的，“其实这也不是新添的坏，乃是涂饰的新添剥落已尽，于是旧相又露了出来。使奴才主持家政，那里会有好样子。最初的革命是排满，容易做到的，其次的改革是要国民改革自己的坏根性，于是就不肯了。所以此后最要紧的是改革国民性，否则，无论是专制，还是共和，是什么什么，招牌虽换，货色照

旧，全不行的。”（《两地书（八）》）

改革国民性，这其实是他东京留学时代弃医从文时就确立的目标，十多年过去了，他从事文学的这一座标始终未移，只是经历了那么多挫折，内心承受了那么广大的寂寞，他不再祈盼英雄出世，不再相信强者可以救世，但是心底里的一点希望还是不能抹杀，正如他所说，“因为希望是在于将来，决不能以我之必无的证明，来折服了他之所谓可有”，于是他答应试作这篇小说了。且从此一发而不可收，之后的四五年时间里，在这本杂志连续发表了五十多篇文章。归国九年，那个东京的一事无成的周树人君终于成为了小说家鲁迅，这双重绝望下的努力一跃，或许就是一个小说家诞生的秘密。

回到1918年那个闷热的夏天，他开始写一个疯子的故事，一个三十年没有见过“月亮”的人，有一天看见了美丽的月亮，“精神分外爽快”，而且发现了过去的自己“全是发昏”，那么，这“月亮”，在他那里或许是某种新的思想和价值观的象征吧。当他写着这个患着迫害狂的病人的故事的时候，肯定想起了几年前曾住到他家里来的一个因精神错乱而狂躁易怒的远房亲戚，一个叫阮久荪的姨表兄弟，此人住院五天五夜才病情稍愈南归。他在小说楔子说要公开记录此人荒唐之言的日记，“以供博学家之研究”，明眼人都看出来了，这是魔术师施了个障眼法，借由一个疯子的狂言揭穿时代黑暗的底色，最著名的一节，就是某一日主人公忽然研究起历史来了：

> ……我翻开“历史”一查，这历史没有年代，歪歪斜斜的每页上都写着“仁义道德”几个字。我横竖睡不着，仔细看了半夜，才从字缝里看出字来，满本都写着两个字是“吃人”！

他所置身的，是一个人人都想吃人，又怕被别人吃了的惊悚电影一般的世界，一个“疑心极重”，“面面相觑”的世界。他想劝转吃人者，“你们可以改了，从真心改起！要晓得将来容不得吃人的人”，可是最后发现，自己不仅被吃，实际上，自己也未必没吃“妹子的几片肉”。“四千年来时时吃人的地方，今天才明白，我也在其中混了多年。”

黑幕揭破了，这是罪愆的觉悟，也是个体的觉悟。但他自嘲，这只是“遵命文学”，遵奉的是“先驱者的命令”，取的是与“与前驱者同一的步调”。他是出于对这些“战士”和“热情者们”的同感，也来喊几声助助威，“聊以慰藉那在寂寞里奔驰的猛士，使他不惮于前驱”。而把吃人的病根暴露出来，也是“催人留心，设法加以治疗的希望”。一直到三十年代，他还感念着身陷囹圄的陈独秀，说他是“催我做小说最着力的一个”。而那个时代最优秀的一些读者，第一时间发现了他创造的这个疯子的意义，就如傅斯年所说，当下的中国沉闷寂灭到极点，其原因就在于疯子太少，“我们带着孩子，跟着疯子走——走向光明去！”

白话文学的倡导者们，苦于主义的旗帜总不接地，这个小说来得太及时了，白话文学至此总算有了一个范式。白话小说与鲁迅相互成就了对方，自此以后，鲁迅视一切妨碍白话者的流毒，甚于洪水猛兽，因他明白，面对一个刚走出来的黑暗世界，仅仅有温柔是不够的：“我总要上下四方寻求，得到一种最黑，最黑，最黑的咒文，先来诅咒一切反对白话，妨害白话者。即使人死了真有灵魂，因这最恶的心，应该堕入地狱，也将决不改悔，总要先来诅咒一切反对白话，妨害白话者。”

> 此后如竟没有炬火，我便是唯一的光。倘若有了炬火，出了太阳，我们自然心悦诚服的消失，不但毫无不平，而且还要随喜赞美这炬火或太阳；因为他照了人类，连我都在内。

“人们说他的短文似匕首，我说他的文章胜大刀”，陈独秀眼中的鲁迅，是一员新文化运动的“战将”，而他自己则是一个发号令的人。在他看来，这位作家在中国现代文学诸公中是首屈一指的人物，他的中短篇小说，无论内容、形式、结构和表达各方面，都超上乘，但比起世界一流作家与中国古典作家来，似乎还有一段距离，他服膺于这位“老文学家”的，是“终于还保持着一点独立思想的精神，不肯轻于随声附和”。

他曾经寄希望于这位作家有更伟大的作品问世，却不想这位天才的小说家死在了自己前面。这已经是 20 世纪 30 年代的事了，党派利益纷争中，有人把鲁迅抬到神一般的地位，陈独秀告诉他们，鲁迅不是神仙，不是狗，就是一个人，一个有着独立思想和人格的天才。

# 第九章
# 启蒙终结

## 新派、旧派

陈独秀刚到北京的1917年春天，北京政坛发生了一场剧烈震荡，黎元洪免去了段祺瑞的总理职务，随后，张勋的辫子军拥立年仅十一岁的溥仪重登帝位。当旧日的龙旗被匆匆挂起时，北京城里惯做政治投机生意的人们又开始发卖清朝袍褂、顶戴，用马尾赶制假发辫。但民元以来的六年，虽政治凋敝，却有一大功绩，就是让共和观念深入人心，知道复辟帝制已绝无可能。

几个月的复辟闹剧很快收场，用那时候刚到北京的周作人的话来说，虽然戏已散场，但这眼前演出的一幕看得较近较真，给人的刺激却很大。对于陈独秀这样的新文化领袖们来说，他们领导的这场运动虽由文学革命策动，但这一刚刚过去的张勋复辟闹剧使他们认识到，中国只有经历一场思想的革命才能真正进步。在一年后发表的《今日中国之政治问题》中他说，以前刚创办《新青年》时设定的不议时政、怕惹是生非的想法错了，政治不只是做官的人才能谈的，“凡是有参政权的国民，一切政治问题、行政问题，都应该谈谈”，尤其修学时代的青年更应该关心政治，因为这关系到“国家民族根本的存亡”。

他的结论是，文化问题不能与政治相剥离，促使青年“猛醒”的新文化运动实质上就是一种政治行为，必须有“彻底的觉悟”，方能有彻底的变革。在乱象纷呈的当下，重要的是国人形成共识。①

比他走得更远的，是长着一张国字脸的、行止方正的北大同事李大钊，他谴责政客们1917年春夏之交发动的这场闹剧违背共和精神，让民国危矣，如果再这样下去，中国将不可避免地走上惨烈的革命之路，因为"革命固不能产出良政治，而恶政之结果则必召革命"。1918年底欧战结束，在庆祝协约国胜利的一场校内演讲中，李大钊说这场战争是庶民的胜利，是互助与民主主义的胜利，而庶民的胜利就是资本主义的失败，他断言，未来是属于劳工的。

新派并非铁板一块，旧派也不是陈腐到了不可救药，新世纪的第二个十年中，新旧文化的对峙并不是日后描述的那样泾渭分明。旧派可以拖着长辫、挂着鼻烟袋、摇着蒲扇讲授英国文学和六朝文献，新派人士也还葆有着古之君子的谦谦之风，与人交接温文有礼。就像鲁迅和胡适，一边呼吁着独立的人格，一边还是屈从于家长的意志娶了并非真爱的朱安、江冬秀这样的女子为妻，而身为北大文科学长的陈独秀如旧式文人一般出入八大胡同妓院也不是什么秘闻。胡适说的"吾于家庭之事，则从东方人，于社会国家政治之见解，则从西方人"，这种东方式的容忍迁就与西方式的各行其是交织在他们身上，呈现出世纪初知识界的复杂景象。

再如辜鸿铭大骂文学革命"伪善骗人"，黄侃指斥白话诗文为"驴鸣狗吠"，对同为章门弟子的钱玄同恶言相向，古文学家林纾用文言写聊斋体小说《荆生》《妖梦》，影射攻击新文化领袖们，这些谩骂和论战尽管火药味甚重，如果不是外部权力的干涉，也未必会引起公众的注意。事实上，这种新旧共处、杂花生树的情状，正见出了世纪之初文化空气的自由与宽松。

不幸的是，外界权力的强行闯入使蔡元培"兼容并包"的办学理念受到了严峻挑战，包括新文化运动所提倡的男女平等与婚姻自由，也被看作性关系混乱的一个借口。据说蔡元培受到了总统徐世昌的数次警告，要

---

① 陈独秀：《今日中国之政治问题》，《独秀文存》，150－153页，安徽人民出版社1987年版。

他对北大师生严加管束，原因是总统读到了《新潮》杂志上一篇鼓吹女权的文章。更大的威胁是原来作壁上观的政客们也介入进来了，有传闻说政府将要整肃北大。周作人记述说："段祺瑞派下有一个徐树铮，是他手下顶得力的人，不幸又是能写几句文章、自居于桐城派的人，他办着一个成达中学，拉拢好些文人学士，其中有一个自称清室举人的林纾，以保卫圣道自居，想借了这武力，给北大以打击，又联络校内的人做内线，于是便兴风作浪起来。"

周作人说的"内线"，是一个与林纾来往甚密的叫张厚载的北大法科学生，此人是《神州日报》的通信记者，在报章上编造谎言说陈独秀、胡适等人因思想激进已受政府处分离校云云，一时引发各大媒体纷纷评论。激烈如上海的《时事新报》说："今以出版物之关系，而国立之大学教员被驱逐，则思想自由安在？学说自由安在？以堂堂一国学术精华所萃之学府，无端遭此侮辱，吾不遑为陈、胡诸君惜，吾不禁为吾国学术前途危！"

陈独秀警告"国故党"们，要堂堂正正地争辩，不要总"倚靠权势""暗地造谣"两把利器。他说，《新青年》所讨论的，不过是文学、孔教、戏剧、守节、扶乩，这几个很平常问题，并不算什么新奇的议论，以后世界新思想的潮流，将要涌到中国来的更多，如果任由这两种"恶根性"流传，闭着眼睛说梦话，那大家干脆都闭嘴好了。①

虽然蔡校长写了一封温厚而不失锋芒的信警告那个学生，但这段时间恰好有陈独秀逛八大胡同的传言，这就给了旧派人士拔除陈独秀这杆大旗以口实。

---

① 《关于北京大学的谣言》，《独秀文存》，401 页，安徽人民出版社 1987 年版。

# 诡异之夜

于是到了1919年3月26日，那个在现代思想史上堪称诡异的夜晚。是夜，愁眉不展的蔡校长在沈尹默、马叙伦陪同下来到汤尔和家，密谈陈独秀的去留问题。

秘密会议至是夜十二时方结束，会上，主要由汤尔和发言。据他后来的回忆，会上“发何议论，全不省记。惟当时所以反对某君之理由，以其与北大诸生同昵一妓，因而吃醋，某君将妓下体挖伤泄愤，一时争传其事，以为此种行为如何作大学师表，至如何说法，则完全忘却矣”。沈尹默附和了汤的意见，而蔡元培虽然“颇不愿于那时去独秀”，但因汤“力言其私德太坏，彼时蔡先生还是进德会的提倡者”，故为汤的意见所动。这样，那晚的会议事实上已经决定了陈独秀将不再担任北大文科学长一职。

关于是夜密室会议的情况，傅斯年在蔡元培去世后有过这样的叙述：

> 有一天晚上，蔡先生在他当时的一个“谋客”家中谈此事，还有一个谋客也在。当时蔡先生有此两谋客，专商量如何对北洋政府的，其中的那个老谋客说了无穷的话，劝蔡先生解陈独秀先生之聘，并要压制胡适之先生一下，其理由无非是要保存机关、保存北方读书人一类似是而非之谈。蔡先生一直不说一句话。直到他们说了几个钟头以后，蔡先生站起来说：“这些事我都不怕，我忍辱至此，皆为学校，但忍辱是有止境的。北大一切的事，都在我蔡元培一人身上，与这些人毫不相干。”①

---

① 傅斯年《我所景慕的蔡先生之风格》。

"老谋客"当指汤尔和,"还有一个谋客"应该是"两个",即沈尹默和马寅初。傅斯年不提马叙伦,或许另有隐情。

蔡元培本无意去陈,但他还是默允了这一夜的讨论结果。在下个月初陈独秀缺席的一次校务会议上,蔡宣布了废除学长制,改而成立由各科教授会主任组成的教务处的决定,哥伦比亚大学毕业的经济学博士马寅初出任首任教务长。虽然没有正式宣布解聘陈,但他的文科学长的职务随着学长制的废除自然中止了。虽然名义上陈独秀还是北大教授,并由校方给假一年预备宋史新课,但事实上,他已经被迫离开了北大。

三年前,是汤尔和、沈尹默力荐陈入北大,这次去陈,又是他们力主。盖因时代之变和人的变化总不同步,陈的激进思想已被他们视为异端,不能容他,私德云云,不过托词而已。

昔日好友反目成仇,以陈独秀嫉恶如仇的性格,可以想见对那帮背地里联手搞他的人的愤怒。陈被免职三天的一个傍晚,自北而南与回寓所途中的汤尔和路遇,"脸色灰败","以怒目视",汤尔和匆匆低头而过。汤在当日的日记中自嘲"亦可哂已",想来也是心情复杂。

胡适没有参加那一夜的密室会议,消息公布后他向汤尔和表达了不满,深怪汤自命能运筹帷幄,处处作策士,没有把私行为与公行为分开。他与沈尹默、马叙伦的隔阂在这一夜后也加大了。在他看来,沈尹默喜治红老之学,手握一把羽扇,是个多事的谋士,也是个弄权的小人,正是此人与汤尔和联手导演了去陈的阴谋。陈独秀或许终有一天会离开北大,但因为"头巾见解"和听信"小报流言"放逐这样一个"不羁之才",他担心会逼迫着陈独秀在另一条道路上越走越远。

胡适的愤怒,自是他不满于校内的阴谋气氛,他更担心的是陈独秀就此赌气南下。那时已经有朋友建议陈独秀把《新青年》重新搬回上海去办,"大大的扩充成功一种输进新文化、改良社会的惟一无二的杂志"。[1]陈独秀似乎也有所心动。

---

① 余斐山:《致胡适》,《胡适来往书信选》。

陈独秀后来对胡适说:“明枪好躲,暗箭难防,小人之心无孔不入。汤尔和与孑民分别是大学校长、学界领袖,居然也听信谎言诽谤。对往日区区小事,还记恨在心!”“小报造小谣,大报造大谣,谣言千遍竟也成了事实!”陈说的“区区小事”,近日有学者考证,是汤尔和在1918年曾给陈独秀写了一封信,对西欧科学已证明是常识的东西胡说了一通,陈独秀在《新青年》上给汤尔和回了一封不太客气的信,汤对此一直耿耿于怀,甚至有言后悔不该推荐陈出任北大文科学长云云。

此桩公案过去十多年,胡适一直没有把心病放下,1935年冬天,他向汤尔和借阅了从1917年到1919年的三册日记,试图搞清楚撤消陈独秀文科学长的内幕。读了这三册日记后,他于12月23日给汤尔和写了一封信,断言这个夜晚将会对中国前途产生意想不到的影响:

> 此夜之会,先生记之甚略,然独秀因此离了北大,以后中国共产党的创立及后来国中思想的左倾,《新青年》的分化,北大自由主义者的变弱,皆起于此夜之会。独秀在北大,颇受我与孟和的影响,故不致十分左倾,独秀离开北大后,渐渐脱离自由主义的立场,就更左倾了。此夜之会,虽有尹默、寅初在后面捣鬼,然孑民先生最敬重先生,是夜先生之议论风生,不但决定北大的命运,实开后来十余年政治与思想的分野。此会之重要,也许不是这十七年的短历史所能论定。

汤尔和接信辩解说:“当时所以反对陈独秀,是因为他与北大的学生同嫖一个妓女,因而吃醋……一时学校社会都在盛传这件事。这种行为如何可作大学师表呢?”

胡适连夜回信,不客气地反驳说:“三月二十六日夜之会上,蔡先生不愿于那时去独秀,先生力言其私德太坏,彼时蔡先生还是进德会的提倡者,故颇为尊议所动。我当时所诧怪者,当时小报所记,道路所传,都是无稽之谈,而学界领袖乃视为事实,视为铁证,岂不可怪?嫖妓是独秀与浮筠(当时的北大理科学长夏浮筠)都干的事,而‘挖伤某妓之下体’是谁见来?及今思之,岂值一嚎?当时外人借私行为攻击独秀,明明是攻击北大的新思潮的几个领袖的一种手段，而先生们亦不能把私行为与公行为分开，适堕奸人术中了……当时我颇疑心尹默等几个反复小人造成一个攻击独秀的局面，而先生不察，就做了他们的'发言人'了。"

汤继续写信辩解。1936 年 1 月 2 日，胡适又致信汤尔和："我并不主张大学教授不妨嫖妓，我也不主张政治领袖不妨嫖妓，一我觉得一切在社会上有领袖地位的人都是西洋所谓'公人'(Public men)，都应该注意他们自己的行为，因为他们自己的私行为也许可以发生公众的影响。但我也不赞成任何人利用某人的私行为来做攻击他的武器。当日尹默诸人，正犯此病。以近年的事实证之，当日攻击独秀之人，后来都变成了'老摩登'，这也是时代的影响，所谓历史的'幽默'是也。"

当他们信件往返，为这桩十六年前的旧案争个不休时，陈独秀正在南京监狱服刑。值得附记一笔的是，力主罢免陈独秀的汤尔和于 1937 年日本华北方面军占领北平后出任伪职，旋又出任汪政府教育总署督办，于 1940 年病死，也正应了胡适所说"历史的幽默"。

## 研究室与监狱

此时欧战甫歇，国人沉湎于胜利的幻觉，到处都在欣喜欲狂地庆祝。新知识分子的领导者们相信，协约国集团的胜利，是民主对专制和军国主义的胜利，庶民对压迫者的胜利，他们天真地相信，被德国和日本强占的利益会在战后的和平会议上得到归还。然而巴黎和会传来的令人沮丧的消息刺激了国人，因为日本将全盘接手德国在山东的权利。

于是 5 月 4 日这一天，一个凉爽、多风的星期日下午，被爱国心激发的三千多大学生齐集天安门广场游行抗议。最早到达广场的是李大钊、高君宇、邓中夏、傅斯年、张国焘等北大的教授和学生领袖。

这些学生来自在京的十三所大学，大多穿着前辈文人的丝绸长袍和短褂，还有人戴着圆顶硬礼帽。在使馆区外等候多时后，渐渐失去耐心的学生们喊着“冲向卖国贼老巢”的口号涌进了交通总长曹汝霖的住宅，砸碎家具并放火焚烧了房屋，还殴打了来不及走避的亲日派章宗祥。政府出动军警逮捕了包括北大学生在内的三十多名学生。几日后，这些学生被释放，但更让人心悸的传闻是，段政府的徐树铮将军已经命令把大炮架在景山上对准北大。情绪复杂的蔡元培留下一张字义晦涩的告示引咎辞职。此事持续发酵，终于酿成全国性的学潮和工潮。在6月的第二轮抗议中，据说有上千名学生关在了由北大法科讲堂改成的临时监狱里。

一些有远见的知识分子已经预感到，这场运动原本丰富的内涵有可能被简单化、情绪化，一些思想诉求有可能被悄悄遮蔽，蔡元培和当时正在中国访问的哲学家杜威都意识到了这一点。

这场抗议活动由政府屈服而收场。学生们离开临时监狱时，欢呼的人群和齐鸣的军乐鞭炮使他们飘飘然地觉得世界尽在掌握。蔡元培在师生们的坚请下，并在得到不再发生学潮的承诺后，从临时执掌校务的蒋梦麟手里收回了校长职权，重新回校视事。看起来一切已经风平浪静，但此时的学校、社会和人心都已发生巨大变化。他无可奈何地看到，新文化的阵营已经分化，回归者急速转身，激进者更加激进，一个启蒙时代已经终结，当罗家伦辈的学生领袖欢呼这场运动的功劳是使中国“动”，他的眉宇之间却难掩忧色，接下来的中国，真的会是一个“天机活泼”的“活的中国”吗？

在这场运动爆发前的前十日，已经憋了一肚子气的陈独秀在《每周评论》上撰文称颂俄国革命，他的这一巨大变化让自以为了解他的朋友胡适感到了担忧。6月11日的一个晚上，陈独秀被京师警署逮捕了。这是他一生中五次入狱的第一次。据说他是在新世界游乐场的顶楼散发《北京市民宣言》时，被两个尾随的警员发现抓走的，罪名是散布印刷物品传播过激主义煽惑工人。这个掀动思想狂潮的新文化领袖实在不是一个地下运动的好手，他都没有发觉，这两个警察已经盯上他多时了。

之前三日，即6月8日，他在《每周评论》上发表了一篇不足百字的短文，似乎对这危险已有所预感：

> 世界文明发源地有二：一是科学研究室，一是监狱。我们青年要立志出了研究室就入监狱，出了监狱就入研究室，这才是人生最高尚优美的生活。从这两处发生的文明，才是真文明，才是有生命有价值的文明。①

入狱后，陈独秀对来探视他的刘半农激愤地说：威权已瞎了我的眼，聋了我的耳，我现在昏昏沉沉，不知道世间有了些什么事体，世界还成了个什么东西！

1919年的夏秋之间，有过一场颇为令人动容的营救陈独秀的行动，令人欣慰的是，在这场自发的救援行动中，无论新派或旧派都表现出了让人感佩的古君子之风。陈入狱的第二天，病魔缠身的刘师培强自支撑着身体，由夫人何震陪同，串联京中有名望的教授，联名致函京师警察厅，请求保释陈独秀。胡适写下了一首被人怀疑婚外恋的小诗，"也想不相思，可免相思苦。几次细思量，情愿相思苦！"后来证实是系念狱中的陈独秀而作。就连在湖南的毛泽东也撰文呼吁政府释放这个"思想界的明星"。此事还经有力者游说到了总统徐世昌和在广州的孙文那里，警厅终于同意，由安徽同乡会以陈患胃病为由保释出狱，前提是不得擅自行动离京。

时年二十三岁的北大学生会主席、江西萍乡人张国焘，主持了陈独秀出狱的欢迎会。朋友们把接风酒宴摆在了陈独秀被捕那日下过的馆子，那家叫"浣花春"的川菜馆。妻子高君曼陪着他，大伙一直闹到一点多钟。当日，李大钊有诗迎归：

> 你今天出狱了，我们很欢喜！他们的强权和威力，终究战胜不了真理。什么监狱什么死，都不能屈服了你；因你拥护真理，所以真理拥护你……

---

① 《研究室与监狱》，《独秀文存》，540页，安徽人民出版社1987年版。

# 分道扬镳

出狱后的陈独秀在家没消停多久，1920 年 1 月底，他应胡适推荐去武汉作了一场讲演。

讲演的消息经华中报纸发布，警署才发现他擅自离京了。警署派出了探员在火车站侦查，准备等他一回来就逮捕归案。陈独秀躲在一个同乡兼同事王星拱家里，朋友们都劝他作速离京，李大钊还准备亲自送他去天津乘船赴上海。

旧历年底，刚刚下过一场大雪，李大钊雇了一辆骡车，出朝阳门护送陈独秀南下。李大钊是河北乐亭人，讲的是北方话，衣着又朴素，很像个生意人，跨在车把上，携带几本账簿和店家用的红纸片子。陈独秀头戴毡帽，坐在车内，穿着一件满是油渍的背心。为了不漏出南方口音，以防路人起疑，陈装病不发一言，沿途住店一切交涉，都由李大钊出面，一直到他在天津坐上轮船为止。① 城里警员不知陈逃往何处，一连三天都在箭竿胡同他家门口附近逡巡。

他离京的这月，距 1917 年 1 月把家搬来北京，正好三年。

此前半年，即陈独秀入狱期间，李大钊已在共产国际代表吴廷康的影响下，创建了北京共产主义小组。李大钊乐观地估计，一个新的时代即将来临，“太阳出来了，没有打着灯笼走路的人了”。有传记言之凿凿，说李、陈在雪地骡车上，两人热烈讨论分手后在南北筹划建党事宜。若此记为

① 高一涵：《李大钊同志护送陈独秀出险》，《自述与印象：陈独秀》，144 页，上海三联书店 1997 年版。

真，则经过北大去职、入狱等挫折，陈独秀的思想已发生巨大逆转，因为在这之前，他一直认定，政党政治不适用于今日之中国。

李大钊自天津回到北京，与胡适碰面，告知了陈独秀平安出京的消息。胡适说，陈独秀便与我们北大同人分道扬镳了。胡适记述草草，不知他说此话时的心情，是惋惜，还是忧虑。他或许在想，启蒙的时代终结了。

他们曾经一个是旗手，一个是先锋，率领着一班民初的青年，驰骋于这场启蒙大潮，致力于要把人的理性从积习的泥淖中解放出来。他们都知道，启蒙所要求的，并不是一个把一切东西都赤裸裸屹立在光芒之中的世界，而是一个能够无所畏惧地表达自己的世界。

从人群中站起来大声争辩什么的人越来越少了。谁也不知道，接着到来的会是什么样的时代，它是更好，还是更糟。

# 参考征引文献

《辛亥革命》，中国史学会编，上海人民出版社，1957

《陆征祥传》，罗光，台湾商务印书馆，1967

《学钝室回忆录》，李璜，传记文学出版社，1973

《清史稿》，赵尔巽，中华书局，1977

《中华民国史事日志》，郭廷以编著，台北《中央研究院》近代史研究所，1979

《大波》，李劼人，人民文学出版社，1980

《出使九国日记》，戴鸿慈，湖南人民出版社，1982

《四川辛亥革命史料》，隗瀛涛、赵清主编，四川人民出版社，1982

《梁启超年谱长编》，丁文江、赵丰田编，上海人民出版社，1983

《秘笈录存》，天津市历史博物馆编，中国社会科学出版社，1984

《独秀文存》，陈独秀，安徽人民出版社，1987

《没有不散的筵席》(*No Feast Lasts Forever*)，黄蕙兰，天津编译中心译，中国文史出版社，1988

《饮冰室合集》，梁启超，中华书局，1989

《翁同龢日记》，陈义杰校，中华书局，1992

《四川保路运动史料汇纂》，戴执礼编，《中央研究院》近代史研究所，1994

《王国维年谱长编》，袁英光、刘寅生编，天津人民出版社，1996

《颜惠庆日记》，上海档案馆编，档案出版社，1996

《顾维钧回忆录(缩编)》,顾维钧,天津编译中心编,中华书局,1997

《世载堂杂忆》,刘禺生,中华书局,1997

《雪堂类稿》,罗继祖,辽宁教育出版社,2003

《刘师培年谱》,万仕国编著,广陵书社,2003

《边藏风土记》,查骞,兰州大学出版社,2003

《盛宣怀年谱长编》,夏东元编著,上海交通大学出版社,2004

《袁氏当国》,唐德刚,广西师大出版社,2004

《青溪旧屋仪征刘氏五世小记》,梅鹤孙,上海古籍出版社,2004

《五四运动:现代中国的思想革命》,〔美〕周策纵,江苏人民出版社,2005

《六十年来中国与日本》,王芸生,生活·读书·新知三联书店,2005

《北洋军阀统治时期史话(1895—1928)》,陶菊隐,海南出版社,2006

《汪穰卿笔记》,汪康年,中华书局,2007

《清代野记》,张祖翼,中华书局,2007

《栖霞阁野乘·国乘备闻》,孙静庵、胡思敬,重庆出版社,2007

《端方与清末新政》,张海林,南京大学出版社,2007

《立宪派与辛亥革命》,张朋园,吉林出版集团有限责任公司,2007

《清流传》,辜鸿铭,语桥译,江苏文艺出版社,2008

《扬子江上的美国人》,A Yankee on the Yangtze,〔美〕威廉·埃德加·盖洛,山东画报出版社,2008

《辛亥:计划外革命——1911 年的民生与民声》,雪珥,中国画报出版社,2011

《花随人圣庵摭忆》,黄濬,中华书局,2013

《袁寒云自述》,袁寒云,安徽文艺出版社,2013

《顾维钧回忆录》,顾维钧,唐德刚译,中华书局,2013

《近代史资料专刊:五四爱国运动》,知识产权出版社,2013

《欧游心影录》,梁启超,商务印书馆,2014

《辛亥日志》,梅新林、俞樟华编著,华东师范大学出版社,2014

《颜惠庆自传》,颜惠庆,中华书局,2015

《一百零九个春天:我的故事》(My story),严幼韵口述,杨蕾孟编著,新世界出版社,2015

《顾往观来:王正廷自传》(Looking Back and Looking Forwand),王正廷,耶鲁大学档案馆藏王正廷英文自传手稿,柯龙飞、刘昱译,内部印行

# 后记

某年初冬，在温州，循着塘河去看了白象塔，再至仙岩，去看惹动朱自清先生写下名篇《绿》的梅雨潭。还未登翠微岭，路边见一小寺，匾额上书“开天气象”。落款“晦翁”，知是朱熹手迹。问了那寺，说是圣寿禅寺，又名仙岩寺。

想宋人气象，周程朱陆，何等阔大！一部思想史，辩驳、传承，元气淋漓，今人看去，真有说不出的骄傲。再溯至“汉唐气象”，风华而奢靡的物质生活，衬以自由的精神和奔放的心性，方能达至的自信从容。

十余年的历史写作，我出入传统和现代两个世界，若以故事时间为界，1800 年是个分水岭，之前，我写古典中国的静雅美好，之后，我关注的是现代性转型之于中国的艰难与曲折。

本书是以现代性转型的视角重述晚清民国史的“中国往事”系列的开卷之作。故事时间是从五大臣出洋考察宪政的 1905 年至五四运动爆发的 1919 年，亦即惯常所称的晚清至民初。这个系列中的另两卷，《月照青苔》叙述的是五四后南方文人的日常生活，《枪炮与货币》着重考察的是 1949 年前银行家与国家权力的关系。它们讲述的是那个变化年代里最优秀的灵魂的故事：政治家、商人、知识分子、学者、江湖、草根和劳工阶级。

这个系列的写作，起意动笔于十五年前，集中写作是 2015 年以来的三年间。“现代性转型”这块拱顶石早已安好，它决定了这个作品的长度和体量，剩下的工作就是让内部妥帖。对笔下人物的爱与体恤，正是在这庚续十余年的观照和写作过程中逐步建立起来的。我写得很慢，迟滞，回旋，目标总是一再延宕，但我知道，每一次延宕，都在蓄积一份力量，因为我已听到内部的生长。我好像是制作坛子的匠人，把故事的每一环，都当作坛子收口的最后一道工艺来做，有了这般的耐心与从容，故事的生生不息让我欣喜。我又像一个无所用心的街头涂鸦者，在同一个时间点上让人物和空间不断叠加，最后完成建构。历史，本质上是被建构的。这又好比是修筑一条盘山公路，每次打通一个障碍，回头看去都是奇险之境。

近半个世纪的中国往事，当得起“气象”二字的，也就民初这一段。这是一个苏醒的年代，几千年的王朝循环结束了，中国走出帝制，成了一个现代民族国家，个体意识的苏醒，当是这个时代的最大功绩。中西文化的碰撞与交融，至此已达一个多世纪，社会、政治、经济于沉潜而缓慢的变化之后，终有挣脱黑暗的一跃。南北对峙乃至北洋的黑暗与混乱里，也有知识人觅得的一方清净与自由。他们的身后是旧时代的落霞，肩头已披上新时代的星光。民初喧闹、疑惑的时代表情之下，这氤氲的气息、开阔的格局，曾经预示着未来中国向着多个方向的可能，谓之“气象”，我看也是当得起的。

本书将青春期民国的诸多人事在广阔的大历史背景下作了重新展示、审度和诠释，在对端方、陆征祥、顾维钧、陈独秀、蔡元培、鲁迅、苏曼殊、刘师培、何震这些人物的考察中，延续的仍然是我多年来的关注视点，即人与时代的关系书写，写他们如何适世、用世、叛世，甚至背叛自己。在本书后半部分，考虑到 20 世纪初新文化运动对中国命运之影响，落墨尤多的，仍然是思想史上的那些旗手和先锋。

当我写着“中国往事”的时候，时常会下意识地回想起电影《美国往事》的片断和旋律。那街区里奔跑的懵懂少年，他们的热血、情谊、理想、背叛，青春的美好与残酷，似乎离现实很远，却又很近。想起从温州回来的动车上，读陈独秀于一百年前写下的《敬告青年》。“青年如初春，如朝日，如百卉之萌动，如利刃之发于硎，人生之最宝贵时期也”。中国之所以今天这般，全因昨日，中国之有未来，也在今日。我所能做的，只能是做一个时代的书记员，行动的人生，也只能寄希望于青年了。

2018 年 8 月